La terreur dans ton regard

Quand le passé nous rattrape

ROBIN PERINI

La terreur dans ton regard

Traduction française de
KAREN DEGRAVE

BLACK ROSE

HARLEQUIN

Collection : BLACK ROSE

Titre original :
LAST STAND IN TEXAS

HARPERCOLLINS FRANCE
83-85, boulevard Vincent-Auriol, 75646 PARIS CEDEX 13
Service Lectrices — Tél. : 01 45 82 47 47

www.harlequin.fr

ISBN 978-2-2804-1542-2 — ISSN 1950-2753

Prologue

L'humidité de la brise de printemps se collait à Burke Thomas comme une maîtresse indésirable. Au moins, le soleil brûlant du Texas serait dans son dos quand il regagnerait la civilisation à Dallas.

Les rideaux de la maison délabrée de son ex-femme s'écartèrent quand elle jeta un coup d'œil à l'extérieur. Une douleur explosa dans sa nuque dès qu'il la vit. Sa vie serait bien plus plaisante si tuer Faith était une option. Il n'aspirait qu'à défoncer la porte pour satisfaire ce désir.

À la place, il se mordit la joue.

Burke se força à inspirer lentement avant de tourner les talons pour regagner sa Mercedes. Il était capable de se contrôler – il était en train de le faire.

Il ouvrit la portière de sa voiture neuve, baissa les yeux vers le siège et découvrit une trace de boue sur le cuir.

Zoe.

Il enfonça ses ongles dans ses paumes. Sa fille avait sali sa voiture.

C'était inacceptable. Il allait devoir lui faire prendre des cours de bonne conduite – s'il n'était pas déjà trop tard.

Il tira un chiffon et un flacon de produit d'entretien de la boîte à gants et entreprit d'effacer la trace. Ses mouvements devinrent de plus en plus frénétiques. Le siège retrouverait son lustre. Il le fallait.

Zoe. Zoe. Zoe. Zoe.

Il devait trouver un moyen de contrôler sa fille. Elle n'avait encore que sept ans. S'il lui apprenait à bien se tenir, elle ne deviendrait pas comme sa mère. Il en était arrivé à la conclusion que le problème de son ex-femme était qu'il l'avait formée trop tard. Il n'avait pas eu le temps de la parfaire avant qu'elle gâche tout et l'oblige à divorcer.

Il arrêta de frotter et observa le siège. Cela irait.

Il se mit au volant et fit rugir le moteur. Après un dernier coup d'œil aux rideaux refermés, il démarra.

Il ne perdrait plus un instant, décida-t-il en pianotant sur son téléphone.

— Monsieur Thomas ? répondit son avocat.

— Livrez le document immédiatement.

— Mais nous sommes vendredi et il est plus de 17 heures… Nos coursiers sont partis. Pourquoi ne pas le faire lundi à la première heure ?

— Faites-le tout de suite. À moins que vous ne vouliez que je confie mes affaires à une autre firme ?

Burke esquissa un sourire en entendant son avocat manquer de s'étouffer.

— Bien sûr que non, monsieur. La requête de garde exclusive de votre fille sera livrée à votre ex-femme dans l'heure.

— Je compte sur vous.

Burke jeta le téléphone sur le siège passager avec un juron. Son crâne le démangeait. Cela recommençait. Cela se produisait toujours quand Faith le défiait.

Il avait besoin de lâcher de la pression.

Des gouttes de sueur roulèrent sur ses tempes.

Son besoin familier lui envahit l'esprit, impatient et indéniable.

Pourquoi ne pas fêter la dernière punition de Faith en s'offrant un cadeau ? Ne s'était-il pas privé assez longtemps ?

Burke tourna pour prendre la direction d'un bon terrain de chasse. Il lui fallait une femme.

Sa peau fourmillait d'excitation. Il arrivait souvent que les préliminaires lui procurent plus de plaisir que l'acte lui-même.

Cette nuit serait mémorable. Pour eux deux.

La recherche ne fut ni rapide ni facile, mais Burke avait une patience remarquable. Cela prit deux heures avant qu'il ouvre la portière du passager à celle qu'il avait choisie.

Il monta la climatisation et observa son invitée à la dérobée. Elle était parfaite. C'étaient ses yeux qui avaient d'abord attiré son attention. Ils étaient grands et d'un vert d'émeraude. De plus, elle avait la silhouette élancée que Faith avait perdue quand elle était tombée enceinte.

Ses cheveux blonds étaient aussi de la bonne teinte. La couleur n'était sûrement pas naturelle, mais il pouvait s'accommoder d'un défaut, et ce n'était pas un si mauvais travail.

Oui, elle ferait très bien l'affaire. Elle lui donnerait exactement ce dont il avait besoin.

Elle s'enfonça dans le siège en cuir et lui jeta un regard plein de promesses. Comment s'appelait-elle, déjà ? Randi, Brandi, Candi ? Peu importait. Il se contenterait de l'appeler *chérie*.

Il glissa les doigts dans ses cheveux blonds, qu'elle n'avait pas couverts de laque, comme ceux de certaines femmes, puis se pencha à son oreille.

— Cet endroit est trop public pour ce que je veux te faire, murmura-t-il. Si on allait faire un tour ?

— Tant que tu me paies, je t'appartiens, répondit-elle d'une voix un peu pâteuse.

Il scruta les environs. Il n'y avait ni taxi ni voiture de police. Les caméras ne l'inquiétaient pas. Il savait où elles se trouvaient et il avait payé cher pour faire saboter celles qui couvraient ses trajets préférés. Il n'y avait personne alentour. Pas de témoin. Il ne courait aucun risque.

Elle posa une main sur sa cuisse.

— Où allons-nous ? demanda-t-elle.

— Faire une promenade.

— Que dirais-tu d'un avant-goût ? demanda-t-elle en se rapprochant de sa braguette.

Il prit sa main pour arrêter son exploration.

— Non, chérie. J'ai de grands projets pour toi.

Quand ils atteignirent un parc aux ornements élaborés, le cœur de Burke tambourinait dans sa poitrine. Il se gara dans une rue calme, tira le sac qui contenait son matériel de derrière son siège, puis tendit la main à la femme.

— Viens, lui dit-il. J'aimerais te montrer quelque chose.

Il l'entraîna vers le vieux portail du parc, qu'il franchit en se glissant entre deux barreaux.

— Tu es un vilain garnement, commenta la femme avec un grand sourire avant de le suivre.

— Tu n'as encore rien vu.

Il se fraya un chemin à travers les parterres de fleurs jusqu'à un arbre qui formait comme un mur. Il écarta une branche et s'inclina.

— Après vous, ma chère.

Quand elle eut disparu entre les arbres, il la suivit dans la petite clairière qu'ils dissimulaient.

— Nous sommes seuls, dit-elle en se collant à lui.

— Tout seuls, murmura-t-il.

À la lumière de la lune, son visage paraissait sans âge. Comme ses traits étaient un peu brouillés, il pouvait facilement ignorer ce qui la distinguait de la femme qui le hantait.

Celle-ci l'apaiserait peut-être.

Il caressa sa joue jusqu'à la fossette de son menton. Alors son cœur manqua un battement. Ce défaut prouvait qu'elle n'était pas la femme de ses rêves. Elle n'était même pas Faith.

Mais la déception de Burke ne fut pas assez grande pour gâcher son excitation.

— Qu'attends-tu ? murmura la femme en se pressant contre son érection.

— Nous y sommes presque, répondit-il.

Il tira une grande feuille de plastique de son sac, l'étala par terre et attira la femme au milieu.

— Je suis prêt, déclara-t-il.

Quand elle voulut ouvrir sa braguette, il repoussa ses mains et lui tira les cheveux pour la forcer à le regarder dans les yeux.

— Aïe ! cria-t-elle. Qu'est-ce qui te prend ?

Il tira plus fort et sourit quand la panique lui fit écarquiller les yeux. Malgré son intelligence limitée, elle avait compris ce qui l'attendait.

Il tira son couteau de l'étui fixé à sa ceinture et lui trancha la gorge avec une précision jouissive. La femme posa les mains sur sa blessure par réflexe, mais il connaissait son affaire. Il avait des années d'entraînement.

Elle mourut en quelques secondes.

Elle s'effondra, ses yeux sans vie tournés vers la lune. Il soupira. La vie les quittait toujours trop vite, mais c'était un sacrifice nécessaire. Si elles résistaient, il risquait d'en porter les traces, ce qu'il ne pouvait pas se permettre.

La discipline et la préparation. Voilà ce qui faisait son succès. Grâce à elles, il ne courait aucun risque. Les craintes de son père étaient injustifiées.

Les premiers rayons du soleil se glissèrent entre les rideaux de la cuisine.

Zoe entra dans la pièce en courant et se planta devant Faith.

— Est-ce que je peux prendre la tablette que papa m'a offerte pour aller à l'école ? demanda-t-elle.

Faith hocha distraitement la tête, rangea la requête dans son enveloppe pour la énième fois et se massa l'arête du nez. Elle n'en revenait toujours pas que Burke demande la garde exclusive de Zoe.

Cela prouvait qu'elle avait été la dernière des imbéciles. Pendant combien d'années avait-elle cru qu'elle avait épousé le prince charmant, qui l'avait tirée de la misère pour lui faire vivre un conte de fées ? La seule joie que son mariage avec Burke lui avait apportée était sa fille. Elle aurait dû écouter sa mère, qui lui avait dit mille fois qu'elle ne pouvait compter que sur elle-même.

Elle soupira et but une gorgée de café. Elle avait confié Zoe à sa voisine une bonne partie de la soirée de vendredi pour se lancer à la recherche de Burke dans l'espoir de le raisonner.

Elle avait fini par le voir près du bar où ils s'étaient rencontrés, mais il était en train d'accoster une femme.

Il avait dû passer une nuit mémorable, parce qu'il était injoignable depuis.

Elle n'était pas jalouse – elle avait cessé de l'aimer depuis longtemps – mais le bien-être de Zoe était en jeu. Elle agaçait Burke. Faith n'imaginait pas son ex-mari s'occuper de leur fille sept jours sur sept. Il voulait une poupée en porcelaine qu'il puisse montrer à ses amis, puis ranger dans un coin. Zoe ne remplirait jamais ce rôle. C'était un vrai garçon manqué. Elle était désordonnée, curieuse et indépendante. Faith l'aimait de tout son cœur.

Elle déplia le papier du matin. Elle devrait affronter le puissant clan des Thomas pour garder sa fille. Cela signifiait qu'elle avait besoin d'un emploi mieux rémunéré que ses extra comme serveuse.

La photo d'une blonde souriante, en première page, attira son attention. Cette fille lui disait quelque chose. Le titre de l'article lui glaça le sang :

Une jeune femme retrouvée morte. La police n'a aucune piste.

Faith lut l'article en diagonale et s'arrêta sur un paragraphe. Le médecin légiste estimait que Mandy Jones était morte vendredi soir entre 19 et 22 heures.

Abasourdie, Faith posa le journal sur la table de la cuisine. Elle avait vu Mandy Jones ce soir-là. Elle en était certaine.

Elle l'avait vue monter dans la voiture de son ex-mari.

1

Trois mois plus tard

Les nuages qui s'accumulaient dans le ciel du Texas avaient viré du gris au noir. L'air semblait crépiter et l'averse s'intensifiait. Stefan leva les yeux. Le temps s'accordait parfaitement avec son humeur du jour.

Il baissa la tête et grimpa deux à deux les marches de la bibliothèque municipale de Carder. La pluie lui rappela le petit pays montagneux d'Europe où il était né. Un pays où il n'avait pas mis les pieds depuis des années et dont tous les habitants croyaient qu'il avait été assassiné avec son frère lors d'un coup d'État manqué…

Mais il était bien vivant et jouait le rôle d'un Texan d'une manière si convaincante qu'il lui arrivait d'oublier qu'il n'en était pas un.

— Bonjour, Léon ! Ça va ?

Stefan tourna la tête. Son vieil alias était comme une seconde peau.

— Je ne me plains pas, répondit-il à Smithson, qui passait devant la bibliothèque en boitant.

Cet agent de police avait failli mourir quelques années plus tôt. À présent, il était marié, père de deux enfants, et il souriait en permanence.

Une vie que Stefan avait peu de chances de connaître.

Il ne pouvait pas se permettre d'avoir une famille,

ni des liens trop étroits avec ses amis. Voilà pourquoi il avait pris une décision importante la veille au soir.

Il retira son Stetson et le secoua avant d'entrer dans la bibliothèque.

Une petite fille coiffée d'une casquette de base-ball trop grande pour elle était assise derrière le bureau d'accueil. Elle lui décocha un grand sourire.

— Puis-je vous aider ? demanda-t-elle.

Il aurait sans doute dû l'ignorer ou lui faire peur en fronçant les sourcils, mais il s'approcha du bureau.

— Je ne cherche rien en particulier, répondit-il. Vous travaillez ici depuis longtemps ?

— Avez-vous une carte de la bibliothèque ? demanda-t-elle sur un ton très professionnel. Maman m'a expliqué que les gens ne pouvaient pas emprunter de livres s'ils n'avaient pas de carte.

Stefan réprima un sourire.

— Non, je n'ai pas de carte. J'aime lire sur place.

La fillette se pencha pour chuchoter :

— Moi non plus, je n'en ai pas, mais c'est un secret.

— Je ne le dirai à personne, répondit-il en chuchotant aussi.

Elle pouffa.

— Vous êtes rigolo, dit-elle. Je vous aime bien.

— Zoe ! chuchota quelqu'un derrière lui.

La fillette se mordit les lèvres.

— Oh oh… C'est ma maman. Je n'ai pas le droit de venir ici.

La femme qui s'approcha était une version adulte de la petite fille, mais elle n'avait pas sa légèreté. Son expression glaça le sang de Stefan.

Il connaissait ce regard. Cette femme n'était ni embarrassée ni furieuse : elle était terrifiée.

Stefan s'écarta instinctivement du bureau.

La femme prit sa fille dans ses bras avant de dire :

— Je suis désolée qu'elle vous ait ennuyé.

— Zoe m'a été d'une grande aide, répondit-il en décochant un clin d'œil à la fillette. Je dois me faire faire une carte de bibliothèque.

— Tu vois, maman ! s'écria Zoe. Je t'avais dit que je pouvais me rendre utile !

Sa mère ferma les yeux quelques instants et se massa l'arête du nez.

— Avez-vous besoin de quelque chose ? demanda-t-elle, si crispée qu'elle semblait presque le supplier de refuser.

Le bon sens lui imposait de battre en retraite immédiatement. Les problèmes de cette femme et de sa fille ne le regardaient pas. Pourtant, il hésita. Pouvait-il violer les règles qu'il s'était imposées, rien qu'une fois ? Elles avaient l'air d'avoir besoin d'un solide coup de main…

Il serra son chapeau plus fort. Comment pouvait-il envisager cette possibilité ?

— Non merci, répondit-il. À tout à l'heure, je suppose.

Il salua Zoe d'un signe de tête, puis s'enfonça dans la bibliothèque en les observant du coin de l'œil.

Dès qu'il eut tourné les talons, la mère de Zoe emmena sa fille dans une pièce interdite au public.

Stefan nota que les poignets de son chemisier étaient élimés et ses chaussures usées. Il releva aussi qu'elle se teignait les cheveux. La teinte, d'un châtain tirant vers le roux, était presque trop parfaite. Elle les avait attachés en queue-de-cheval avec une barrette, ce qui n'empêcha pas Stefan de s'apercevoir qu'ils n'étaient pas parfaitement de la même longueur, comme si elle les avait coupés elle-même. Les anneaux qu'elle portait aux oreilles avaient peut-être semblé en or à une époque, mais les reflets verts qui apparaissaient par endroits ne permettaient plus de s'y tromper.

Elle jeta des regards anxieux autour d'elle avant de disparaître dans la pièce. Il aurait aimé la voir sourire. Il était sûr que ses yeux se plissaient de la même manière que ceux de sa fille…

Stefan s'interdit de poursuivre cette rêverie. Soit, elle était séduisante. Très séduisante même. Ses courbes moulées par son jean auraient attiré l'attention de n'importe quel homme. Elles avaient certainement attiré la sienne… Mais il était également certain qu'elle était en fuite et à court d'argent.

Elle éveillait autant sa curiosité que sa libido. Quelques informations pouvaient lui être utiles et il savait exactement à qui les demander. Il le ferait dès qu'il aurait accompli sa première tâche.

Il parcourut la longue liste des auteurs et feuilleta même quelques romans. Il finirait bien par trouver un nom à son goût…

Pour changer d'identité, il avait besoin d'un nouveau nom.

Il serait soulagé de se débarrasser de Léon Royce. Il n'avait jamais aimé ce patronyme, mais il était presque mort quand il l'avait choisi et il avait bien fallu qu'il s'en accommode.

Pour être honnête, il avait aimé son travail chez CTC, au début : le danger, l'excitation, le fait d'aider des gens que personne d'autre ne pouvait aider… Mais le fiasco des Jennings avait tout changé. Depuis, il se portait volontaire pour les missions les plus dangereuses sans retrouver l'élan de ses débuts. Quelque chose en lui avait cassé quand cette famille s'était fait tuer.

En vérité, il aurait dû partir plus tôt. Il l'aurait fait s'il n'avait pas noué des amitiés chez Convert Technology

Confidential. Mais ces mêmes relations le rendaient vulnérable.

Il avait besoin d'un nouveau début, d'une nouvelle vie – ce qui rendait la curiosité que lui inspiraient Zoe et sa mère encore plus absurde.

Stefan continua à se promener entre les rayonnages. À chaque fois qu'il se rapprochait de l'entrée, il ne pouvait s'empêcher de jeter un coup d'œil à la femme qui avait pris place au bureau d'accueil. Elle était bien plus agréable à regarder que l'assistante qui occupait ce poste lors de sa dernière visite, quelques mois plus tôt.

Des grincements de chaussures l'informèrent de l'approche de la bibliothécaire.

— Te revoilà, Léon ! lui lança-t-elle. Je ne t'ai pas vu de l'été.

Il se retourna et fit semblant de sursauter.

— Madame Hargraves ! Comment faites-vous pour me surprendre avec ces bottes ?

Ce n'était pas la première fois qu'ils avaient cet échange et elle s'était aperçue de son absence. Il devenait trop prévisible. Cela aussi prouvait qu'il était temps pour lui de tourner la page.

— J'ai de l'entraînement, répondit-elle.

Mme Hargraves s'occupait de la bibliothèque de Carder depuis les années 1960. Elle ne portait que des jeans, des chemises à carreaux et des bottes de cow-boy. Même si elle ne ressemblait pas à l'idée qu'on se faisait d'une bibliothécaire, elle connaissait ses livres. Elle lui en avait conseillé quelques-uns et s'était rarement trompée. Son préféré, pour le moment, était *Hérite les étoiles* de James P. Hogan.

— J'ai mis ça de côté pour toi, dit-elle en lui tendant *Le Prince* de Machiavel.

Il faillit s'étrangler. Savait-elle ? Pensait-elle qu'il avait besoin qu'on l'éclaire sur l'exercice du pouvoir ?

— Merci, répondit-il en se forçant à sourire.

Elle fronça les sourcils.

— Je sens que quelque chose ne va pas, dit-elle. Ton dernier… voyage s'est-il bien passé ? Mieux que le précédent, j'espère.

Elle était donc observatrice.

— Ou est-ce ma nouvelle assistante qui te perturbe ? demanda-t-elle après avoir jeté un coup d'œil par-dessus son épaule.

Il réprima un soupir de soulagement. Ainsi, son octogénaire préférée voulait jouer les marieuses.

Il rangea le livre qu'il feuilletait avant l'arrivée de Mme Hargraves.

— Il est *possible* que tes deux nouvelles assistantes aient attiré mon attention, reconnut-il.

— L'assistante que tu connaissais a démissionné et Faith avait besoin d'un emploi, expliqua la bibliothécaire. Je la trouve sympathique. Elle travaille ici depuis deux mois. Elle est efficace et toujours à l'heure. Et sa fille est un phénomène ! Elle me fait penser à moi quand j'étais petite.

Faith.

Ce prénom lui allait bien.

— Tu ne peux pas t'empêcher d'adopter les chiens perdus, commenta-t-il.

Elle s'approcha pour lui chuchoter à l'oreille :

— C'est possible. Faith a de gros ennuis. Elle est nerveuse comme un poulain. Je ne sais pas ce qu'elle fuit, mais j'ai le pressentiment que ça la rattrapera bientôt. Tu pourrais l'aider. J'ai cru deviner que c'était votre spécialité, au ranch.

— Merci pour tout, se contenta-t-il de répondre.

Il déposa un baiser sur sa joue et voulut s'éloigner, mais Mme Hargraves le retint par le bras.

— Elle a besoin de toi, insista-t-elle. N'ignore pas ce que te souffle ton instinct.

Stefan entendit une discussion chuchotée dans un coin de la bibliothèque et quitta Mme Hargraves après l'avoir saluée d'un signe de tête. Il suivit le son et se posta à un endroit où Zoe et sa mère ne pouvaient pas le voir.

— Que t'ai-je dit, Zoe ? demanda Faith. Nous ne devons pas attirer l'attention des gens. Et tu m'avais promis de lire.

— Je déteste ça, répondit la fillette. Je veux rentrer à la maison et jouer au base-ball avec Danny. Je ne peux pas rater la prochaine saison de la Petite Ligue. Il me tuerait.

— Écoute, championne, nous devons rester ici encore un peu, mais ensuite…

— C'est ce que tu dis, la coupa Zoe. Je veux retourner chez papa. Je sais qu'il ne t'aime pas, mais il m'aime bien, moi. Il ne me force pas à lire des livres stupides pendant des heures. Il m'achète de super jouets.

Sur ces mots, Zoe reporta son attention sur son coloriage.

Aïe. La petite avait du caractère.

Faith la regarda avec un air désespéré. Stefan ne savait pas quel était leur problème, mais elles avaient clairement besoin d'aide.

Stefan ne supportait pas de lire une telle terreur dans le regard d'une femme et il pouvait les aider – s'il réussissait à gagner leur confiance.

*
**

La pluie ne semblait pas décidée à s'arrêter. Il y avait un arc-en-ciel qui ne menait nulle part à l'horizon. Faith leva les yeux. Son avenir avait plus de chances de ressembler aux nuages qu'à l'arc-en-ciel, songea-t-elle. Les arcs-en-ciel symbolisaient la magie et l'espoir, auxquels elle ne croyait plus depuis longtemps.

Bien sûr, Zoe y croyait encore.

Faith essaya de retrouver un peu d'optimisme. La chance pouvait tourner… mais elle en doutait. Zoe et elle n'avaient pas repris leur souffle du matin où elle avait découvert ce que son ex-mari avait fait jusqu'au jour où sa voiture était tombée en panne dans cette ville au milieu de nulle part. Elle luttait contre la panique jour après jour. Il lui arrivait de gagner, mais l'inconnu qu'elle avait croisé à la bibliothèque l'inquiétait. C'était peut-être son regard, qui semblait capable de pénétrer jusqu'au fond de son âme… Et le fait que Zoe n'arrête plus de parler de lui n'arrangeait rien.

Faith en avait assez d'attendre. La bibliothèque avait fermé une heure plus tôt, mais Zoe et elle ne pouvaient pas se permettre d'être mouillées. Elle n'avait pas les moyens d'aller faire laver leurs vêtements deux fois par semaine.

— On dirait que ça se calme, dit Mme Hargraves.

— Merci de m'avoir laissée rester, répondit Faith, mal à l'aise.

Elle n'aimait pas passer plus de temps qu'il n'était nécessaire avec les gens. Cela augmentait le risque qu'elle se fasse remarquer.

— Ça ne m'aurait pas dérangée de vous raccompagner en voiture, lui rappela Mme Hargraves.

— C'est gentil, mais je dois faire un saut à l'épicerie. Ça vous aurait fait faire un détour.

— Il n'y a pas de détours dans Carder.

Faith ne répondit rien. Mme Hargraves l'avait engagée sans poser de questions et elle lui en était reconnaissante, mais il valait mieux que personne ne sache où elle s'était installée. C'est ce qui lui permettait de se détendre assez pour dormir quelques heures la nuit.

— Ramasse tes affaires, Zoe. On rentre à la maison, annonça-t-elle.

Sa fille accourut, les sourcils froncés.

— Ce n'est pas notre maison, tu le sais, dit-elle.

Elle repartit en courant vers le fond de la bibliothèque sans laisser le temps à Faith de répondre. Les joues brûlantes, celle-ci jeta un coup d'œil à Mme Hargraves.

— Désolée, balbutia-t-elle.

Sa patronne lui tapota le bras.

— Ne t'en fais pas. C'est une brave petite. Elle est juste un peu frustrée aujourd'hui, sans doute à cause de la pluie. Je ne sais pas comment font les gens qui vivent à Seattle ! Je serais de mauvaise humeur en permanence, à leur place.

— Merci, répondit Faith à la femme qui les avait sauvées. Merci pour tout.

— C'est moi qui te remercie, chérie. Je ne rajeunis pas. À ce propos, je peux te dire que je courrais après l'homme dans l'œil duquel tu as tapé tout à l'heure si j'avais cinquante ans de moins – tu vois de qui je parle.

Elle ponctua sa remarque d'un clin d'œil.

Faith ne joua pas les imbéciles.

— On a à peine échangé deux mots, se défendit-elle.

— Mais il t'a bien regardée…

Faith se raidit.

— Il m'a regardée ? Pourquoi ?

— Le fait que tu sois une très belle femme y est sans doute pour quelque chose, répondit Mme Hargraves en haussant un sourcil. Allons, Faith… Je t'ai bien vue l'observer à la dérobée. Et Zoe a l'air d'adorer notre Léon.

Léon.

Sa patronne le connaissait donc. Faith se détendit un peu. Comme Burke n'avait aucun lien avec Carder, il n'avait aucune raison de connaître ce Léon. Elle était paranoïaque – une fois de plus.

— Je n'ai pas reconnu son accent, dit-elle.

Sa patronne pouffa.

— Si tu trouves la réponse, dis-le-moi. Toutes les femmes de Carder aimeraient savoir d'où il vient. Il faut avouer qu'il est agréable à regarder.

Faith ne pouvait pas nier qu'il était séduisant. Il était grand, athlétique, et il avait des yeux bleus au regard perçant. Il aurait pu être un héros de conte de fées s'il avait eu l'air moins sombre et moins solitaire.

Elle avait trouvé étrange qu'il entre dans le jeu de Zoe, qui était tombée amoureuse de lui en deux minutes. Faith ne pouvait pas le lui reprocher. Elle n'était pas insensible à son charme, elle non plus, mais elle devait rester aussi invisible que possible si elle tenait à la vie.

Et il semblait trop parfait pour être vrai. Burke lui avait appris à se méfier.

— Si vous le dites, finit-elle par murmurer.

— Bien sûr que je le dis, et c'est ce que tu penses, répondit Mme Hargraves. Écoute, je vais te livrer un secret : si tu as besoin d'aide, un jour, Léon est un homme qui sait régler des problèmes.

Faith se mordit la lèvre.

— Ne me demande pas de détails, poursuivit Mme Hargraves, mais je serais contente de me retrouver à Carder si j'avais des ennuis.

Faith ramassa son sac et attendit en songeant à cette

remarque intéressante. Zoe prit son temps, mais elle finit par franchir la porte en traînant les pieds.

— Sois prudente, chérie ! lança Mme Hargraves.

Faith salua sa patronne et prit la main de Zoe. Celle-ci sauta dans la première flaque près de laquelle elle passa.

— Arrête ! s'écria Faith. Tu salis ton jean.

Zoe se raidit.

— C'est ce que papa dit toujours.

Le cœur de Faith se serra.

— Je suis désolée, championne, s'empressa-t-elle de répondre. C'est juste que j'essaie de nous trouver une nouvelle maison. J'ai besoin d'argent pour ça et ça coûte cher de laver nos vêtements. Quand on sera chez nous, tu pourras te salir autant que tu voudras. Je me roulerai même dans la boue avec toi.

Zoe la fixa un moment avant de demander :

— C'est promis ?

— Promis juré.

— Je ne sauterai plus dans les flaques, alors, répondit sa fille.

— Merci, chérie.

Heureusement, l'épicerie et station-service locale n'était qu'à cinq cents mètres de la bibliothèque. Faith se munit de l'un des cinq caddies de l'établissement et sortit sa calculatrice. Elle prit une miche de pain qui était en promotion, par chance, et regarda le beurre de cacahuètes, qui ne l'était pas. Il le serait peut-être la semaine prochaine… Si elle l'étalait bien, ce qu'il restait dans leur pot tiendrait sans doute jusque-là.

— On peut prendre des chips ? demanda Zoe.

Faith se mordit la lèvre. Ce n'était pas raisonnable.

— Peut-être un petit paquet, on verra, répondit-elle.

Zoe lui offrit un grand sourire qui l'attrista. Sa fille

n'aurait pas dû être aussi enthousiaste à l'idée de manger un petit paquet de chips.

Chaque jour, elle se demandait si elle avait pris la bonne décision. Chaque jour, elle finissait par conclure qu'elle n'avait pas eu le choix. Comment aurait-elle pu abandonner la garde de sa fille à un tueur en série ?

Elle entra le prix du paquet de chips dans sa calculatrice. Pouvait-elle retirer autre chose ?

Elle se retourna par réflexe en entendant un bruit derrière elle. Personne. Elle refoula son inquiétude et mit un sac de haricots en promotion dans le caddie.

Un nouveau bruit la fit tressaillir.

Alors que Zoe examinait une boîte de céréales, Faith jeta des coups d'œil furtifs à droite et à gauche. C'était un petit magasin. Elle devait pouvoir voir tous ceux qui s'y trouvaient.

Les doigts crispés sur la barre du caddie, elle entraîna Zoe dans les deux derniers rayons et ajouta quatre produits en promotion. C'était peut-être le mauvais temps qui la perturbait. Ou bien le fait qu'elle n'avait plus de nouvelles de la personne qui devait lui fournir de faux papiers depuis des jours. Ou encore sa rencontre avec cet homme étrange en qui Mme Hargraves avait confiance. Léon. Il sortait de nulle part et s'intéressait bien trop à Zoe et à elle. Travaillait-il pour Burke ?

Elle devait se fier à son instinct.

— Viens, Zoe, il faut qu'on y aille, dit-elle sans réussir à cacher son inquiétude.

Zoe fronça les sourcils.

— Qu'est-ce qui ne va pas, maman ?

— Rien. Il se fait tard, répondit Faith en prenant la direction de la caisse.

— Mais il fait encore jour ! protesta sa fille.

— Plus pour très longtemps et on a de la route à faire.

— Bonjour, Faith, bonjour, Zoe, les salua la caissière. Comment ça va, aujourd'hui ?

— Bien, merci, répondit Faith. Et vous, Maureen ?

La caissière lui offrit un grand sourire. Faith ne pouvait pas s'empêcher d'envier sa joie de vivre.

— Je ne peux pas me plaindre : mon fils vient d'avoir son diplôme, répondit-elle. Il part en camp de vacances demain.

— Félicitations ! Il vous manquera, j'en suis sûre.

— Oui. Ils grandissent si vite…, soupira Maureen. Profitez bien de celle-ci tant que vous le pouvez.

— C'est mon intention, répondit Faith.

Elle ramassa leurs deux sacs de courses et jeta un nouveau coup d'œil par-dessus son épaule. Elle continuait à avoir la sensation qu'on les observait.

Décidément, elle devenait paranoïaque. Elle n'était pas faite pour gérer cette situation et elle espérait bien retrouver une vie normale dès qu'elle aurait quitté Carder.

Le soleil s'approchait de l'horizon quand elles sortirent de l'épicerie. Elles devaient encore faire deux kilomètres à pied pour regagner le taudis que Faith avait loué.

Peu de gens marchaient dans Carder. Faith n'avait même pas vu un vélo. C'était le pays des ranchs, où les 4x4 régnaient en maîtres.

Elle traversa la rue avant de passer devant le bureau du shérif en se disant qu'elle ne faisait que prendre *son* trottoir. Cela n'avait rien à voir avec la possibilité que la puissante famille de Burke ait convaincu quelqu'un de lancer un mandat d'arrêt contre elle. Elle s'était teint les cheveux. Si elle avait de la chance, cela tromperait les gens assez longtemps pour qu'elle disparaisse.

Elle ne savait pas ce que faisait Burke. Ses loisirs n'avaient pas fait les gros titres du *San Antonio Express News*, et encore moins de la gazette locale.

Elle avait toujours le sentiment qu'on les épiait.

— Tu marches trop vite, maman, se plaignit Zoe. Je suis fatiguée.

Faith se tourna vers sa fille, qui traînait les pieds.

— Donne-moi ton sac à dos, championne, répondit-elle.

Elle faillit faire tomber le sac quand sa fille le lui tendit. Elle ne s'attendait pas à ce qu'il soit aussi lourd.

— Qu'as-tu donc là-dedans ? demanda-t-elle.

— Les livres que tu m'as fait emporter, ma balle de base-ball, mes jouets préférés, des craies et mes galets vernis pour jouer à la marelle, répondit sa fille en haussant les épaules. Comme ça, je ne suis pas obligée de lire en permanence.

Faith ignora la migraine qui commençait à la gagner et suggéra :

— Si on faisait la course jusqu'à la maison ? J'ai peur qu'il ne se remette à pleuvoir…

Sa fille s'élança aussitôt.

— Arrête-toi pour regarder des deux côtés avant de traverser des rues ! lui lança Faith en se mettant à courir derrière elle.

Zoe se retourna et cria :

— Tu ne me rattraperas pas !

Faith se promit de l'inscrire dans un club de base-ball ou de foot dès qu'elles seraient installées dans un nouvel endroit. Zoe avait besoin de dépenser son énergie.

Quand elle arriva enfin, Faith était à bout de souffle. Zoe attendait devant la porte en se balançant d'un pied sur l'autre.

Faith tira la clé de sa poche et ouvrit la porte.

Zoe se précipita à l'intérieur pour revenir se jeter dans ses bras quelques instants plus tard. Faith en laissa tomber les sacs.

— Qu'est-ce que…

— Quelqu'un est entré dans la maison, maman, la coupa sa fille.

Faith la poussa derrière elle et jeta un coup d'œil à l'intérieur. Le canapé avait été retourné et ce qui aurait dû se trouver sur les étagères gisait par terre.

Leur maison avait été fouillée.

— Nous devons partir tout de suite, Zoe !

Thomas Incorporated occupait les trois derniers étages d'un immeuble de bureaux au centre de Dallas. La fortune familiale venait du pétrole, mais le père de Burke avait diversifié les activités de l'entreprise. À présent, ils étaient également dans la distribution d'énergie et dans la banque. Tous les Texans avaient affaire à une filiale de l'entreprise ou à une autre. Burke hériterait de cet empire, un jour, et il avait de grands projets.

Pour le moment, il devait se contenter du pouvoir que lui conférait l'influence de son père. Malheureusement, ce pouvoir avait un prix : Burke devait accourir quand son père l'exigeait. Il fit glisser sa carte dans le lecteur de l'ascenseur et appuya sur le bouton du dernier étage.

Les portes de l'ascenseur s'ouvrirent en tintant. Burke traversa l'antichambre sans se soucier de l'assistante et frappa à la porte du bureau de son père.

— Entrez ! cria celui-ci.

Burke inspira profondément avant d'obéir.

Son père leva la tête, les sourcils froncés.

— Ferme la porte, ordonna-t-il.

Son père ne souriait pas. Cette conversation ne serait pas agréable et Burke devinait son sujet. Il referma doucement la porte et s'approcha du bureau.

— Tu voulais me voir ?

— As-tu retrouvé le contrôle de tes *pulsions* ? demanda son père.

— Oui, père, répondit Burke en soutenant son regard. Ç'aurait sans doute été plus facile si tu m'avais aidé à résoudre mon problème avec Faith.

Gerard Thomas bondit sur ses pieds.

— Comment oses-tu me parler ainsi ? s'écria-t-il. T'aider ? Je t'ai permis d'échapper à la prison plus souvent que tu n'en as conscience. Il ne s'était écoulé que deux semaines depuis l'*incident* précédent. Deux semaines ! N'as-tu donc aucune discipline ?

Burke enfonça ses ongles dans ses paumes.

— Je n'arrête pas de recevoir des coups de fil de détectives privés et d'avocats, se défendit-il. C'est frustrant. J'ai besoin… de me délivrer de mon stress.

— Alors va courir ou faire de la musculation, mais pas…

Son père soupira et vida son verre de whisky.

— Ta mère veut voir Zoe, reprit-il. Je suis à court d'excuses.

— J'irai la voir et j'inventerai quelque chose, répondit Burke en haussant les épaules.

— Prends-tu la vie pour un jeu ? rugit son père en abattant son poing sur son bureau. Tu es trop impatient. Tu n'as pas de discipline. Tu aurais dû attendre qu'on ait un dossier en béton contre Faith avant de lui fournir la requête de garde exclusive.

— C'est toi qui as dit à maman qu'on était prêts, se défendit Burke. Comment aurais-je pu prédire qu'elle s'enfuirait ?

— Combien de fois t'ai-je demandé de me consulter avant toute décision importante ? grogna son père en se frottant les yeux. Faith n'est peut-être pas digne d'élever ma petite-fille, mais toi non plus. Il nous faut un dossier sans faille pour que tu obtiennes la garde.

— Elle est partie avec Zoe sans ma permission. C'est un plus.

— *Si* nous les retrouvons.

— Je peux régler ce problème, grommela Burke. Si tu me laisses les coudées franches…

— Ne songe même pas à faire du mal à Faith ! le coupa son père.

Burke pinça les lèvres.

— Le tarif de l'équipe de nettoyage vient de doubler, poursuivit son père. Il y avait ton ADN sur les lieux, cette fois. Tu deviens négligent. Je ne pourrai pas protéger la réputation de notre famille si tu fais du mal à ton ex-femme. Mon influence a des limites.

Son père se rassit et se mit à pianoter sur son bureau.

— Contrôle-toi et remets-toi au travail, conclut-il.

Malgré sa fureur, Burke ne répondit rien. Il se contenta d'acquiescer avant d'aller s'enfermer dans son propre bureau.

Dès qu'il fut seul, il donna un coup de poing dans un mur. Comment son père avait-il découvert sa dernière incartade aussi vite ?

Il massa ses tempes qui palpitaient douloureusement. Tout était de la faute de Faith. Sa mère ne tenait plus en place depuis qu'elle était partie avec Zoe. Son père…

Il se moquait éperdument de ce que pensait et ressentait son père.

Burke se frotta le visage. Faith était partie depuis trois mois. Elle n'était pas assez maligne pour disparaître tout à fait. Elle finirait par commettre une erreur. Alors il la tiendrait, que cela plaise à son père ou non.

Il se laissa tomber dans son fauteuil, posa son téléphone sur son bureau et sortit le dossier qui contenait ses projets pour l'avenir, quand *il* serait à la tête de l'entreprise familiale.

Il le feuilleta pour se calmer. Il développerait l'entreprise à l'échelle nationale, puis internationale. Il n'accepterait aucune limite.

Son téléphone vibra.

Il jeta un coup d'œil à l'écran. Orren avait intérêt à avoir de bonnes nouvelles.

— Je t'écoute, dit-il en décrochant.

— On l'a trouvée, monsieur Thomas.

2

Le 4x4 de Stefan rebondissait dans le désert texan. Stefan jeta un coup d'œil à son GPS. Il y était presque. Les seules couleurs du paysage étaient fournies par les derniers feux du soleil couchant. C'était un décor dramatique. Il était beau, à sa manière, mais il ne ressemblait en rien à Bellevaux, son pays natal, une succession de collines verdoyantes sillonnées de rivières.

Sa voiture soulevait des nuages de poussière. Il suivait un chemin cabossé depuis une demi-heure en priant pour que ce soit le bon. Annie ne lui avait jamais donné rendez-vous deux fois au même endroit. Elle était encore plus paranoïaque que lui.

Mais c'était sans doute grâce à cela qu'elle était encore en vie contre toute probabilité.

Ils habitaient tous les deux le même monde trouble dans lequel le bien et le mal, le vrai et le faux s'étaient mélangés pour former une bouillasse indéfinissable.

Parvenu en haut d'une côte, il aperçut enfin une caravane – exactement où elle avait dit qu'elle se trouverait.

Il se gara à cinquante mètres de la caravane et sortit les mains en l'air en laissant son revolver dans la voiture. Annie avait des règles concernant les armes.

Il ne la vit pas, mais il était certain qu'elle le voyait.

— Annie ? appela-t-il.

Comme elle ne répondit pas, il attendit.

Un long moment.

Finalement, elle sortit de derrière un buisson avec un Uzi, son arme préférée, dans les bras. Elle avait attaché ses cheveux bouclés. Ils n'étaient ni noirs, comme le jour de leur rencontre, ni roux, comme la dernière fois qu'ils s'étaient vus, mais châtain clair avec des mèches blondes. Il était impossible de savoir si c'était sa couleur naturelle, mais elle lui allait bien.

Elle portait un jean noir et un T-shirt noir trop grand pour elle, comme toujours. Elle serait quasiment invisible quand il ferait nuit.

Elle s'approcha de lui avec un grand sourire qui trahit la beauté qu'elle s'efforçait de cacher. Il n'avait jamais compris pourquoi.

— Léon ! Tu as l'air en forme pour un mort, lui lança-t-elle.

— Et tu es trop belle pour être morte, répliqua-t-il.

Il déposa un baiser sur sa joue. Ils étaient amis depuis cinq ans, mais même elle ne connaissait pas sa véritable identité. Quand le CTC l'avait exfiltré pour lui sauver la vie, il n'avait fourni que son alias à Annie.

— Comment vas-tu ? lui demanda-t-il.

— Pas mal, et toi ?

Deux personnes en fuite qui avaient de graves problèmes de confiance avaient peu de chances de réussir une relation. Annie et lui s'en étaient aperçus très vite. Par conséquent, ils accomplissaient le même rituel à chaque fois qu'ils se voyaient.

— As-tu l'intention de sortir de ta cachette un de ces quatre ? demanda-t-il.

— Sans doute pas, répondit-elle. Je me suis juste fait couper les cheveux pour l'apocalypse, répondit-elle avec un sourire triste. Nous avons fait nos choix il y a des années, toi et moi. C'est ma vie, maintenant : aider les semeurs de trouble dans ton genre et les innocents qui n'ont personne vers qui se tourner.

Stefan songea à Faith et à sa fille, puis les chassa de son esprit. Il n'aurait pas dû s'inquiéter pour elles.

— Comment vont les affaires ? demanda-t-il.

— Mieux que jamais, soupira-t-elle. Le pouvoir corrompt tout le monde. Pour certains, disparaître devient la seule solution. Pourquoi m'as-tu contactée ? C'est Ransom qui s'en charge, en général, quand il a un travail à me confier.

— C'est personnel, répondit Stefan en soutenant son regard. J'ai besoin de disparaître.

Elle siffla.

— Tu quittes le CTC ?

Il hocha la tête.

— Je vois. Viens à l'intérieur.

Elle ouvrit les nombreux cadenas de la porte de la caravane et y entra.

Il retira son chapeau avant de la suivre. La dernière fois qu'elle l'avait invité à entrer, ils étaient allés droit dans la chambre. Cette fois, ils prirent la direction opposée et entrèrent dans un rêve de technicien informatique. Annie pouvait fabriquer n'importe quelle pièce d'identité, inventer des individus au passé élaboré ou mettre la main sur des informations bien cachées si on la payait suffisamment.

Elle s'installa à son bureau.

— Léon doit mourir publiquement, dit-il. Je veux une nouvelle vie – une table rase.

Annie haussa un sourcil.

— Est-ce que Ransom est au courant ?

— Tu es la première.

Elle esquissa un sourire.

— Il se doute de quelque chose.

— Sûrement.

— Je peux facilement tuer Stefan, mais il me faudra un peu plus de temps pour fabriquer quelqu'un d'autre, dit-elle en pianotant sur son clavier. Es-tu en danger ?

— Non, mais ce n'est qu'une question de temps, répondit-il. Je suis devenu négligent. J'ai noué trop de relations. Ce pourrait être dangereux si…

— … Les gens qui veulent te tuer te retrouvaient, acheva-t-elle à sa place. Pourquoi est-ce que je vis dans une caravane, à ton avis ? Je ne peux pas me permettre de nouer des relations. Et puis repartir de zéro n'est pas aussi merveilleux qu'on le croit.

Ce que Faith essayait de faire, de toute évidence… Aider les gens comme elle était la spécialité du CTC, celle d'Annie – la *sienne*.

Il pinça les lèvres. Comment pouvait-il exprimer ce qu'il désirait sans paraître ridicule ?

— Je ne peux pas redevenir qui j'étais, dit-il. J'aimerais…

— … Une vie normale, pouffa-t-elle – mais il y avait de la compassion dans ses yeux. Tu y as renoncé le jour où tu as décidé de jouer les espions.

Elle l'observa un long moment avant d'ajouter :

— Je ne connais pas ta véritable identité, mais je doute que tu aies jamais été quelqu'un d'ordinaire. C'est ce que tu dois devenir si tu veux que ton plan marche.

Il esquissa un sourire.

— Je ne demande qu'à essayer.

Leur maison n'était plus un endroit sûr. Faith contemplait le désastre en essayant de cacher sa terreur à sa fille. Tout ce qu'elles possédaient avait été touché. Elle ne pouvait plus bouger ni respirer.

Elle devait protéger Zoe.

Autrefois, elle aurait couru chez un voisin pour appeler la police. Elle n'avait pas ce luxe, à présent. Elle devait se débrouiller seule.

Elle prit la batte de base-ball de Zoe qui était posée dans un coin de l'entrée.

— Si vous êtes encore là, allez-vous-en ! cria-t-elle. Je suis armée !

La maison resta parfaitement silencieuse.

— Reste ici, dit-elle à Zoe. Si tu vois quelqu'un, cours te cacher derrière un arbre. Je te retrouverai.

Malgré sa terreur, sa fille ramassa son sac à dos et hocha la tête.

Les doigts crispés sur la batte, Faith entra dans la cuisine. Tous les placards avaient été fouillés. Que cherchaient-ils ?

Elle entra ensuite dans la chambre. Les matelas avaient été retournés et leurs vêtements étaient éparpillés sur la moquette.

Son regard s'arrêta sur la porte du placard. Le cœur affolé, elle s'en approcha lentement pour l'ouvrir d'un coup sec.

Il n'y avait personne à l'intérieur.

Après avoir inspecté la salle de bains, elle revint dans la chambre et se laissa tomber sur un matelas. Elle pouvait recommencer à respirer.

— Viens, Zoe ! cria-t-elle. Il n'y a personne.

Sa fille accourut.

— Nous allons bien, dit Faith en la prenant dans ses bras. C'est le plus important.

— Ont-ils volé quelque chose ? demanda Zoe. Ont-ils volé Arc-en-ciel ?

— Ta licorne ? Je ne pense pas.

— Où est-elle ?

Faith balaya la pièce du regard sans la voir.

— Sous l'un des lits, peut-être.

Zoe se mit à quatre pattes et trouva la peluche sous son lit.

— Elle est là ! s'écria-t-elle. Elle se cachait pour que le monsieur chauve ne la prenne pas. Elle est intelligente.

Faith tressaillit.

— As-tu vu quelqu'un, Zoe ?

Sa fille haussa les épaules.

— Zoe ? insista Faith.

— J'ai vu un homme chauve qui nous suivait, à l'épicerie. Il se cachait à chaque fois que tu tournais la tête. J'ai cru que c'était un jeu.

— Est-il grand comme papa ?

— Oui. Et il y a une sirène dessinée sur son bras.

Elle connaissait ce tatouage. Elle avait déjà vu cet homme, mais pas à Carder… À Weatherford. C'était le videur du Shiny Penny à l'époque où elle avait rencontré Burke. Quelles étaient les chances qu'un homme qui avait travaillé dans ce bar se retrouve par accident dans l'épicerie de Carder ?

Quasi nulles. Sa présence ne pouvait avoir qu'une explication : Burke les avait retrouvées.

Elles devaient quitter Carder immédiatement.

En tremblant comme une feuille, Faith déplaça la table de nuit et souleva le coin de moquette qu'elle avait décollé. L'enveloppe était toujours là.

Elle en eut un vertige de soulagement et s'assit par terre en serrant l'enveloppe dans ses doigts. Celle-ci contenait tout l'argent qu'il lui restait pour les réparations de la voiture. Les faux papiers coûtaient cher. Son contact avait exigé dix mille dollars d'avance. Pour les réunir, elle avait vendu son alliance et les bijoux que Burke lui avait offerts – en toc, pour la plupart. Comme cela n'avait pas suffi, elle avait aussi dû vendre la bague ornée d'un petit diamant que sa mère lui avait donnée avant sa mort.

Son espoir d'échapper à Burke tenait au peu qu'il restait dans l'enveloppe.

S'il découvrait qu'elle savait ce qu'il faisait, il ne se contenterait pas de lui prendre Zoe : il la tuerait pour s'assurer qu'elle garde son secret.

— Ça va, maman ?

Faith s'essuya les yeux.

— Oui, chérie.

— Alors pourquoi pleures-tu ? s'inquiéta Zoe.

Faith la prit dans ses bras. Elles s'en sortiraient. Elles devaient s'en sortir.

— Ça fait du bien de pleurer, parfois. Tu comprends ?

Sa fille fronça les sourcils.

— Je ne t'ai jamais vue pleurer, même quand papa te dit des choses méchantes.

— Tout le monde pleure, chérie, même les mamans.

Zoe posa la tête sur son épaule.

— Devons-nous redéménager ?

— Désolée, chérie, répondit Faith. On fait nos valises et on s'en va.

Burke étouffait dans son bureau, qui était une copie conforme de celui de son père. Le bureau en acajou, les fauteuils en cuir… Son père avait toujours voulu un clone et Burke n'avait demandé qu'à le satisfaire pendant de longues années. Quand il était petit, il croyait que son père était un homme extraordinaire. Il l'avait cru jusqu'à seize ans.

Burke lâcha les graphiques des derniers résultats de

l'entreprise. À seize ans, il était tombé amoureux pour la première fois – de la femme *parfaite*.

Cette année-là, il avait découvert les pieds d'argile de son père.

Cette année-là, il avait été forcé de tuer la femme qu'il aimait.

Alors qu'il se levait pour aller se servir un verre, la porte s'ouvrit sans qu'on ait frappé. Il fit volte-face, prêt à rugir, et se retint en découvrant la femme qui lui souriait.

— Burke, mon chéri, pourquoi travailles-tu aussi tard ? J'ai dit cent fois à ton père qu'il ne devrait pas te donner ses mauvaises habitudes.

Burke traversa la pièce pour la prendre dans ses bras.

— Maman ! Je ne t'attendais pas.

— J'emmène ton père dîner au club, répondit sa mère. Veux-tu te joindre à nous ?

— J'ai du travail.

Sa mère fit la moue.

— Tu ressembles trop à Gerard.

Non ! eut-il envie de hurler.

— C'est ce que tu dis toujours, répondit-il avec le sourire.

Il déposa un baiser sur sa joue. Sa mère méritait qu'on lui offre le monde pour l'avoir aidé à survivre à son enfance et pour avoir supporté son père pendant toutes ces années. Il était prêt à tout pour la protéger et pour la rendre heureuse.

Elle prit la photo de Zoe qui était posée sur son bureau.

— J'ai hâte de la revoir. A-t-elle aimé la robe que je lui ai envoyée ? Je l'ai achetée sur catalogue. Je pense que je suis trop vieux jeu… J'aimerais que Zoe ait une grand-mère branchée.

Burke grimaça intérieurement. Il devrait mentir à sa mère tant qu'Orren ne lui aurait pas ramené Zoe et il détestait ça.

— Tu n'as pas à t'inquiéter, maman. Zoe a adoré la robe. Elle compte la mettre la prochaine fois qu'elle te rendra visite.

Bien sûr, certains mensonges étaient nécessaires.

Sa mère fronça les sourcils.

— Quand reviendront-elles ? Ma petite-fille me manque. Je suis sûre qu'il est bon pour elle de faire ce stage de lecture, mais je ne l'ai pas vue de l'été. Les cours vont reprendre.

— Zoe reviendra bientôt, je te le promets, répondit Burke.

Sa mère soupira et reposa la photo.

— Ça m'attriste que ton mariage avec Faith n'ait pas marché, dit-elle. Elle semblait si gentille… Tu as l'air fatigué, Burke. Tu devrais trouver quelqu'un qui saura te rendre heureux. Ton père s'inquiète pour toi.

Sûrement pas, songea-t-il amèrement.

Il déposa un baiser sur les cheveux parfaitement coiffés de sa mère.

— J'ai du travail et tu as un rendez-vous, lui rappela-t-il.

— Ne te donne pas trop de mal, mon chéri, répondit-elle en lui tapotant le bras.

Burke la raccompagna jusqu'à la porte et l'embrassa une dernière fois.

— Je ferai ce que j'ai à faire.

Le matin n'arrivait pas trop vite quand on passait la nuit dans un bosquet. Heureusement qu'elle avait prévu un plan d'urgence au cas où quelque chose de ce genre se produirait. Zoe était bien cachée. Faith avait toute la nuit observé leur maison sans lâcher la batte.

Elle avait mal partout et la sensation d'avoir du sable dans les yeux.

Burke n'avait pas débarqué, mais elle avait vu deux hommes tourner autour de la maison. S'il faisait trop sombre pour qu'elle distingue leurs traits, elle avait bien vu que l'un d'eux était chauve.

Elle avait perdu tout espoir : Burke les avait bien retrouvées.

Sa fille sortit de sa cachette.

— Il est l'heure de se lever ? demanda-t-elle.

— J'en ai peur, répondit Faith en pliant la couverture qu'elle avait dû voler aux propriétaires de la maison.

Zoe bâilla et se frotta les yeux.

— On a bien pris toutes mes affaires ? demanda-t-elle. Ma licorne ? Ma balle de base-ball ?

— Oui.

— Et si on avait oublié quelque chose ? insista Zoe.

— On n'a rien oublié, lui assura Faith, qui n'avait aucune intention de remettre les pieds dans la maison. Préparons-nous.

Elles se débarbouillèrent avec une bouteille d'eau avant de se mettre en route. Par prudence, Faith rallongea le trajet en empruntant les rues les moins fréquentées.

Zoe marcha en silence et Faith ne trouva pas la force de feindre l'optimisme. La situation était grave. Faith ne pouvait plus qu'espérer que le garagiste lui fasse une ristourne sur les réparations – c'était la moindre des choses, puisqu'il avait déjà empoché les dix mille dollars d'acompte pour les faux papiers.

Quand elles atteignirent le garage, Faith fut soulagée de voir la voiture flambant neuve de Ray sur le parking.

Il était déjà là. Comme le rideau de fer était baissé, elle frappa à la porte.

Ray ouvrit alors qu'elle s'apprêtait à frapper une deuxième fois. À en juger par ses traits tirés et l'état de ses vêtements, il avait travaillé toute la nuit.

— Oh ! c'est vous, dit-il en fronçant les sourcils. Revenez la semaine prochaine. Votre voiture n'est pas prête.

Faith bloqua la porte avec son pied quand il voulut la fermer.

— Ce n'est pas une option, répondit-elle en forçant le passage. Nous devons quitter la ville. Reste dehors, Zoe, mais à un endroit où je peux te voir.

Elle regarda Ray droit dans les yeux et posa l'enveloppe sur le bureau. Ray s'empressa de compter les billets.

— Il manque cinq cents dollars, dit-il.

— Je sais, mais nous devons partir.

Il secoua la tête.

— Impossible. Et j'ai trouvé un autre problème. Vous me devez sept cent cinquante dollars de plus. Les pièces détachées coûtent cher…

Faith s'interdit de réagir à son sourire cruel et leva le menton.

— C'est tout ce que j'ai. Je vous ai déjà donné beaucoup d'argent. Il faudra que ça suffise.

— Désolé, mais je ne peux pas vous rendre la voiture si vous ne réglez pas la facture dans sa totalité, répondit-il sans avoir l'air aucunement désolé. De toute manière, je n'ai pas encore les papiers.

— Mais j'ai besoin de ces papiers ! répondit-elle en élevant la voix.

Ray la fit frissonner de dégoût en la regardant de

la tête aux pieds. Elle recula instinctivement et croisa les bras.

— Alors notre marché ne tient plus, déclara-t-elle. Rendez-moi mon argent – *tout* mon argent.

— Ne vous énervez pas, répondit Ray sans perdre son sourire. J'aurai les papiers dans quelques jours et on peut peut-être s'arranger pour la voiture…

— Maman ? appela Zoe par la porte entrouverte.

Quelques jours ? C'était impossible. Elles ne pouvaient pas retourner dans la maison. Mme Hargraves les aiderait peut-être… À moins qu'elles ne puissent retourner dans la bibliothèque après la fermeture pour y passer la nuit…

Le sourire de Ray s'élargit comme s'il savait qu'il avait gagné. Il se pencha vers elle et chuchota :

— Débarrassez-vous de votre gamine et revenez à midi. Amusons-nous un peu en attendant les papiers… Et je vous rendrai la voiture quand elle sera prête.

Faith déglutit péniblement. Elle envisageait sérieusement sa proposition et elle n'en revenait pas.

— Pour que tout soit bien clair, je me sens très seul, ces temps-ci, reprit Ray en jouant avec l'une de ses mèches. Votre compagnie enthousiaste complétera le règlement. C'est une solution équitable.

Il mit l'enveloppe dans sa poche. Faith n'avait plus que les cent dollars qu'elle avait mis de côté pour parer au plus pressé. Ray avait tout le reste.

— Maman ? appela encore Zoe.

Pouvait-elle le laisser la toucher ? Pour Zoe ?

— On se revoit à midi, chérie, conclut Ray. Si vous ne venez pas, le shérif recevra un tuyau anonyme. Je suis sûr que vous ne voulez pas qu'il s'intéresse à vous. Redmond est un homme très curieux.

Un frisson de dégoût la parcourut. Comment osait-il

présumer qu'elle lui obéirait ? Mais le pire était qu'il n'avait peut-être pas tort.

Elle ferait n'importe quoi pour Zoe.

Le soleil venait de se lever quand Stefan se gara devant le restaurant de Carder, son thermos vide sur le siège passager. Il en avait assez de préparer son café sur un feu de camp et celui de Carla était excellent.

Les nuages de la veille n'étaient plus qu'un lointain souvenir. La pluie douce de Bellevaux lui manquait, mais il devait admettre qu'il s'était habitué à la brutalité du climat texan – au point qu'il choisirait peut-être une destination ensoleillée pour sa nouvelle vie.

Il entra dans le restaurant à 8 heures précises. L'odeur de bacon qui flottait dans l'air fit gargouiller son estomac. Par réflexe, il commença par s'assurer que la sortie de secours était dégagée. Il ne s'attendait pas à avoir des ennuis, mais cette habitude lui avait sauvé la vie plus d'une fois.

Son regard s'arrêta sur la banquette du fond, qu'occupaient Faith et Zoe. Zoe mangeait des œufs au bacon. Faith la regardait faire en sirotant un café.

Stefan s'installa sur son tabouret habituel, devant lequel Carla avait déjà servi un café. Il posa son thermos à côté sans engager la conversation. Il avait l'intention de laisser traîner ses oreilles.

— Tu ne manges rien, maman ? demanda Zoe.

— Pas aujourd'hui, chérie, répondit Faith.

Elle jeta un bref coup d'œil à Stefan et rougit.

Puisqu'elle l'avait repéré, à quoi bon jouer la comédie ? Il prit sa tasse et alla s'asseoir sur la banquette voisine de la leur. Faith écarquilla les yeux. Il leva sa tasse et lui sourit.

— Je n'aime pas dormir dehors, maman, se plaignit Zoe. Ça pique, par terre. Va-t-on récupérer la voiture aujourd'hui pour dormir sur la banquette ?

— Tu sais que la voiture est cassée, répondit Faith. Et si tu utilisais ta voix intérieure jusqu'à la fin du petit déjeuner ? S'il te plaît, championne…

Zoe se remit à manger. De toute évidence, Faith aurait préféré qu'il n'entende pas ce que sa fille venait de dire. Dommage. Si elles n'avaient nulle part où dormir, il pouvait au moins se rendre utile sur ce point.

Il ne chercha pas à comprendre pourquoi il s'en souciait. Faith et Zoe lui rappelaient peut-être Jenny Jennings et sa fille. Il était arrivé trop tard pour les sauver. Essayait-il de se racheter ?

C'était possible.

Faith avait les yeux cernés et les lèvres pincées. Quelque chose n'allait pas – quelque chose de plus que la veille.

— Le garagiste va-t-il nous rendre la voiture ? demanda Zoe. Ce serait bien. J'en ai marre de marcher.

— Moi aussi, chérie, répondit Faith après s'être éclairci la voix.

— Il veut quoi en échange ?

Faith tressaillit.

— Pourquoi veut-il que tu retournes le voir à midi ? insista Zoe. Il a dit qu'il se sentait seul, mais je ne comprends pas. Veut-il parler ? Il doit être très triste. Je devrais peut-être t'accompagner. Je suis douée pour parler. Tout le monde le dit. Ça m'attire des ennuis à l'école.

Cela faisait beaucoup de mots d'un seul coup. Stefan aurait été impressionné par l'aisance verbale de Zoe si Faith n'avait pas eu l'air si mortifié.

— Je suis bien placée pour le savoir, murmura celle-ci, les yeux baissés.

Zoe prit une nouvelle bouchée avant de suggérer :

— On pourrait jouer au base-ball avec lui. Le base-ball me fait toujours du bien quand je me sens seule.

— Je ne crois pas que ce soit ce qui l'intéresse.

Stefan ne le croyait pas non plus. Il n'avait jamais aimé Ray et ne l'avait jamais laissé toucher sa voiture. Il avait la réputation d'arnaquer les clients qui ne pouvaient pas se permettre de faire remorquer leur véhicule jusqu'à San Antonio.

— Laisse-moi me débrouiller avec lui, championne, conclut Faith. Et ne parle pas la bouche pleine.

La première question qui venait à l'esprit de Stefan était : pourquoi Faith n'était-elle pas allée trouver la police ? La réponse était évidente. Ils avaient décidément des choses en commun. Lui non plus ne serait pas allé trouver la police parce qu'il y avait trop de questions auxquelles il ne pouvait pas répondre. Le fait que Faith envisage de céder au chantage, comme son air dégoûté en témoignait, donna envie à Stefan de casser quelques dents à Ray.

Carla s'approcha de sa table.

— Alors ? On perturbe mes habitudes, Léon ? lui lança-t-elle.

Il lui offrit son plus charmant sourire.

— Je suis un homme plein de mystères.

— Je ne dirai pas le contraire. Qu'est-ce qui te ferait plaisir ?

Il commanda la même chose que d'habitude : des œufs au bacon et un biscuit – ses biscuits allaient lui manquer. Puis il lui fit signe de se pencher et lui chuchota ses instructions à l'oreille. Carla lui décocha un grand sourire avant de disparaître dans la cuisine.

— J'ai fini, dit Zoe en repoussant son assiette. J'ai envie de faire pipi.

Faith se leva.

— Maman ! s'écria Zoe. Je peux y aller toute seule !

Stefan réprima un sourire. La fillette avait du caractère.

Pendant les minutes qui suivirent, Faith évita de le regarder en fixant la porte des toilettes.

Stefan finit son café. Il ne savait pas comment s'y prendre. Si les rôles avaient été inversés, il n'aurait certainement pas aimé qu'un inconnu mette son nez dans ses affaires.

Il hésitait encore quand Carla posa son thermos plein et son assiette devant lui. Son estomac gargouilla d'enthousiasme.

Il se mit à manger en gardant la serveuse à l'œil. Elle devait se dépêcher… Faith et Zoe étaient sur le point de partir.

La fillette sortit des toilettes. Au lieu de rejoindre sa mère, elle vint se planter devant lui.

— Bonjour. On s'est vus à la bibliothèque, hier.

Stefan lui sourit.

— Je m'en souviens, répondit-il. Tu m'as bien aidé.

— Zoe ! lança Faith.

La fillette haussa les épaules et regagna sa place.

— Tu as aimé tes œufs au bacon, chérie ? lui demanda Carla.

— Oui !

La serveuse posa une assiette devant Faith.

— Qu'est-ce que c'est ? demanda celle-ci.

— Des œufs au bacon, répondit Carla.

— Je… Je ne peux pas me le permettre, murmura Faith.

— C'est déjà réglé, répondit Carla. Contentez-vous d'accepter le cadeau.

Carla fit un clin d'œil à Stefan avant de s'éloigner.

Faith se tourna vers lui.

— C'est vous ? demanda-t-elle.

— On dirait que vous avez une matinée difficile, répondit-il.

Il hésita encore, mais il n'avait ni le temps ni la patience d'être poli. Faith n'avait pas le temps non plus, si elle devait avoir pris une décision avant midi.

— Écoutez… Ray a une mauvaise réputation. Je peux lui…

— Va te laver les mains, Zoe, le coupa Faith.

— Je l'ai déjà fait…

— C'est vrai ? demanda Faith en haussant un sourcil.

Zoe baissa la tête.

— Non.

— Je m'en doutais. Vas-y !

Quand Zoe se fut éloignée, Faith se massa l'arête du nez.

— J'apprécie votre gentillesse, mais…

— Je comprends, la coupa-t-il. Vous ne me connaissez pas. Mais je peux vous aider, si vous me le permettez.

3

Un vacarme d'assiettes brisées retentit derrière le comptoir. Tous les clients se turent et tournèrent la tête.

Faith se taisait aussi, mais pas à cause des assiettes cassées : à cause de Léon. Elle ne savait pas comment réagir.

— Désolée, les amis, dit Carla avec un air gêné. Vous pouvez recommencer à manger.

Les conversations et les bruits de couverts reprirent peu à peu dans la salle.

Faith continua à fixer l'homme de la table voisine.

Léon soutenait son regard. Il était parfaitement impassible. Elle n'arrivait pas à croire qu'un homme qu'elle connaissait à peine propose de lui venir en aide. Ce genre de choses ne se produisait pas – surtout pas dans sa vie.

La seule fois où elle avait accepté une proposition trop belle pour être vraie, elle s'était retrouvée mariée avec Burke.

Léon abandonna son assiette et vint prendre la place de Zoe.

— Qui fuyez-vous ? demanda-t-il.

— C'est fou, dit-elle en posant les mains sur la table. Vous ne me connaissez pas.

— Mon travail me met en contact avec des gens qui ont des ennuis, répondit Léon, qui était bien trop détendu à son goût. Et vous avez la tête de quelqu'un qui a des ennuis. J'aimerais vous aider parce que je pense que vous en avez besoin.

Il posa sa main sur la sienne avant d'ajouter :

— Expliquez-moi ce qui vous arrive, s'il vous plaît.

Surprise par son geste, elle n'écarta pas immédiatement sa main. Elle s'autorisa même à apprécier la douceur et la chaleur de ce contact. Mais elle ne pouvait pas se permettre d'accorder sa confiance à qui que ce soit, même si Mme Hargraves lui avait conseillé de se fier à cet homme. Burke était trop dangereux. Avant de le connaître, elle n'imaginait pas qu'un être humain puisse être aussi dangereux.

Elle écarta sa main.

— Vous ne pouvez pas en être sûr, grommela-t-elle. Vous dites ça au hasard.

Il se contenta de hausser un sourcil.

— Je vous remercie, mais je ne peux pas, reprit-elle. Vous ne voulez pas vous retrouver mêlé à mes problèmes, croyez-moi.

Les yeux de Léon pétillèrent d'amusement.

— Je sais me défendre, ne vous inquiétez pas, répondit-il. J'ai affronté plus de sales types qu'il n'y a de 4x4 dans Carder.

Elle ne put s'empêcher de sourire.

— Vous avez été très occupé, dans ce cas.

— Vous m'avez compris. J'ai des ressources importantes à ma disposition. Vous n'êtes pas obligée de livrer cette bataille toute seule.

À une autre époque, elle aurait donné n'importe quoi pour trouver quelqu'un sur qui compter, mais elle ne croyait plus aux contes de fées. Elle avait accepté la réalité : Zoe et elle étaient livrées à elles-mêmes.

Zoe sortit des toilettes. Faith se leva aussitôt.

— Je vous remercie, Léon, mais je ne vous entraînerai pas dans mes problèmes, répéta-t-elle. Nous quittons Carder aujourd'hui. J'ai été ravie de vous rencontrer. Et merci pour le petit déjeuner.

Elle ramassa leurs deux sacs à dos et tendit la main à Zoe. Elles étaient dans un endroit public depuis bien trop longtemps. À présent, elle avait jusqu'à midi pour prendre une décision. Quoi qu'il arrive, Zoe et elle quitteraient Carder dans la journée.

— On s'en va, dit-elle à sa fille.

Zoe offrit un sourire désolé à Léon.

— Au revoir, lui dit-elle.

Il les suivit dehors.

— La personne qui vous cherche sait que vous êtes ici, n'est-ce pas ? lui lança-t-il. C'est pour ça que vous partez aujourd'hui.

Elle tendit son sac à dos à Zoe avant de répondre :

— Au revoir, Léon.

Elle prit le chemin de la bibliothèque en s'interdisant de jeter un coup d'œil derrière elle avant d'avoir fait plusieurs centaines de mètres.

— Il n'est plus là, dit Zoe quand ce fut plus fort qu'elle. Je l'aime bien. Il est gentil.

Faith s'agenouilla devant sa fille.

— Peut-être, mais ce n'est rien que toi et moi pour le moment, championne. D'accord ?

— D'accord, maman, répondit Zoe. Rien que toi et moi.

Cela s'était plutôt bien passé. Il allait sans doute se remettre à pleuvoir, mais Stefan s'en moqua pour le deuxième jour consécutif. Il monta dans sa voiture. Faith venait de lui enseigner quelque chose d'important sur les femmes en détresse : proposer de les aider était le meilleur moyen de les faire fuir.

Ce qui le laissait perplexe, c'est qu'elle voulait sincèrement le protéger en le tenant à l'écart de ses ennuis. Il se massa le front pour alléger le mal de tête qui le gagnait. Elle avait été parfaitement claire. Elle ne voulait pas de son aide. Il aurait dû l'écouter.

De plus, Léon serait mort dans trois jours.

Dans trois jours, sa vie à Carder serait terminée et sa nouvelle vie commencerait.

Dans trois jours, il laisserait Faith et Zoe derrière lui.

Il démarra et quitta le parking du restaurant. Il aurait dû aller au quartier général du CTC sans hésiter, pour exposer ses projets à Ransom et préparer son avenir.

Il n'avait pas grand monde à prévenir. Seuls sa sœur, son beau-frère et deux membres du CTC le savaient en vie.

Puisque le ranch appartenait à son beau-frère, il pouvait peut-être y laisser des cadeaux pour son neveu et ses nièces. Pouvait-il courir le risque d'appeler sa sœur ?

Malgré lui, il ralentit en passant devant la bibliothèque, que Faith et Zoe avaient presque atteinte. Faith, qui jetait des coups d'œil par-dessus son épaule toutes les deux secondes, le repéra très vite. Elle se pencha pour chuchoter quelque chose à l'oreille de Zoe avant de frapper à la porte de la bibliothèque. Mme Hargraves lui ouvrit avec un grand sourire.

Faith entra la première. Zoe se retourna pour agiter la main, puis poser un doigt sur ses lèvres, avant de suivre sa mère. Son espièglerie lui rappela celle de l'une de ses nièces.

Bien sûr, il n'avait pas vu Lanie depuis plusieurs années. Elle devait l'avoir oublié. Il ne savait même pas si sa sœur avait dit à ses enfants qu'il était mort ou si elle se contentait de ne jamais parler de lui.

Dans son souvenir, Lanie n'avait peur de rien. Zoe semblait bien courageuse, mais il lisait le reflet de la peur de sa mère dans ses yeux.

Il fit demi-tour en jurant pour prendre la direction du garage.

Le bâtiment avait connu des jours meilleurs, mais l'attention de Stefan fut attirée par une Land Rover flambant neuve garée dans un coin du parking. Ray trouvait donc de l'argent quelque part.

Stefan jeta un coup d'œil par la vitre de la porte du bureau. Ray comptait des billets avec un sourire satisfait que Stefan eut aussitôt envie de lui faire perdre. Il ouvrit brutalement la porte.

Ray s'empressa de fourrer les billets dans sa caisse et leva les yeux.

— Puis-je vous aider ? demanda-t-il.

— J'ai entendu dire que vous reteniez une voiture en otage pour obtenir quelque chose de sa propriétaire, dit Stefan. Ai-je bien compris ?

Ray rougit.

— Qu'est-ce que ça peut vous faire ?

— Ça m'intéresse beaucoup, à vrai dire. Combien vous doit-elle ?

— Dans les mille dollars.

— Montrez-moi la facture, ordonna Stefan.

Ray fouilla dans une liasse de papiers et en tendit un à Stefan.

— Elle n'est pas complète, dit-il. J'ai trouvé une fuite…

— Économise ta salive, le coupa Stefan en parcourant la liste des réparations. Je sais à quoi tu joues. Elle a déjà payé suffisamment. Donne-moi les clés !

Il tendit la main avec autorité.

— Mais la voiture n'est pas réparée, protesta Ray. Je n'ai pas reçu les pièces.

— Tu préfères la méthode forte ? À ta guise.

Stefan tourna le panneau de la porte du côté « fermé » et baissa le store.

Ray pâlit.

— Laisse-moi t'expliquer la situation, reprit Stefan en croisant les bras. Faith est une amie et je n'aime pas que mes amis se fassent arnaquer par des criminels à la petite semaine. Sais-tu qui je suis ?

Ray secoua la tête.

Stefan esquissa un sourire.

— Tout ce que tu as besoin de savoir, c'est que je peux te contraindre à me supplier de t'achever sans laisser aucune trace visible sur ton corps. Veux-tu une démonstration ?

Ray écarquilla les yeux.

— C'était bien ce qu'il me semblait, poursuivit Stefan. Maintenant va finir ces réparations. Je t'ai à l'œil.

Une demi-heure plus tard, la voiture de Faith ronronnait aussi bien qu'une voiture de trente ans en était capable. Ray tendit les clés à Stefan.

— Pourquoi vous donnez-vous autant de mal pour elle ? demanda-t-il. Elle vous laisse la tripoter ?

Stefan n'hésita pas un instant. Il attrapa l'idiot par le col et le plaqua contre le mur.

— Si tu lui manques de respect une fois de plus, je t'enseignerai les bonnes manières, grogna-t-il. Et tu ferais bien de préparer un beau discours, parce que j'ai l'intention de rendre visite au shérif Redmond dès que je partirai d'ici.

Ray releva le menton.

— Je ne ferais pas ça si j'étais vous. Sauf si vous voulez attirer des ennuis à votre copine…

Stefan lui serra le cou plus fort.

— Et pourquoi ça ?

— Nous avons… une autre affaire en cours. Elle n'a pas reçu la marchandise.

— Quelle affaire ? aboya Stefan en songeant qu'il aurait dû se douter qu'il ne s'agissait pas que d'une voiture en panne.

— Ça ne vous regarde pas, gémit Ray avec le peu de souffle qu'il lui restait.

— On dirait que tu n'as pas bien compris : il me suffit d'appuyer un peu plus fort pour t'écraser la trachée-artère.

— Qui êtes-vous ?

— Un fantôme, répondit Stefan avec un sourire amer. Je n'existe pas.

Ray lui griffa vainement le bras.

— Tu vires au bleu, Ray, le prévint Stefan. Je te conseille de parler.

— Je… vais appeler le shérif…

— Vas-y, je t'en prie. Nous verrons ce que le shérif Redmond pense de tes arnaques et de tes activités illégales.

— Vous ne pouvez rien prouver.

— Mais je suis sûr d'une chose : tu n'as pas envie que le shérif s'intéresse à tes « autres affaires ».

Le garagiste cessa brusquement de résister.

— Je ne peux plus respirer, souffla-t-il. Lâchez-moi et je vous dirai tout.

— Je préfère ça, répondit Stefan en relâchant un peu son étreinte. Je t'écoute.

— Vous ne comprenez pas. Je fais des affaires avec des gens qui… s'attendent à un certain volume. C'est une petite ville. Je n'ai pas toujours assez de clients, alors…

— … Tu arnaques les gens qui n'ont pas les moyens de dire non, acheva Stefan à sa place. Dis-moi qui sont tes complices.

Ray secoua énergiquement la tête.

— Je ne peux pas. Ils me tueraient.

— Et pas moi ?

— Je ne voudrais pas vous vexer, mais ils me font plus peur que vous. J'ai l'impression que vous respectez certaines règles, au moins. Pas eux.

Stefan le lâcha.

— Que veut t'acheter Faith ? demanda-t-il alors que Ray inspirait une grande goulée d'air.

Cette question facile fit céder la digue. Ray lui raconta tout en ayant l'air bien parti pour ne jamais s'arrêter.

Après l'avoir écouté pendant dix bonnes minutes, Stefan se massa la nuque.

— La ferme, Ray, le coupa-t-il.

Il sortit son téléphone et composa un numéro familier.

— Léon, dit Ransom Grainger, son patron, en décrochant. Comment ça va ? Tu as quelque chose à m'annoncer ?

Il arrivait que son patron donne la chair de poule à Stefan.

— Tu as découvert que je partais, répondit-il avec résignation.

— J'avais comme un pressentiment. Annie te donne un coup de main ?

— C'est le seul moyen, répondit Stefan. Tu savais aussi bien que moi que mon temps était compté.

Stefan entendit le fauteuil de Ransom grincer.

— Es-tu sûr de vouloir repartir de zéro ? demanda son patron. La dernière fois, tu as pu garder quelque chose de ton ancienne vie. Un emploi similaire, nous te donnions des nouvelles de ta sœur et de sa famille…

— Si je reste, je finirai par m'attirer des ennuis à Carder. Tu le sais comme moi.

— Peut-être, mais nous pouvons les gérer.

— Je ne prendrai pas ce risque, Ransom. Le CTC a trop à perdre. Maintenant, veux-tu de mon tuyau, oui ou non ?

Ransom jura.

— Cette conversation n'est pas terminée, Stefan, répondit-il.

— Si, elle l'est. J'ai une piste sur une bande de trafiquants d'armes et de faux papiers qui a un contact à Carder. Ça t'intéresse ?

— Absolument. Et on se reparle bientôt, n'est-ce pas ?

— Bien sûr.

Son travail et les membres du CTC allaient lui manquer.

— Bien, répondit Ransom. Maintenant, revenons à ton affaire. De quelle puissance de feu disposent-ils ?

— Je l'ignore, mais je l'imagine conséquente. Ce que je sais, c'est qu'ils sont de mèche avec le garagiste.

— Ray, grommela Ransom. J'aurais dû le deviner. Considère ce problème comme réglé.

Stefan raccrocha et fusilla Ray du regard.

— Tu vas recevoir la visite de deux amis à moi, annonça-t-il. Tu leur diras tout. Si tu fais exactement ce qu'ils te disent, tu auras une chance de rester en vie. C'est compris ?

Ray acquiesça.

— Si tu coopères, poursuivit Stefan, il est *possible* – ce qui ne veut pas dire *certain* – que tu échappes à la prison. Compris ?

Ray acquiesça de nouveau.

— Si tu fais le moindre pas de travers, je reviendrai et tu regretteras de ne pas avoir affaire à tes complices. Compris ?

Ray hocha vigoureusement la tête.

— Oui, monsieur, répondit-il.

— Bien.

Stefan lui décocha un coup de poing dans le ventre et un coup de genou dans les parties génitales. Ray s'effondra.

— Ça, c'est pour avoir insulté Faith, expliqua Stefan. Comment as-tu pu imaginer qu'elle laisserait un crapaud comme toi la toucher ?

La matinée était déjà presque écoulée, bien trop vite au goût de Faith. Elle avait accompagné Zoe dans le parc de la bibliothèque pour qu'elle se dégourdisse les jambes. Adossée à un arbre, elle scrutait les environs. Elle avait observé attentivement tous ceux qui étaient entrés dans la bibliothèque depuis l'ouverture. Même si elle n'avait rien repéré d'anormal, elle arrivait à peine à respirer.

Que faire ? Elle ne pouvait pas rester à Carder et elle avait une heure pour prendre une décision.

Ray tiendrait-il sa promesse si elle cédait au chantage ?

C'était une question stupide qui avait une réponse évidente : bien sûr que non.

Elle était si tendue depuis des heures que tous ses muscles étaient endoloris. Elle ne pouvait pas laisser Burke lui prendre Zoe. Elle avait besoin d'une solution et ce n'était pas en contrariant Ray qu'elle récupérerait les faux papiers qu'il lui avait promis. Elle lui avait donné dix mille dollars pour s'acheter une nouvelle vie – la seule manière possible de protéger Zoe.

La proposition de Léon lui revint à l'esprit, mais c'était prendre un grand risque. Pouvait-elle se fier à lui ?

Une migraine la gagnait et elle savait pourquoi : parce qu'une heure et les cent dollars qu'elle avait en poche ne lui permettraient pas d'échapper à Burke.

Zoe passa près d'elle en courant, une boîte en carton dans les mains.

— J'ai trouvé le lapin, maman ! cria-t-elle. Je vais l'attraper, cette fois !

Faith ne s'inquiéta pas trop pour le lapin puisque Zoe et lui rejouaient la même scène tous les jours et que Zoe ne l'attrapait jamais.

L'horloge de la mairie, qui sonna 11 heures, retentit comme une menace. Faith se frotta le visage. Elle avait l'impression que le double de la clé de la bibliothèque, qu'elle avait dans la poche, lui brûlait la cuisse. Elle l'avait pris dans l'un des tiroirs du bureau de Mme Hargraves. Trahir sa patronne lui fendait le cœur, mais elle ne pouvait pas forcer Zoe à passer une nouvelle nuit dehors. Elles avaient eu de la chance, la nuit précédente. La météo annonçait de nouveaux orages.

Elles pouvaient revenir après la fermeture et partir au lever du soleil. La nourriture qu'elle avait empaquetée durerait sans doute quelques jours.

Il ne lui restait plus qu'un dilemme à résoudre : céder au chantage de Ray ou ravaler son orgueil et demander l'aide de Léon ?

Zoe repassa devant elle à toute allure pour aller sur le trottoir, sur lequel elle dessina une marelle.

— Tu veux jouer, maman ? lui lança-t-elle.

— Dans une minute, championne.

Zoe revint vers elle.

— Qu'est-ce qui ne va pas ? demanda-t-elle.

Faith la serra dans ses bras.

— Tout va bien, répondit-elle. Joue la première, je te rejoins.

Alors que Zoe se lançait dans sa partie de marelle, Mme Hargraves sortit de la bibliothèque. Elle balaya la rue du regard, repéra vite Faith près de son arbre et la rejoignit.

— Tu as l'air inquiet, dit-elle.

Faith se mordit la lèvre avant de répondre :

— Nous devons partir.

— Il t'a trouvée ?

Faith acquiesça.

— Alors pourquoi n'es-tu pas déjà partie ? demanda Mme Hargraves avant d'écarquiller les yeux. C'est à cause de ta voiture ?

— C'est compliqué.

Comme sa patronne ne répondait rien, Faith se sentit obligée d'ajouter :

— Léon m'a proposé son aide. J'ai refusé.

— Pourquoi as-tu fait quelque chose d'aussi stupide, chérie ?

L'incrédulité de Mme Hargraves aurait fait sourire Faith si elle avait été moins désespérée.

— Parce que je ne le connais pas. Personne n'offre ses services sans espérer quelque chose en échange – vous voyez très bien ce que je veux dire.

— Tu aurais raison dans quatre-vingt-dix-neuf pour cent des cas, répondit sa patronne. Si tu parles de Ray, tu as absolument raison. Ce garçon a toujours été un problème. Quand il était ado, je passais mon temps à le virer de la bibliothèque. Il vendait de l'herbe dans les coins.

Elle ramassa un caillou et le lança dans une mare voisine avant d'ajouter :

— Léon est différent. Il ne te l'a sans doute pas dit,

mais il travaille avec les garçons du vieux ranch Triple C. Ils ont accompli plus d'un miracle. Si j'avais de gros ennuis et besoin que des gens… spéciaux me donnent un coup de main, je ferais appel à eux.

— Je n'aime pas devoir compter sur les autres, admit Faith. Ça ne m'a jamais réussi.

— Au moins, tu as divorcé, chérie. J'ai dû attendre que le mien meure, répondit Mme Hargraves avec un clin d'œil.

Faith ne put s'empêcher de pouffer.

— Vous ne m'avez pas raconté cette histoire.

— Parce qu'il n'y a rien à raconter. C'était un salaud et je l'ai épousé parce que j'étais une idiote de dix-neuf ans. Appelle Léon.

Mme Hargraves la quitta sur ces mots, mais elle s'arrêta au bout de quelques pas et lui demanda :

— Tu m'as bien dit que tu avais refusé son aide ?

Faith hocha la tête.

— Je pense qu'il ne t'a pas écoutée.

Faith tourna la tête dans la direction que sa patronne lui indiqua.

Son vieux tacot approchait, conduit par Léon. Celui-ci se gara devant la bibliothèque et sortit de la voiture. Ray, qui le suivait dans une grosse voiture, se gara derrière lui et fila à pied en direction de son garage sans demander son reste.

— Regarde, maman ! Notre voiture ! s'écria Zoe avant de courir vers Léon.

Faith en resta bouche bée.

Léon ébouriffa les cheveux de Zoe, puis s'approcha de Faith.

— Nous devons parler, dit-il en lui tendant les clés de sa voiture. Seul à seule.

Faith hocha la tête.

— Je m'occupe de Zoe, proposa Mme Hargraves. Vous n'avez qu'à aller dans mon bureau. Et sois gentille avec Léon. C'est un bon garçon.

Léon haussa un sourcil, ce qui fit pouffer la vieille bibliothécaire.

— Toi aussi, sois gentil, ajouta-t-elle. Elle a eu une matinée difficile.

Ils entrèrent dans la bibliothèque et dans le bureau de Mme Hargraves sans échanger un mot.

— Je ne comprends pas, balbutia-t-elle quand elle eut refermé la porte de la petite pièce. Comment avez-vous fait ? Ma voiture ne roulait plus.

— Ray l'a réparée en une demi-heure. Il ne vous ennuiera plus.

Faith se laissa tomber dans le fauteuil de Mme Hargraves. Elles pouvaient partir, à présent – à un détail près.

— Ray vous a-t-il donné autre chose ? demanda-t-elle d'une voix hésitante.

— Vous parlez de votre commande à dix mille dollars ? répondit Léon en s'asseyant sur le bureau. Il y a un problème. Ses associés demandent le double – et je doute que leur marchandise soit de bonne qualité, pour être honnête.

— Ce n'est pas possible, murmura Faith.

— Vous n'avez pas autant d'argent, j'imagine ?

Faith pouffa amèrement et tira quelques billets froissés de sa poche.

— Voilà toute ma fortune, répondit-elle. Une centaine de dollars. Ray pourrait aussi bien me demander un million.

— Pourquoi avez-vous besoin de faux papiers ? demanda Léon. Qui fuyez-vous ?

— Vous ne comprenez pas. Sa famille est trop

puissante. Nous devons disparaître. Nous n'avons pas le choix.

— J'ai peut-être une solution…

Elle secoua vigoureusement la tête. À quoi bon l'écouter ?

— Nous ne pouvons pas rester. Il sait où nous sommes. Notre maison a été fouillée hier. On doit trouver un autre endroit où nous cacher en attendant que j'aie assez d'argent pour les papiers. Peut-être que plus près du Mexique…

Léon tira une grosse enveloppe de sa poche et la lui tendit.

— Tenez. Je pense que vous faites une erreur, mais voici vos dix mille dollars.

— Je ne comprends pas, balbutia-t-elle en prenant l'enveloppe.

Il haussa les épaules.

— Ray a décidé de revenir dans le droit chemin.

— Vous n'imaginez pas ce que ça représente, dit-elle, les larmes aux yeux. Vous nous sauvez la vie.

Elle le serra dans ses bras sans réfléchir.

— Merci infiniment !

Il se raidit un instant avant de passer les bras autour de ses épaules. Faith, qui voulait juste lui témoigner brièvement sa gratitude, fut surprise par la tendresse de son étreinte.

— Laissez-moi vous aider, lui murmura-t-il à l'oreille.

Le cœur de Faith s'affola. Aucun homme ne l'avait autant troublée depuis bien longtemps.

— Vous en avez assez fait, répondit-elle en le repoussant. Vous nous avez rendu l'espoir.

— Arrêtez ! cria Mme Hargraves. Lâchez-la !

Le cœur de Faith manqua un battement. Léon et

elle se précipitèrent dehors pour découvrir une scène terrible.

Une vieille Cadillac était garée à moitié sur le trottoir devant la bibliothèque. Mme Hargraves se relevait péniblement et un homme chauve entraînait Zoe vers la voiture. Sa fille se débattait comme une diablesse.

— Non ! cria Faith. Zoe !

Léon fonça. Malheureusement, l'homme poussa Zoe dans la voiture avant qu'il ne l'atteigne. La fillette essaya d'ouvrir la portière, mais le chauve avait dû la verrouiller. Elle se mit à tambouriner contre la vitre.

Il ne manqua que deux secondes à Léon. Au lieu d'attraper l'homme, il dut faire un bond de côté pour ne pas se faire écraser quand la voiture démarra.

Faith s'élança à son tour en sachant bien que cela ne servait à rien. Elle s'arrêta vite, le souffle court.

Le visage paniqué de Zoe qui la fixait par la vitre arrière fut la dernière chose qu'elle vit avant que la Cadillac disparaisse au coin de la rue.

4

La Cadillac disparut dans des crissements de pneus. Stefan fonça vers sa voiture, que Faith atteignit la première.

Il avait envie d'écraser son poing contre la mâchoire du chauve. Une fois de plus, il n'avait pas été assez rapide.

Mais il ne revivrait pas le drame de la famille Jennings. Il lui restait une chance de sauver Zoe.

Il s'engouffra dans sa voiture. Faith prit place à côté de lui et boucla sa ceinture. Il n'essaya pas de la dissuader de l'accompagner. Si Zoe avait été sa fille, il aurait fait la même chose.

Il démarra et se lança à la poursuite de la Cadillac.

— Il va sûrement quitter la ville le plus vite possible, dit-il. Où l'emmène-t-il ?

— Dallas, répondit Faith d'une voix tremblante. Cet homme nous a suivies hier. Il s'appelle Jerry. Je pense qu'il travaille pour mon ex-mari.

— Le père de Zoe ? s'écria-t-il.

— Ce n'est pas ce que vous croyez, s'empressa-t-elle de répondre.

Stefan était sûr d'une chose : un homme qui payait une brute pour enlever sa fille n'était pas le père de l'année. Il comprendrait le reste plus tard. L'urgence était de sauver Zoe.

À l'intersection suivante, il partit vers l'est, en direction de Dallas, mais la voiture qu'il poursuivait n'était pas visible. Il avait besoin d'aide… Il prit son téléphone.

— Shérif Blake Redmond, répondit le shérif dès la première sonnerie.

— C'est Léon, dit-il avant de faire un résumé de la situation au shérif. Je pense que le ravisseur va à Dallas. Pouvez-vous barrer toutes les routes ?

— La police ? chuchota Faith, terrifié.

— Nous n'avons pas le choix, répondit-il à voix basse.

— Je n'ai pas assez d'hommes pour barrer toutes les routes, répondit Redmond. S'il ne connaît pas le coin, je parie qu'il prendra la 113.

Les craquements d'une radio résonnèrent dans l'appareil.

— Oui, chef ? demanda un policier.

Redmond aboya des instructions et demanda à l'homme de les transmettre à ses collègues.

— Que conduit-il ? demanda-t-il ensuite à Stefan.

Stefan lui fournit le modèle précis de la voiture et une description du ravisseur.

— Les plaques étaient couvertes de boue, dit-il. Appelez le CTC pour qu'il vous envoie un hélicoptère et des hommes en renfort. Et pouvez-vous me passer le policier auquel vous venez de parler ? J'ai une idée, s'il n'est pas trop loin de la route de la vieille mine.

— Une minute, répondit Redmond.

Stefan observa Faith du coin de l'œil en attendant le transfert de son appel. Elle était agrippée au tableau de bord et semblait prête à se catapulter à travers le pare-brise.

— Où est-elle ? murmura-t-elle.

— Pas loin, lui assura-t-il. Jerry habite-t-il Dallas ?

— Il était videur dans un bar à Weatherford.

— Ce qui veut dire qu'il ne connaît pas les raccourcis.

Ils avaient une chance.

— Allô, Léon ? dit le policier dans le téléphone. Qu'est-ce que je peux faire ?

— Bloquer la 113. J'aimerais le forcer à prendre la route de la vieille mine.

— La rivière aidera à le coincer..., dit le policier. Bonne idée. Je vais installer le barrage à l'embranchement de la 113. Vous voyez où c'est ?

— C'est parfait, répondit Stefan avant de raccrocher.

Il tourna brusquement pour s'engager sur une route non goudronnée qui passait entre des champs de sorgho prêt à être moissonné.

— Que faites-vous ? s'écria Faith en s'agrippant de plus belle au tableau de bord. Il n'est sûrement pas passé par là !

— Faites-moi confiance. C'est un raccourci.

— Et si vous vous trompez ? insista Faith. S'il n'est pas parti dans cette direction ?

— Il n'y a pas tant de routes que ça qui permettent de sortir de Carder, répondit-il en grimaçant intérieurement.

Il lui était déjà arrivé de se tromper, mais c'était clairement leur meilleure chance.

À peine deux minutes plus tard, une voiture de police au gyrophare allumé apparut derrière eux.

— C'est trop long, grommela Faith.

— Si Jerry a pris le chemin le plus simple pour Dallas, il tombera sur le barrage sur la 113. Nous l'aurons.

Son téléphone sonna.

— J'ai une Cadillac en vue, dit le policier. Elle ralentit.

— On le tient presque, murmura Stefan à Faith.

— Il tourne ! annonça le policier.

Stefan donna un coup de volant. Une rivière assez

profonde bordait un côté de la route de la vieille mine. Il ne lui restait plus qu'à espérer que ce Jerry ne fasse pas quelque chose de stupide alors que Zoe se trouvait dans sa voiture. Il s'arrêta en travers de la route et attendit. La Cadillac apparut moins d'une minute plus tard.

— Vous aviez raison, murmura Faith.

Jerry ne semblait pas décidé à ralentir. Le pied sur l'accélérateur, Stefan se tint prêt à éviter le choc.

Finalement, Jerry donna un coup de volant au dernier instant et la Cadillac dérapa pour finir sa course en bordure de champ.

Stefan n'hésita pas. Il prit la carabine qui était posée sur la banquette arrière et fonça la pointer sur la tête de Jerry.

— Garde tes mains sur le volant, ordonna-t-il. Sers-toi de ton coude pour baisser la vitre et déverrouiller les portières. Ne tente rien de stupide : je ne te raterais pas.

Jerry obéit en tremblant. Stefan ouvrit la portière arrière sans cesser de le viser.

— Rejoins ta mère, Zoe, dit-il.

La fillette courut vers Faith.

— Ça va, chérie ? demanda celle-ci en la serrant dans ses bras.

Zoe hocha la tête. Rassuré, Stefan examina son prisonnier, qui n'était qu'un vulgaire homme de main, puis ouvrit brutalement la portière du conducteur.

— Qui t'a payé pour enlever cette petite fille ? grogna-t-il. Son père ?

Jerry secoua la tête.

— Je ne peux pas le dire. Il me tuerait.

Des gyrophares approchaient. Stefan réprima un juron. Il voulait connaître le nom du salopard qui avait orchestré cet enlèvement et il n'avait pas confiance en

Faith pour le lui dire. Il se rendit brusquement compte qu'il ne connaissait même pas leur nom de famille.

Cela lui inspira de l'admiration. Elle avait été plus prudente et plus maligne qu'il ne l'en croyait capable.

Le premier policier qui les rejoignit passa les menottes à Jerry, qui fusilla Faith du regard.

— Nous sommes morts tous les deux et c'est de ta faute ! cria-t-il.

— Je ne suis pas encore morte, répliqua-t-elle en se plaçant devant Zoe. Et je n'ai pas l'intention de lui offrir ce plaisir.

Stefan s'approcha d'elle.

— Montez dans la voiture avec Zoe, lui suggéra-t-il. Je m'occupe de lui.

Elle le fit aussitôt. Stefan la regarda ouvrir la portière à Zoe. S'il était honnête, il devait admettre que Faith lui plaisait. Il aimait sa combativité et son instinct protecteur. Et il venait d'obtenir une information qui prouvait la gravité de sa situation : son ex-mari terrifiait un homme qui n'avait rien d'un enfant de chœur. Stefan allait devoir faire cracher le morceau à Jerry.

Malheureusement, il n'eut pas le temps de lui poser une seule question avant qu'une autre voiture les rejoigne. Le shérif Redmond en sortit.

— Tout le monde va bien ? s'inquiéta-t-il.

— Zoe va bien, répondit Stefan. Sa mère aussi. Bien que ce soit regrettable, notre ami Jerry ici présent, dont j'ignore le nom de famille, n'a pas la moindre égratignure.

Redmond passa un coup de téléphone pour informer le CTC qu'il n'avait plus besoin de renforts, puis il dégaina le calepin dont il ne se séparait jamais.

— On m'a informé que Mme Hargraves avait été emmenée à l'hôpital, dit-il. Sa vie n'est pas en danger.

Elle a juste reçu un coup sur la tête et elle se dispute avec le médecin parce qu'il veut la garder en observation.

— C'est tout elle, répondit Stefan. Faith sera soulagée de l'apprendre.

Le shérif jeta un coup d'œil vers sa voiture, dans laquelle Faith et Zoe attendaient.

— Sait-elle qui a fait ça ? demanda-t-il.

Stefan ne cilla pas. Le shérif n'y allait jamais par quatre chemins. Mais Stefan savait aussi que Redmond comprenait la complexité des problèmes familiaux.

— Son ex-mari, répondit-il.

— Je déteste les problèmes de garde, grommela Redmond, les sourcils froncés. Que pensez-vous de cette histoire ?

— Je crois qu'elle a raison d'avoir peur, répondit Stefan en se grattant le menton. Pouvez-vous arrêter ce type sans leur déposition ? Le garder un peu au frais, le temps que j'y voie plus clair…

Redmond enfonça son pouce dans la ceinture de son pantalon.

— Vous savez que je devrais les emmener au poste immédiatement, dit-il.

Stefan comprit à son ton que Redmond ne se montrerait pas inflexible. Le shérif avait déjà travaillé avec le CTC à l'occasion. Ce ne serait pas la première fois qu'il contournerait la loi.

— Laissez-moi un jour ou deux, demanda Stefan. Je suis sûr que ce n'est pas un simple problème de garde. Si je me trompe, je vous amènerai Faith moi-même.

Le shérif repoussa son Stetson.

— Notre prisonnier a enlevé une enfant en plein jour devant des témoins, dit-il. Il ne quittera pas ma prison de sitôt, mais je ne peux pas retarder le processus légal plus de deux jours.

Stefan jeta un coup d'œil à Faith par-dessus son épaule. Elle ressemblait à une biche aux abois.

— J'espère que ça suffira, répondit-il.

Les rayons du soleil de midi se reflétaient sur le bureau en acajou de Burke. Il était resté là toute la nuit à attendre des nouvelles. Il n'avait pas cessé de faire les cent pas. Son téléphone allait sonner d'une minute à l'autre, maintenant. Jerry était sur le point de lui annoncer qu'il lui ramenait sa fille.

Bien sûr, Faith ne reverrait jamais Zoe. Il s'en assurerait.

Son téléphone sonna.

— Thomas, dit-il en décrochant.

— Jerry s'est fait prendre, annonça son interlocuteur. Il est en prison à Carder. Le shérif local l'a arrêté pour enlèvement.

Burke jura profusément.

— Comment as-tu pu laisser ça se produire ? aboya-t-il.

— Ne vous en prenez pas à moi. C'est vous qui l'avez recommandé. Il ne le méritait pas. Ce crétin a dévasté la maison de votre ex-femme – pour l'intimider, m'a-t-il expliqué. Ça l'a incitée à fuir et ça nous a rendu les choses deux fois plus dures.

— Où est Zoe ? L'avez-vous récupérée ?

— Jerry l'a détenue pendant quinze bonnes minutes avant que le shérif la rende à sa mère. Le shérif est en alerte, maintenant, et je n'ai repéré personne qui soit assez lié à votre compagnie pour être manipulé.

— Comment s'appelle ce maudit shérif ? demanda Burke. Et je préfère que mon père reste en dehors de ça, c'est compris ?

Il s'arma d'un coupe-papier et le fit glisser sur sa paume. Il ne fallut qu'un instant pour que l'image se transforme et qu'il se croie en train d'égorger Faith.

— Si vous doublez le montant de mon chèque, vous avez ma loyauté et vous n'avez plus à vous soucier du shérif Redmond.

Burke se raidit, mais il avait besoin de l'expertise d'Orren.

— Sais-tu où se trouvent Faith et Zoe ?

— Elles ont quitté les lieux avec un cow-boy qui joue les héros. Je ne sais rien sur lui. C'est une inconnue dans l'équation.

Burke s'assit dans son fauteuil et se mit à pianoter sur son bureau. Ce type était un élément qu'il ne maîtrisait pas. À vrai dire, il y avait bien trop d'éléments qu'il ne maîtrisait pas dans cette affaire. Cela faisait autant de problèmes à régler.

— Remets de l'ordre dans tout ça, soupira-t-il. Jerry me connaît.

— Vous me payez pour que je fasse disparaître vos problèmes mais, à partir de maintenant, c'est moi qui décide qui j'engage et qui j'élimine.

— Très bien, répondit Burke en laissant son regard se perdre parmi les gratte-ciel.

— Je m'occupe de Jerry et je vous ramène votre fille, déclara Orren.

Il hésita un instant avant de demander :

— Que dois-je faire si votre ex-femme me gêne ?

— Je veux que mon ex-femme disparaisse sans laisser de traces, grogna Burke.

— Vous en êtes sûr ? Votre père…

— Faith est *mon* problème, pas celui de mon père, le coupa Burke avant de vider son verre de whisky d'un trait. Assure-toi que je ne suis pas impliqué.

— Triplez le montant de mon chèque et je m'en occupe personnellement. Votre fille sera auprès de vous et votre ex-femme morte dans vingt-quatre heures.

Le paysage texan dans lequel ils roulaient semblait s'étendre à l'infini. Le soleil de midi écrasait tout. Quand il était arrivé au Texas, Stefan avait été frappé de découvrir que l'horizon y était souvent à plus de cent kilomètres. Ce n'était pas le cas de la plupart des paysages.

Il jeta un coup d'œil dans le rétroviseur. Faith tenait toujours Zoe, qui s'était endormie. Elle avait les traits tendus. Il ne pouvait pas lui reprocher d'être terrifiée. Il n'avait pas d'enfant, certes, mais il n'imaginait rien de pire que de se faire prendre le sien, même une demi-heure.

Zoe s'étira et ouvrit les yeux.

— Où allons-nous ? demanda-t-elle.

— Faire du camping, répondit Stefan. Tu aimes le camping ?

— Va-t-on dormir dans ta voiture ? demanda la fillette. Maman et moi on a campé dans la voiture quand on a quitté la maison.

Faith grimaça.

— Nous dormirons sous une tente, répondit-il.

— Chouette ! J'ai dormi sous une tente une fois, dans le jardin de mon meilleur ami Danny et…

Elle dut s'interrompre pour bâiller.

— Essaie de te rendormir, suggéra Faith. La nuit dernière n'a pas été très reposante.

Zoe ferma les yeux et ne tarda pas à se rendormir. Faith, de son côté, réprima un bâillement et garda les yeux fixés sur la vitre arrière.

Stefan s'engagea sur un nouveau chemin de terre en scrutant le paysage à la recherche d'un nuage de poussière qu'il n'aurait pas soulevé lui-même.

— Jusqu'ici, tout va bien, dit-il. Personne ne nous suit.

Il avait pris toutes les précautions possibles. Il s'était assuré qu'il n'y avait pas de mouchard dans les affaires de Faith et de Zoe avant de les charger dans le coffre. Comme l'ex-mari de Faith avait les moyens de payer quelqu'un pour les retrouver et enlever Zoe, il ne voyait que deux endroits sûrs : son campement et le ranch du CTC. Comme Faith s'était fermée dès qu'il avait parlé des anciens militaires qui se servaient du ranch comme base pour leurs opérations secrètes, ils partaient faire du camping.

Faith lui jeta un coup d'œil méfiant dans le rétroviseur.

— Le shérif sait-il où nous serons ? demanda-t-elle.

Sa défiance vis-à-vis des forces de l'ordre n'avait pas échappé à Stefan. Comme il avait besoin de comprendre ce qui la motivait, ils devaient vite avoir une conversation à ce sujet.

— Personne ne sait où se trouve mon campement, répondit-il. J'aime la tranquillité.

— Tant mieux.

Elle se détendit enfin. Quelques minutes plus tard, elle dormait profondément. Stefan vit son visage au repos pour la première fois et le trouva dangereusement séduisant.

Il roula encore une demi-heure en changeant de direction et en revenant sur ses pas plusieurs fois pour brouiller ses traces de pneus.

Il était près d'une heure quand il estima suffisamment prudent d'obliquer vers l'escarpement rocheux qui protégeait son campement des intempéries. Un ruisseau coulait en contrebas. Il n'avait pas été facile de trouver de l'eau dans la région.

Il se gara près de sa tente de taille moyenne. Une bourrasque d'air chaud le fouetta quand il ouvrit la portière.

— On est arrivés, annonça-t-il.

Faith bâilla et aida Zoe à sortir de la voiture.

La fillette écarquilla les yeux, puis lui décocha un grand sourire.

— C'est génial ! s'écria-t-elle. On peut pêcher ?

— Le ruisseau n'est pas assez profond, répondit-il.

Zoe perdit son sourire.

— Mais on devrait trouver des grenouilles, ajouta-t-il. J'ai même vu un ou deux crapauds cornus.

— Cool !

Stefan sortit des chaises pliantes de son coffre, les plaça à l'ombre, puis alla chercher des bouteilles d'eau dans la glacière qu'il laissait sous la tente.

— Comment avez-vous trouvé cet endroit ? demanda Faith après avoir bu une gorgée.

— J'ai sillonné la campagne pendant des jours. Un soir, je me suis réfugié sous ces rochers parce qu'un gros orage approchait. Depuis, c'est ici que je vis quand je suis à Carder.

— Tu n'as pas de maison ? s'étonna Zoe en glissant dans sa poche le morceau de quartz qu'elle venait de ramasser.

Un instant, il imagina la tête qu'elle ferait si elle visitait le palais dans lequel il avait grandi.

— Je voyage beaucoup pour mon travail, expliqua-t-il. Il est plus facile de camper que de s'occuper d'un appartement qu'on n'habite pas vraiment. Et ce n'est jamais complet, dans la nature, contrairement aux hôtels.

Les lèvres de Faith frémirent et ses yeux se mirent

à pétiller. Il était sûr que ses sourires illuminaient son visage. Il n'aurait pas dû être attentif à ce genre de choses, mais il ne pouvait pas s'en empêcher. Quelque chose en elle…

— Ça me plaît, ici ! dit Zoe. On devrait faire du camping, nous aussi.

Elle but une gorgée d'eau, puis rendit la bouteille à sa mère.

— Je peux explorer les environs ? demanda-t-elle.

— Ne perds pas la tente de vue, répondit Faith.

Zoe poussa un soupir exaspéré.

— Je ne suis plus un bébé ! protesta-t-elle avant de se mettre à courir autour du campement pour cueillir des fleurs et observer des cactus.

— Elle n'arrête jamais, n'est-ce pas ? demanda Stefan en l'observant. Comment faites-vous pour tenir le coup ?

— Je ne tiens pas le coup, répondit Faith.

Zoe avait reporté son attention sur la fermeture Éclair de la tente. Heureusement, elle jouait assez loin pour ne pas les entendre.

Il ne lui restait plus qu'à trouver comment interroger Faith sans la pousser à rentrer dans sa coquille.

— J'ai gagné un peu de temps avec le shérif, mais je ne peux pas l'empêcher de vous interroger indéfiniment, commença-t-il. Pas tant que j'ignore ce qui vous arrive, du moins. Dites-moi tout, Faith. Êtes-vous partie avec Zoe sans la permission de son père ? Est-ce pour cela que vous ne voulez pas croiser le shérif ?

Faith jeta un coup d'œil à Zoe, puis croisa les bras.

— Écoutez… Je ne vous remercierai jamais assez pour avoir sauvé Zoe, mais je ne peux pas laisser la police s'approcher d'elle. Si vous ne pouvez pas me garantir que ça n'arrivera pas, ramenez-nous à ma voiture tout de suite. Nous disparaîtrons et vous pourrez oublier que vous nous avez rencontrées.

Son ton et son expression interdisaient toute négociation.

— Il n'est pas question que je vous oublie.

Il n'avait pas envie de poser la question suivante, mais il le fallait.

— Votre ex-mari vous a-t-il fait du mal ? demanda-t-il. A-t-il fait du mal à Zoe ? Est-ce pour cela que vous fuyez ?

— C'est compliqué, répondit Faith, les yeux baissés. Il ne nous a pas frappées, ni Zoe ni moi, mais il *est* dangereux.

Stefan scruta son visage sans réussir à percer son secret. Que lui cachait-elle ?

— À quel point est-il dangereux ? Est-il capable de tuer Jerry ou de vous tuer ?

— Me promettez-vous de ne pas nous emmener chez le shérif si je vous dis tout ? demanda-t-elle après un long silence.

Son instinct l'incita à accepter sans hésiter – et c'était son instinct qui lui permettait de survivre depuis dix ans.

— Oui, répondit-il.

Elle plongea son regard dans le sien comme si elle essayait de mesurer son honnêteté. Elle aurait pu s'épargner cette peine : il était un excellent menteur – ce qui avait aussi contribué à sa survie. Il se tut si longtemps qu'il s'attendit à ce qu'elle lui demande de la raccompagner à la bibliothèque.

— Je ne sais pas comment Burke nous a retrouvées, finit-elle par dire.

Elle se mordilla la lèvre et jeta des regards inquiets autour d'elle comme si elle craignait de voir apparaître son ex-mari.

— On a des ennuis, admit-elle. Vous avez sauvé Zoe et je suis à court d'idées.

— Vous pouvez me faire confiance.

— Je l'espère, soupira-t-elle. Zoe est recherchée. Le shérif serait obligé de la remettre à son père et je ne peux pas le laisser faire ça.

— Alors il s'agit bien d'un problème de garde ?

Faith se passa la main sur le visage.

— Pas tout à fait. Je devrais commencer par vous parler de Burke, répondit-elle avec une expression qui fendit le cœur de Stefan. J'ai été si stupide de l'épouser, soupira-t-elle. Je n'étais pas assez bien pour lui. Pas assez mince, pas assez blonde… Pas assez. Nous avons divorcé et il s'est servi de Zoe pour plaire à ses parents. Ils veulent une petite fille modèle. Ils ne la voient pas telle qu'elle est.

Il avait détesté cet homme dès qu'il avait lu de la peur dans le regard de Faith. Cela ne s'arrangeait pas. Comment pouvait-il estimer que Faith n'était pas à la hauteur de ses attentes ? Comment pouvait-il ne pas chérir Zoe telle qu'elle était ?

— Il y a quelques mois, Burke a entamé des démarches pour obtenir la garde exclusive de Zoe, poursuivit Faith. Je suis presque sûre que quelqu'un m'a dénoncée aux services sociaux parce qu'ils ont frappé à ma porte pour me demander si j'avais payé mes factures. Quand je leur ai dit que Burke était en retard dans le versement de la pension, ils se sont contentés de marmonner quelque chose. La famille de Burke est riche et puissante. Burke veut la garde exclusive. Je ne pouvais pas espérer gagner contre ces gens. J'étais terrifiée.

— Alors vous vous êtes enfuie.

— Je n'en avais pas l'intention, se défendit-elle. Je ne voulais pas en arriver là.

— Le CTC a de nombreux contacts dans tout le pays. Mon équipe peut vous aider à affronter la famille de votre ex-mari de manière légale.

Elle secoua la tête.

— Il est trop tard pour ça. J'aurais accepté votre aide avec enthousiasme il y a quelques mois, mais maintenant…

Stefan ne put s'empêcher de poser sa main sur la sienne.

— Que gardez-vous pour vous, Faith ?

Elle baissa les yeux.

— J'attendrai que vous répondiez aussi longtemps qu'il le faudra, insista-t-il d'une voix douce. Je peux vous aider. Mais vous devez me faire confiance.

Elle prit une inspiration tremblante.

— Je ne l'ai dit à personne, murmura-t-elle. J'ai encore du mal à y croire.

— Dites-moi tout…

Qu'est-ce qui pouvait la terrifier à ce point ? Comment pouvait-il la convaincre de parler ?

Finalement, Faith releva la tête. Elle jeta un coup d'œil vers la tente et fronça les sourcils.

— Où est Zoe ? s'écria-t-elle.

Stefan tourna la tête.

— Elle ne peut pas être bien loin, dit-il.

— Zoe ! cria Faith.

Stefan inspecta la tente, puis balaya les environs du regard. Zoe n'était plus visible, mais elle ne pouvait pas s'être beaucoup éloignée. Elle n'était partie que depuis quelques minutes.

Une idée horrible lui vint à l'esprit.

— La rivière ! cria-t-il en fonçant sur la berge.

— Est-elle profonde ? demanda Faith sur ses talons.

Un cri l'empêcha de répondre.

— Aïe ! Maman ! Maman ! Aide-moi !

Ils suivirent la voix de Zoe et la trouvèrent un peu plus loin en train de se frapper les jambes.

— Qu'y a-t-il ? s'inquiéta Faith.

Stefan baissa les yeux. Zoe avait marché sur une fourmilière.

— Des fourmis rouges, dit-il.

Il attira Zoe à l'écart du monticule et chassa les fourmis qui couraient sur ses jambes.

— Ça fait mal, gémit Zoe.

— Je sais, répondit-il en la prenant dans ses bras. J'ai quelque chose qui te soulagera.

Elle s'agrippa à son cou avec une force surprenante.

— Ça fait mal, maman !

— Je sais, championne.

Stefan s'empressa de regagner la tente, où il tendit Zoe à Faith pour ouvrir la glacière.

— Où as-tu mal ? demanda-t-il.

— Aux jambes, sanglota Zoe.

— Retirez-lui son pantalon, dit-il à Faith.

Faith retira les chaussures, le pantalon et les chaussettes de Zoe, dont les jambes étaient couvertes de plaques rouges.

— Ces fourmis rouges n'ont pas de trou au sommet de leur fourmilière, dit-il en remplissant un sac plastique de glaçons pour le poser sur la zone la plus touchée. C'est pour ça qu'elles t'ont eue.

— Le froid fait du bien, dit Zoe entre deux sanglots. Mais je ne voulais pas marcher sur leur maison !

— Tenez le sac pendant que je vais chercher de la pommade à la cortisone, dit Stefan à Faith.

Il revint quelques secondes plus tard avec un petit tube.

— Avez-vous un hôpital dans cette tente ? plaisanta Faith.

— Il est nécessaire d'être bien équipé quand on vit dans la nature, répondit-il en étalant de la pommade sur les jambes de la fillette. T'ont-elles mordue ailleurs, Zoe ?

Zoe s'essuya les yeux et secoua la tête.

— Très bien, dit-il. Et si on t'installait dans ma tente avec les jambes surélevées ? Tu es d'accord ?

— Qu'est-ce que ça veut dire ? demanda l'enfant.

— Ça veut dire que je mettrai un oreiller sous tes pieds pour que tes jambes soient plus hautes que ton cœur. Ça aidera les boutons à disparaître.

— Les fourmis ne viendront pas dans la tente ? demanda Zoe avec méfiance.

— On fermera la moustiquaire. Tu ne risqueras rien, promit-il.

Faith porta sa fille dans la tente, s'allongea près d'elle et se mit à fredonner. Stefan les laissa seules.

Faith le rejoignit un quart d'heure plus tard. Elle s'assit à côté de lui et but une gorgée d'eau.

— Elle s'est endormie, dit-elle. Tant mieux. Nous n'avons pas bien dormi la nuit dernière, après avoir trouvé la maison dévastée.

Elle plongea son regard dans le sien. Elle semblait au comble du désespoir. Stefan s'interdit de la presser. Parfois, la patience était plus efficace que la persuasion. Pourtant, il mourait d'envie de lui demander pourquoi son ex-mari avait fait dévaster sa maison s'il avait la loi de son côté. Pourquoi avait-il essayé d'enlever Zoe ? Cela n'avait aucun sens.

Mais il attendit. Faith allait-elle enfin lui dire ce qui la tourmentait ?

Faith inspira profondément.

— Burke a des secrets, dit-elle.

Il hocha la tête pour l'encourager à poursuivre.

— Il a tué quelqu'un… Plusieurs personnes… Mon ex-mari est un tueur en série.

5

Burke faisait les cent pas. Son bureau était couvert de rapports qu'il n'avait pas lus. Il était incapable de se concentrer depuis sa conversation avec Orren. Maudite Faith ! Il ne l'imaginait pas capable de lui causer autant d'ennuis.

Ce serait bientôt fini. Si Orren était à la hauteur de sa réputation, elle serait morte dans vingt-quatre heures. Cette pensée ne le réjouissait pas autant qu'elle l'aurait dû. Il s'arrêta devant la baie vitrée et contempla les gratte-ciel de Dallas.

L'image se brouilla pour être remplacée par le visage souriant de sa traîtresse de femme. Une vague de sang le fit disparaître.

Burke secoua la tête. Il voulait se charger de la faire disparaître. Voilà ce qui le contrariait. Il rêvait de se servir de son couteau préféré sur elle depuis qu'elle s'était laissée aller après la naissance de Zoe. Ses cheveux avaient perdu leur teinte parfaite et elle avait pris au moins huit kilos. Elle n'était plus le trophée qu'il avait sculpté à partir d'une serveuse du Shiny Penny. Elle n'était plus *sa* Faith. Elle l'avait contraint au divorce.

Il voulait se débarrasser d'elle à *sa* manière. Et l'idée qu'un crétin de cow-boy l'aidait le faisait bouillir de rage. Il était sûr qu'elle s'était donnée à lui comme la traîtresse qu'elle était. Il en aurait mis sa main au feu.

Il ne voulait peut-être plus d'elle, mais il ne voulait pas non plus que quelqu'un d'autre s'empare de ce qui lui avait appartenu. Il n'était pas prêteur.

Il enfila sa veste et quitta son bureau.

— Je prends le reste de la journée, dit-il à sa secrétaire d'une voix calme alors qu'il avait envie de hurler. Reportez mes rendez-vous.

Il s'engouffra dans l'ascenseur sans lui laisser le temps de répondre et soupira de soulagement quand les portes coulissèrent.

Ainsi, son ex-femme s'était trouvé un autre homme. Il ne devait pas avoir beaucoup de goût pour s'intéresser à quelqu'un d'aussi vulgaire.

Ses mains se mirent à trembler. Il les frotta l'une contre l'autre jusqu'à ce qu'elles deviennent rouges sans que cela le calme. Une seule chose avait ce pouvoir. Son père n'apprécierait pas, mais il s'en moquait éperdument.

Il avait besoin de se soulager. Il avait un plan et son sac était prêt.

Il ne lui manquait plus que la bonne victime.

Quand les portes de l'ascenseur s'ouvrirent, il prit une expression neutre et répondit au signe de tête de la femme qui monta dans la cabine. Ses cheveux blonds formaient un rouleau juste en dessous de ses épaules.

C'était une femme élégante – bien plus que Faith ne pourrait jamais l'être.

Il enfonça ses mains dans ses poches et ses ongles dans ses paumes. Parfois, la douleur l'aidait à refouler ses pulsions pour un moment. Il avait des règles. L'une de ses règles était de ne pas chasser près de là où il vivait et travaillait.

Il observa discrètement les mains de la femme. Elle portait une alliance. Il y avait quelqu'un dans sa vie.

Il sentait les battements de son cœur dans ses tempes. Il ferma les yeux.

— Ça va ? s'inquiéta la femme.

— Juste un peu d'hypoglycémie, dit-il.

Il déplia les doigts et laissa la douleur se dissiper. Il s'était décidé.

— Il n'est sans doute pas prudent que je conduise dans cet état, ajouta-t-il. Pourriez-vous me ramener chez moi ?

Elle lui jeta un regard surpris.

— Je peux vous appeler un taxi, répondit-elle.

— Laissez tomber. Je me débrouillerai.

Il trébucha en sortant de l'ascenseur quand ils atteignirent le parking.

La femme le retint par le bras.

Il lui offrit un grand sourire en même temps qu'il plongea une aiguille dans son cou.

La stupeur qu'il lut sur son visage avant qu'elle s'évanouisse lui procura un plaisir immense.

Les règles étaient faites pour être violées de temps à autre, songea-t-il en la soulevant.

Un tueur en série.

Le paysage tangua et les battements de son cœur couvrirent les chants des cigales. Faith se massa les tempes. Elle avait prononcé ces mots à voix haute pour la première fois depuis le coup de téléphone anonyme qu'elle avait passé à la police le soir où Zoe et elle avaient quitté Weatherford.

Son coup de téléphone semblait n'avoir produit aucun effet, ce qui avait renforcé sa certitude d'avoir fait le bon choix. Burke était intouchable.

Elle regarda ses mains un long moment avant d'oser jeter un coup d'œil à Léon. Il avait l'air surpris.

Évidemment. Qui ne le serait pas ? Burke Thomas appartenait à une famille puissante. Il était beau, riche et influent. Elle s'était enfuie pour deux raisons : elle avait peur pour Zoe et elle savait que personne ne la croirait.

Elle s'attendit à ce que Stefan l'emmène chez le shérif – voire dans un hôpital psychiatrique – malgré la promesse qu'il lui avait faite.

— Comment l'avez-vous découvert ? demanda-t-il après un silence insoutenable.

Faith fronça les sourcils. Il ne riait pas. Il ne l'accusait pas d'avoir perdu la raison. Il semblait même la prendre au sérieux.

— Par hasard, répondit-elle en se tordant les doigts. Quand j'ai reçu la requête de garde exclusive, je suis partie à sa recherche avec l'espoir de le faire changer d'avis. Je l'ai vu près du bar où nous nous sommes rencontrés et j'ai vu une prostituée monter dans sa voiture. Deux jours plus tard, j'ai reconnu la femme sur une photo dans le journal. Elle avait été tuée.

Léon ne fit aucun commentaire. Il ramassa un bout de bois et traça une arabesque sur le sol. Il devait se dire qu'il ne s'agissait que d'une coïncidence.

— Je sais ce que vous pensez, dit-elle en se forçant à le regarder droit dans les yeux. Je ne suis pas folle.

— J'attends juste la suite, répondit-il. J'ai l'impression que ce n'est pas tout ce que vous avez découvert.

Elle en resta bouche bée quelques instants. Elle avait toujours cru qu'on lui rirait au nez ou qu'on la traiterait avec condescendance si elle en parlait. Les encouragements de Léon firent céder la digue du silence.

— J'ai fait des recherches dans les archives des

journaux, dit-elle. J'ai trouvé plus d'une dizaine de femmes grandes, blondes et minces assassinées dans la région de Dallas. Elles ont toutes été tuées de manière différente, mais la ressemblance entre elles est troublante. J'ai relevé les dates. Elles sont toutes mortes un jour où Burke et moi nous étions disputés.

Il écarquilla les yeux.

— Vous vous souvenez des dates des disputes ? s'étonna-t-il.

Comment aurait-il pu comprendre alors qu'il contrôlait parfaitement son existence ?

— Je sais à quelles dates Burke a eu la garde de Zoe. Nous nous sommes toujours disputés quand il me l'a ramenée.

Même si elle n'avait plus aucun amour pour Burke, elle avait espéré jusqu'au bout qu'ils seraient capables de faire passer le bien-être de leur fille avant leurs querelles.

Quelque chose bougea sur leur gauche. Léon bondit sur ses pieds et dégaina. Faith écarquilla les yeux. Elle n'avait jamais vu quelqu'un réagir aussi vite ni avec tant de précision.

Un chien de prairie qui furetait dans un buisson s'éloigna. Léon se rassit.

— Ainsi, vous pensez qu'il est allé commettre un meurtre après chacune de vos disputes ? dit-il.

— Je sais que ça paraît dément, mais oui : c'est exactement ce que je crois.

Léon se massa la nuque.

— Avez-vous prévenu la police ? demanda-t-il après un nouveau silence.

— J'ai passé un coup de téléphone anonyme depuis une cabine publique, répondit-elle. Je ne voyais pas quoi faire d'autre. La police savait que nous nous battions pour la garde de Zoe. Elle est venue me voir plusieurs fois parce que des gens avaient prétendu avoir entendu des cris ou avaient ramassé des branches cassées qui gênaient sur le trottoir. Je suis sûre que c'était Burke. Je n'ai pas fait de déposition parce que j'étais certaine qu'on ne me croirait pas.

— Et vous en êtes absolument sûre ? demanda Léon.

— Malheureusement oui, répondit-elle après avoir jeté un coup d'œil à la tente. Quand nous nous sommes mariés, Burke a essayé de me transformer pour que je ressemble aux femmes qu'il tue.

Léon la fixa un moment avant de dire :

— Certains penseraient qu'un problème de garde est une excellente raison d'accuser votre ex-mari de meurtre.

Elle ne prit pas la peine de répondre. À la place, elle sortit un dossier de son sac et l'ouvrit.

— Vous croirez peut-être ceci, le défia-t-elle.

Elle commença par tendre à Léon la coupure de presse avec la photo de la prostituée blonde qu'elle ne pouvait toujours pas regarder sans frémir.

— Voici la femme que j'ai vue monter dans la voiture de Burke quelques heures avant qu'elle soit tuée. Et voici la victime d'un autre meurtre, commis dans une ville voisine.

Elle lui tendit une autre coupure de presse en scrutant son visage.

— Je vous accorde qu'elles se ressemblent, dit-il. Elles pourraient être sœurs.

— Ces photos me donnent la nausée, avoua-t-elle avant de lui en tendre d'autres. Cette femme a été assassinée deux jours après notre divorce, celle-ci trois jours après le jugement en appel qui a confirmé la garde partagée.

Finalement, elle lui tendit le dossier.

— J'en ai trouvé neuf autres, conclut-elle.

— La police le suspecte-t-elle ? demanda Léon en tournant les pages. Elle a bien dû voir que ces meurtres étaient liés…

Faith haussa les épaules.

— Je n'en suis pas sûre, répondit-elle. Je n'ai rien lu dans les journaux allant dans ce sens. La police a peut-être ouvert une enquête après mon coup de téléphone, mais ces femmes n'ont pas été tuées dans la même ville, ni de la même manière. J'ai cru comprendre que la plupart des tueurs en série avaient un mode opératoire. Celui de Burke, c'est de ne pas en avoir.

Le cœur de Faith manqua un battement quand Léon regarda les deux dernières photos.

— Celles-là sont de moi, murmura-t-elle.

Léon écarquilla les yeux et s'enfonça dans sa chaise.

C'étaient des photos prises au début du mariage de Faith. Sur ces photos, elle était bien plus mince qu'à présent, elle portait des robes que Burke avait choisies pour elle et ses cheveux – du blond qu'il aimait – étaient coiffés en chignon. Elle était l'incarnation de son idée de la perfection. Il le lui répétait. Elle était follement heureuse. Elle croyait avoir trouvé le prince charmant.

Elle avait trouvé un monstre déguisé en prince.

Ces photos la faisaient grimacer, à présent. Elle était si maigre à cette époque qu'elle avait l'air malade.

— Il choisissait mes vêtements, la couleur de mes cheveux et mes coiffures, expliqua-t-elle. Il disait qu'il ne voulait pas me changer, juste révéler mon potentiel. Je le croyais. Je pensais que j'avais de la chance qu'il s'intéresse autant à moi. Pendant un temps.

Léon attira la glacière devant eux, étala les photos sur son couvercle et siffla doucement.

— Vous pourriez *toutes* être sœurs, commenta-t-il.
— Et je suis la seule à être encore en vie.

Un courant d'air fit trembler les photos que Stefan avait étalées devant lui. Il avait imaginé que Faith fuyait un homme qui l'avait battue ou qui avait témoigné un intérêt déplacé pour Zoe, pas quelqu'un qui la tuait symboliquement encore et encore.

Les fous étaient difficiles à capturer. Il valait mieux que leur folie ait une logique, ce qui les rendait prévisibles. Burke semblait être un tueur organisé qui faisait semblant de ne pas avoir de logique. Il n'y avait pas pire.

Faith le regardait en se mordillant la lèvre. Elle avait l'air de craindre qu'il ne lui rie au nez.

— Je suis impressionné, dit-il. Pourquoi vous êtes-vous enfuie alors que vous aviez tout ça entre les mains ?

— N'avez-vous rien écouté ? La famille de Burke a trop d'influence. Les Thomas ne perdent jamais.

Elle secoua vigoureusement la tête.

— Non, je devais protéger Zoe avant tout, ajouta-t-elle.

Elle tremblait.

— Zoe et vous ne risquez rien ici, lui assura-t-il en prenant l'une de ses mains entre les siennes.

Elle ne la retira pas.

— Grâce à vous, mais nous ne pouvons pas rester ici pour toujours. Mes projets sont tombés à l'eau. Burke nous a retrouvées à Carder, une ville dont je n'avais jamais entendu parler avant que ma voiture y tombe en panne. Nous n'avons pas la moindre chance de lui échapper sans changer d'identité.

Le désespoir que Stefan entendit dans sa voix lui brisa le cœur.

Le CTC pouvait l'aider. Ransom avait au moins

autant de contacts que les Thomas. Mais Faith était-elle capable de s'en remettre aux autorités alors qu'elle s'en méfiait depuis des mois ?

Il prit son visage entre ses mains et plongea son regard dans le sien.

— Écoutez-moi bien, Faith. Je vous protégerai, Zoe et vous, quoi qu'il en coûte. Je vous le jure. Je pense que vous devez me laisser essayer d'attaquer Burke légalement mais, si j'échoue, j'ai une amie qui peut vous fournir de faux papiers. Elle s'appelle Annie et elle est très douée. Burke ne vous retrouvera jamais.

— C'est vrai ? murmura-t-elle.

Il acquiesça.

Elle enroula les bras autour de son cou. C'était un geste de gratitude, mais Stefan ne put empêcher son corps de l'interpréter autrement. Même s'il essaya de ne rien en laisser paraître, Faith se raidit quelques instants plus tard, puis s'écarta.

Stefan regarda ses lèvres, puis ses yeux aux pupilles dilatées. Il ne la laissait pas de marbre non plus.

Il faillit grogner de frustration quand elle s'humecta les lèvres. Il n'aurait pas dû réagir de cette manière. Il ne pouvait pas se le permettre. Il n'avait que trois jours devant lui – même s'il commençait à admettre qu'il ne réussirait pas à mettre ses projets à exécution avant d'avoir assuré la sécurité de Faith et de Zoe.

Faith cligna des yeux, puis secoua doucement la tête.

— Nous ne pouvons pas faire ça, murmura-t-elle.

Stefan savait bien qu'elle avait raison, mais cela n'empêcha pas son cœur de se serrer. Il ne se souvenait pas qu'aucune femme lui ait jamais fait autant d'effet.

— Je vais me reposer un peu, dit-elle. Il n'est que 15 heures, mais cette journée a déjà été longue.

Il ne répondit rien. Elle se leva et se dirigea vers la

tente, dans laquelle elle s'enferma après lui avoir jeté un dernier regard par-dessus son épaule.

Stefan soupira. Il avait de plus gros problèmes qu'il ne le croyait.

Il reporta son attention sur son bureau improvisé et lut attentivement tout ce que contenait le dossier de Faith. Il devait la convaincre de laisser le CTC l'aider.

Lorsqu'il releva la tête, le soleil déclinait. Il se leva et s'étira en grognant. Il ne voyait pas de faille dans la théorie de Faith, mais il voyait aussi que ce n'était que cela : une théorie. Elle avait relevé de nombreuses coïncidences troublantes, mais ce qu'elle tenait de plus accablant était son propre témoignage. Non seulement un bon avocat n'aurait aucun mal à tirer son client de là, mais elle se peindrait une cible sur le dos.

Elle ferait peut-être bien de fuir, finalement. Il devait appeler Annie tout de suite, dans ce cas, mais il ne supportait pas l'idée que Faith passe le reste de sa vie à se méfier de tout. Il avait besoin de plus de temps. Il devait y avoir un moyen de neutraliser Burke.

Il jeta un coup d'œil à la tente dans laquelle ses invitées dormaient toujours, puis il s'éloigna assez pour qu'elles ne risquent pas de l'entendre et sortit son téléphone.

— Bureau du shérif, répondit la standardiste.

— Passez-moi le shérif, s'il vous plaît.

— Mais je reconnais cette voix pleine de mystère… Comment allez-vous, monsieur Royce ?

— J'attends toujours que vous me disiez si vous voulez bien devenir ma femme, Iris.

La standardiste pouffa.

— L'homme que j'ai épousé il y a quarante ans risque de ne pas apprécier. Le shérif fait les cent pas dans son bureau en maudissant les murs. Le type qu'il a arrêté ne dit rien et ça le rend fou. Une minute ! Je vous le passe.

Un bip lui signala le transfert de son appel.

— Redmond, grogna le shérif.

— Il ne parle pas, n'est-ce pas ? demanda Stefan.

— Vous avez soutiré cette information à Iris ?

— Évidemment.

Le shérif devait s'être résigné à avoir la plus grande pipelette de la ville comme standardiste.

— Je devrais la virer, soupira Redmond, mais elle est comme la moisissure : une fois qu'elle s'est installée, il est difficile de s'en débarrasser.

Un craquement indiqua à Stefan que le shérif venait de s'asseoir.

— Le type ne dit rien, poursuivit-il. Je piétine. J'ai besoin d'interroger la fillette et sa mère.

Stefan se massa la nuque.

— À ce propos…

— Merde ! le coupa le shérif. Laissez-moi deviner : leur situation est plus grave que vous ne le pensiez et il leur est impossible de venir répondre à mes questions.

— Vous êtes doué.

— Non, je ne suis pas doué, mais il se passe toujours la même chose quand j'ai affaire au CTC : je me tourne les pouces et le problème disparaît. Vais-je découvrir un tas de squelettes dans un coin du ranch, un de ces jours ?

— J'en doute. Ransom ne laisse pas de traces.

Redmond soupira.

— Je sais que vos amis et vous aidez les gens que je ne peux pas secourir, mais ça devient lassant.

— Vous pourriez entrer dans l'équipe, suggéra Stefan. Il est possible qu'une place se libère bientôt.

— Vous comptez partir ?

— J'ai comme une envie de changement.

— Je vous remercie pour votre offre, mais j'aime mon travail, répondit le shérif. Et arrêtez d'essayer de faire dévier la conversation. Que se passe-t-il ?

— C'est dommage, vous feriez un bon agent, le flatta Stefan. Ça reste entre nous, mais son ex-mari la cherche et ce n'est pas un enfant de chœur.

— Shérif ! cria Iris assez fort pour que Stefan l'entende. Venez !

— Que se passe-t-il ? rugit Redmond. Je vous rappelle, Léon.

Le shérif raccrocha.

Stefan attendit deux minutes, puis regagna le campement. Il rappellerait plus tard. L'urgence n'avait peut-être rien à voir avec l'homme qu'ils avaient arrêté, mais il avait un mauvais pressentiment.

Il se rassit devant la glacière et prit la photo de Faith sur laquelle elle tenait le bras de son ex-mari. Burke Thomas avait du charme et le sourire facile. Bien sûr, ce n'était pas le premier tueur doté de ces avantages.

— C'est mon papa quand il était gentil avec ma maman, commenta Zoe à côté de lui.

Stefan sursauta et s'empressa de ranger les autres photos.

Il se força à se détendre.

— Tu ferais une bonne espionne, dit-il.

— C'est ce que tu es ? demanda-t-elle. Un espion ?

Stefan l'observa un instant. Elle était si confiante et si sociable qu'il n'eut pas le cœur de lui mentir.

— On peut dire ça, répondit-il.

— C'est vrai ? s'écria-t-elle, les yeux pétillants de curiosité. Comme dans les films ?

— Eh bien… Enquêter n'est pas aussi haletant que dans les films, répondit-il.

Soit, ce n'était pas tout à fait vrai. Il avait été torturé dans un donjon, il avait survécu à plusieurs explosions et il avait dû jouer les snipers à maintes reprises.

— La plupart du temps, je lis des choses et j'essaie d'y trouver des indices, lui assura-t-il. C'est un peu comme faire ses devoirs.

Zoe grimaça.

— Alors ça ne doit pas être amusant.

— Il est amusant d'attraper un méchant et de le mettre en prison, répondit-il.

— Ça, c'est bien ! Il faut mettre les méchants en prison pour qu'ils ne fassent de mal à personne.

— Ça va mieux ? demanda Stefan.

— J'ai des petits boutons blancs là où les fourmis m'ont mordue, répondit Zoe. Ça gratte.

— Et si on remettait un peu de pommade ?

— D'accord.

Zoe s'assit et leva ses jambes l'une après l'autre pour qu'il y applique de la pommade.

— Tu fais ça bien, commenta-t-elle. As-tu des enfants ?

Stefan ressentit un pincement au cœur familier.

— J'ai deux nièces et un neveu, répondit-il. Mon neveu et l'une de mes nièces sont jumeaux. Ils ont à peu près ton âge.

— Est-ce que je peux jouer avec eux ? s'écria Zoe. Ils vivent près d'ici ?

— Malheureusement non. Ils vivent de l'autre côté de l'océan.

— Est-ce que tu prends l'avion pour aller les voir ?

— Pas autant que je le voudrais, répondit-il en goûtant l'amertume de l'euphémisme. Il arrive que les familles soient compliquées.

— Comment ça, compliquées ?

Stefan fut pris de court.

— Il arrive qu'on ne fasse pas ce qu'on veut parce qu'il est difficile de comprendre ce qu'on devrait faire.

Il devait admettre que sa réponse ne lui semblait pas très claire. Heureusement, Zoe hocha la tête.

— Je comprends, dit-elle. Ma vie est compliquée aussi. Mon papa veut que je porte des robes avec des rubans. J'aime les jeans et les T-shirts. Mais comme ma mamie m'offre des robes, je suis obligée de les mettre. C'est difficile.

Sa grimace horrifiée fit rire Stefan.

— Tu n'aimes pas les jolies robes ?

— Elles gênent pour tout. On ne peut pas jouer au base-ball en robe. Elles se salissent et on se fait gronder. Si je n'étais pas obligée d'être en robe, j'aimerais monter dans un avion avec mon papa. Il a promis de m'emmener, un jour, mais il est très occupé. Est-ce que ton papa t'a fait prendre un avion ?

Encore une question à laquelle Stefan ne savait pas comment répondre. Les bons souvenirs de son enfance avaient pâli quand il avait découvert la vérité. Comment aurait-il pu deviner que son père participerait à une conspiration qui coûterait la vie à son frère et le ferait atterrir dans un cachot ? Il aurait aimé que Zoe n'ait pas à supporter la même désillusion, mais il faudrait bien qu'elle découvre la vérité sur son père un jour ou l'autre. Il n'avait pas posé cette question à Faith parce que son comportement prouvait que Zoe ne savait rien.

La sonnerie de son téléphone les interrompit. Il ne reconnut pas le numéro.

— Reste ici, Zoe, dit-il. Je reviens.

Il s'éloigna assez pour qu'elle ne l'entende pas et décrocha.

— Léon Royce.

— C'est la panique, ici, annonça Redmond. Mon prisonnier est tombé raide mort et je ne sais pas pourquoi.

— Une crise cardiaque ?

— Il était un peu jeune pour ça. Il s'est peut-être empoisonné. Il a eu un visiteur qui s'est présenté sous un faux nom, mais c'était il y a des heures. J'ai convoqué le médecin légiste d'Odessa. On en saura plus bientôt.

— Merde, grommela Stefan. J'espérais qu'il confirmerait le récit de Faith.

— Eh bien, il ne parlera plus, répondit Redmond. Et ce n'est pas la seule nouvelle surprenante. Je viens aussi de recevoir un coup de fil de quelqu'un d'assez haut placé au bureau du procureur. Il veut que je vérifie l'identité de la victime de l'enlèvement pour savoir si ce ne serait pas une certaine Zoe Thomas. Au cas où ce serait bien elle, je suis censé n'en faire part *qu'à lui*. Bien sûr, il m'a menacé d'un audit – sans grande subtilité – si je ne coopère pas.

Stefan siffla. S'il avait besoin d'une preuve que Faith disait vrai, le shérif venait de la lui fournir.

— Ce type est dans la poche de son ex-mari, répondit-il.

— Je n'aime pas qu'on fasse pression sur moi ni qu'on meure dans mes cellules, grommela Redmond.

— La situation est plus grave que je ne le croyais, reconnut Stefan.

— Une chose est sûre : je suis en pleine mission d'infiltration, répondit Redmond à voix plus basse. Je vous appelle depuis un téléphone jetable, cette conversation n'a pas eu lieu et ne me rappelez pas. Je ne sais pas où vous êtes et je ne veux pas le savoir. Celui qui veut mettre la main sur cette fillette a des amis puissants. Si j'étais vous, je resterais le plus loin possible des représentants de la loi.

6

Faith avait quelque chose de dur et de pointu enfoncé dans le dos. Désorientée, elle se frotta les yeux.

Le courant d'air qui lui caressa le visage la ramena à la réalité. Elle était dans la tente de Léon.

Zoe.

Elle ouvrit les yeux. Sa fille n'était plus là. Elle se leva, sortit de la tente et fut aveuglée par le soleil de la fin d'après-midi.

Elle attendit quelques secondes de s'habituer à la lumière, puis balaya le campement du regard, une main en visière.

Elle ne vit ni Léon ni Zoe.

La panique la gagna, mais elle entendit presque aussitôt sa fille éclater de rire. Quand avait-elle entendu autant de joie dans la voix de sa fille pour la dernière fois ? Cela lui donna mauvaise conscience. Zoe méritait tellement mieux que ce qu'elle pouvait lui offrir dans l'immédiat.

Zoe se remit à rire. Faith suivit le son jusqu'au bord de la rivière. Elle y découvrit Léon en train de montrer du doigt quelque chose sur le sol. Zoe leva la tête pour le regarder avec adoration.

Faith se sentit fondre. Comment sa fille aurait-elle pu ne pas tomber amoureuse d'un homme qui l'avait sauvée et qui lui parlait comme si elle était la personne la plus importante du monde ?

Elle-même avait bien failli tomber dans ses bras. Il leur avait proposé son aide alors qu'il ne les connaissait pas. Il avait promis de les protéger.

Si la raison de Faith doutait encore, son instinct avait accordé sa confiance à Léon.

Le cœur de Faith manqua un battement quand il ébouriffa les cheveux de Zoe. Elle pouvait même tomber amoureuse de lui, si elle n'était pas prudente.

Elle s'accroupit derrière un rocher pour les observer discrètement – ce qui était bien inutile, comme le prouva le clin d'œil de Léon.

Zoe s'assit sur un rocher.

— Tu en sais long sur le camping, dit-elle d'un ton sérieux. Je peux t'avouer quelque chose ?

— Bien sûr, répondit Léon en s'agenouillant devant sa fille. As-tu un problème ?

— Je me suis perdue, tout à l'heure, répondit Zoe, la tête basse. J'ai marché sur la fourmilière parce que je ne savais pas où aller. J'avais peur.

Faith voulut sortir de sa cachette pour aller la réconforter, mais la réaction de Léon l'en dissuada.

Il releva son chapeau et regarda Zoe droit dans les yeux.

— Ce n'est pas grave d'avoir peur, lui dit-il. Tout le monde a peur par moments.

Zoe croisa les bras et prit un air buté que Faith connaissait bien.

— Je n'ai pas aimé, répondit-elle. Je ne savais pas quoi faire. Et si je n'avais pas crié ? J'aurais pu partir dans la mauvaise direction et me perdre pour de bon. Je vois à peine la tente, d'ici.

Léon se gratta le menton.

— Eh bien… Je campe beaucoup et je sais ce qu'il faut faire quand on se perd. Veux-tu que je t'explique ?

Zoe hocha la tête.

— Très bien.

Il se redressa et prit Zoe par la main pour l'entraîner un peu plus loin.

— D'abord, tu dois rester sur une piste, comme celle-ci, dit-il en lui montrant le sol. Les animaux les creusent quand ils viennent boire. Si je te cherchais, je commencerais par suivre toutes les pistes.

— Et s'il n'y en a pas ? demanda Zoe.

— Cherche un endroit où t'abriter du froid et du vent, comme près de ces rochers, et attend qu'on te retrouve, ta mère et moi. Surtout, ne te déplace pas quand il fait nuit. Il n'y a pas de lampadaires dans la nature.

— Mais si vous ne me voyez pas ? demanda encore Zoe, les sourcils froncés.

— C'est là que ton sac à dos orange te sera utile, répondit Léon avec un grand sourire. Pose-le à l'entrée de l'endroit où tu te caches. On ne risque pas de le rater. Et fais autant de bruit que tu peux pendant que tu attends.

Zoe réfléchit quelques instants avant de demander :

— Mais si des méchants me cherchent ? Maman m'a toujours dit de me taire quand je me cachais. Alors qu'est-ce que je fais dans ce cas-là ?

La question brisa le cœur de Faith. Zoe n'aurait pas dû avoir ce genre d'inquiétudes.

— C'est une bonne question, répondit Léon. Tu me laisses des indices qui m'aideront à te trouver.

— Quoi, comme indices ?

— Des choses que je peux reconnaître, comme tes lacets ou tes crayons. Comme nous avons eu cette conversation, je saurai que c'est une piste, dit Léon avant de poser les mains sur les épaules de Zoe. Je te trouverai, je te le jure.

Zoe se mordit la lèvre, puis acquiesça.

— Je crois que j'en suis capable, dit-elle. Merci, Léon.

— Nous n'avons pas terminé. Quelle direction regardes-tu, en ce moment ? Le nord, le sud, l'est ou l'ouest ?

Zoe prit un air hésitant.

— Prends ton temps, lui conseilla Léon en grattant le sol avec un bâton. Tu n'as aucune raison de paniquer. Sois logique, c'est tout.

Les yeux de Zoe se mirent à briller d'excitation. Elle tendit un doigt vers le ciel.

— Tu m'as dit que le soleil se levait à l'est et se couchait à l'ouest. Là, c'est l'ouest, donc…

Elle s'agenouilla et fit un dessin dans la poussière.

— Donc je regarde vers le nord ! conclut-elle triomphalement.

— Bravo ! Quand tu sais dans quelle direction tu vas, tu ne risques pas de tourner en rond.

Zoe poussa un profond soupir.

— Il faut se souvenir de beaucoup de choses quand on se perd.

— Et si on passait à la pratique ? suggéra Léon. Je vais me cacher derrière ce rocher, tu feras semblant d'être perdue et tu essaieras de te souvenir de ce que tu dois faire.

Il pointa son doigt vers la cachette de Faith.

— Chouette ! Un jeu ! s'écria Zoe avant de filer.

Léon rejoignit Faith.

— La survie pour les nuls ? plaisanta-t-elle.

Il haussa les épaules.

— Ça nous a occupés.

— Ce n'était pas une simple occupation, répondit

Faith en surveillant Zoe du coin de l'œil. Merci de l'aider à se sentir forte. Ça vous plaît de vivre comme ça au milieu de nulle part ?

— Il arrive que les douches chaudes me manquent, mais oui. J'aime le silence et la nuit si noire qu'on peut voir toutes les étoiles.

Il la fixa quelques secondes avant de demander :

— À quoi pensez-vous ?

— Je me demandais si je serais capable de vivre comme ça avec Zoe pendant quelques jours, le temps de réfléchir à la suite.

— Vous pouvez rester ici autant que vous voulez, répondit-il.

Faith se détendit. Elle n'avait plus besoin de se soucier du gîte et du couvert – pour aujourd'hui, du moins.

— Merci, dit-elle. Vous nous sauvez la vie.

Il détourna les yeux, presque comme s'il était embarrassé.

— Zoe ! cria-t-il. J'arrive !

Faith balaya les environs du regard sans voir sa fille.

— Où est-elle ?

— Ne vous inquiétez pas. Je ne l'ai pas perdue de vue un seul instant. Elle me teste. Elle veut être sûre que je serais capable de la retrouver.

Il lui tendit la main.

— Venez, suivons la piste.

Elle glissa sa main dans la sienne.

— Elle a été creusée par des moutons, expliqua-t-il. Les troupeaux circulent librement dans la région.

Ils se frayèrent un chemin entre les buissons jusqu'à un amoncellement de rochers. Le sac à dos de Zoe était posé près du plus gros.

— Au secours ! cria la fillette. Je suis là !

Ils trouvèrent Zoe qui souriait, debout entre deux rochers.

— Bravo, la félicita Léon. Tu serais à l'abri du vent et de la pluie dans un petit trou comme celui-ci.

Zoe planta les poings sur ses hanches.

— Alors ? demanda-t-elle en ayant l'air d'attendre quelque chose.

Léon fit semblant d'hésiter, puis soupira.

— Très bien, répondit-il. Je t'accorde que tu l'as mérité.

— À quoi jouez-vous, tous les deux ? demanda Faith en réprimant difficilement un sourire.

Léon donna quelque chose à Zoe, qui se tourna aussitôt vers elle.

— Regarde, maman ! Une petite lampe de poche et une pointe de flèche que Léon a trouvée au bord de la rivière. Je les ai gagnées parce que j'ai bien retenu sa leçon.

Faith la serra dans ses bras.

— Merci, murmura-t-elle à Léon par-dessus sa tête.

Il rougit un peu et consulta sa montre.

— Avez-vous faim ? demanda-t-il.

— Oui ! cria Zoe. On a raté le déjeuner et on n'a plus de beurre de cacahuètes.

— Je pense avoir mieux à vous proposer que du beurre de cacahuètes, dit Léon en reprenant le chemin de la tente. Du saumon, ça vous va ?

Faith cligna des yeux.

— Vous plaisantez ?

— Je vis peut-être au milieu de nulle part, mais j'apprécie un bon repas.

Il s'accroupit pour replacer les pierres de son feu de camp.

— Je peux aider ? demanda Zoe.

— Bien sûr. D'abord, il faut faire du feu.

L'enthousiasme de Zoe inquiéta Faith. Léon dut le sentir, parce qu'il s'empressa d'ajouter :

— Mais promets-moi de ne pas essayer d'allumer un feu sans la présence d'un adulte.

Zoe hocha la tête au grand soulagement de Faith. Celle-ci approcha une chaise et regarda Léon expliquer à sa fille quelles herbes s'embrasaient le mieux et comment aider le feu à partir avec des branches creuses. Des flammes crépitèrent joyeusement quelques minutes plus tard.

Léon alla chercher de l'aluminium, des épis de maïs, des pommes, une grille et deux poêles.

— Vous êtes bien équipé, commenta-t-elle.

— Nécessité fait loi, répondit-il.

Quand le saumon fut en train de cuire, il reporta son attention sur Zoe.

— Encore une question, lui lança-t-il. Si je marche en direction du soleil pendant une heure, que dois-je faire pour revenir ici ?

— C'est une question piège ? demanda Zoe.

— Non. Alors ?

— Il faut faire demi-tour et marcher pendant une heure avec le soleil dans le dos, répondit Zoe.

— Tu es une vraie pro, la félicita Léon.

— Mais si le soleil est couché ?

— Alors tu repères une étoile et tu fais la même chose.

— Tu me montreras ?

— Quand il fera nuit.

— C'est génial, ici ! Est-ce qu'on peut rester avec toi, Léon ?

— Aussi longtemps que vous le voudrez, répondit-il avant de jeter à Faith un regard qui la fit frissonner.

Elle ne pouvait pas ignorer leur attirance réciproque. Elle était sûre que céder à la tentation était une mauvaise idée, mais cela ne changeait rien.

— Ça va ? s'inquiéta-t-il.

Qu'était-elle censée répondre ? Elle s'éclaircit la voix.

— J'apprécie tout ce que vous faites pour Zoe, dit-elle. Grâce à vous, elle se sent en sécurité pour la première fois depuis des mois.

— C'est une chouette gamine.

— Vous nous avez laissées vous envahir alors que rien ne vous y obligeait. Je ne sais pas quoi dire, comment vous…

Elle laissa sa phrase en suspens et posa sa main sur la sienne sans trop savoir pourquoi. Il la laissa faire, et le temps parut suspendre son cours. Dans d'autres circonstances, elle se serait blottie dans ses bras.

Zoe la ramena à la réalité en venant se planter entre eux.

— Est-ce que le dîner est prêt ? demanda-t-elle. J'ai faim.

Faith s'éclaircit la voix et essaya d'ignorer son trouble.

Léon était parfaitement impassible. Que pensait-il ? Voulait-il la prendre dans ses bras autant qu'elle avait envie de s'y blottir ?

— Non, le dîner n'est pas prêt, mais il le sera bientôt, répondit-il. Je dois d'abord ramasser plus de bois et téléphoner à quelqu'un.

Il se leva et s'éloigna sans laisser le temps à Zoe de proposer de l'accompagner.

Faith cacha son visage dans ses mains.

— Ça va, maman ? On dirait que tu as chaud.

Faith se força à soutenir le regard de sa fille.

— Ça va, chérie. Je réfléchis juste à ce qu'on fera ensuite.

— Et si on rentrait, puisque le méchant est en prison. L'équipe de base-ball a un nouvel entraîneur et je ne voudrais pas rater les premiers matchs.

— Je suis désolée, chérie…, répondit Faith avant de bien comprendre ce que sa fille venait de dire. Quoi ? Comment sais-tu que l'équipe a un nouvel entraîneur ?

Zoe baissa les yeux.

— Zoe ! insista-t-elle en lui prenant le bras. As-tu été en contact avec Danny ?

Zoe déglutit.

— Je sais que je n'avais pas le droit, mais je lui ai envoyé un message vidéo depuis un ordinateur de la bibliothèque.

Faith se raidit.

— As-tu envoyé un message à ton père ? demanda-t-elle.

— J'y ai pensé…, admit Zoe en se balançant d'un pied sur l'autre.

— L'as-tu fait ? demanda Faith. Je te promets de ne pas me fâcher, mais j'ai besoin de le savoir.

— Je ne l'ai pas fait, maman, je te le jure.

Burke les avait donc retrouvées grâce au message que Zoe avait envoyé à son meilleur ami. Elle aurait pourtant parié qu'il n'avait même pas conscience de l'existence de Danny.

Elle prit les mains de sa fille dans les siennes.

— Je sais que tu as du mal à le comprendre, mais il est important que ton père ne sache pas où nous sommes, championne, dit-elle. Pas encore.

— Parce que papa veut que je vive avec lui ?

Faith se raidit.

— Comment le sais-tu ?

Zoe baissa les yeux.

— Tu m'as dit que je ne devais pas parler de ce que j'entendais par hasard.

— C'est important, insista Faith. Réponds-moi, chérie.

Zoe traça un arc de cercle dans la poussière avec le bout de son pied.

— Un jour, j'ai entendu papa dire à papy que je pourrais vivre avec lui pour toujours si tu avais un accident.

La résidence luxueuse des Thomas se trouvait bien à l'écart des grandes routes, dans le quartier très select de Preston Hollow. Burke monta les marches du perron. Il était livide. Il venait d'avoir la honte de sa vie quand une serveuse de l'un des plus chics restaurants de Dallas avait refusé de lui rendre sa carte de crédit. Comment son père avait-il osé ?

Il sonna à la porte. Le majordome ouvrit quelques secondes plus tard.

— Bonsoir, monsieur Burke, le salua-t-il.

— Où est-il ? demanda Burke.

— Dans son bureau, répondit le majordome. Je pense devoir vous prévenir qu'il n'est pas de bonne humeur.

— Moi non plus.

Il fonça vers l'antre de son père. Cette pièce lui était interdite quand il était enfant. Il n'y entrait que lorsque son père avait quelque chose à lui reprocher. Du coup, elle avait le pouvoir de le rendre aussi vulnérable qu'à dix ans.

Bien sûr, le fait que son père le traite comme s'il avait toujours dix ans n'arrangeait rien.

Il s'engouffra dans le bureau.

— Tu m'as coupé les vivres ! cria-t-il en claquant la porte.

Son père s'enfonça dans son fauteuil.

— Tu n'as pas réussi à contrôler tes pulsions, n'est-ce pas ? Et il a fallu que tu choisisses l'une de mes employées, cette fois. Toutes les autres paniquent. J'ai dû faire venir un psychologue. As-tu la moindre idée de ce que tu nous coûtes en productivité ? Tout ça parce que tu n'as pas pu t'empêcher de poser tes sales pattes sur cette fille !

Une veine palpitait à son front. Burke ne l'avait pas vu aussi furieux depuis bien longtemps.

— La connaissais-tu personnellement ? demanda-t-il en plissant les yeux.

Son père rougit.

Burke reconnut son air coupable.

— Je n'en reviens pas ! s'écria-t-il. Tu couchais avec elle !

Il traversa la pièce pour se servir un whisky qu'il vida d'un trait.

— J'aurais dû le deviner, grommela-t-il. Elle était ton genre. Maman le sait-elle ?

Son père se raidit.

— Elle n'a pas besoin de le savoir. J'ai toujours donné tout ce qu'elle voulait à ta mère, tu le sais bien.

Burke fonça vers son père et le saisit par sa chemise.

— Tu la trahis tous les jours !

Son père le repoussa.

— Et que penserait-elle, à ton avis, si elle découvrait que son précieux fils est un meurtrier ?

— Tu n'oserais pas ! s'écria Burke en le fusillant du regard.

— Ne joue pas avec mes limites, fiston. Je pourrais arrêter de te protéger et envoyer un dossier très complet – avec photos et vidéo – au procureur.

Burke enfonça ses ongles dans ses paumes.

— Tu m'as bien entendu, poursuivit son père. J'ai

une vidéo sur laquelle on te voit à l'œuvre et je n'hésiterais pas à m'en servir.

Burke baissa les yeux par réflexe, mais son père devait bluffer.

— Ne t'inquiète pas. Il n'en existe qu'une copie et la caméra qui l'a enregistrée a été… endommagée.

À quoi son père jouait-il ? Ce n'était pas la première fois qu'il le menaçait de révéler son *hobby* à la police. Mais Burke était certain qu'il ne le ferait jamais pour ne pas voir son nom traîné dans la boue.

Il releva la tête.

— Que veux-tu ? demanda-t-il en regardant son père droit dans les yeux.

— Que tu contrôles tes pulsions et que tu récupères ma petite-fille pour qu'elle ne soit plus pervertie par sa mère. En es-tu capable ou dois-je m'occuper de tout, comme d'habitude ?

— Je m'occupe de Faith. Vous reverrez bientôt Zoe.

— Et mon autre requête ?

— Très bien. Je trouverai un autre moyen de me défouler, promit Burke. Tu es content ?

Son père poussa un soupir plein d'amertume que Burke connaissait bien.

— Il faut que je m'en contente puisque ta mère ne m'a donné qu'un héritier, répondit-il.

Burke se retourna lentement. Il avait entendu cette pique tellement de fois qu'elle aurait dû cesser de le blesser depuis longtemps. Le front trempé de sueur, les ongles enfoncés dans les paumes, il se dirigea vers la porte le dos bien droit.

— Ne commets plus d'erreur, Burke, lui lança son père. Tu n'aimerais pas m'avoir comme ennemi.

Toi non plus, papa.

*
* *

Les chants des cailles tirèrent Faith d'un sommeil de plomb. Zoe était blottie contre elle. Même si elles n'avaient ni murs, ni porte, ni alarme, elle se sentait en sécurité.

Et cela lui plaisait.

Elle se dégagea doucement, ouvrit la tente sans faire de bruit et sortit. L'aube teintait le ciel de mille nuances de violet, de rose et d'orange. Il fallait admettre que les levers de soleil du désert étaient époustouflants.

Une odeur de café lui chatouilla les narines. Elle se frotta les yeux, puis les écarquilla lorsqu'elle découvrit une silhouette masculine en pantalon noir, torse nu.

Léon donna une série de coups de poing dans le vide d'une rapidité et d'une précision surprenantes, puis il inspira profondément avant d'effectuer deux coups de pied circulaires. Pour finir, il rapprocha lentement ses mains l'une de l'autre.

Faith n'avait jamais rien vu d'aussi beau. Depuis qu'elle avait commis l'erreur de tomber amoureuse de Burke, elle se méfiait des hommes séduisants, mais elle devait admettre que Léon l'incitait à revoir sa position.

Léon expira profondément, puis se détendit. Quand il se retourna pour ramasser son T-shirt, Faith poussa un petit cri en découvrant son dos. Il était couvert de longues cicatrices blanches.

Léon fit volte-face et s'empressa de mettre son T-shirt.

Non, elle ne pourrait pas faire comme si elle n'avait rien vu.

— Café ? lui lança-t-il en s'approchant du feu.

— Oui, s'il vous plaît.

Était-elle censée dire autre chose ?

Il lui tendit une tasse.

— Avez-vous du sucre ? demanda-t-elle.

Il ouvrit une boîte et lui tendit plusieurs sachets. Elle en prit un, versa son contenu dans la tasse et touilla sans plus oser lever les yeux.

— J'ai été fait prisonnier, dit Léon après un long silence. Ça remonte à loin. C'était à cause de mon travail… Ce qui m'est arrivé était une conséquence de mes choix.

Elle releva lentement la tête.

— Je suis désolée, murmura-t-elle.

Il haussa les épaules.

— Je n'en suis pas mort et j'ai changé de vie. C'est du passé.

Ces mots, qui ne visaient qu'à clore le sujet, résonnèrent un long moment dans l'esprit de Faith.

— Je dois penser à mon avenir, finit-elle par dire, les doigts enroulés autour de sa tasse. Dites-m'en plus sur votre amie Annie.

Sa question parut le décevoir.

— Vous en êtes sûre ? demanda-t-il.

— Je n'ai pas envie de fuir. J'aimerais que Burke paie pour ce qu'il a fait, mais je ne peux pas m'en remettre au système. Il est trop corrompu. Je n'ai pas le choix.

Il s'approcha d'elle et prit l'une de ses mains entre les siennes.

— Votre passé vous suivra, dit-il. Serez-vous capable de vivre votre nouveau présent sans vous demander si les choses auraient pu tourner autrement ? Ce ne sera pas facile avec Zoe. Elle est assez grande pour se souvenir de son ancienne vie, mais trop petite pour que vous soyez sûre qu'elle tiendra sa langue. Elle devra s'habituer à un nouveau nom, une nouvelle ville… Elle devra cacher presque tout ce qu'elle a vécu à ses nouveaux amis.

Faith déglutit péniblement. Il était évident qu'il parlait d'expérience.

— Mais vous avez une nouvelle vie, n'est-ce pas ? demanda-t-elle. Des amis ? Des gens à qui vous tenez ?

Léon ne répondit pas.

— Non ? insista-t-elle doucement.

Il s'éclaircit la voix.

— Avez-vous de la famille en dehors de Zoe ? demanda-t-il.

Elle n'aima pas qu'il laisse sa question sans réponse. Se faisait-elle des illusions ?

— Mes parents sont morts quand j'avais vingt ans, juste avant que je rencontre Burke. J'ai des cousins, mais nous ne les voyons jamais. Ils vivent sur la côte Est, dans le Vermont, ou peut-être le New Hampshire.

— C'est mieux comme ça, dit Léon. Il vous sera plus facile de changer d'identité. Annie est une pro. Je suis bien placé pour le savoir. Elle vous fera disparaître. Tant que vous respecterez ses règles, vous serez en sécurité.

— Mes dix mille dollars suffiront-ils ? demanda Faith.

Si les services d'Annie étaient de meilleure qualité que ceux des complices de Ray, ils devaient être aussi plus onéreux.

— Elle me doit un service, répondit-il. Ça suffira. De toute manière, vous n'avez pas vraiment le choix.

— Et vous êtes bien placé pour savoir qu'Annie est la meilleure…, le taquina-t-elle. Ainsi, Léon n'est pas votre vrai nom ?

Il inclina la tête sur le côté.

— À votre avis ?

— Vous connaissez trop bien cette Annie et je n'ai

jamais trouvé que Léon vous allait, pour être honnête, répondit-elle en haussant un sourcil.

— Vous êtes intelligente, belle et très intuitive, répondit-il en prenant son visage entre ses mains.

— Ce n'est pas une bonne idée, murmura-t-elle alors qu'elle se penchait inexorablement, aimantée par ses lèvres. Je m'en vais bientôt.

— Je sais. C'est pour ça que je n'essaie pas de résister à la tentation.

Il pressa ses lèvres contre les siennes avec un mélange de douceur et d'autorité. Faith frissonna de plaisir et prit conscience qu'elle n'aurait pas pu se lever si elle l'avait voulu. Il la faisait réellement fondre.

Alors il s'écarta et plongea son regard dans le sien.

— C'était… surprenant, dit-il.

Elle n'hésita qu'un instant. Le cœur affolé, elle agrippa son T-shirt et l'attira contre elle.

— N'arrête pas, ordonna-t-elle.

Il poussa un grognement sourd avant de recommencer à l'embrasser. Il n'avait plus aucune tendresse, mais elle non plus.

Elle était en feu. Elle glissa les mains sous son T-shirt et le souleva. Ils n'interrompirent leur baiser que le temps de s'en débarrasser. Elle explora son torse musclé, puis son dos couvert de cicatrices. Il inspira entre ses dents.

Il avait tant souffert… ce qui ne l'avait pas empêché de voler à leur secours.

Elle perdit le fil de ses pensées quand il lui caressa les seins. Elle en perdit aussi le souffle. Elle n'avait jamais autant désiré un homme.

Elle ne connaissait pas son nom, mais elle le connaissait assez pour avoir confiancc en lui.

Il releva brusquement la tête. Faith prit une inspiration tremblante.

Alors qu'elle s'apprêtait à lui demander pourquoi il avait arrêté de l'embrasser, elle entendit une vibration étrange… qui se rapprochait. Léon leva les yeux vers le ciel et jura.

— Un drone, dit-il. Mettons-nous à couvert !

Il prit sa main et l'entraîna dans la tente. Zoe se réveilla dès qu'ils s'y engouffrèrent.

— Que se passe-t-il ? demanda-t-elle.

Faith la prit dans ses bras.

Léon s'accroupit près de l'ouverture de la tente pour observer le ciel. Le bruit s'amplifia, diminua, puis s'amplifia encore. Le drone tournait au-dessus d'eux.

Faith comprenait à peine ce qui se passait.

Burke les avait-il retrouvées ? C'était la seule explication. C'était pour cela qu'elles devaient changer d'identité. Si seulement elle pouvait faire comprendre à Zoe à quel point il était important qu'elles disparaissent…

Sans cela, elles ne seraient jamais libres. Il les retrouverait à chaque fois.

Elle soutint le regard de Léon sans essayer de cacher sa terreur.

— Quelqu'un nous a trouvés, grogna-t-il entre ses dents.

7

Il n'y avait pas un nuage dans le ciel. Le drone n'avait eu aucun mal à les repérer. Stefan se passa la main dans les cheveux.

— C'est Burke, n'est-ce pas ? demanda Faith, livide.

Il aurait aimé pouvoir la rassurer, mais il ne savait pas qui commandait ce drone. Ce pouvait être Burke, ou les complices de Ray, ou ses propres ennemis… Et cela n'avait aucune importance : leur sécurité était compromise.

Il ne lui restait plus qu'à limiter les dégâts. Les drones avaient une carte et les informations qu'ils enregistraient n'étaient pas toujours immédiatement transmises par satellite. Il était sûr que la machine avait pris des photos de Faith et de lui, des cicatrices de son dos et de la plaque d'immatriculation de sa voiture. S'il y avait la moindre chance pour qu'il empêche la transmission de ces informations, il devait la tenter. Mais c'était un sacré tir, vu la vitesse de l'engin…

— Restez ici, ordonna-t-il.

Il courut vers sa voiture et tira son fusil du coffre. Il ne lui fallut que quelques secondes pour le déballer et le monter. Son service militaire avait révélé qu'il avait un talent inhabituel pour le tir à longue distance. C'est la raison pour laquelle il avait intéressé le CTC.

Le drone repassa au-dessus du campement. Sa

caméra était visible à l'arrière de la machine. Stefan pressa la crosse du fusil contre son épaule. S'il avait beaucoup de chance, il leur ferait gagner un peu de temps sur leurs poursuivants.

Il repéra le drone et estima sa vitesse. Il ne devait pas hésiter. Il visa sa cible et inspira profondément. Alors son instinct prit le relais. Il expira et appuya sur la détente entre deux battements de cœur.

La détonation fut assourdissante dans la paix du désert. Le drone explosa. Une pluie de débris s'abattit à quelques centaines de mètres au sud du campement.

Stefan tourna lentement sur lui-même pour observer le paysage à travers la lunette de son fusil. Il ne vit aucune voiture. Ils avaient quelques minutes devant eux, mais ils ne devaient pas s'attarder davantage.

— Vous pouvez sortir ! cria-t-il avant de ramasser et de remettre son T-shirt.

Zoe jaillit de la tente.

— Tu l'as eu ? demanda-t-elle. Tu as tiré dessus dans le ciel ?

Ses yeux pétillaient d'admiration.

— C'est l'une de mes spécialités, répondit-il en rangeant son fusil.

Faith les rejoignit.

— On s'en va, lui dit-il. Rassemblez vos affaires le plus vite possible.

— Vas-y, Zoe, dit Faith. Je te rejoins dans deux minutes.

Stefan fut surpris de voir la fillette obéir sans protester, peut-être à cause du ton autoritaire de Faith ou des circonstances exceptionnelles. En tout cas, Zoe courut dans la tente et Faith lui emboîta le pas.

— Où vas-tu ? demanda-t-elle.

— Essayer de retrouver la carte mémoire du drone

pour la détruire – en espérant que les images n'ont pas été transmises par satellite.

Faith pâlit.

— Tu veux dire que Burke nous a peut-être *vus* ?

— Si c'était Burke, répondit-il. Ce drone peut nous avoir été envoyé par les complices de Ray ou par mes propres ennemis – tu te doutes que j'en ai.

Il jeta un coup d'œil par-dessus son épaule. Zoe attendait devant la tente, son sac à dos posé à ses pieds.

— Tu ne le crois pas toi-même, n'est-ce pas ? Je n'ai pas besoin que tu me protèges de la vérité, Léon.

Le cœur de Stefan se serra quand il l'entendit employer son alias. Subitement, il eut envie qu'elle l'appelle par son véritable prénom, ne serait-ce qu'une fois, avant qu'ils se séparent.

— Ce que je crois, c'est qu'il y a de bonnes chances pour que ton ex-mari se soit surpassé, répondit-il en se frayant un chemin entre des buissons.

Il s'agenouilla près de ce qu'il restait du drone. Il en arracha le disque dur et la carte mémoire, puis il jura. Le transmetteur était de très bonne qualité. Il en prit quelques photos avec son téléphone.

— Je ne sais pas s'il est capable de transmettre des images en direct à dix kilomètres, mais j'ai l'intention de le découvrir. Quoi qu'il en soit, ses propriétaires ont nos coordonnées. Nous devons faire vite.

Ils regagnèrent le campement en courant. Zoe avait pris l'initiative de ranger les affaires de sa mère et jusqu'aux ustensiles de cuisine.

— Es-tu sûre d'avoir sept ans ? lui demanda Stefan en chargeant les sacs dans le coffre. Je t'en donnerais plutôt vingt.

— Je suis très utile ! se vanta-t-elle en se frappant le torse. Demande à maman.

Faith s'agenouilla devant elle.

— Je ne sais pas ce que je ferais sans toi, championne. Maintenant, nous devons tout mettre dans la voiture de Léon. On fait la course ?

Zoe éclata de rire et s'élança. Elles plièrent les chaises et rangèrent ce qui traînait comme si c'était un jeu. Faith riait avec sa fille, mais Stefan sentait bien qu'elle était terrifiée.

Malheureusement, il ne pouvait rien y faire, à part les emmener en lieu sûr au plus vite.

Quand elles disparurent dans la tente, il passa un coup de téléphone en se servant de l'oreillette pour garder les mains libres.

Il entendit une sonnerie, deux, trois… Et si Daniel n'était pas chez lui ?

Il n'y eut pas de quatrième sonnerie.

— Stefan ? dit Daniel Adams avec surprise. C'est bien toi ?

Daniel, l'homme qui l'avait sauvé, était le seul qui employait encore son véritable nom.

— Comment va ta famille ? demanda Stefan en empilant des caisses d'équipement de surveillance d'un côté du coffre.

— Bien ! Les filles s'intéressent à tout et Hope est toujours en rémission. Ça fait bientôt quatre ans, maintenant. Je crois qu'on a battu cette saloperie. On touche du bois.

— C'est merveilleux, répondit Stefan. Et tes flashback ?

La dernière fois qu'il avait parlé à Daniel, celui-ci en souffrait encore, même si son état s'était nettement amélioré depuis qu'il s'était enfui d'un hôpital psychiatrique pour s'éclaircir les idées en traversant le pays. Bien sûr, le fait qu'il soit tombé amoureux et qu'il ait fondé une famille au cours de son périple devait y être pour quelque chose.

Daniel ne répondit pas aussitôt.

— Ils sont sous contrôle, finit-il par dire. Je pense que je ne m'en débarrasserai jamais, mais ça peut aller. En as-tu aussi ? C'est pour ça que tu appelles ?

Daniel était le seul à savoir ce qu'il lui était arrivé dans son cachot. Stefan avait passé des mois dans les catacombes du château de sa famille, à Bellevaux. Il ne s'attendait pas à s'en sortir, mais les terroristes qui avaient commandité son enlèvement avaient tardé à payer la facture. Cela avait laissé le temps à son beau-frère et aux autres membres du CTC de le sauver.

— Dormir dehors me fait du bien, répondit-il. Je crois que c'est toi qui me l'as conseillé.

— Les lits ne sont pas mal non plus. Tu devrais essayer.

Stefan se retourna en entendant des pas derrière lui.

— Une minute, Daniel, dit-il avant de s'adresser à Faith, qui venait de poser deux gros sacs près de lui. Si je démonte la tente, peux-tu la plier pendant que je finis de charger ?

Elle hocha la tête.

— Bien sûr. C'est tout ce qu'il restait à l'intérieur, dit-elle en montrant les sacs.

Stefan consulta sa montre.

— Désolé de t'avoir fait attendre, Daniel.

— Je constate que tu te laisses distraire par une charmante voix féminine. Ta vie s'améliore, plaisanta son ami. Alors ? Pourquoi m'appelles-tu ?

Stefan mit les deux sacs dans le coffre et entreprit un rapide tour du périmètre.

— J'ai besoin que tu me rendes un service, répondit-il.

— Tout ce que tu voudras, tu le sais bien.

— Tu vas peut-être changer d'avis. On a besoin d'un endroit où se cacher pendant quelques jours. Un endroit où personne ne nous trouvera.

— Nous ?

— Je suis avec une femme et sa fille qui ont de gros ennuis. Je compte sur Annie pour les en tirer.

Daniel soupira.

— Venez. Personne ne sait qu'on se connaît en dehors du CTC. Et Raven sera ravie de vous voir.

Stefan s'approcha de Faith et de Zoe, qui avaient commencé à démonter la tente sans lui.

— J'aurai une dette envers toi, dit-il à Daniel.

— C'est à ça que servent les amis.

— Merci, Daniel.

Stefan raccrocha et rangea l'oreillette dans sa poche. Il aida Faith à finir de plier la tente, qu'il chargea à son tour.

— Ça nous a pris un quart d'heure, dit-il en consultant sa montre. Allons-nous-en !

Ils s'empressèrent de monter dans la voiture.

— Nous avons un endroit où nous cacher pendant quelques jours, annonça-t-il en démarrant.

— On y sera en sécurité ? demanda Faith. Tu en es sûr ?

— Je te promets qu'il ne vous trouvera pas.

Le soleil n'était pas encore passé au-dessus des gratte-ciel de Dallas. Au volant de sa Mercedes, Burke filait vers l'ouest en laissant la ville derrière lui. Il dépassa plusieurs sorties et finit par atteindre celle de Weatherford. Malheureusement, il ne pouvait pas retourner au Shiny Penny. C'était trop tôt.

Il serrait le volant si fort que ses articulations avaient blanchi et qu'il ne sentait presque plus ses doigts.

Son père ne le comprenait pas. Burke n'était pas un gamin. S'il n'assouvissait pas ses pulsions, il finirait par exploser.

Son téléphone sonna.

Il mit l'appel sur haut-parleur.

— Thomas, dit-il.

— C'est Orren. Je les ai trouvées.

Le cœur de Burke s'affola.

— Tu tiens Faith et Zoe ?

— J'ai juste dit que je les avais trouvées. Avec leur cow-boy. Il a abattu le drone et il s'y connaît assez pour avoir récupéré le disque dur et la carte mémoire. Ils ont levé le camp. On a vu quelques images pendant que le drone filmait, mais on était trop loin pour avoir une bonne réception.

Burke serra le volant encore plus fort.

— Qui est ce type ?

— Aucune idée. Personne ne parle aux étrangers, dans cette ville. C'en est flippant. Je n'ai même pas réussi à soutirer des ragots à la serveuse du restaurant.

— Comment les retrouveras-tu, alors ? demanda Burke, la nuque tétanisée.

— J'ai eu une idée. Comme votre ex-femme n'a ni famille ni amis, le plus simple est de traquer le type qui l'accompagne. Je vais vous envoyer des photos. Trouvez un contact de votre père qui a accès aux bases de données militaires et faites tourner un programme de reconnaissance faciale. Nous n'avons pas affaire à un cow-boy.

— Entendu, répondit Burke.

Il ne pouvait pas en parler à son père, mais il avait accès à ses dossiers. Il trouverait quelqu'un.

— Par ailleurs, votre ex-femme et le cow-boy sont très proches, si vous voyez ce que je veux dire, patron. On a une photo d'un baiser torride.

Burke en sursauta au point de faire un écart. Il jura, reprit le contrôle de la voiture le temps de se garer au bord de la route et abattit son poing sur le volant.

— Je m'occupe des photos, occupe-toi de Faith, dit-il. Peu importe comment, mais fais-le, sinon je trouverai quelqu'un d'autre qui en sera capable. Et tu sais ce qu'un contrat annulé signifie.

Orren déglutit de manière audible et Burke se délecta de sa peur.

Une femme en décapotable s'arrêta à son niveau. Elle avait de longs cheveux blonds.

— Avez-vous besoin d'aide ? lui demanda-t-elle avec un grand sourire.

Burke le lui rendit. Elle était exactement son type.

Il jeta un coup d'œil à son sac, posé sur la banquette. Tout était prêt.

Son père pouvait aller se faire voir.

— Mon téléphone est mort, répondit-il. Pouvez-vous me prêter le vôtre ?

— Je pense que je peux avoir confiance en un homme qui conduit une Mercedes, dit la blonde.

— Évidemment, répondit-il avec la politesse qui avait trompé toutes ses victimes. Je m'appelle Burke.

— Et moi Shanna.

— Vous avez un très beau sourire, Shanna.

Faith poussa la climatisation. Le soleil de midi était impitoyable. Cela faisait des heures qu'ils roulaient, tantôt sur des routes, tantôt sur des chemins de terre. Elle n'avait pas la moindre idée de leur destination.

Comme le paysage texan n'offrait pas beaucoup de variété, elle avait l'impression qu'ils tournaient en rond.

Elle jeta un coup d'œil à Léon, qui n'avait prononcé que quelques mots depuis leur départ.

— Tu ne m'as toujours pas dit où nous allions, lui rappela-t-elle.

— D'abord, nous avons rendez-vous avec mon patron pour un échange de véhicule, au cas où le drone aurait transmis mon numéro d'immatriculation, répondit-il. Après ça, je vous emmènerai chez des amis.

Faith déglutit péniblement.

— Mes problèmes t'ont déjà fait perdre ton campement, dit-elle. Zoe et moi devrions disparaître, comme tu me l'as proposé.

— Il est sur votre piste, maintenant, dit-il d'une voix rauque. Je vous cacherai jusqu'à ce qu'on puisse voir Annie. Pendant ce temps, je chercherai un moyen de l'empêcher de vous atteindre sans que vous deviez mentir jusqu'à la fin de vos jours.

— Il n'y en a pas, répondit-elle avec résignation. Contente-toi de me donner le numéro d'Annie. C'est la seule solution, tu le sais bien.

— Laisse-moi une chance, insista-t-il. J'ai juré de vous protéger, non ?

Faith réprima un soupir. C'était juste ce qu'il manquait dans sa vie : quelqu'un d'encore plus têtu que Zoe.

— Léon tient toujours ses promesses, maman, intervint Zoe, qui mangeait des chips à l'arrière. Il me l'a dit.

Faith tourna vivement la tête. Sa fille avait-elle entendu toute leur conversation ? Mais Zoe ne semblait pas inquiète. Elle regardait juste Léon avec adoration. Faith se retourna vers lui.

— C'est bon à savoir, mais tu ne peux pas me laisser dans le brouillard, grommela-t-elle. J'ai besoin…

— De contrôler ta vie, la coupa-t-il. Je comprends.

Il eut l'élégance de grimacer.

— Désolé, ajouta-t-il. J'ai l'habitude de travailler seul. On va bientôt atteindre le lieu du rendez-vous. Je te donnerai le numéro d'Annie quand on y sera.

Ils s'engagèrent sur une nouvelle route poussiéreuse.

Deux voitures étaient garées sur le bas-côté quelques kilomètres plus loin. Léon se gara derrière elles, tira un calepin de la boîte à gants et griffonna un numéro.

— Laisse-moi l'appeler d'abord, dit-il en lui tendant la feuille. Elle tient beaucoup à son intimité.

Faith rangea le numéro dans sa poche et acquiesça.

— Attends-moi ici, ordonna Léon.

Il alla rejoindre deux hommes à quelques mètres. Faith baissa sa vitre. Il n'était pas question qu'elle reste dans l'ignorance.

— Bonjour, Ransom, dit Léon en serrant la main du plus grand des deux.

Le patron de Léon devait intimider la plupart des gens. En plus d'être immense et musclé, il avait des cheveux d'un noir de geai et des yeux froids et calculateurs. Un frisson la parcourut. Personne n'avait envie d'avoir cet homme comme ennemi.

Elle tendit l'oreille.

— Alors, quelle est leur histoire ? demanda Ransom.

Léon haussa un sourcil.

— Pourquoi veux-tu le savoir ?

— Parce que ta photo est apparue dans le programme de reconnaissance faciale du FBI il y a une heure.

Léon pâlit. Il semblait avoir peur, ce que Faith n'aurait pas cru possible.

— Qu'est-ce qu'il a, Léon ? demanda Zoe. On dirait qu'il va vomir.

— Tais-toi, s'il te plaît. Laisse-moi écouter.

— Merde, grommela Léon en se passant la main sur le visage. Le drone. Faith a raison. La famille de son ex-mari est très influente. À quel point est-ce grave ?

— Disons que tu as bien fait de commander une nouvelle identité à Annie alors que tu n'avais aucune raison de quitter Carder, répondit Ransom. Tu en as une excellente, maintenant : tu es grillé.

Faith en perdit le souffle. La situation de Léon était aussi grave que la sienne. Lui aussi devait disparaître.

— Peut-être que…, balbutia Léon.

— Ne rêve pas, le coupa son patron. Tes ennemis atterriront à Dallas dans quarante-huit heures au plus tard. Ta tête vaut vingt millions, à présent. Il y a même un million de récompense pour qui fournira la preuve que tu es en vie.

Faith se couvrit la bouche. Qu'avait-elle fait ? Elle n'aurait jamais dû laisser Léon les aider. C'était de sa faute si sa vie était en danger.

— Est-il désespéré ? ricana Léon. On peut acheter n'importe qui avec vingt millions.

Il lui jeta un coup d'œil par-dessus son épaule. Faith soutint son regard en s'efforçant de rester impassible. Elle ne voulait pas qu'il comprenne qu'elle entendait tout.

— Est-ce que Logan et Katherine le savent ? demanda-t-il.

Ransom acquiesça.

— Ta sœur et ton beau-frère sont fous de rage. Ils espéraient passer un peu de temps avec toi lors de leur prochaine visite au ranch. Maintenant, ils savent qu'ils ne te reverront peut-être plus jamais.

— Ils sont en danger, eux aussi. Puisque mes

ennemis savent que je suis vivant, ils risquent de s'en prendre à eux pour m'atteindre.

— Par chance, ta sœur a le meilleur chef de la sécurité possible. Logan ne laissera personne leur faire de mal.

Léon croisa les bras. Faith ne lui avait jamais vu un regard d'une telle intensité.

— Tu sais qu'il n'y a qu'un moyen de protéger ma famille, Ransom. Quelqu'un doit gagner ces millions et je dois mourir une nouvelle fois. En public.

— Je sais.

— Est-ce que Léon a des ennuis, maman ? demanda timidement Zoe. Est-ce qu'on peut l'aider ?

— Je vais essayer, championne.

Elle avait récupéré son argent, après tout. Ses doigts se crispèrent autour du morceau de papier qu'elle avait dans la poche.

— Je prends vingt-quatre heures pour installer Faith et Zoe en lieu sûr avant de me soucier de moi, déclara Léon.

— Dix-huit, répliqua Ransom. Je me charge de faire disparaître ta voiture. Le numéro d'immatriculation est aussi apparu dans une recherche. Prends l'une des miennes.

Léon hocha la tête.

— D'accord. Merci.

Ransom tendit des clés à Léon, puis il tourna la tête vers elle. Un nouveau frisson parcourut Faith. C'était comme si cet homme était capable de voir jusqu'au fond de son âme.

— Fuir n'est pas la solution pour elle et pour la petite, dit-il. Nous pouvons les aider.

Léon secoua la tête.

— Je le lui ai proposé plusieurs fois, mais elle ne

vous croit pas capable d'assurer leur sécurité. Je dois respecter ses décisions.

— Au prix de ta vie ?

Léon ne répondit pas. Faith ferma les yeux. Elle avait eu raison de vouloir disparaître. Elle avait eu tort de laisser Léon s'impliquer dans leur histoire. Elle ne voyait qu'un moyen de régler le problème. Ce ne serait pas facile, mais cela pouvait marcher.

Si elle était maligne et rapide.

— Transférons vos affaires, dit Ransom.

Faith se tourna vers Zoe et chuchota :

— Peux-tu faire semblant de dormir pendant quelques minutes, championne, s'il te plaît ?

— Pourquoi ? demanda sa fille.

— Pour faire une farce à Léon. Tu veux bien ?

Faith détestait lui mentir, mais les circonstances étaient exceptionnelles.

Léon revint vers elle.

— On prend la voiture blanche, annonça-t-il.

Faith mobilisa toute sa volonté pour rester impassible. Elle ne devait rien trahir de ses intentions.

— Très bien, répondit-elle un peu trop sèchement.

Il plissa les yeux.

— Ça va ? s'inquiéta-t-il.

Elle fit semblant de bâiller et répondit :

— Je suis juste fatiguée, comme Zoe.

Elle indiqua la banquette d'un signe de tête.

— Elle s'est endormie ?

— Ces derniers jours ont été fatigants.

— Je vais la porter, proposa Léon.

— Non, je m'en charge, protesta Faith. Les clés ?

Léon les lui tendit. Faith ouvrit une portière arrière et prit Zoe dans ses bras.

— Madame, la salua Ransom en soulevant son chapeau.

Elle répondit d'un signe de tête avant d'installer Zoe à l'arrière de la voiture blanche. Son timing devait être parfait. Elle retourna à la voiture de Léon pour récupérer son sac et celui de Zoe.

La chance fut de son côté. Les trois hommes étaient près du coffre, occupés à décharger le matériel de camping.

Faith s'installa au volant de la voiture blanche en tremblant comme une feuille et ferma la portière le plus doucement possible.

Alors elle démarra et écrasa l'accélérateur.

Dans le rétroviseur, elle vit les trois hommes la regarder s'éloigner, l'air abasourdi.

Elle atteignit une route goudronnée quelques kilomètres plus loin.

Un jour, elle enverrait de l'argent pour rembourser la voiture, mais l'urgence était de protéger Léon.

Elle allait foncer vers le Mexique et disparaître. Il n'était pas question que quelqu'un d'autre souffre à cause d'elle.

8

Le soleil s'approchait de l'horizon. Stefan abattit son poing sur le volant. Faith et Zoe avaient disparu. Il avait été stupide de vouloir les aider. Et il était stupide de continuer à les chercher.

Faith n'avait laissé aucune trace.

Une petite part de lui admirait son audace et sa détermination. Il se massa la nuque. Il ne savait plus quoi faire.

Son téléphone sonna.

— Ransom ? répondit-il après avoir jeté un coup d'œil à l'écran.

— Lui as-tu donné le numéro d'Annie ?

Stefan réprima un grognement.

— Oui, mais elle m'avait promis de ne pas s'en servir avant que j'aie moi-même parlé à Annie.

— Elle est furieuse, comme tu peux l'imaginer. Son numéro est sacré. Mais qu'est-ce qui t'a pris ?

— Il m'a pris que Faith essaie d'échapper à un tueur en série qui l'a retrouvée au milieu de nulle part, grommela Stefan. Annie ne me le pardonnera jamais, n'est-ce pas ?

— Si elle te le pardonne, elle ne te laissera jamais l'oublier. Ce qui est étrange, c'est qu'elle nous a appelés pour nous dire que Faith et sa fille étaient avec elle. Je me serais attendu à ce qu'elle gère tout toute seule.

— Effectivement, répondit Stefan. Annie ne trahit jamais ses clients. Pourquoi a-t-elle fait ça ?

— Parce qu'elle a découvert qu'il y avait une récompense de deux cent cinquante mille dollars pour leur capture sur le dark web. Trop de gens les cherchent à son goût.

— Elle ne doit plus être où je l'ai vue la dernière fois. As-tu ses coordonnées ?

Ransom les lui fournit. Stefan les entra dans son GPS et fit demi-tour.

Deux heures plus tard, alors que la nuit était tombée, il vit enfin une lanterne au loin.

Il y était presque.

Que dirait-il à Faith quand il la verrait ? C'était une adulte. Elle avait le droit de commettre des erreurs. Pourquoi roulait-il au milieu de nulle part pour la rejoindre alors qu'elle ne voulait clairement pas de son aide ?

Parce qu'il était un idiot et que Faith et Zoe s'étaient fait une place dans un recoin tendre de son être qu'il croyait avoir condamné depuis longtemps.

Il se gara à côté de la voiture que Faith avait volée.

Lorsqu'il sortit de la sienne, Annie apparut à la porte de sa caravane, les poings sur les hanches. Il leva aussitôt les mains en signe de reddition.

— Je suis désolé, Annie. C'est juste que…

— Je sais très bien ce qui s'est passé, le coupa-t-elle. Tu t'es liquéfié dès que tu as posé les yeux sur Faith et sur sa gamine. Je t'informe que j'ai changé de numéro et que tu n'auras pas le nouveau.

Elle secoua la tête avec un air dégoûté.

— Allez, entre, dit-elle. Zoe sera contente de te voir. Faith un peu moins.

— Elle a volé une voiture de Ransom, lui rappela-t-il.

Annie pouffa.

— J'aurais aimé voir sa tête quand elle a démarré… Et la tienne !

— On ne s'attendait pas à ce qu'elle fasse quelque chose d'aussi insensé, grommela-t-il.

Annie secoua la tête une nouvelle fois. Au moins, elle ne lui en voulait pas assez pour lui tirer dessus.

Il la suivit dans la caravane.

Faith bondit sur ses pieds lorsqu'il apparut.

— Que fait-il là ? s'écria-t-elle. Vous l'avez appelé ! Je croyais que je pouvais vous faire confiance.

— Zoe ! dit Stefan. Je t'ai apporté un jeu et des écouteurs.

Il lui tendit une petite console dernier cri et lui décocha un clin d'œil.

— C'est vrai ? s'écria Zoe avant de se tourner vers sa mère. Je peux, maman ? S'il te plaît ?

— Quelques minutes, répondit Faith.

Elle attendit que Zoe se soit installée dans un fauteuil et ait mis les écouteurs pour demander à Stefan :

— Essaies-tu de l'acheter ? C'est une des ruses de Burke.

— Ou peut-être que je ne voulais pas qu'elle entende que tous les criminels des deux côtés de la frontière vous cherchent pour toucher une jolie récompense.

— Combien ?

Quand il lui donna le chiffre, Faith blêmit et se rassit.

— Que puis-je faire ? balbutia-t-elle.

— Ce que tu aurais dû faire depuis le début : me laisser t'aider, grommela-t-il avant de se tourner vers Annie. Combien de temps te faut-il pour leur créer une nouvelle identité ?

— Les actes de naissance et le permis de conduire

ne devraient prendre que vingt-quatre heures, mais il me faudra plus de temps pour leur fabriquer un passé.

— Très bien. Nous allons disparaître pour quelques jours.

Il se tourna vers Faith.

— Tu me suis et tu n'essaies plus de t'échapper.

— On ne pourrait pas rester avec Annie ? demanda-t-elle d'une voix suppliante.

Cela le blessa. Pourquoi n'avait-elle pas confiance en lui.

— Je suis désolée, chérie, intervint Annie, mais j'ai des clients dont la vie dépend de leur anonymat. Ça ne marcherait pas.

Faith se mordit la lèvre.

— Un motel, alors ? suggéra-t-elle. Écoute… J'ai entendu ta conversation avec ton patron. Je sais que tu es en danger à cause de nous. Si tu n'es pas avec nous, tu peux disparaître.

— Faith…

Annie jura.

— Ce n'était qu'une question de temps avant que mon passé ne me rattrape, lui assura-t-il. À ce propos, as-tu fini mon nouveau passeport, Annie ?

Celle-ci secoua la tête.

— Tu as dit que tu n'étais pas pressé… Mais je peux te le livrer en même temps que leurs papiers.

Stefan se tourna vers Faith et croisa les bras.

— Tu as grillé ma couverture, chérie, lui dit-il. Tu as une dette envers moi. Alors tu ne me quittes plus d'une semelle et on reste discrets pendant quelques jours. C'est bien compris ?

— Je pense que c'est une erreur, soupira Faith. Et j'ai juste essayé de faire ce qui me semblait juste. Je voulais te protéger.

— C'est mon travail, pas le tien.

Il n'en revenait pas. Quelqu'un s'était-il jamais assez soucié de lui pour se sacrifier de cette manière ? Il s'accroupit près d'elle et prit l'une de ses mains dans les siennes.

— Laisse-moi régler ton problème, s'il te plaît, dit-il. Laisse-moi vous tirer des griffes de Burke.

Elle plongea son regard dans le sien.

— Je devrais être capable de régler mes problèmes toute seule.

— Nous avons tous besoin d'aide de temps à autre, intervint Annie avec douceur. Léon sait ce qu'il fait.

Stefan pressa les doigts de Faith.

— Je sais que tu croyais devoir livrer cette bataille sans l'aide de personne, mais tu n'es plus seule. Burke est aussi mon problème, à présent.

La mort de la femme n'avait pas satisfait Burke. Ses mains tremblaient tant qu'il eut du mal à mettre la clé dans la serrure.

Il réussit enfin à ouvrir la porte. Sa maison était élégante, immaculée, parfaite. Il n'y avait que du blanc, du noir, du verre et du métal. Pas la moindre brindille d'acajou où que ce soit. Exactement ce qu'il voulait.

Il posa son sac sur la table de l'entrée. Les palpitations de ses tempes s'étaient atténuées, mais pas dissipées. Il n'avait pas assouvi ses pulsions.

Il comprenait, à présent. Il avait besoin de passer plus de temps avec ses victimes. Il avait besoin de les entendre le supplier, de jouer avec elles, de se les approprier…

Le désir et les palpitations revinrent. Il devait trouver quelqu'un d'autre dès ce soir.

— Tu as trahi la promesse que tu m'as faite, dit la voix de son père dans l'obscurité. Une fois de plus.

Burke fit volte-face.

Son père alluma la lampe qui se trouvait près du fauteuil où il avait pris place. Il y avait un grand verre de whisky posé devant lui. Il en but une gorgée.

— Pourquoi ? demanda-t-il. Pourquoi n'es-tu pas capable d'arrêter ?

La fatigue que Burke lut sur son visage le surprit. Son père ne s'était jamais autorisé à montrer la moindre faiblesse.

Gerard Thomas fit tourner le liquide ambré dans son verre.

— J'aurais sans doute dû parler d'Heather à la police quand tu avais seize ans, dit-il. J'ai cru que ça te passerait, mais c'était une erreur. J'ai cru que tu apprendrais à te contrôler.

Heather.

Quand Burke avait-il entendu ce nom prononcé à voix haute pour la dernière fois ? Son premier amour. Son seul véritable amour. Elle avait été embauchée par son père alors qu'elle venait d'avoir dix-huit ans. Burke faisait un stage au service du courrier quand il l'avait vue pour la première fois. Elle était magnifique. Elle avait une silhouette de mannequin et des cheveux du blond le plus pur. Elle était son idéal, la grande passion de sa vie.

Son père posa son verre.

— Je ne peux plus te couvrir, Burke, dit-il. Tu as besoin d'une aide que je ne peux pas t'apporter.

Burke se raidit et refoula ses souvenirs.

— Je vais bien, se défendit-il. Je n'ai pas besoin que tu te mêles de mes affaires.

— Non, tu ne vas pas bien. Tu as tué quelqu'un

d'autre. Tu as engagé un homme en qui on ne peut pas se fier pour retrouver ton ex-femme. Tu deviens imprudent. J'en ai conclu que tu avais besoin d'une aide professionnelle.

— Qu'as-tu fait ? s'écria Burke, les poings serrés.

— J'ai trouvé une clinique en Europe. Ces gens sont… discrets. Ils t'enseigneront la discipline et t'aideront à contrôler tes pulsions. Tu pourras revenir quand tu iras mieux.

— Tu m'envoies dans un hôpital ?

— C'est une clinique spécialisée… dans les cas difficiles.

— Salaud ! Tu veux me faire interner, c'est ça ? Tu veux que je disparaisse !

— Seulement jusqu'à ce que tu ailles mieux.

Le ton condescendant de son père tapa sur les nerfs déjà à vif de Burke. Pour tâcher de se calmer, il se mit à faire les cent pas en secouant la tête. Ce salaud gâchait tous ses projets ! Il devait réfléchir… Mais un rugissement résonnait sous son crâne. Il se tourna vers son père.

— Je tiendrai bientôt Faith, dit-il. Je rendrai Zoe à maman. C'est ce que tu voulais, non ?

— Tu prends trop de filles, répondit son père. Il n'est plus possible d'étouffer leur disparition.

Il se leva et vint poser les mains sur ses épaules.

— Regarde-moi dans les yeux et jure-moi que tu peux arrêter, fiston.

— Bien sûr que je peux.

— C'est ce que tu as dit après Heather.

— Ne me parle pas d'elle, grogna Burke. Elle menaçait de révéler votre liaison à maman. Qu'étais-je censé faire ?

Son père écarquilla les yeux.

— Quoi ?

— Elle était à moi ! hurla Burke. Mais il a fallu que tu poses tes sales pattes sur elle et elle a menacé de tout raconter. Je ne pouvais pas la laisser faire du mal à maman. Je l'ai tuée *à cause de toi.* Tu ne m'as pas dénoncé à la police parce que tu savais que maman le découvrirait. Elle aurait demandé le divorce et ton entreprise aurait coulé sans l'argent de sa famille.

Son père ne répondit rien. Il semblait frappé de stupeur.

— Je ne le savais pas, à l'époque, mais je travaille dans l'entreprise, maintenant. J'ai étudié son histoire parce que je t'ai pris pour quelqu'un que tu n'étais pas.

Burke se dirigea vers le bar et sortit une petite sacoche en cuir d'un tiroir. Il se préparait pour ce jour depuis son divorce. Il se servit un whisky et le vida d'un trait avant d'ouvrir la sacoche, qui contenait une seringue et une fiole.

Il ne lui fallut que quelques secondes pour remplir la seringue. Il se dirigea lentement vers son père, qui avait repris place dans le fauteuil.

— Tu te drogues, maintenant ? demanda celui-ci.

— Ce n'est pas pour moi, répondit Burke en souriant.

Il saisit la main gauche de son père et enfonça l'aiguille entre deux de ses doigts. Son père lâcha le whisky qu'il tenait de l'autre main et le fixa avec horreur.

— Qu'as-tu fait ? s'écria-t-il.

— Ce que j'aurais dû faire il y a des années.

Son père voulut se lever, mais Burke le repoussa dans le fauteuil. La peur qu'il lut dans ses yeux lui procura l'une des plus grandes satisfactions de sa vie.

— Je t'ai protégé, gémit son père en se pressant le torse. Tu te feras arrêter sans moi.

— Tu as été un bon professeur, répondit Burke

à l'homme qu'il haïssait depuis quinze ans. On ne m'attrapera jamais.

La ligne blanche qui séparait la route en deux avait décidément un pouvoir hypnotique, songea Faith. À moins que ce ne soit le manque de sommeil. Elle s'était agitée jusqu'à 4 heures du matin dans le lit pliant qu'Annie leur avait fourni.

Ensuite, elle avait fait cauchemar sur cauchemar. Les scénarios étaient variés, mais ils se terminaient tous de la même manière : Burke qui riait aux éclats, Zoe à ses côtés, tandis que Léon et elle gisaient dans une mare de sang.

Elle avait dû l'appeler au moins une fois, parce qu'il était venu s'allonger à côté d'elle au petit matin. Il l'avait juste tenue dans ses bras et c'était grâce à cela qu'elle avait enfin pu dormir paisiblement.

Mais ses trois heures de bon sommeil n'avaient pas suffi pour lui faire oublier ses cauchemars, ni pour la reposer. Alors qu'elle se frottait les yeux, Léon s'engagea sur une petite route qui serpentait entre des collines. Il s'arrêta quelques centaines de mètres plus loin pour sonner à un portail, qui s'ouvrit presque aussitôt.

Un ranch trônait au bout d'une allée pavée. Il devait y avoir au moins deux hectares de terrain autour et on devinait une grange derrière la maison. La pelouse bien verte qui s'étendait devant semblait presque déplacée au milieu du désert.

Deux fillettes un peu plus jeunes que Zoe et un gros chien roux s'amusaient avec le système d'arrosage.

Léon se gara devant la maison.

— On est arrivés, annonça-t-il.

Faith n'essaya pas de lui cacher son inquiétude.

— Mais si Burke…

— Crois-tu que j'assumerais de mettre cette famille en danger ? la coupa-t-il.

Elle se mordit la lèvre. Elle aurait dû lui faire confiance. Elle lui *faisait* confiance. Mais elle savait que Burke ne renonçait jamais et qu'il gagnait toujours.

Elle soupira, puis secoua la tête.

Zoe regardait les fillettes avec envie.

— Est-ce que je peux jouer, moi aussi ? demanda-t-elle comme si elle s'attendait à un refus.

Léon se tourna vers elle.

— Tu pourras jouer autant que tu voudras, répondit-il. Nous resterons ici un jour ou deux.

— Tant mieux, dit Zoe. J'en ai marre d'être en voiture.

Un homme très grand qui boitait un peu s'approcha d'eux. Léon baissa sa vitre et lui sourit. C'était le premier vrai sourire, sans aucune trace de tension, qu'elle voyait sur son visage.

— Daniel ! lança-t-il. C'est bon de te voir, mon ami.

— Et qui avons-nous là ? demanda Daniel en se penchant.

Il avait une longue cicatrice sur la joue qui ne gâchait en rien sa beauté singulière.

— Voici Faith et voici Zoe, répondit Léon. Faith et Zoe, je vous présente mon ami Daniel Adams.

Il déverrouilla les portières.

— Tu es libre, Zoe, annonça-t-il.

La petite fille jaillit de la voiture pour s'arrêter net au bord de la pelouse. Faith ne se rappelait pas l'avoir vue aussi excitée depuis son premier jour de base-ball. Une mauvaise conscience familière lui noua l'estomac. Elle aurait voulu offrir tellement mieux à Zoe qu'une vie à fuir et à se cacher…

Faith sortit de la voiture, posa une main sur l'épaule de Zoe et tendit l'autre à Daniel.

— Merci de nous accueillir, lui dit-elle.

— Les amis de Léon sont mes amis, répondit-il avant de se tourner vers les enfants. Christina ! Hope ! Venez dire bonjour !

Les fillettes accoururent avec le chien sur les talons.

— Trouble, assis ! ordonna Daniel.

Le gros chien s'assit lourdement alors qu'il s'apprêtait à se jeter sur eux. Sa queue battait follement et tout son corps vibrait d'excitation.

— Il ne vous mordra pas, dit Daniel. Il est juste plein d'énergie. Et oui : je lui ai donné le nom de la ville. Je vous présente mes filles, Christina et Hope.

— Je suis ravie de vous rencontrer, dit Faith. Voici ma fille Zoe.

Zoe s'approcha timidement des deux sœurs.

— Vous vous ressemblez, dit-elle.

— On est jumelles, répondit Hope. On a cinq ans. Tu veux jouer avec nous ?

Zoe interrogea Faith du regard.

— Vas-y, l'encouragea celle-ci. Mais ne t'éloigne pas.

Le visage de Zoe s'illumina.

— Allez, viens, Trouble ! lança Hope.

Une femme les rejoignit.

— C'est bon de te revoir, dit-elle à Léon en le serrant dans ses bras.

— Je vous présente ma femme, Raven, dit Daniel à Faith.

Le sourire que Raven lui offrit était à la fois chaleureux et compatissant.

— J'ai cru comprendre que vous veniez d'avoir quelques journées difficiles, dit la femme de Daniel. Que diriez-vous d'un thé glacé ?

Faith jeta un coup d'œil à Zoe et hésita.

— Daniel a un très bon système de surveillance, dit Léon. Si quelqu'un s'introduit dans la propriété sans sa permission, il le saura. Zoe est en sécurité, ici.

Raven posa sa main sur le bras de Faith.

— Daniel et Léon surveilleront les enfants, lui assura-t-elle. Venez !

Faith jeta un dernier coup d'œil à Zoe, qui était déjà en nage, avant de suivre Raven à l'intérieur. Elles traversèrent un salon accueillant et entrèrent dans la cuisine, où Raven servit deux grands verres de thé glacé. Faith s'assit à la grande table en chêne et but une gorgée.

Elle pouvait respirer dans cette maison. Rien ne la reliait à Daniel et Raven Adams. Et qui penserait à la chercher en périphérie d'une bourgade dont elle n'avait jamais entendu parler ? Elle venait juste d'apprendre qu'il existait une ville nommée Trouble au Texas.

— C'est délicieux, soupira-t-elle.

— Il n'y a rien de meilleur que le thé glacé ! répondit Raven en essuyant le plan de travail. On a prévu de faire un barbecue. Comme ça, c'est Daniel qui s'occupe de presque tout.

Elle mit une grande casserole d'eau à bouillir et sortit un sac de pommes de terre.

— Je peux vous aider ? demanda Faith.

— Je ne refuse jamais un coup de main, répondit Raven avant de lui tendre un épluche-légumes.

Elles travaillèrent en silence pendant quelques minutes, jusqu'à ce que Raven dise de but en blanc :

— Au cas où vous vous le demanderiez, Léon ne nous a pas donné de détails sur vos ennuis. J'ai rencontré Daniel parce qu'il m'a sauvé la vie, vous savez. Trouble et lui m'ont trouvée enterrée vivante. Vous pouvez avoir confiance en mon mari et en Léon pour vous protéger, votre fille et vous. Je le sais d'expérience.

Faith ne trouva rien à répondre.

— Ce que je veux dire, c'est que vous avez de bonnes raisons de croire que votre situation s'améliorera, poursuivit Raven. Vous avez trouvé quelqu'un de bien, qui ne reculera devant rien pour vous aider. Ses amis et lui ont sauvé plus de gens que vous ne pouvez l'imaginer.

Faith avait rarement vu quelqu'un accorder une telle confiance à autrui. Si elle s'en était remise à Léon, c'était parce que cela semblait être la seule solution. Le discours de Raven la fit s'apercevoir que ce n'était plus tout à fait vrai et cela la terrifia.

La trahison de Burke avait failli la briser. Elle s'était juré de ne plus jamais donner autant de pouvoir sur elle à personne.

Après cela, le silence régna dans la cuisine jusqu'à ce que les trois fillettes l'envahissent.

— Quand est-ce qu'on mange, maman ? demanda Zoe.

— Pas tout de suite, répondit Faith.

— On a faim ! dirent les jumelles à l'unisson.

Raven leur montra un bol de fruits et une assiette de tranches de fromage.

— Asseyez-vous pour manger, dit-elle.

Trois chaises raclèrent le sol. Les petites pouffèrent et engloutirent leur en-cas, puis elles se mirent à chuchoter.

— De quoi s'agit-il, à votre avis ? demanda Faith.

Raven fronça les sourcils.

— De bêtises, si je connais bien mes filles.

Zoe examina son dernier quartier de mandarine. C'était la meilleure journée depuis très longtemps.

Elle en avait tellement assez d'être enfermée dans la bibliothèque !

Elle n'avait pas l'habitude de jouer avec des filles, surtout pas avec des petites filles qui n'avaient que cinq ans, mais Hope et Christina n'étaient pas comme les autres. Et c'était génial qu'elles se ressemblent autant !

Elle mangea son quartier de mandarine avec satisfaction.

— Allons jouer dans notre chambre ! dit Hope en sautant de sa chaise.

Zoe se leva et se tourna vers Christina.

— Ça t'arrive de parler ? lui demanda-t-elle.

Christina acquiesça.

— Pas vraiment, dit Hope. Elle n'aime pas ça.

Zoe suivit les jumelles jusqu'à une grande chambre. Il y avait des lits superposés d'un côté et des étagères pleines de jouets de l'autre. Sur la gauche, c'étaient surtout des poupées et des trucs de filles, mais il y avait des jeux de société et un ballon de foot sur la droite.

Quelque chose gratta la porte.

— Trouble ! cria Christina.

Le chien entra et se coucha au milieu de la pièce.

Christina grimpa sur son dos et se coucha sur lui.

— Papa dit que tu n'as pas de maison, dit-elle.

Zoe écarquilla les yeux.

— Je croyais que tu ne parlais pas.

— Elle ne parle pas beaucoup, répondit Hope. Et surtout quand Trouble est dans le coin.

— Est-ce que ta maison te manque ? demanda Christina en caressant l'énorme chien sur lequel elle était perchée.

Zoe eut mal dans la poitrine pendant quelques secondes.

— Mon ami Danny me manque. On joue au base-ball

ensemble. Mon père, aussi. Il a promis de m'emmener voir un match cet été, et l'été est presque fini. Et il m'offre de super jouets. Un jour, il m'a offert une tablette alors que ce n'était même pas mon anniversaire.

— Waouh ! s'écria Hope. Elle est où ?

— Maman m'a obligée à la laisser quand on est parties. Papa et elle ne s'aiment pas. Vous avez de la chance d'avoir un chien. J'aurais aimé en avoir un. Maman avait promis de m'offrir un chiot, mais je crois que je n'en aurai jamais, maintenant qu'on est parties de la maison.

Elle soupira.

Les jumelles se regardèrent.

— Tu veux venir voir quelque chose ? proposa Christina.

D'après leurs sourires, ce qu'elles voulaient lui montrer valait la peine d'être vu. Elle les suivit hors de la maison, puis jusqu'à la grange.

Avant d'ouvrir la porte, Christina posa un doigt sur ses lèvres.

— Il ne faut pas faire de bruit pour ne pas les réveiller, dit-elle.

Elles fermèrent la porte derrière elles et entrèrent dans une pièce sur la droite. De petites boules de fourrure foncèrent sur elles en piaillant.

Un chien qui ressemblait un peu à Trouble était couché dans un coin.

— Des chiots ! s'écria Zoe. Vous avez des chiots !

— Viens ! Assieds-toi !

Les chiots leur grimpèrent dessus dès qu'elles s'assirent par terre.

Zoe riait aux éclats. Le plus petit de la bande la chatouilla en essayant de passer sous son bras. Elle le souleva. Il était roux avec de grands yeux et une tache blanche sur le museau. Une minute plus tard, elle était amoureuse.

Elle plaça le chiot au creux de son coude.

— Maman dit qu'on doit leur trouver de bonnes maisons, dit Christina. Pour que d'autres enfants puissent jouer avec eux.

— Tu en veux un ? demanda Hope.

Zoe caressa la boule de poils au creux de son coude.

— Je veux celui-là, répondit-elle. Il m'aime bien.

— Zoe ! cria sa mère.

Elle courut la rejoindre. Elle sentit que sa mère avait eu peur et elle s'en voulut. Sa mère ne souriait plus et elle n'aimait pas cela. À part quand elle était avec Léon.

Le chiot la ferait sourire !

— Regarde ! dit-elle en le lui montrant. Hope et Christina disent que je peux le garder. Je vais l'appeler Catcher.

Quand sa mère s'agenouilla, Zoe eut de nouveau mal dans la poitrine. Elle reconnaissait son expression.

— On se déplace trop, Zoe, dit-elle. Un chien a besoin d'un jardin où s'amuser.

Ce n'était pas juste. Elles avaient un jardin, avant. Son papy et sa mamie en avaient un. Même son père avait un jardin.

— Tu ne veux pas que je l'aie, c'est tout, répondit-elle. On pourrait rentrer chez nous. Tu m'as pris ma maison, mes amis et mon papa. Je te déteste !

Elle tendit Catcher à Christina et s'enfuit. Elle en avait marre de ces vacances qui n'en étaient pas. Elle voulait rentrer chez elle.

9

La grange redevint silencieuse. La porte de la maison claqua, puis Faith cessa d'entendre les pas de Zoe. Elle prit une inspiration tremblante et se massa l'arête du nez.

Raven posa une main sur son épaule et lui offrit un sourire compatissant.

— Elle a dû aller s'enfermer dans la chambre des filles, dit-elle. Si j'ai raison, on entendra bientôt la porte.

De fait, une autre porte claqua quelques secondes plus tard.

Faith ferma les yeux.

— Je suis désolée, murmura-t-elle.

— Je ne sais pas ce qu'il vous arrive, mais il est évident que Zoe a vécu des choses difficiles.

— Merci d'être aussi compréhensive, soupira Faith. Il faut que j'aille lui parler.

Faith quitta Raven et ses filles pour rentrer dans la maison. Elle détestait cette situation. Pourquoi n'avait-elle pas dit oui, tout simplement ? Elle en avait envie. Zoe avait déjà perdu tant de choses – et elle s'apprêtait à en perdre d'autres, même si elle ne le savait pas. Faith soupira. Elle pouvait peut-être proposer à Daniel et à Raven de revenir chercher le chiot quand elles se seraient installées quelque part.

Non, elle ne pouvait pas. Quand elles auraient de

nouvelles identités, elles ne pourraient plus entrer en contact avec les gens qui appartenaient à leur passé. Annie avait beaucoup insisté sur ce point. Même s'il ne les tenait pas, Burke avait réussi à les piéger.

Faith n'avait pas autant douté de son aptitude à être mère depuis le jour où elle était sortie de la clinique avec Zoe dans les bras. Où peut-être depuis le jour où elle avait quitté la maison de Burke pour une petite maison en location qui n'était pas tout à fait dans ses moyens.

À l'étage de la maison, elle trouva cinq portes, dont deux seulement étaient fermées. Elle frappa à la porte, l'entrouvrit et tomba sur la chambre d'amis. Elle inspecta le placard et la salle de bains. Elle regarda même sous le lit. Zoe n'était pas là.

Elle alla frapper à l'autre porte. Pas de réponse. Elle frappa une deuxième fois.

— Je sais que tu es là, Zoe, dit-elle à travers la porte. Parlons de ce qui ne va pas, s'il te plaît.

Toujours pas de réponse.

Faith entra. Sa première pensée fut qu'elle voulait que Zoe ait une chambre comme celle-ci – sans doute avec des balles et des battes à la place des poupées.

Elle commença par regarder sous les lits superposés. Zoe n'était pas cachée là. Faith balaya la pièce du regard et repéra le placard. Sa fille aimait se faufiler dans les espaces réduits depuis qu'elle avait appris à marcher à quatre pattes.

Faith ouvrit le placard. Zoe était assise par terre et lui tournait le dos. Faith réprima un soupir et s'assit à côté d'elle.

— Je suis désolée, mais on ne peut pas rentrer à la maison, championne. Et on ne peut pas non plus emmener le chiot. Pas tant qu'on se déplace. Je te promets que quand on aura trouvé une nouvelle maison…

— Je ne voulais pas de chien, de toute manière, la coupa Zoe, qui se retenait de pleurer. Ils demandent trop d'attention.

Elle ramassa un cube qui traînait dans un coin du placard.

— Je suis occupée, pour le moment, dit-elle. J'aimerais rester seule.

Elle s'essuya les yeux.

Faith posa une main sur son épaule.

— Chérie…

— Tu veux bien t'en aller, maman ? insista Zoe. Je n'ai pas envie de parler.

Son calme et son chagrin fendirent le cœur de Faith, mais elle se leva. Elle pouvait comprendre que sa fille ait besoin d'espace.

— Je suis vraiment désolée, Zoe, murmura-t-elle. Tout s'arrangera bientôt.

— Bien sûr.

Zoe baissa la tête. Faith la regarda encore quelques instants avant de quitter la pièce. Elle croisa les jumelles en haut de l'escalier.

— Comment va Zoe ? demanda Hope.

Faith se força à sourire.

— Ça va aller. Vous devriez peut-être lui proposer un jeu. Je pense qu'elle a besoin d'amies.

Les filles la quittèrent pour s'engouffrer dans la chambre, dont elles fermèrent la porte. Faith s'attarda un moment dans le couloir, mais elle ne comprenait pas ce qui se disait de l'autre côté du mur.

— Une petite crise ? lui lança Léon en apparaissant dans l'escalier.

Elle se massa l'arête du nez.

— Je déteste ça, répondit-elle. Je ne demande qu'à lui offrir ce chiot. Elle a été incroyablement courageuse depuis le début.

Des rires fusèrent dans la chambre des jumelles et Faith reconnut la voix de Zoe.

— Au moins, elle parle aux filles, soupira-t-elle.

Léon lui tendit la main.

— Viens ! Hope et Christina sont exactement ce dont elle a besoin. Et sa mère a bien mérité de faire une pause, elle aussi.

Faith hésita quelques instants avant de se laisser entraîner dans la chambre d'amis.

Elle se blottit contre Léon quand il lui ouvrit les bras. Elle n'aurait pas dû compter sur lui pour la réconforter, mais elle était seule depuis trop longtemps. Depuis la naissance de Zoe, à vrai dire. Elle avait besoin de réconfort.

— Ce qu'on vit n'est pas juste pour Zoe, murmura-t-elle. Rien n'est de sa faute et c'est elle qui souffre le plus. Et je ne peux pas lui expliquer pourquoi.

— Elle est forte. Elle survivra au fait de ne pas avoir de chien. Elle survivra à tout ça. Les enfants ont de la ressource. Mon neveu a été enlevé quand il était petit. Il s'en est remis. Zoe fera pareil.

— Je n'en suis pas sûre, répondit-elle en secouant la tête contre le T-shirt de Léon. Elle a perdu beaucoup de choses, ces derniers mois. Et si elle n'allait pas bien ? Et si j'étais en train de gâcher sa vie ?

Il prit son visage entre ses mains pour la forcer à le regarder.

— Tu fais ce qu'il faut pour la protéger, lui assura-t-il. Elle t'aime. Elle a confiance en toi. Tu ne la laisseras pas tomber.

— Tu le crois vraiment ?

— Ce que je crois, c'est qu'elle a une mère formidable.

— Merci, répondit-elle, hypnotisée par son regard. Léon…

Il lui caressa la joue et approcha lentement son visage du sien. Elle entrouvrit les lèvres. Elle avait envie qu'il l'embrasse.

— Le dîner est prêt ! cria Raven depuis l'entrée.

Léon esquissa un sourire.

— Sauvée par le gong, murmura-t-il.

Il la fit frissonner en laissant glisser ses mains de son visage à ses épaules, puis le long de ses bras.

Elle ne pouvait pas laisser passer ce moment. Elle se hissa sur la pointe des pieds et pressa ses lèvres contre les siennes.

Léon l'attira contre lui et leur baiser s'enflamma aussitôt.

— Hope ! Christina ! Tout de suite ! cria Raven sur le ton autoritaire que Faith employait souvent.

Léon interrompit leur baiser avec un grognement de frustration, puis écarta une mèche de son front.

— Je suppose que ça nous concerne aussi, dit-il.

Elle hocha la tête.

Léon soupira profondément.

— On n'aurait pas dû, ajouta-t-il. Tu le sais.

— Peut-être, mais je ne le regrette pas, répondit-elle.

Il déposa un dernier baiser sur ses lèvres.

— Moi non plus.

Burke faisait les cent pas. Son père était toujours dans le fauteuil, la tête inclinée sur le côté. Ses lèvres avaient viré au bleu et sa respiration était devenue laborieuse.

Mais il respirait encore.

Ce salaud n'aurait pas dû survivre aussi longtemps.

Merde.

Burke mourait d'envie de lui trancher la gorge. Il se passait la scène en boucle et voyait chaque geste avec une précision délectable.

Cela l'aidait à gérer son anxiété.

Malheureusement, il ne pouvait pas se servir de son père pour assouvir ses pulsions. Le monde devait croire que Gerard Thomas avait fait une crise cardiaque.

Son père était intouchable.

Burke se massa les tempes. D'après les recherches qu'il avait faites, le chlorure de potassium aurait déjà dû lui être fatal. C'était le poison parfait. Le médecin légiste qui pratiquerait l'autopsie trouverait certains taux anormalement élevés dans ses analyses, mais il y verrait les effets de la crise cardiaque elle-même.

Quel était le problème ?

S'était-il trompé dans le dosage ? Il tira son téléphone de sa poche, puis se figea. Non, il ne pouvait pas faire de recherches sur Internet. Il avait vu assez de films policiers pour savoir qu'on risquait de consulter l'historique de son téléphone.

Il esquissa un sourire. Il pouvait peut-être utiliser le téléphone de son père…

À cet instant, son père se convulsa, puis se figea.

Une odeur immonde envahit le salon. Burke en eut un haut-le-cœur. Son père ne bougeait plus, mais était-il mort ?

Burke contempla l'image grotesque de son père baignant dans ses excréments. La tache ne partirait jamais. Il devrait changer de fauteuil.

S'approcha et chercha un pouls.

Rien.

Un sentiment de triomphe l'envahit. Mission accomplie. Il aurait dû le faire bien plus tôt.

Son téléphone sonna. Il espéra que c'était Orren avec de bonnes nouvelles.

Il consulta l'écran. C'était un appel masqué. Il fronça les sourcils. Orren avait-il changé de téléphone ?

— Thomas, dit-il en décrochant.

— Papa ?

Burke secoua la tête pour s'éclaircir les idées.

— Zoe ! Si tu savais comme je suis content que tu appelles ! Tu me manques, chérie. Est-ce que tu t'amuses ?

— Non. Tu me manques aussi, papa. Es-tu allé voir un match de base-ball, comme on l'avait prévu ?

Burke avait complètement oublié cette promesse stupide.

— Non, parce que je ne me serais pas amusé sans toi, répondit-il. Tu manques aussi à ton grand-père et à ta grand-mère. Ils ont hâte de te revoir. Où es-tu ?

Sa fille laissa échapper un sanglot.

— Je ne sais pas. Près d'une petite ville, quelque part. On n'a plus de maison, papa. On dort chez des gens. Ils ont des chiots et j'en veux un, mais maman a dit non parce qu'on n'a pas de jardin.

— J'ai toute la place qu'il faut pour un chiot, Zoe, dit Burke, les doigts crispés sur son téléphone. Rentre à la maison.

— Je pourrais amener Catcher ? Il est si mignon et si doux…

— Tu peux avoir le chiot, Zoe, mais il faut que je vienne te chercher.

— Maman veut que je vive avec elle, dit Zoe après quelques secondes de silence.

Sa voix était devenue hésitante. Burke devait manœuvrer prudemment. Il inspira profondément et chercha la corde sensible.

— Ta mère et moi ne sommes pas d'accord, mais ce n'est pas grave, répondit-il. Ta mère ne t'aime peut-être pas assez pour t'offrir un chiot. Moi si.

Sa fille se remit à sangloter, puis renifla. Les enfants étaient vraiment répugnants.

— Je ne sais pas, hoqueta-t-elle. Maman se retrouverait toute seule.

— On connaît notre adresse, chuchota une petite fille derrière Zoe.

Burke réprima un cri de joie.

— Zoe ? Rentre à la maison, s'il te plaît. Ta mère pourra te rendre visite autant qu'elle voudra.

Ce mensonge le fit sourire.

— Et je peux garder Catcher ?

— Absolument. Où es-tu, Zoe ?

Il jeta un coup d'œil au cadavre de son père. Tout s'arrangeait.

Des odeurs de viande grillée et de pudding à la banane flottaient dans la cuisine. Stefan posa sa cuillère.

— Je ne sais pas ce que tu mets là-dedans, Raven, mais grâce à toi, je peux mourir heureux, conclut-il.

— Et moi ? s'indigna Daniel. J'ai grillé le poulet.

— Je t'accorde qu'elle t'a bien dressé, le taquina Stefan avant de se frotter le ventre. Je prendrais vingt kilos si je passais un mois avec vous.

Les jumelles se chuchotèrent à l'oreille. Stefan ne connaissait peut-être pas les enfants, mais il savait reconnaître une conspiration. Il se pencha vers Christina.

— Que manigancez-vous, jeunes filles ? demanda-t-il.

Christina lui lança un regard terrifié.

— Comment le sais-tu ? s'écria-t-elle.

— Tais-toi ! chuchota sa sœur.

Stefan réprima un sourire. Si seulement les criminels pouvaient être aussi transparents que ces fillettes…

Christina se tourna vers sa mère.

— Est-ce qu'on peut quitter la table ? demanda-t-elle. S'il te plaît…

— Encore une bouchée de légumes chacune, intervint leur père.

Les jumelles mangèrent une bouchée de haricots verts sans protester, se levèrent et se tournèrent vers Zoe.

Faith regarda l'assiette à peine entamée de Zoe.

— Tu n'as pas faim, championne ? s'étonna-t-elle.

Zoe secoua la tête en évitant le regard de sa mère.

— Très bien. Je ne te forcerai pas, soupira Faith.

Zoe se leva et les trois fillettes coururent vers la porte du jardin.

Que comptaient-elles faire ? Retourner dans la grange ? Stefan n'était pas sûr que ce soit une bonne idée. Plus Zoe s'attacherait à ce chiot, plus elle serait triste quand elle devrait s'en séparer.

La tristesse que cette idée lui inspira, *à lui*, le perturba. Il ne s'était jamais attaché aussi vite à quelqu'un. Il ne faisait aucun doute qu'il souffrirait aussi quand ils devraient se séparer.

Les filles ouvrirent la porte du jardin, prête à s'enfuir.

— Plus de visites dans la grange ! ordonna Raven comme si elle avait lu dans ses pensées. Allez jouer dans votre chambre.

Christina prit un air désespéré.

— Maman !

— Les chiots et leur mère ont besoin de se reposer, dit Raven avant de consulter sa montre. Vous avez une demi-heure avant le bain. Si j'étais vous, j'en profiterais avant que je ne change d'avis. Mais vous pouvez aussi rester à table et écouter les adultes parler de politique et d'économie.

Les fillettes fermèrent la porte sans hésiter et coururent vers l'escalier.

— Notre conversation les ennuie à ce point-là ? pouffa Daniel.

Faith suivit Zoe des yeux.

— Je suis désolée que Zoe soit d'aussi mauvaise humeur, dit-elle. Mais je ne peux pas lui donner ce qu'elle veut.

Daniel et Raven lui offrirent des sourires compatissants.

— Multipliez vos problèmes par deux, et vous aurez une idée de ce que nous vivons. Elle s'en remettra.

Faith se mordit la lèvre.

— J'espère.

— Et si on allait dans la bibliothèque ? suggéra Daniel en se levant. Est-ce que quelqu'un a envie d'un verre ?

— Comptes-tu sortir ta meilleure bouteille ? le taquina Stefan avant de lui emboîter le pas.

— Je profite de ta présence, répliqua Daniel.

— Alors je prendrais bien un verre.

Alors qu'ils changeaient de pièce, il posa la main dans les reins de Faith, qui le laissa faire.

— Pas pour moi, merci, répondit-elle à Daniel. L'alcool et le manque de sommeil ne font pas bon ménage.

Raven s'assit dans le coin d'un canapé et replia ses jambes sous elle.

— Savez-vous où vous allez ? demanda-t-elle.

— Même si je le savais, je ne pourrais pas vous le dire, soupira Faith. Pour la sécurité de tout le monde. Nous disparaîtrons. Après ça, il faudra que je trouve un moyen d'expliquer à Zoe qui est son père. Je ne sais absolument pas comment je vais m'y prendre.

Stefan, qui s'était assis à côté d'elle sur l'autre canapé, posa une main sur son genou pour la réconforter.

— Tu es psychologue, Daniel, dit-il. Tu peux peut-être l'aider.

Il interrogea Faith du regard. Comme elle hochait la tête, il expliqua les bases de son problème à Daniel.

— Des suggestions ? demanda-t-il.

Son ami siffla doucement.

— C'est délicat, dit-il. Je traite surtout des soldats traumatisés, alors la psychologie des enfants n'est pas ma spécialité, mais je vous conseillerais d'être aussi honnête que possible avec elle. Elle doit comprendre que votre ex-mari a des problèmes.

— Si je ne m'en suis pas aperçue pendant toute la durée de notre mariage, comment puis-je espérer qu'une enfant de sept ans accepte de croire que l'homme qu'elle aime le plus au monde soit un meurtrier ?

— Le problème, c'est que ce que vous faites n'a pas de sens pour elle, répondit Daniel. Si vous voulez que votre nouvelle vie se passe bien, vos décisions doivent lui paraître compréhensibles. D'autant plus que votre sécurité dépendra du fait que vous puissiez compter l'une sur l'autre – tant que votre ex-mari sera en liberté, du moins.

Stefan pressa la main de Faith.

— Ce n'est pas la seule solution, lui rappela-t-il.

Il rencontra le regard de Daniel, qui hocha la tête.

— Le CTC peut vous aider, dit son ami. Ransom Grainger est un professionnel et il connaît beaucoup de monde.

Faith écarta sa main de celle de Stefan.

— C'est ce que dit Léon, répondit-elle. Mais je ne

peux pas courir ce risque alors que Burke emploie les grands moyens pour nous retrouver avec la loi de son côté. Je suis désolée.

Elle jeta un coup d'œil en direction de l'escalier.

— Je vais voir comment va Zoe, puis j'irai me coucher, annonça-t-elle. Merci de nous accueillir. C'est très gentil à vous.

Raven se leva et la serra dans ses bras.

— Ils peuvent vous aider, je vous assure, lui murmura-t-elle à l'oreille.

Faith jeta un dernier coup d'œil à Stefan avant de quitter la pièce.

Alors Daniel se leva pour venir le frapper derrière la tête.

— À quoi joues-tu ? s'écria son ami. Dans quelques jours, vous deviendrez des étrangers l'un pour l'autre. À moins que vous ne vous soyez mis d'accord sur une brève liaison.

— Ce n'est pas son genre, répondit Stefan.

— Précisément.

— Je crois qu'il est temps pour moi d'aller laver les filles, dit Raven en se levant. Tu as changé depuis ta dernière visite, Léon. Faith et Zoe te font du bien. Ne laisse pas ton passé tout gâcher. Vous pourriez vous engager dans quelque chose, tous les deux.

Elle embrassa Daniel assez longtemps pour mettre Stefan mal à l'aise, puis quitta la pièce.

— On dirait que la passion est toujours là, commenta-t-il.

Daniel s'éclaircit la voix.

— On peut dire ça. Raven ne comprend pas quels risques Faith devrait courir pour que vous restiez ensemble. Il y a eu trop de mariages au CTC, ces derniers temps. Ma femme veut que tout le monde soit heureux.

— C'est parce que tu as épousé une femme merveilleuse.

— C'est vrai, répondit Daniel en fermant la porte. Que t'arrive-t-il, Stefan ? Je ne t'ai jamais vu t'impliquer autant.

Stefan se leva pour faire les cent pas.

— Je ne sais pas ce qui m'arrive, avoua-t-il. Zoe… Cette petite fille est intrépide et pleine de vie. Faith… Elle est intelligente, elle est belle et elle est… réelle. Quand je la regarde, j'ai l'impression de voir son cœur. Tu connais beaucoup de personnes comme ça ?

— Très peu, concéda Daniel.

— Mais je désire l'impossible, soupira Stefan. Son ex-mari lui a fait perdre toute confiance en elle et dans les autres. Elle ne se fie pas à moi et…

— Tu te trompes, le coupa Daniel. Elle a mis sa vie entre tes mains en venant ici. Elle a baissé sa garde pour toi, Stefan.

Stefan se passa la main dans les cheveux.

— Et que suis-je censé faire ?

— Je fais un tour de la propriété tous les soirs, par prudence, dit Daniel. Tu m'accompagnes ?

— N'es-tu pas un peu parano ?

— Quand il s'agit de la sécurité de ma famille, je suis très parano.

Ils firent le tour du jardin sans échanger un mot. Plongé dans les ténèbres, le monde semblait infini.

— Je ne peux pas te dire quoi faire, mais je me permets de te rappeler qu'elle a accompli un grand saut pour toi, dit Daniel quand ils rentrèrent dans la maison. Tu devrais peut-être faire pareil.

Daniel posa une main sur son épaule avant d'ajouter :

— Tomber amoureux est le plus grand risque que j'aie jamais pris.

Stefan monta l'escalier plus exaspéré que jamais. Il trouva Raven et Faith devant la chambre des filles.

— Elles sont endormies ? demanda-t-il.

Il entendit pouffer.

— Elles font semblant, répondit Raven en souriant.

— Mais Zoe fait encore la tête, dit Faith, les sourcils froncés. Je lui laisse jusqu'à demain, mais il faudra qu'elle accepte ma décision.

— Peut-on parler ? lui demanda-t-il sans avoir la moindre idée de ce qu'il s'apprêtait à dire.

— La maison est bouclée, annonça Daniel en les rejoignant.

— Alors à demain ! conclut Raven.

Elle prit la main de son mari et l'entraîna dans leur chambre.

Stefan lut de l'indécision dans le regard de Faith.

— Tu n'as aucune raison d'être nerveuse, lui dit-il.

— Comment peux-tu savoir ce que je ressens ? s'insurgea-t-elle. C'est agaçant !

— Parce que je suis nerveux aussi, pouffa-t-il. Allez, viens !

Il prit sa main et l'entraîna dans la chambre d'amis.

— Asseyons-nous, suggéra-t-il.

Ils s'assirent au bord du lit, assez près pour que leurs genoux se touchent.

— J'aimerais être avec toi, Faith, commença-t-il. Je le désire plus que tout.

Elle rougit.

— Moi aussi, j'en ai envie, mais c'est… compliqué.

— Si on s'était rencontrés dans d'autres circonstances, ça aurait quand même été compliqué, répondit-il.

Il prit son visage entre ses mains et se perdit dans ses yeux pleins d'innocence.

— Mon Dieu, murmura-t-il. J'oublie tout quand tu me regardes. Mon passé, mon avenir, ton avenir…

— On peut peut-être se permettre de tout oublier pour cette nuit, répondit-elle. Caresse-moi avant que je ne change d'avis, Léon.

Stefan se raidit en l'entendant employer son faux nom, puis il inspira profondément.

— Pas Léon. Mon véritable nom est Stefan, prince de Bellevaux.

10

Un prince ?

— Tu plaisantes, balbutia-t-elle.

Il baissa les yeux. Elle ne l'avait jamais vu si mal à l'aise.

— Malheureusement non. Je m'appelle bien Stefan, prince de Bellevaux.

Elle fronça les sourcils.

— Mais… Je me rappelle avoir entendu parler de ce pays aux informations. Il y a eu une révolution. Les deux héritiers du trône ont été assassinés. Une femme qui vivait au Texas est devenue reine.

— Ma demi-sœur Kat, répondit-il. J'ignorais son existence jusqu'à ma capture. C'est la reine Katherine, maintenant.

Faith se massa les tempes.

— Tu es un prince qui se fait passer pour un espion ?

Elle devait rêver.

— Pourquoi as-tu changé d'identité ? demanda-t-elle. Je sais pourquoi *je* veux le faire. Burke est trop puissant pour que je l'affronte. Mais pourquoi un prince voudrait-il disparaître ? Tu as de l'argent et du pouvoir.

— Pas autant que tu le crois. Je n'ai jamais imaginé que je deviendrais roi. Jusqu'à la fin de mes études aux États-Unis, j'étais le stéréotype du fils cadet qui joue les play-boys.

— Maintenant que tu le dis, je me souviens que j'ai vu des photos de toi sur des couvertures de magazines…

Elle n'osa pas lui dire qu'elle l'avait trouvé beau.

— Je leur donnais du travail, à cette époque, pouffa-t-il. Ma vie a été très simple jusqu'à ce que je rentre dans mon pays pour mon service militaire. J'ai découvert à cette occasion que j'étais doué pour le tir à longue distance. On m'a même engagé dans une mission qui visait à empêcher une attaque terroriste.

— Je parie que ça a été un succès, dit-elle en esquissant un sourire.

Il haussa les épaules.

— J'ai aussi découvert que j'étais doué pour les opérations secrètes. Mon père était furieux, mais j'avais trouvé ma vocation. Peu après, j'ai tué le fils du chef d'une bande terroriste.

Elle tressaillit.

— Ma tête a été mise à prix, poursuivit-il. Le coup d'État a eu lieu quelques semaines plus tard. Les révolutionnaires m'ont jeté en prison et ont fait croire au monde que j'avais été tué. Ils avaient l'intention de me vendre aux terroristes pour financer leur cause. Daniel et son équipe m'ont sauvé, mais ma tête était toujours mise à prix.

Il se leva pour se mettre à faire les cent pas.

— Je n'ai pas eu le choix, reprit-il. Les gens qui voulaient ma mort avaient des agents partout. Tous ceux à qui je tenais étaient en danger. C'est quelque chose dont tu ferais bien de te souvenir… Si quelqu'un veut vraiment ta peau, il finit par l'avoir. On ne peut pas être sur ses gardes en permanence.

Un frisson la parcourut. Stefan s'arrêta devant la fenêtre.

— Le palais n'a pas démenti ma mort, dit-il en laissant son regard se perdre dans la nuit. Kat est devenue reine et j'ai changé d'identité.

Elle le rejoignit, le força à se tourner vers elle et scruta son visage.

— Tu ne ressembles pas tant que ça au prince que j'ai vu sur ces couvertures de magazines, commenta-t-elle.

Il effleura une cicatrice qu'elle avait à peine remarquée sur sa pommette.

— On m'a cassé quelques os pendant ma captivité, répondit-il. Assez pour altérer mon apparence. J'ai changé de coiffure et de couleur de cheveux. J'ai estimé que j'avais l'air suffisamment différent pour me passer de la chirurgie esthétique. Je ne suis pas sûr que mon peuple voudrait de moi si je ressuscitais…

Elle prit ses mains.

— Je suis désolée, murmura-t-elle. Maintenant, tu dois tout recommencer à cause de Burke alors que tu t'étais fait des amis à Carder.

— Ce n'est pas de ta faute, s'empressa-t-il de répondre. Je n'aime plus Léon Royce, de toute manière. C'est un espion solitaire qui commet trop d'erreurs. Je donnerais n'importe quoi pour retrouver une vie normale.

— Léon…

Elle secoua la tête. Ce n'était pas son nom.

— Stefan. Je vais avoir du mal à m'y faire. C'est Léon qui a sauvé Zoe. C'est avec lui que j'ai imaginé…

Elle laissa sa phrase en suspens.

Qu'était-elle sur le point d'avouer ? Que dans un coin de sa tête, avant qu'elle comprenne qu'elle avait mis sa vie en danger, elle avait imaginé que Léon les accompagnerait ? Qu'elle aurait un partenaire dans sa folle aventure ? Elle était encore plus stupide qu'elle ne le croyait. Elle avait commis l'erreur de compter sur lui.

— Préfères-tu Léon ? demanda-t-il.

Elle trouva son ton bizarre et releva la tête. Il avait perdu son assurance habituelle. Pour quelqu'un qui vivait sous un faux nom depuis des années, il semblait accorder beaucoup d'importance à sa réponse.

— C'est Léon qui a gagné ma confiance.

— Est-ce que c'est très important ?

Elle y réfléchit un moment.

— C'est toujours moi, non ? insista-t-il.

— Léon est-il différent de Stefan ? demanda-t-elle.

— Tu veux une réponse sincère ?

Elle acquiesça tout en craignant la réponse.

— Changer de nom nous change. Notre nouvelle identité nous change, même si on aurait préféré rester la même personne.

— Mais est-ce le nom ou la vie qu'on mène qui influe sur nous ? demanda-t-elle.

— Bonne question. Tout ce que je sais, c'est que Stefan est mort dans cette cellule.

Elle comprit tout à coup qu'ils se sentaient tous les deux piégés.

— Si tu pouvais faire tout ce que tu veux, quelle vie choisirais-tu ? demanda-t-elle.

— Une vie à tes côtés, répondit-il d'une voix rauque. J'aimerais vivre avec Zoe et toi sans qu'on ait besoin de se méfier de tout.

Il l'attira contre lui. Elle posa la tête sur son épaule. Il était fort, tendre et fiable. Elle voulait rester dans ses bras pour toujours.

— Pourquoi est-ce que ça ne peut pas durer ? murmura-t-elle.

— On ne peut pas obéir à son cœur quand on est en fuite, répondit-il. Nous devons être malins si nous voulons rester en vie.

— Suis-je lâche de fuir ?

— Le pouvoir peut être destructeur, répondit-il. Mais il peut aussi être utilisé pour faire le bien. J'en ai toujours été convaincu.

Elle comprit le message.

— Tu parles encore de tes amis du CTC. Ils n'ont pas pu t'aider, pourtant.

— Ce n'était pas la même chose. Burke n'est qu'un homme.

Le téléphone de Stefan sonna avant qu'elle ne réponde.

— En parlant du loup..., dit-il avant de décrocher. Qu'y a-t-il, Ransom ? Oui, elle est avec moi. Je mets le haut-parleur.

— Bonsoir, Faith, dit Ransom. J'ai fait des recherches sur votre ex-mari pour voir s'il y avait un moyen de vous aider.

— Je sais, répondit-elle. Stefan me l'a dit.

— Stefan. Je vois. J'ai de mauvaises nouvelles.

Le cœur de Faith manqua un battement.

— Quoi ?

— Gerard Thomas est mort. D'une crise cardiaque, apparemment.

— Je ne comprends pas, balbutia-t-elle. Il était en bonne santé.

— Étiez-vous proches ? demanda Ransom.

Elle secoua la tête.

— Pas vraiment. Il ne voulait pas que Burke m'épouse. Je pense que c'est sa femme Janice qui... Mon Dieu ! Elle doit être dévastée.

Ransom s'éclaircit la voix.

— Je dois vous poser une question délicate. Croyez-vous possible que Gerard Thomas ait protégé Burke ?

— Que voulez-vous dire ?

— Que la vie de votre ex-mari est trop parfaite.

— Je ne comprends pas, répéta-t-elle.

— Ce que je veux dire, c'est que personne n'atteint trente ans sans commettre quelques bévues. Des amendes, des factures impayées, des photos peu flatteuses… Burke est trop irréprochable, ce qui m'incite à me demander si sa perfection n'a pas été achetée.

— M. Thomas avait des amis haut placés dans tout le pays, répondit-elle. Burke se sert volontiers de son nom pour obtenir ce qu'il veut.

Stefan passa un bras autour de ses épaules.

— Ce que tu veux dire, Ransom, c'est que Gerard Thomas n'a peut-être pas aidé Burke qu'à obtenir la garde de Zoe, c'est ça ? demanda-t-il.

Elle écarquilla les yeux.

— Vous pensez que M. Thomas savait ce que faisait Burke ?

S'il le savait, comment pouvait-il ne pas l'avoir dénoncé ?

— Je sais que mon père a aplani quelques problèmes, quand j'étais ado, alors qu'il n'aurait peut-être pas dû, répondit Stefan. Les gens ne font pas toujours les meilleurs choix quand leurs enfants sont concernés.

— Mais Burke est un tueur en série…, protesta-t-elle.

— Qui n'a plus personne pour le protéger maintenant que son père est mort, dit Ransom.

Un frisson la parcourut.

— C'est peut-être notre chance, dit Stefan en lui frottant les épaules.

Elle n'aimait pas du tout le tour que prenait cette conversation.

— Je ne pense pas…

— Ça peut marcher, la coupa Stefan. Donne tout ce que tu as au CTC. Sans l'influence de ton beau-père, on a une vraie chance d'envoyer Burke derrière les barreaux.

Il semblait si sûr de lui… Pour la première fois depuis longtemps, une lueur d'espoir perça les ténèbres.

Pouvait-elle courir ce risque ?

Elle plongea son regard dans celui de Stefan. Quel que soit son nom, elle avait confiance en lui.

— Très bien, murmura-t-elle en posant une main sur son torse. Finissons-en.

Une heure plus tard, Stefan scannait la dernière page du dossier de Faith dans le bureau de Daniel pour l'envoyer au CTC. Faith, assise sur le canapé, se mordillait la lèvre. Il lui rendit la feuille, qu'elle rangea dans son dossier.

Il appela aussitôt Ransom.

— Tu as tout, lui dit-il. Je te mets sur haut-parleur. Alors, qu'en penses-tu ?

— Que je suis impressionné par l'énergie de cet homme, répondit Ransom. J'ai demandé à Zane de faire des recherches en parallèle. Depuis que vous vous êtes enfuie, Faith, sept femmes ont été tuées dans la région de Dallas, dont une employée des Thomas. Elles correspondent toutes à ses critères.

— C'est dément, murmura Faith.

— Et ça empire. Trois des meurtres ont eu lieu dans les deux dernières semaines.

— Il dérape, dit Stefan.

— Ça n'a aucun sens, intervint Faith. Il tuait après nos disputes. Pourquoi cela empire-t-il ? Je ne voulais pas que ça continue…

— Burke était déjà un meurtrier avant de te rencontrer, lui dit-il en la regardant droit dans les yeux. Ce n'est pas de ta faute.

— Stefan a raison, Faith, le soutint Ransom. Et je viens juste d'apprendre autre chose : Burke était avec son père quand celui-ci est mort.

Faith écarquilla les yeux.

— Comment Burke s'entendait-il avec son père ? demanda Ransom d'une voix neutre.

Stefan sentit à quel instant précis elle comprit ce que Ransom sous-entendait.

— Vous ne croyez quand même pas que Burke a tué son père ?

— S'il est en train de perdre le contrôle, il est susceptible de prendre des risques qu'il n'aurait pas pris avant, de faire des choses qu'il n'aurait pas faites.

— Et de commettre des erreurs, dit Stefan.

— Avec bien trop de dommages collatéraux, grommela Ransom. Dites-moi, Faith. Gerard Thomas contrôlait-il Burke ?

— Oui. Burke s'en plaignait. Il disait qu'il se mêlait trop de ses affaires.

— Demandez à Daniel de faire le profil psychologique de Burke, dit Ransom. Ça ne m'étonnerait pas qu'il ait des squelettes dans les placards qui remontent à l'époque du lycée. J'ai des amis haut placés en qui j'ai entièrement confiance, Faith. Tenez bon. On l'aura. Et soyez prudente. S'il perd le contrôle, il est plus dangereux qu'il ne l'a jamais été. Maintenant, pourrais-tu enlever le haut-parleur, Stefan ? J'aimerais te dire deux mots.

Glacé par le ton de son patron, Stefan plaça le téléphone à son oreille.

— Qu'y a-t-il ? demanda-t-il.

— La cellule terroriste qui a mis ta tête à prix s'agite, répondit Ransom. Ils ont réagi tout de suite quand ta photo a circulé. Ton beau-frère a une piste.

Stefan s'y attendait. En théorie, cela aurait dû l'inciter à disparaître sur-le-champ en attendant d'obtenir un rendez-vous avec Annie. Mais il suffisait qu'il regarde Faith pour hésiter… Il avait besoin de réfléchir.

— Quelle piste ? demanda-t-il. A-t-il repéré des suspects à l'aéroport ? Sont-ils déjà au Texas ?

L'arrivée de ses ennemis changeait tout. Il ne pouvait pas mettre Faith et Zoe en danger. Ni Daniel et sa famille.

— Logan est à peu près sûr d'avoir contenu la menace. Il a arrêté trois hommes avant qu'ils n'embarquent.

— À quelle heure seraient-ils arrivés ?

— Ils auraient atterri à Dallas dans douze heures.

Stefan se massa la nuque. Les terroristes étaient comme les cafards. Quand on croyait les avoir exterminés, ils réapparaissaient en plus grand nombre.

— Et si l'un d'eux avait échappé à Logan ? dit-il. Je ne peux pas compter sur la chance.

— Logan les a fait parler. Leur organisation a été décimée par les efforts anti-terroristes de Katherine. C'est ta meilleure chance – peut-être la seule – de revenir d'entre les morts.

Stefan ne sut pas quoi en penser. S'il avait été seul, il aurait sauté sur l'occasion, mais il avait d'autres personnes à prendre en considération.

— Je mets tout le monde en danger autour de moi.

— Laisse-nous douze heures, s'il te plaît, demanda Ransom. Ce sera peut-être différent, cette fois.

— Non, concentre-toi sur le problème de Faith. Tu ne peux pas tout faire.

— Douze heures, c'est tout ce que je te demande, insista Ransom avant de raccrocher.

Connaissant sa chance, cela allait mal tourner, songea Stefan. Il n'échapperait peut-être pas à la chirurgie esthétique, cette fois.

Il rencontra le regard inquiet de Faith. Son maigre

espoir qu'ils trouvent un moyen de rester ensemble venait de se désintégrer.

— Que se passe-t-il ? demanda-t-elle.

Stefan se força à sourire avec assurance.

— Concentrons-nous sur la sécurité de Zoe et la tienne, répondit-il. Je m'occuperai de mes problèmes plus tard.

Il lui prit le dossier pour le poser sur le bureau de Daniel avec un mot l'informant de la requête de Ransom.

— Dis-moi ce qui ne va pas, insista Faith.

— Rien. Ransom coincera Burke. Tout s'arrangera.

Faith poussa un soupir résigné.

— J'imagine qu'il n'y a plus qu'à attendre, alors.

Stefan n'aimait pas la décevoir, mais il ne pouvait pas lui répondre. Elle s'empresserait de se mettre en danger et il ne se le pardonnerait pas s'il lui arrivait quelque chose.

Elle se dirigea vers la porte.

— Merci, Stefan, dit-elle avant de quitter la pièce. Merci pour tout. Tu as volé à mon secours alors que tu ne me connaissais pas. Tu m'as rappelé qu'il existait des gens bien dans ce monde.

Il ne répondit rien. Il l'écouta monter l'escalier, les yeux dans le vague. Il ne s'était jamais senti aussi seul.

Il ne pouvait plus rien faire tant que le CTC n'aurait pas trouvé une nouvelle piste.

C'était peut-être sa dernière chance de bien dormir avant un moment.

Il monta l'escalier le cœur gros. Il devrait faire ses adieux à tout le monde dans douze heures, quoi qu'il arrive.

Même si tout en lui aspirait à rester auprès de Faith, il n'avait pas le choix.

Il se figea sur le palier. Faith était à la porte de la chambre des jumelles, belle, vulnérable et tentante.

— Zoe s'est enfin endormie, murmura-t-elle en fermant la porte. Elle m'inquiète. Elle se remet plus vite de ses contrariétés, d'habitude.

Il s'approcha d'elle et lui effleura la joue.

— Pourquoi n'es-tu pas en sécurité dans ta chambre ? demanda-t-il.

Elle tressaillit.

— Je ne l'ai pas fait exprès, mais…

Elle lui prit la main et l'entraîna dans sa chambre.

— Dans d'autres circonstances…, commença-t-il quand elle eut fermé la porte.

— Je sais, le coupa-t-elle.

Elle prit son visage entre ses mains et l'attira vers le sien.

— Stefan…

Elle triompha de ses dernières résistances en prononçant son prénom.

Il l'enlaça et pressa ses lèvres sur les siennes.

— Tu en es sûre ? trouva-t-il la force de demander quand elle tira son T-shirt de son jean.

— J'en ai besoin, répondit-elle.

— Même si nous n'avons que cette nuit ? Je ne sais pas ce que demain nous réserve.

— C'est tout ce que je demande.

Il retira son T-shirt, puis aida Faith à retirer le sien et dégrafa son soutien-gorge. Il voulait sentir sa peau nue contre la sienne.

Faith caressa son torse, puis son dos. Il tressaillit quand elle suivit une cicatrice du bout du doigt.

— Comment as-tu survécu ? murmura-t-elle.

— Je me le demande encore, répondit-il en prenant

ses seins dans ses mains. Tu n'es pas obligée de les toucher. Je comprendrai.

— Elles font partie de toi, répondit-elle.

Il recula vers le lit, écarta la couverture et allongea Faith sur le drap.

Il laissa sa main planer un instant au-dessus de sa braguette avant de l'ouvrir et fut récompensé par un gémissement de frustration. Il acheva de la déshabiller le sourire aux lèvres.

Alors il retira son propre jean et se plaça au-dessus d'elle. Son cœur battait la chamade.

Elle enroula les jambes autour de sa taille. Alors qu'il allait la pénétrer, un reste de raison le pétrifia.

— Préservatif, dit-il d'une voix rauque.

Faith le lâcha en soupirant.

Il trouva un préservatif dans la poche de son jean, l'enfila et s'empressa de retrouver la chaleur de ses bras.

Alors ce fut comme rentrer chez lui après un long voyage. Leurs mouvements furent plus harmonieux de seconde en seconde et chacune de leurs sensations trouvait un écho en l'autre. Ensemble, ils s'élevèrent vers le sommet de la jouissance.

Il atteignit l'orgasme un instant après Faith. Quand il s'effondra, il n'aspirait plus qu'à rester dans ce lit jusqu'à la fin de ses jours.

Il avait trouvé ce qu'il cherchait dans les bras de Faith. Une paix étrange l'envahit. Il roula sur le côté. Faith se blottit au creux de ses bras.

Ils n'échangèrent pas un mot, mais ce n'était pas nécessaire.

Il déposa un baiser sur ses cheveux.

Il se sentait complet pour la première fois de sa vie. Faith était tout ce qu'il désirait, tout ce dont il rêvait.

À présent, il savait ce qui lui manquerait jusqu'à la fin de ses jours.

La chaleur de Stefan la pénétrait jusqu'à l'âme. Il était si tendre, si généreux…

Voilà ce qui lui avait manqué pendant toutes ces années.

Stefan lui avait rendu confiance en l'humanité et lui avait fait ressentir le plaisir d'être comprise et chérie. Il lui avait fait désirer plus. Il lui avait fait désirer que cela dure toujours.

Sauf que ce n'était qu'une nuit. Elle l'avait promis.

Elle voulait revenir sur sa promesse.

Le pouvait-elle ? Comment osait-elle l'envisager ?

— Et si…

— Non, la coupa-t-il en jouant avec l'une de ses mèches.

— Reste avec moi cette nuit, s'il te plaît, murmura-t-elle en déposant des baisers sur son torse. On a au moins ça.

— La nuit dure jusqu'au lever du jour, répondit-il avant de rouler sur elle.

Elle laissa échapper un gémissement quand il pressa ses lèvres contre les siennes.

Elle aurait donné n'importe quoi pour que cette nuit dure jusqu'à la fin des temps.

Le soleil était levé depuis un certain temps, mais il n'était que 7 heures du matin. Burke avait roulé presque toute la nuit. Il jeta un coup d'œil à la carte et s'engagea sur un chemin de terre. Il y avait quelqu'un sur le bas-côté. Il s'arrêta et baissa sa vitre.

— Je peux t'emmener quelque part ? demanda-t-il.

Zoe, qui tenait un chiot dans ses bras, lui fit un grand sourire.

— Bonjour, papa.

11

Un bourdonnement étrange tira Faith d'un profond sommeil. Elle tendit le bras et rencontra un torse.

Elle ouvrit les yeux. Stefan. Elle rougit en repensant à la manière dont ils avaient employé une bonne partie de la nuit, puis la tristesse la submergea. Ce n'était qu'une nuit.

Stefan lui tendit son téléphone.

— Personne ne m'appelle à part Zoe, dit-elle d'une voix endormie avant de l'approcher de son oreille. Allô ?

— Bonjour, Faith.

Elle se redressa d'un bond.

— Burke ? Comment as-tu eu ce numéro ?

Stefan lui prit le téléphone et mit le haut-parleur.

— Tu n'espérais quand même pas m'échapper indéfiniment ?

Il avait un ton satisfait et hautain – celui qu'il employait quand il savait qu'il avait gagné. Le cœur de Faith manqua un battement.

— Que veux-tu ? demanda-t-elle en agrippant la main de Stefan.

— Rien, répondit Burke. J'ai tout ce que je veux. Ne laisse pas le chiot s'éloigner, Zoe !

La terreur pétrifia Faith.

— C'est impossible, murmura-t-elle.

— D'accord, papa ! répondit Zoe.

Stefan bondit hors du lit. Il revint dans la chambre deux minutes plus tard.

— Elle n'est plus là et il manque un chiot, chuchota-t-il.

— Comment ? hoqueta-t-elle.

Comment les avait-il retrouvées ?

— Tu ne connais pas aussi bien ta fille que tu le croyais, ricana Burke. Zoe m'a appelé pour que je vienne la sauver. Tu te souviens du moment où je t'ai sauvée, Faith ? Tu m'as trahi. Je vais m'assurer que Zoe ne me trahit pas.

Les paroles de Ransom revinrent à l'esprit de Faith. Elle en perdit le souffle.

— S'il te plaît, Burke…

— La ferme. J'ai Zoe. Il n'est plus question de garde partagée. Si tu veux voir *ma* fille une dernière fois, je te laisserai lui faire tes adieux. Tu feras ce que tu voudras ensuite, mais Zoe est à moi. C'est non négociable.

Elle réprima un sanglot.

— S'il te plaît…

— Inutile de me supplier. Dirige-toi vers les Guadalupe Mountains. Je t'enverrai des instructions par texto. Et viens seule, bien sûr. Le type avec lequel tu couches ne ferait que m'énerver. Je pourrais ne plus avoir envie de te laisser voir Zoe.

Il raccrocha.

Faith se leva et enfila une robe de chambre.

— Elle l'a appelé ? balbutia-t-elle. Comment ? Comment a-t-elle fait ?

Stefan secoua la tête.

— Daniel et Raven interrogent les jumelles dans la cuisine, répondit-il. Tu avais raison, hier soir.

— Et je l'ai ignoré parce que je voulais passer la nuit avec toi, murmura-t-elle en enroulant les bras autour de son torse. Je savais que quelque chose n'allait pas.

Stefan posa les mains sur ses épaules.

— Ce n'est pas de ta faute. Tu ne pouvais pas savoir. Tu n'es pas devin.

— Je suis sa mère, répliqua-t-elle. Je suis censée le savoir si une bêtise aussi énorme lui trotte dans la tête. Pourquoi a-t-elle fait ça ?

— Il n'y a qu'un moyen de le savoir.

Ils s'habillèrent rapidement et descendirent dans la cuisine. Daniel et Raven faisaient face à deux fillettes aux visages graves.

Raven avait les poings sur les hanches.

— Qui a eu cette idée ? demanda-t-elle.

Christina balança ses jambes. Hope baissa les yeux.

Faith alla s'agenouiller près des jumelles.

— Je m'inquiète pour Zoe, les filles. J'ai besoin de savoir pourquoi elle est partie.

Les jumelles se regardèrent et Hope fit un signe de tête à Christina.

— Zoe était très en colère, expliqua celle-ci. Elle voulait rentrer chez elle pour jouer au base-ball avec Danny et avoir un jardin pour Catcher. Tu as dit qu'elle pourrait garder Catcher si elle avait un jardin. Alors elle a appelé son papa.

— Pas depuis mon téléphone, dit Faith.

— Depuis le mien, intervint Raven en lui tendant l'appareil. Elles ont appelé hier soir. Zoe est partie à l'aube en emportant Catcher. Les filles ont désactivé le système d'alarme.

Daniel planta les poings sur ses hanches à son tour.

— Ce que vous avez fait est très grave, dit-il. La maman de Zoe a très peur pour elle.

— Mais elle est avec son papa, protesta Hope. Les papas sont gentils.

— Pas tous les papas, répondit Daniel d'une voix

plus douce. Vous êtes punies. Pas de chiots et pas de jeux aujourd'hui. Votre mère vous apportera une liste de corvées tout à l'heure. En attendant, restez assises dans votre chambre sans rien dire.

— Oui, papa, répondirent les fillettes à l'unisson avant de sortir de la cuisine la tête basse.

— Je suis sincèrement désolé, dit Daniel à Faith.

— Ce n'est pas de leur faute, répondit-elle. C'est de la mienne. Je n'ai pas su expliquer à Zoe pourquoi on se cachait. C'est à cause de moi si elle a encore confiance en son père.

Elle se frotta les yeux. Quelles étaient les intentions de Burke ?

— J'ai besoin d'une voiture pour aller au rendez-vous de mon ex-mari, dit-elle. Je peux peut-être le convaincre de…

— Tu n'y vas pas seule, la coupa Stefan. Je t'accompagne.

Elle secoua la tête.

— Il a dit que je devais y aller seule.

— C'est un tueur.

— Tu crois que je ne le sais pas ? s'écria-t-elle. Mais je dois faire tout ce que je peux pour protéger Zoe.

Il prit ses mains et plongea son regard dans le sien.

— Nous récupérerons Zoe, mais tu n'y arriveras pas seule, Faith, dit-il. Et tu n'as pas à le faire. Je suis là. Nous ferons ça intelligemment. Je te suivrai. Nous placerons un mouchard sur ton téléphone. Tu ne seras pas seule un instant, je te le promets.

— Je ne devrais pas te mettre en danger, murmura-t-elle.

— C'est la spécialité de Léon Royce ! répondit-il avec un grand sourire.

— Et Stefan ?

— Stefan protège ceux qui lui sont chers quoi qu'il lui en coûte.

Le paysage déchiqueté des Guadalupe Mountains pouvait cacher une multitude de péchés. Ses ravins seraient particulièrement commodes aujourd'hui. Il s'écarta de la piste et inspecta le coin. Non. Il y avait trop de cachettes possibles. Ce n'était pas le bon endroit pour son rendez-vous avec Faith. Il raya la première option de sa liste.

— Je suis fatiguée, papa, geignit Zoe derrière lui.

Il serra les dents pour ne pas hurler.

— Ce n'est plus très loin, dit-il.

— Catcher est fatigué, lui aussi.

Il se tourna vers Orren.

— Il vaut mieux que je ne l'aie pas dans les pattes, dit-il.

Orren acquiesça.

— On pourrait attendre dans une grotte suggéra-t-il.

Burke tira une série de photos satellite de son sac. Sur l'une d'elles, on voyait une cabane de mineur qui devait être à bonne distance.

— Emmène-les là, ordonna-t-il à Orren. Elle n'entendra rien et personne ne l'entendra.

Orren hocha la tête.

Burke s'agenouilla devant Zoe.

— J'ai besoin que tu sois une grande fille, d'accord ? lui dit-il. Je dois rencontrer quelqu'un et c'est loin. Orren va t'emmener à un endroit où ton chien et toi vous pourrez vous reposer.

— Mais je ne le connais pas, protesta Zoe, les sourcils froncés. Je veux rester avec toi, papa. Tu as promis.

Burke serra les dents. Elle l'agaçait tant que sa peau le démangeait.

— On sera ensemble tout le temps très bientôt, répondit-il. Fais ça pour moi, s'il te plaît. Après ça, on rentrera à la maison et ton chien aura un grand jardin.

Elle croisa les bras et le fusilla du regard.

— Je te croyais courageuse, dit Burke. Ai-je tort ?

— Je n'ai pas peur, répondit-elle. Je suis fatiguée et j'ai faim. Maman ne me fait jamais attendre mon petit déjeuner aussi longtemps.

Burke enfonça les ongles dans ses paumes. Il ne devait pas perdre le contrôle.

— Peux-tu être courageuse et marcher encore un peu ? insista-t-il. Tu auras un en-cas quand vous y serez.

— Je suppose que oui, soupira Zoe en câlinant son chien.

— Donne-moi le chien, dit-il.

Elle recula.

— Je veux juste le mettre dans ton sac, chérie.

Elle lui tendit l'animal avec méfiance.

Il le mit dans le sac, puis posa les mains sur les épaules de Zoe.

— Orren s'occupera bien de toi, je te le promets. Vas-y !

Sa fille suivit Orren, mais elle se retourna après quelques pas. Il agita la main. Il attendit et recommença jusqu'à ce qu'elle arrête de se retourner. Enfin.

Maintenant qu'il n'avait plus sa fille dans les pattes, il pouvait passer aux choses sérieuses. Les photos prises par un drone de surveillance qu'il avait achetées valaient-elles la fortune qu'il avait payée ?

Il se dirigea vers un bosquet de pins, y pénétra et se retrouva dans une clairière. Son cœur battit plus vite et sa nuque se mit à fourmiller. Il s'approcha d'une formation rocheuse qui avait une fente étrange au milieu. Il se pencha.

Son cœur manqua un battement. Il ne voyait même pas le fond du ravin.

Parfait. Faith n'aurait aucune issue. Il lui suffirait de la forcer à s'approcher du bord. Son corps ne serait pas retrouvé.

Le trajet jusqu'au pied des Guadalupe Mountains était interminable. Stefan ne pensait qu'à Zoe, qui était entre les mains d'un fou. Ce n'était pas la première fois qu'il participait à une mission de sauvetage, mais ses partenaires étaient aussi bien entraînés que lui, d'habitude. Faith ne savait pas se servir d'une arme, mais il pouvait compter sur son courage extraordinaire.

Elle était assise à côté de lui, raide et silencieuse, parce qu'elle s'en voulait.

Il le comprenait parce qu'il s'en voulait aussi de ne pas avoir protégé Zoe. Il l'avait promis à Faith. Que pouvaient-ils dire, l'un et l'autre ?

Alors ils ne disaient rien.

La route était déserte. Peu de gens fréquentaient ce parc naturel, ce qui en faisait un excellent lieu de rendez-vous. La montagne pouvait être cruelle et Burke n'avait pas choisi ce lieu par hasard. Des gens y disparaissaient régulièrement.

Stefan était sûr que c'était un piège. Faith ne l'avait pas encore compris.

— Nous la trouverons, dit-il pour la centième fois.

— Je ne peux pas croire autre chose, mais… Zoe a cette lumière en elle… Elle a l'innocence de l'enfance. Je ne veux pas qu'elle la perde et je ne sais pas comment empêcher que ça se produise.

Il posa sa main sur la sienne et fut surpris qu'elle ne le repousse pas.

— Tu ne peux pas la protéger de la vérité, dit-il.

— Mais je peux en avoir envie.

Elle ferma les yeux et soupira.

— Que veut Burke, à ton avis ? demanda-t-elle.

Il n'avait pas envie de lui répondre, mais il fallait qu'elle soit prête.

— Il sait que tu ne le laisseras pas garder Zoe et il ne peut pas courir le risque que tu lui causes des ennuis.

— Il veut me faire disparaître, dit-elle. C'est pour ça qu'il m'a donné rendez-vous au milieu de nulle part. Il n'a pas l'intention de me laisser quitter ces montagnes, n'est-ce pas ?

— C'est mon opinion, répondit-il en pressant ses doigts. Mais il te croit seule et il ne sait pas à quel point tu es forte. Il n'obtiendra pas ce qu'il veut. Je te le jure.

— J'ai peur pour Zoe, avoua-t-elle. Risque-t-il de s'en prendre à elle ?

Encore une question à laquelle il n'avait pas envie de répondre. Il avait évité de communiquer à Faith le profil que Daniel avait fait de Burke, qu'il rangeait dans la catégorie des sociopathes.

— Crois-tu que Burke soit capable d'aimer ? demanda-t-il.

Faith rouvrit les yeux.

— S'il aime quelqu'un, c'est sa mère – et sa mère adore Zoe.

— Intéressant… Dans ce cas, il doit vouloir se servir de Zoe pour faire plaisir à sa mère – et l'occuper, de manière à ce qu'elle ne découvre pas ses activités. Il imagine qu'il pourra tuer comme il voudra quand il se sera débarrassé de toi.

— S'il m'arrive quelque chose, fais tout ce que

tu peux pour qu'il aille en prison, dit-elle d'une voix tremblante. Tu me l'as promis.

— Ransom a passé quelques coups de fil au bureau du procureur. Il semblerait que plusieurs officiels soient très occupés à effacer leurs traces. Ils s'enfuient comme des lièvres. Burke ne le sait pas encore, mais il n'a plus de sortie de secours.

— Et que se passera-t-il quand il découvrira que je l'ai dénoncé ?

— Nous aurons déjà récupéré Zoe, répondit-il.

Burke deviendrait un animal pris au piège, un être qu'il serait impossible de raisonner.

Son téléphone sonna. Il décrocha.

— Vous approchez de l'intersection, annonça Ransom. Zane a fait un nouveau tour de magie. On peut suivre le téléphone de Faith par satellite – tant qu'il n'y a pas trop de nuages.

Stefan s'engagea sur la route qui menait à des pistes de randonneurs.

— Et en matière de renforts ? demanda-t-il.

— Le shérif Galloway t'attend, répondit Ransom. Il y aura un hélicoptère à ta disposition à Trouble dans une heure. Les autres membres de l'équipe sont en route, mais ils sont tous à plus de deux heures de toi. Si tu peux attendre un peu…

— Non, je ne peux pas. Et ils n'avaient pas à tout laisser tomber pour accourir.

— Tu les as tous sauvés plus d'une fois. Je ne vois pas comment j'aurais pu les en empêcher.

Ransom raccrocha sur ces mots.

— Tu as de bons amis, commenta Faith.

— Je peux compter sur eux, répondit-il.

Il jeta un coup d'œil au compteur kilométrique. Ils ne devaient plus être loin.

De fait, il repéra vite deux voitures au bord de la route. Il se gara derrière celle du shérif.

Celui-ci en sortit et vint lui tendre des clés.

— Le réservoir est plein, dit-il.

— Merci, shérif.

— Je prends la route de derrière, ajouta Galloway. Je ne serai pas loin. Appelez-moi si je peux faire quelque chose.

Stefan sortit de la voiture, dont il laissa tourner le moteur. Il donna les clés à Faith et plongea son regard dans le sien. Elle semblait terrifiée, mais déterminée.

— Tu ne seras pas seule, lui dit-il une fois de plus.

— Je sais, répondit-elle avant de se mettre au volant.

Il se pencha pour l'embrasser.

— Je te jure que Zoe sera auprès de toi avant ce soir.

Elle lui offrit un sourire tremblant.

— Je sais.

La route serpentait entre des ravins et des buissons. Faith avait les doigts crispés sur le volant.

Burke pouvait la tuer dès son arrivée. Elle le savait. Stefan le savait. Son seul réconfort était sa certitude que Stefan sauverait Zoe.

Elle s'arrêta près de la borne que Burke avait mentionnée dans son dernier texto et attendit.

Les minutes s'égrenèrent. Quinze. Trente.

Où était-il ?

Elle aurait aimé savoir où était Stefan. Il devait l'observer de quelque part. Elle avait besoin de le croire.

Finalement, une camionnette conduite par un vieil homme se gara à côté d'elle.

— Êtes-vous Faith ? lui demanda l'homme.

Elle acquiesça.

— Votre mari m'a dit de vous dire qu'il vous attend au deuxième repère de la piste principale.

— Où est-ce ?

— Dans une quinzaine de kilomètres, tournez à droite. Vous verrez une boutique de souvenirs. À côté, il y a une carte avec les pistes. Vous devrez marcher un moment, mais vous ne pouvez pas vous perdre.

Le vieil homme s'éclaircit la voix.

— Il m'a aussi dit de vous dire que votre téléphone ne marchait pas et que vous deviez me le donner.

— Quoi ?

— Il m'a dit que vous deviez me donner votre téléphone si vous vouliez le voir, répéta l'homme en se grattant la barbe. J'ai trouvé ça un peu bizarre, mais il m'a fourni un téléphone à vous donner en échange.

Elle se força à lui sourire. Burke les observait-il ? Elle n'avait pas le choix. Au moins, en suivant son téléphone, Stefan finirait par apprendre où elle était allée.

Elle tendit son téléphone à l'homme, qui lui donna un vieux modèle à couvercle.

— Bonne chance, conclut l'homme en mettant son moteur en route.

Elle se mordit la lèvre.

— Euh… À quoi ressemblait l'homme qui vous a donné ces instructions ? demanda-t-elle.

— Vous ne connaissez pas votre propre mari ?

Comment répondre à cela ?

— On n'est jamais trop prudent, de nos jours, dit-elle.

— Cheveux bruns. Cicatrice sur la joue.

En d'autres termes, ce n'était pas Burke. On ne pouvait rien relier à lui. Il n'y avait pas de témoin. Et elle ne pouvait plus contacter Stefan qu'en se servant du téléphone que Burke lui avait fourni. Oserait-elle courir ce risque ?

Le téléphone sonna.

— Tu as reçu mes instructions ? demanda Burke.

— Oui. Est-ce que Zoe va bien ?

— Évidemment. Pourquoi n'irait-elle pas bien ? Maintenant, mets-toi en route.

Le vieil homme démarra.

Elle en fit autant.

— Et maintenant ? demanda-t-elle.

— Suis les instructions qu'il t'a données. Ne fais pas de détour et ne contacte personne. Je le saurais. Ça reste entre nous. Je veux que tu me le promettes.

Elle avait fait beaucoup de promesses à Burke au cours de leur mariage. C'était la première qu'elle avait l'intention de ne pas tenir.

— Je te le promets.

— Excellent.

Une explosion lui fit faire un écart et une colonne de fumée noire apparut derrière elle.

— Maintenant, jette le téléphone par la fenêtre, ordonna Burke.

Mon Dieu ! Avait-il tué le vieil homme ?

— Ne m'oblige pas à me répéter, Faith ! rugit Burke. Jette le téléphone ! Et tu ne reverras jamais Zoe si tu n'es pas au point de rendez-vous dans une demi-heure.

Il l'observait. Où était-il ? Cela avait-il la moindre importance ?

Elle n'en revenait pas qu'il ait fait sauter la camionnette. Pauvre homme… Et son téléphone était détruit.

Stefan ne pouvait plus la localiser.

Elle jeta le téléphone de Burke par la fenêtre avec l'une de ses boucles d'oreilles en espérant que Stefan ou le shérif l'observait et saurait quelle direction elle avait prise.

Tous les kilomètres, elle jeta quelque chose par la fenêtre : l'autre boucle d'oreille, son rouge à lèvres… tout ce qui avait une chance de se voir. Elle jeta une épingle à cheveux de Zoe en entrant sur le parking du parc.

Elle ne prit pas la peine d'aller frapper à la porte de la boutique, qui était visiblement fermée. Il n'y avait pas une voiture sur le parking. Personne ne la verrait entrer dans le parc.

Elle consulta sa montre. Elle n'avait plus beaucoup de temps. Elle ne pouvait plus qu'avoir confiance en Stefan pour repérer les signes qu'elle lui avait laissés.

Comme le vieil homme le lui avait dit, la piste principale était clairement indiquée sur la carte. Du bout du pied, elle traça une flèche dans la poussière là où elle commençait.

Elle avança aussi lentement qu'elle le pouvait en semant des élastiques de Zoe qu'elle gardait dans son porte-monnaie. Alors qu'elle approchait du point de rendez-vous, elle fit semblant de tomber pour placer discrètement un dernier indice près d'un caillou.

Finalement, après un virage du sentier, elle vit une silhouette en haut de la côte suivante.

Elle n'avait pas vu Burke depuis des mois. Poser les yeux sur lui lui donna un haut-le-cœur.

Burke attendit qu'elle le rejoigne les bras croisés, ses cheveux noirs parfaitement coiffés, un pli impeccable à son pantalon et la chemise boutonnée jusqu'au col.

Qui allait faire de la randonnée, habillé comme cela ? Un cinglé de tueur en série, pensa-t-elle.

Faith essaya de voir ce qui se trouvait derrière lui.

— Où est Zoe ? demanda-t-elle.

Burke lui décocha le sourire qui l'avait empêchée de voir que ses yeux étaient morts.

— Elle n'est pas ici, répondit-il avant de lever une main. Ne t'emballe pas : elle est en lieu sûr. J'ai décidé que nous commencerions par avoir une petite discussion, toi et moi. Nous avons des choses à nous dire.

12

Zoe sortit Catcher du sac et enfouit son visage dans sa fourrure. Cet endroit était pire que la vilaine maison dans laquelle elle avait vécu avec sa mère. Elle voulait sa maman.

L'homme, qui s'appelait Orren, l'avait presque traînée jusqu'à cette cabane. Son père n'aurait pas dû l'obliger à partir avec lui.

Il avait les sourcils froncés. Lui non plus n'aimait pas être enfermé là.

Catcher s'agita et se mit à lui mordiller les doigts.

— Aïe ! dit-elle. Tu as des dents pointues.

— Calme-le, grommela l'homme.

— Ce n'est qu'un bébé, protesta-t-elle.

— Burke a perdu la tête, grommela Orren en se remettant à marcher de long en large comme le faisait sa mère quand elle était inquiète.

— Qu'est-ce qu'on fait, maintenant ? demanda-t-elle.

— Ça ne te regarde pas. Reste tranquille. Ton père nous rejoindra bientôt.

— Vous deviez nous donner quelque chose à manger, lui rappela-t-elle.

Il se tourna brusquement vers elle et grogna comme un loup.

— Assieds-toi et tais-toi, ou tu vas le regretter !

Catcher sauta de ses bras et fonça sur Orren avec des aboiements perçants.

Orren sortit un gros pistolet de son pantalon, comme à la télé, et le pointa sur Catcher.

— La ferme, le chien ! grogna-t-il.

— Non, ne lui faites pas de mal ! cria-t-elle en attrapant son bras.

Orren la repoussa.

— Ce chien va tout faire rater ! Je ne vais pas perdre mon chèque pour un clébard !

Voyant qu'il voulait donner un coup de pied à Catcher, elle plongea pour le protéger. Elle reçut le coup de pied dans l'épaule, mais Catcher ne fut pas touché.

Orren était devenu tout rouge. Il avait l'air très fâché. Il n'était pas question qu'elle reste avec lui.

Elle ramassa Catcher et recula. Elle ne le laisserait pas faire du mal à Catcher !

Orren avançait vers elle les bras tendus, comme un monstre. À force de reculer, elle vit qu'il manquait une planche sur le côté de la cabane.. Elle devait retrouver son père. Orren était méchant.

Alors qu'il allait l'attraper, elle retint son souffle et se glissa à travers l'ouverture.

Orren cria un vilain gros mot.

— Reviens ici, sale gamine !

Elle ne regarda pas derrière elle. Elle serra bien Catcher et courut le plus vite qu'elle put.

Orren sortit de la cabane.

— Arrête-toi, morveuse ! Ton père sera furieux ! lança-t-il.

Elle ne lui répondit pas. Elle se souvenait de ce que Léon lui avait dit. Elle obliqua pour passer entre de gros arbres et chercha un endroit où se cacher. Un mur de pierre se dressait devant elle. Elle plissa les yeux et repéra une ouverture à la hauteur du sol.

Elle entendait les pas d'Orren derrière elle. Elle ne pouvait pas le semer, même si elle courait plus vite que Danny. Orren était un adulte.

Elle fonça vers l'ouverture et s'y faufila. Le tunnel tournait quelques pas plus loin. Elle écarquilla les yeux. Elle venait d'entrer dans une caverne très grande et très noire.

— Va dans mon sac, Catcher, dit-elle. J'ai besoin de mes deux mains.

S'il lui échappait, elle ne le retrouverait jamais dans cet endroit terrifiant. Il gémit, mais il se coucha sur ses affaires. Elle remit son sac sur ses épaules et avança.

Alors le sol s'effrita sous ses pieds.

— Maman !

Une colonne de fumée s'élevait dans le ciel. L'explosion avait fait frôler la crise cardiaque à Stefan. Il se gara à quelques mètres de la camionnette qui flambait au milieu de la route. Il resta hébété quelques secondes.

— Tu es sûr que son téléphone se trouvait dedans ? demanda-t-il à Ransom, qu'il avait au téléphone.

— Oui, répondit Ransom d'une voix grave. C'est là qu'il était quand on a perdu le signal.

— Que faisait le téléphone de Faith dans cette camionnette ?

Il n'arrivait plus à réfléchir. Son esprit lui montrait en boucle des images d'une maison calcinée. La maison des Jennings. Il avait perdu tout le monde, Jenny et ses enfants – et même le salaud qui les avait fait sauter. Ils ne méritaient pas de mourir, mais il n'avait pas réussi à l'empêcher.

Il refoula péniblement ses souvenirs et s'approcha du mur de flammes. Puisque ce n'était pas sa voiture, ce ne pouvait pas être elle.

Il plissa les yeux pour mieux voir la victime à travers les flammes et remarqua un morceau de métal dans son épaule.

— Ce n'est pas Faith.

Il regagna sa voiture sur des jambes tremblantes et inspira profondément.

— Ce n'est pas Faith, répéta-t-il.

— Dieu merci, dit Ransom avant d'aboyer des ordres à quelqu'un. On retrace le signal à l'envers.

— Je lui ai promis de les protéger, Ransom…

— On les trouvera.

Stefan était si furieux qu'il arrivait à peine à comprendre ce qu'on lui disait.

— Elle s'est arrêtée un moment au niveau de la borne 12, puis le signal a changé de direction. On a supposé qu'il voulait s'assurer qu'elle n'était pas suivie.

— J'y vais ! répondit Stefan. Envoie-moi tout le monde. Nous devons la localiser.

Il prit la route de montagne comme s'il était sur un circuit. Il ne vit pas la voiture de Faith près de la borne en question.

Il se gara et longea la route à pied, dans un sens, puis dans l'autre. Quelque chose de métallique attira son attention.

C'était un vieux téléphone. Mais il y avait autre chose peut-être à côté… Il s'accroupit en retenant son souffle et ramassa un anneau doré qu'il serra entre ses doigts.

Bravo, chérie !

Faith portait toujours ces boucles d'oreilles – sans doute parce qu'elle n'en avait pas d'autres. Elle était passée par là. Il poursuivit en scrutant les bas-côtés de la route.

Il trouva l'autre boucle d'oreille quelques centaines de mètres plus loin.

Il rappela Ransom tout en courant vers sa voiture.

— Elle se dirige toujours vers la montagne, dit-il. Elle m'a laissé des indices. Appelle Daniel. Dis-lui de me rejoindre avec Trouble. On aura besoin de son flair si on ne la trouve pas avant la tombée de la nuit.

Il remonta en voiture. Il trouva un nouvel indice à peu près tous les kilomètres. Il faillit pousser un cri de joie quand il trouva le rouge à lèvres.

— Je te trouverai, Faith, murmura-t-il. Je te le promets.

Il s'arrêta à un embranchement. Rien n'indiquait qu'une voiture soit passée récemment par la route qui bifurquait. Les herbes qui poussaient au milieu semblaient ne pas avoir été dérangées depuis un moment.

Il devait prendre une décision. Faith était intelligente. Si elle avait tourné là, elle aurait trouvé un moyen de le lui signaler. *Si* elle était en mesure de le faire. Et si Burke l'avait interceptée et mise dans le coffre de sa voiture ?

Stefan essaya de ne pas imaginer le pire scénario, comme il l'aurait fait dans une autre mission. Sauf que ce n'était pas n'importe quelle mission. Il était tombé amoureux de Faith – et de Zoe.

Après deux kilomètres sans rien, il faillit s'arrêter. Devait-il faire demi-tour ? Essayer l'embranchement ? Il était sur le point de freiner quand il vit un éclat métallique.

Enfin ! C'était un petit poudrier dont il l'avait vue se servir quand ils étaient à son campement.

Il respira mieux.

Décidément, c'était une battante.

Quelques kilomètres plus loin, il trouva la voiture près d'une boutique de souvenirs. Il se gara à côté et inspecta l'intérieur avant d'appeler Ransom.

— Elle a laissé la voiture sur le parking du parc. Elle a pris l'une des pistes.

— Tu es loin derrière elle, à ton avis ?

Stefan s'agenouilla près de la flèche qu'elle avait dessinée dans la poussière.

— Trop loin, répondit-il. Je ne vois que les traces de ses pas. Elle était seule.

— Les autres sont encore à une heure de route, dit Ransom. Veux-tu que je t'envoie Garrett avec l'hélicoptère ?

— Il ne faudrait pas qu'il s'affole avant que je sois en position. Laisse-moi une demi-heure. Si tu n'as pas de nouvelles de moi d'ici là, envoie la cavalerie.

— Entendu. Et ne te fais pas tuer, s'il te plaît.

— J'essaierai.

Stefan s'engagea sur le sentier. Il continua à ramasser de temps à autre un élastique de Zoe ou un bouton. Il s'arrêta net en haut d'une côte. Des empreintes de chaussures d'homme.

Burke.

Stefan les suivit jusqu'à ce qu'elles disparaissent dans un tapis d'aiguilles de pin. Il scruta les environs.

Un coup de tonnerre le fit sursauter. Des nuages très noirs s'étaient rassemblés autour de la montagne. Il devait y avoir un sacré orage, là-haut… Ce qui signifiait que les rivières du coin allaient faire des crues brutales.

— Où est Zoe, Burke ?

La voix de Faith venait de sa gauche. Il courut dans cette direction et déboucha dans une clairière.

Faith était agenouillée devant Burke. Elle avait du sang sur le front et un bleu sur la pommette.

Stefan leva son arme.

— Plus le moindre geste ou tu es mort ! cria-t-il. Je ne demande qu'à appuyer sur la détente, crois-moi.

Faith s'empressa de se relever et se plaça entre eux pour protéger Burke.

Stefan se raidit.

— Que fais-tu ? s'écria-t-il.

Faith se passa la main sur le front, ce qui ne fit qu'étaler le sang.

— Zoe n'est pas ici et il est le seul à savoir où elle est.

Le soleil avait disparu derrière les nuages. Le ciel était devenu menaçant.

Burke jura derrière elle, puis enroula un bras autour de sa taille. Elle sentit quelque chose de froid contre sa gorge. Ce devait être un couteau.

— Lâche ton arme ! cria Burke.

— Tu ne peux pas faire ça, Burke, gémit-elle.

— Bien sûr que je peux ! ricana son ex-mari. Qui m'en empêchera ? Toi ? Mon père ? Mon père est mort. Il ne peut plus te protéger. Ma mère n'est au courant de rien. Et toi, tu vas finir au fond de ce ravin avec ton amant. Si on vous retrouve, on pensera que vous vous êtes disputés. C'est encore mieux que ce que j'avais imaginé.

— Zoe a besoin de moi.

Il pouffa.

— Zoe a besoin d'une mère qui sache ce que c'est que d'être une femme. Toi, tu n'es rien. J'ai été stupide de croire que tu pourrais apprendre à devenir ma compagne.

Elle se débattit vainement.

— Quand je me serai débarrassé de toi, ma vie sera parfaite, dit-il.

Il était vraiment fou.

Burke l'entraîna vers la droite. Stefan les suivit pas à pas.

— S'il te plaît, Burke, où est Zoe ? demanda-t-elle une fois de plus.

— Ce n'est pas la peine que tu le saches puisque tu ne la reverras pas. Elle est à moi. Ne te l'ai-je pas déjà dit ?

— Elle est seule et elle doit être terrifiée… C'est ta fille !

Elle avait envie de s'accroupir pour laisser Stefan faire ce qu'il voulait depuis le début, mais elle ne pouvait pas. Et s'ils ne trouvaient pas Zoe ?

Burke ricana.

— Elle n'est pas seule. Il l'emmènera si je ne les rejoins pas. Tu n'as aucune chance de la revoir.

Il continua à l'entraîner vers les rochers qui bordaient un côté de la clairière.

— Tu n'as pas à faire ça, Burke, dit Stefan d'une voix calme. Nous ne voulons que Zoe.

Burke secoua la tête.

— Papa avait raison sur un point : il faut toujours effacer ses traces.

Stefan pouffa.

— Sauf que tu ne l'as pas écouté, n'est-ce pas ? On sait tout sur toi, Burke. Faith a découvert ton hobby. Sinon pourquoi se serait-elle enfuie ?

— C'est impossible ! s'écria Burke.

— Faith est intelligente. Elle a compris ton petit jeu et monté un dossier impressionnant.

— Tu mens !

— Cassandra, Allison, Mary An, Brittany, Alexandra… Est-ce que ces prénoms te disent quelque chose ?

Burke la serrait de plus en plus fort et ses mains tremblaient. Faith sentait la fureur le gagner.

— Nous savons, poursuivit Stefan. Un membre du bureau du procureur consulte le dossier en ce moment même. C'est terminé, Burke. Le mieux que tu as à faire, c'est de lâcher Faith et de nous dire où est Zoe. Je recommanderai la clémence si tu coopères.

— C'est impossible, répéta Burke. Mon père a effacé mes traces et je l'ai tué. Personne ne peut rien prouver…

— Maintenant ! cria Stefan.

Elle essaya de se baisser, mais Burke la tenait trop fermement. Son couteau lui entailla la gorge. Il la lâcha brusquement quand la détonation retentit et cria. Elle tomba lourdement et tourna la tête.

Burke tenait son bras droit ensanglanté. Il avait lâché son couteau.

— Tu m'as tiré dessus ? s'écria-t-il, abasourdi.

— Réjouis-toi que je n'aie pas visé ta tête, grogna Stefan. Maintenant, où est Zoe ?

Burke secoua la tête.

— Ça ne devait pas se passer comme ça…, gémit-il avant de fusiller Faith du regard. Tout est de ta faute ! Tu étais censée être parfaite. Tu devais remplacer mon grand amour, mon Heather…

Il essaya de lui saisir le bras de la main gauche. Elle lui échappa de justesse.

— Laisse tomber, Burke ! C'est terminé ! cria Stefan.

— C'est moi qui décide quand c'est terminé !

Alors qu'elle se relevait, Burke prit son élan pour la pousser dans le ravin.

— Bouge ! cria Stefan.

Elle plongea sur sa gauche. Burke, qui n'avait pas

rencontré l'obstacle auquel il s'attendait, bascula dans le vide.

— Non ! cria-t-elle. Zoe !

Zoe reçut une pluie de terre sur la tête. Elle cligna des yeux et regarda le trou par lequel elle était tombée. Elle ne ressortirait jamais par là.

— Merde ! s'écria Orren. Ton père me tuera ! Ne bouge pas, je reviens.

Catcher s'agitait dans son sac. Elle jeta un coup d'œil à l'intérieur, mais elle n'y voyait presque rien.

— Ça va, Catcher ?

Alors qu'elle le caressait, un coup de tonnerre fit trembler les parois de la grotte.

— Je n'attendrai pas que le méchant revienne, dit-elle. Léon m'a donné ça !

Elle ouvrit une poche latérale du sac et en sortit triomphalement sa lampe.

Une corde tomba du trou.

Zoe remit son sac sur son dos et alluma la lampe. Il y avait des rails par terre. Ils devaient être faits pour un tout petit train. Sa mère l'avait fait monter dans un grand train, une fois. Il ne tiendrait pas dans ce tunnel.

Quelque chose de brillant attira son attention. Elle contourna un gros tas de terre qui était tombé au milieu du tunnel.

— Regarde, Catcher ! Un autre tunnel !

Des cailloux dorés étaient empilés dans un coin. Elle en ramassa un de la taille d'une balle de base-ball. Il était bien plus lourd que sa balle.

— Cool ! dit-elle en le rangeant dans son sac.

Un juron lui fit tourner la tête. Les jambes d'Orren apparurent au bord du trou.

— Il faut qu'on file.

Mais elle hésita. Il y avait deux tunnels.

— Lequel, Catcher ?

De la poussière tombait du plafond du tunnel aux cailloux dorés. L'autre était plus large. Catcher gémit.

— Tu as raison, dit-elle. Allons par là !

— Tu as intérêt à rester où tu es, gamine ! cria Orren.

Elle avait trop attendu. Elle se mit à courir le long des rails. Un petit filet d'eau faisait pareil.

— Arrête-toi, gamine ! Il va y avoir une inondation !

Elle ne savait pas de quoi il parlait, mais elle savait qu'elle ne pouvait pas lui faire confiance.

Un grondement résonna derrière elle. Elle continua à courir.

— Arrête-toi, gamine !

Elle jeta un coup d'œil par-dessus son épaule. Il se rapprochait… jusqu'à ce qu'un énorme tas de cailloux tombe juste devant lui. De l'eau coula du trou qu'ils avaient fait dans la paroi. Elle baissa les yeux. Le sol du tunnel était complètement trempé.

13

Stefan se pencha au bord du précipice alors que la pluie commençait à tomber. Il ne vit pas le corps de Burke, mais personne ne pouvait survivre à une telle chute. Il se tourna vers Faith, qui était toujours assise par terre, les yeux écarquillés.

— Est-il…

Il acquiesça, s'agenouilla près d'elle et la serra dans ses bras.

— Zoe, dit-elle.

— Nous la trouverons.

Il l'aida à se relever.

— Laisse-moi regarder ta gorge.

— Je vais bien, dit-elle en le repoussant.

L'entaille n'était pas profonde, mais elle saignait toujours. Il déchira une bande de son T-shirt.

— Ça devrait arrêter l'hémorragie, dit-il.

— Zoe ! cria Faith pendant qu'il nouait son bandage improvisé.

— Arrête de l'appeler, s'il te plaît. Tu as entendu Burke : il y a quelqu'un avec elle.

— Comment allons-nous la retrouver, alors ?

Il balaya la clairière du regard et repéra des branches cassées du côté nord-ouest.

— Par là, dit-il.

— Tu en es sûr ?

— Autant que je peux l'être.

Il prit sa main et l'entraîna hors de la clairière.

— Nous nous occuperons de son corps quand nous aurons trouvé Zoe, dit-il en la voyant jeter un coup d'œil derrière eux.

Un nouvel éclair zébra le ciel.

— Les canyons se rempliront bientôt, ajouta-t-il.

— Zoe ne sait rien sur les inondations… Nous devons la retrouver !

Il baissa les yeux. La pluie effacerait bientôt toutes les pistes qu'il aurait pu suivre.

Le ciel s'assombrit encore.

— Et si l'homme qui la détient…, balbutia Faith.

Il lui pressa les doigts. Il comprenait sa terreur, mais ils devaient rester concentrés.

— Cet homme ne sait pas que Burke est mort. Il protégera Zoe tant qu'il n'aura pas de nouvelles instructions.

Faith hocha la tête.

— Tu as raison. Janice adore Zoe. Burke lui aura interdit de lui faire du mal.

Ce n'était pas absolument certain puisque Burke était un psychopathe, mais Stefan préféra garder cette pensée pour lui.

Comme il le craignait, la pluie effaça vite toute trace de présence humaine.

Il fit encore quelques pas sur le sentier sur lequel il s'était engagé, puis balaya une nouvelle fois le paysage du regard.

— Tu ne sais pas où aller, n'est-ce pas ? dit Faith en se frottant les bras. Qu'allons-nous faire ?

Il l'attira contre lui. Elle était glacée.

— Burke voulait sûrement qu'elle ne soit pas trop loin, dit-il.

— Mais peut-être assez loin pour qu'elle n'entende pas ce qu'il faisait… et qu'on ne l'entende pas si elle criait.

— Exactement.

Il sortit son téléphone, vérifia sa position et appela Ransom.

— Ça va ? demanda Ransom. Que se passe-t-il ?

— Burke est mort, répondit Stefan. Et il a caché Zoe. Qui connaît ces montagnes ?

— Le shérif Galloway, répondit Ransom sans hésiter. Je te l'envoie. Il est à une demi-heure de ta position.

— Peux-tu nous mettre en communication ?

— Veux-tu que j'envoie l'hélicoptère ?

— Toute aide sera bonne à prendre, mais il pleut. Préviens-les tous qu'ils risquent de tomber sur des crues et des inondations.

Ransom jura.

— Je te passe Galloway.

Faith le serra plus fort.

— Galloway, dit le shérif en prenant l'appel.

— C'est Léon. La petite fille qu'on cherche est dans la nature.

— Ransom m'a expliqué la situation, répondit Galloway. Je vous rejoins.

— Le type a caché sa fille quelque part. J'ai besoin de savoir quels sont les endroits qui s'y prêtent le mieux. La pluie a effacé toutes les pistes.

Stefan entendit un froissement de papier.

— Très bien, dit le shérif. J'ai la carte sous les yeux. Il y a un tas de vieilles mines dans la région. Les tunnels sont dangereux.

Il se tut quelques secondes, puis lança :

— Voilà qui est intéressant ! Il y a une vieille cabane à environ un kilomètre au nord-ouest de votre position.

Stefan faillit pousser un cri de joie.

— Merci, shérif, dit-il. Je vous tiens au courant.

— Je vous envoie des hommes pour faire une battue. Bonne chance.

Stefan raccrocha.

— Par ici, dit-il à Faith.

Quelques centaines de mètres plus loin, il s'arrêta pour examiner une branche cassée.

— Quelqu'un est passé par là il y a peu de temps, commenta-t-il. On est sur la bonne voie.

— J'ai envie de l'appeler, dit Faith. J'aimerais qu'elle sache qu'on la cherche.

— Tu ne peux pas.

Elle était au bord de la crise de nerfs quand ils atteignirent la cabane. Stefan dégaina avant d'ouvrir la porte.

Personne.

Faith le regarda avec désespoir.

— Où est-elle ?

Zoe se retourna et pointa sa lampe sur le tas de rochers. Le visage de l'homme était visible entre les cailloux. Du sang lui coulait sur une joue.

— Tu nous as tués, gamine, grogna-t-il.

Il poussa un caillou, puis un autre, pour se frayer un chemin. Elle ne voulait pas qu'il l'attrape. Elle se retourna et courut.

— Tu n'as nulle part où aller, gamine ! Je ferai ce que Burke n'a pas le cran de faire : tu mourras avant moi.

Elle essaya de continuer à courir, mais l'eau lui arrivait aux genoux, maintenant. Quand elle eut de l'eau jusqu'à la taille, la lampe de poche lui échappa et s'éteignit.

Elle se retrouva dans le noir, poussée par le courant vers les profondeurs du tunnel. Le sac à dos l'alourdissait et elle claquait des dents. Catcher aboya.

Ce n'était pas bon.

Elle entendit que l'homme se rapprochait derrière elle. Après une courbe du tunnel, elle vit un petit point lumineux, comme s'il y avait une étoile coincée entre les rochers.

Elle essaya d'accélérer.

— Je te tiens ! dit Orren en l'attrapant par le T-shirt.

Il lui mit la tête sous l'eau en la tenant bien, mais l'eau la poussa d'un seul coup et elle se retrouva libre.

— Merde ! cria Orren derrière elle.

Elle n'aurait pas autant de chance deux fois. Elle laissa le courant la porter vers la lumière et reprit pied près du trou. Il n'était pas très grand.

— Ne t'en fais pas, Catcher, dit-elle. On est presque sauvés.

Des doigts s'enroulèrent autour de sa jambe.

— Oh non !

Faith sentit toute son énergie l'abandonner quand ils trouvèrent la cabane vide.

— Quelqu'un est venu ici récemment, dit Stefan.

Quelque chose de rouge attira l'attention de Faith. Elle se pencha et ramassa un ruban.

— C'est à Zoe ! dit-elle. Ce ruban était sur son sac à dos.

Stefan inclina la tête sur le côté.

— Il y a des traces par terre qui vont…

Il s'arrêta devant un pan de mur auquel manquait une planche.

— Elle s'est échappée ! s'écria-t-il. Viens !

Il suivit la lisière de la clairière au milieu de laquelle se trouvait la cabane.

— Des branches cassées ! Par ici !

Faith le suivit. Le vent et la pluie s'étaient calmés. Quelques oiseaux s'étaient même remis à chanter. Un son aigu leur fit écho.

— Arrête-toi ! ordonna Stefan.

Le son aigu se répéta.

— Le chien, murmura Faith. Le chien !

Le chien qu'elle avait refusé à Zoe… Ils s'élancèrent dans la direction des aboiements.

— Lâche-moi ! cria Zoe.

— Zoe ! cria Faith en escaladant des rochers.

Elle s'arrêta net à leur sommet.

Le torse de Zoe sortait d'un trou dans la paroi au milieu d'une véritable cascade. Son sac à dos était posé par terre et Catcher tournait autour en aboyant.

— Aide-moi, maman ! cria Zoe. Je suis coincée.

Stefan doubla Faith et courut vers sa fille.

— Aidez-moi ! Le méchant tient mon pied !

Stefan rengaina son arme.

— Aide-moi à creuser, Faith !

Ils n'eurent besoin de déplacer que deux pierres pour dégager Zoe.

Faith la serra contre son cœur.

— Ça va ?

Zoe hocha la tête.

— Catcher et moi, on a échappé au méchant… Mais on s'est mouillés.

— Je vois ça.

Alors un bras jaillit de la cascade.

— Au secours !

Stefan ramassa une grosse branche pour faire levier

et agrandi le trou. L'homme passa à travers, puis s'effondra, à bout de souffle.

Il fusilla Zoe du regard.

— Tu as gâché ma vie, gamine ! grogna-t-il.

Zoe planta les poings sur ses hanches.

— Tu n'aurais pas dû être aussi méchant !

Stefan attendait dans le couloir de la clinique de Trouble. Daniel s'approcha de lui et posa une main sur son épaule.

— Ransom vient de m'appeler, dit-il. Ils ont trouvé le corps de Burke. Il est mort sur le coup.

— Tant mieux, répondit Stefan. Faith et Zoe vont enfin retrouver une vie normale.

Il ignora la tristesse qui lui serrait le cœur. Il ne pouvait pas changer la réalité.

— Et le type qu'on a attrapé ? demanda-t-il.

— Il est en détention. Il chante comme un canari. Il travaillait pour les deux Thomas. Il a rattrapé des tas de boulettes pour eux. Il vient d'ajouter plusieurs noms à la liste des victimes de Burke. Il nous a aussi donné les noms de plusieurs politiciens qui devraient bientôt démissionner.

— Bon débarras, commenta Stefan avant de jeter un coup d'œil à la porte de la chambre de Zoe.

— Comment vont-elles ? demanda Daniel.

— Elles sont fortes toutes les deux. Elles s'en remettront.

— Alors que fais-tu là ? demanda Daniel.

Stefan secoua la tête.

— Rien n'a changé de mon côté. Faith retrouvera une vie normale, mais ça ne m'arrivera jamais. J'ai rendez-vous avec Annie.

Cette pensée le déprimait. Il était convaincu qu'il ne se remettrait jamais de perdre Faith et Zoe.

— N'en sois pas si sûr, dit Ransom en apparaissant au bout du couloir.

Stefan haussa un sourcil.

— Que fais-tu là ?

— D'abord, je viens féliciter personnellement la femme qui a monté le dossier qui aurait causé la perte de Burke Thomas s'il n'avait pas fait un plongeon mortel.

Stefan plissa les yeux.

— À quoi joues-tu ?

— On a toujours besoin de bons analystes. J'ai l'intention de lui offrir un emploi.

— Sûrement pas ! s'écria Stefan.

— Qu'est-ce que ça peut te faire ? Tu t'en vas. Le salaire est bon, par ailleurs. Ça m'étonnerait qu'elle refuse.

Stefan fusilla son patron du regard.

— Je ne veux pas la savoir en danger. Je veux qu'elle ait une vie normale. Je ne connais pas un seul membre du CTC qui ait une vie normale.

— Si, moi, intervint Daniel.

— Tu as démissionné, lui rappela Stefan. Et je suis bien forcé de partir. Burke a grillé ma couverture.

Ransom s'éclaircit la voix.

— Resterais-tu si tu n'étais pas en danger ?

Stefan serra les dents.

— Ce n'est pas une option.

Alors que Ransom s'apprêtait à répondre, la porte s'ouvrit.

Stefan bondit sur ses pieds.

— Comment va Zoe ? demanda-t-il en prenant Faith dans ses bras.

Faith secoua la tête, l'air incrédule.

— Elle a quelques plaies et bosses, mais elle a pris toute cette histoire comme une grande aventure. Et ça a resserré ses liens avec Catcher, bien sûr.

Elle lui sourit.

— Merci d'être venu, ajouta-t-elle.

Il déposa un baiser sur sa joue.

— Je suis content que vous alliez bien toutes les deux.

Faith fronça les sourcils.

— Je ne lui ai pas encore parlé de son père, avoua-t-elle. Je ne sais pas quoi lui dire.

— Rapproche-toi de la vérité le plus possible, lui conseilla-t-il. Tu combleras les blancs plus tard.

Faith hocha la tête.

— Elle veut te voir.

— Bien sûr, répondit-il avant de la suivre dans la chambre de Zoe.

— Stefan ! l'accueillit Zoe. J'adore ton nouveau prénom !

Ses ecchymoses le firent grimacer.

— Comment ça va, championne ?

— C'est comme ça que maman m'appelle.

— Je sais. Et je trouve que ça te va comme un gant depuis que tu as échappé au méchant.

Le visage de Zoe s'illumina.

— Où est mon sac, maman ? demanda-t-elle.

— Ici, chérie. Il est lourd.

— Je sais. C'est ce que je veux montrer à Stefan.

Elle tira une grosse pierre de son sac. Il siffla.

— Où as-tu trouvé ça ? demanda-t-il.

— Dans la grotte. Je suis tombée et j'ai vu un tunnel. Il y avait toute une pile de cailloux comme ça à l'entrée. J'ai failli le suivre, mais de la terre tombait du plafond.

— Tu as bien fait de ne pas le prendre, lui dit-il. Est-ce que je peux la tenir deux minutes ?

— Bien sûr. Je vais la mettre dans ma collection.

Stefan soupesa la pierre.

— Je crois que tu as trouvé une très grosse pépite d'or, Zoe, dit-il.

Faith tressaillit.

— Tu plaisantes ?

Zoe lui reprit la pépite.

— Ça vaut beaucoup d'argent ? demanda-t-elle. Assez pour que j'achète Catcher ? S'il te plaît, maman ! Je peux le garder ?

Faith jeta un coup d'œil à Stefan.

— Ce sont ses aboiements qui nous ont permis de te retrouver, répondit-elle. Bien sûr que tu peux le garder.

— Youpi ! J'ai hâte de le dire à papa ! Où est-il ?

Faith s'éclaircit la voix. Stefan compatit, mais c'était quelque chose dont elle ne pouvait pas protéger Zoe. Elle s'assit au bord du lit.

— J'ai quelque chose à te dire, championne.

Stefan posa les mains sur les épaules de Faith et la sentit trembler.

— Ton père a eu un accident dans la montagne, dit-elle. Un accident très grave.

Zoe baissa la tête.

— Est-il à l'hôpital ?

— Non, chérie, répondit Faith en l'attirant dans ses bras. Ton père est parti. Il ne reviendra pas de la montagne.

Les yeux de Zoe s'emplirent de larmes.

— Je ne le verrai plus jamais ?

— Je suis désolée, chérie.

Zoe pleura plusieurs minutes dans les bras de sa mère, puis elle tourna la tête vers Stefan.

— Est-ce que mon papa était un méchant ? demanda-t-elle.

— Qu'en penses-tu ? répliqua-t-il.

Il ne voulait pas lui mentir, mais il l'estimait encore trop jeune pour connaître toute la vérité.

— Il m'a donnée au méchant. Ce n'était pas gentil.

— Non, ce n'était pas gentil, répondit Stefan en s'accroupissant près du lit. Mon père a fait de vilaines choses, mais ça ne m'a pas empêché de continuer à l'aimer. Tu peux continuer à aimer le tien.

Des larmes roulèrent sur les joues de Zoe, qui se pencha vers lui. Il s'assit au bord du lit et la prit dans ses bras. Comme elle allait lui manquer !

Il rencontra le regard de Faith. Elles lui manqueraient terriblement toutes les deux. Son cœur n'avait aucune chance de s'en remettre.

Le chagrin de Zoe brisait le cœur de Faith. Elle caressa les cheveux de sa fille, qui pleurait dans les bras de Stefan, et elle sentit ses yeux se remplir de larmes.

Stefan avait tenu sa promesse. Il les avait sauvées toutes les deux. Elle se colla à lui et posa la tête sur son épaule. Ils restèrent plusieurs minutes sans rien dire. Les mots n'étaient pas nécessaires.

C'était fini.

Au bout d'un long moment, une infirmière entra dans la chambre avec un fauteuil roulant.

— Le médecin aimerait faire une radio de ce bras, mademoiselle Zoe, dit-elle.

Zoe releva la tête.

— Ça fait mal ? demanda-t-elle.

— Pas du tout. Tu t'allonges et il prend une photo.

— Je t'accompagne, proposa Faith.

— Je dois être une grande fille, répondit sa fille. Je peux y aller toute seule, maman.

Faith ne sut pas quoi dire. Sa fille lui ressemblait tant… Faith voulait qu'elle devienne une femme indépendante, mais pas au point de refuser qu'on l'aide quand elle en avait besoin.

Elle jeta un coup d'œil à Stefan. Il lui avait appris qu'on pouvait parfois compter sur les autres.

Stefan ébouriffa les cheveux de Zoe.

— Tu n'es pas obligée de tout faire toute seule, lui dit-il. On a tous besoin d'aide de temps en temps.

— Pas toi.

— Moi aussi ! Et si on t'accompagnait tous les deux, ta mère et moi ?

— Je peux y aller toute seule, insista Zoe. Je n'ai pas peur.

Stefan haussa un sourcil.

— Et si on voulait t'accompagner parce que tu nous as manqué ?

Zoe soupira profondément.

— Alors d'accord.

Cela fit pouffer l'infirmière.

Zoe grimaça quand l'infirmière l'installa dans le fauteuil. Le bleu qu'elle avait sur le bras ne cessait de s'étendre.

— Ton bras doit te faire très mal, non ? demanda Faith.

— Ça va, maman, ne t'inquiète pas. L'eau m'a poussée contre les cailloux. Ou alors je me suis cognée quand je suis tombée dans le trou… Il s'est passé beaucoup de choses dans la grotte.

— Vous avez une fille robuste, commenta l'infirmière.

— Je sais, répondit Faith. Il n'y a pas plus robuste.

L'infirmière poussa Zoe. Faith et Stefan les suivirent.

— Il est clair que vous l'aimez beaucoup tous les deux, reprit l'infirmière. Je suis peut-être vieux jeu, mais je suis convaincue que c'est le meilleur remède.

Faith se sentit rougir. Ressemblaient-ils tant que cela à une famille ?

L'infirmière les arrêta à la porte de la salle de radiologie.

— Elle a l'air de prendre ça plutôt bien, dit Faith quand elle se retrouva seule avec Stefan.

— Je n'en sais rien. Elle est impressionnante, en tout cas.

Ils s'assirent sur des chaises fixées au mur. Stefan se tourna vers elle et prit ses mains.

— Écoute..., dit-il. Je ne peux pas rester plus longtemps. Les gens qui veulent me tuer ne tarderont plus à agir. Je veux que vous soyez en sécurité, Zoe et toi. Je ne me le pardonnerais pas s'il vous arrivait quelque chose.

— Tu t'en vas ? Maintenant ?

— Il le faut.

Elle se mordit la lèvre.

— Je viens de prendre conscience que ma fille est plus courageuse que moi, dit-elle. Si nous n'étions pas dans cette situation, voudrais-tu rester avec nous ?

— Bien sûr, répondit Stefan en lui caressant la joue. Vous m'avez ramené à la vie, Zoe et toi.

Elle inspira profondément.

— Alors laisse-nous t'accompagner. Rien ne l'empêche.

Il secoua la tête.

— Je ne peux pas vous demander de tout abandonner pour moi. Ce ne serait pas juste. Zoe a besoin de se construire un avenir.

Elle sentit des larmes rouler sur ses joues.

— Je t'aime, Stefan.

Elle retint son souffle. Il ferma les yeux quelques instants, puis les rouvrit.

— Moi aussi, je t'aime. C'est pour ça que je ne peux pas vous laisser me suivre. Zoe et toi méritez une vie normale. Une vie heureuse.

— Zoe et moi méritons d'être aimées, répliqua-t-elle. Nous méritons d'être avec toi. Je n'avais jamais rencontré personne prêt à tout abandonner pour aider deux inconnues. Tu as vu qu'on avait des ennuis et tu n'as pas accepté mon refus. Pourquoi ne me laisses-tu pas en faire autant ?

Stefan grogna, puis l'attira vers lui pour couvrir son visage de baisers.

— Je ne devrais pas. Ce ne serait pas juste, répéta-t-il.

— Nous quitter n'est pas juste non plus, répliqua-t-elle.

Zoe et l'infirmière sortirent de la salle de radio.

— On se charge de la ramener dans sa chambre, dit Stefan d'une voix rauque.

— Le médecin vous apportera les résultats dans quelques minutes, répondit l'infirmière.

Stefan poussa le fauteuil.

— Est-ce que ça te dirait qu'on parte avec Stefan quand il s'en ira, championne ? demanda Faith sur le trajet.

Zoe fronça les sourcils.

— On peut emmener Catcher ?

— Bien sûr.

— Et on resterait tous ensemble pour toujours ?

— Oui.

— J'aime cette idée ! répondit sa fille avec un grand sourire. Tu as toujours l'air heureux quand tu es avec Stefan.

Stefan s'arrêta pour s'agenouiller devant elle.

— Il y a un mauvais côté, Zoe, lui dit-il. Tu ne pourrais plus voir tes amis. On commencerait une nouvelle vie.

— Mais tu serais là ? Tu le promets ? Tu prendrais soin de maman pour qu'elle ne soit plus jamais triste ?

Stefan jeta un coup d'œil à Faith.

— Je prendrais soin de vous deux, je te le promets, répondit-il.

Le sourire de Zoe s'élargit encore.

— Alors, d'accord – à condition qu'on ait un jardin.

Épilogue

L'air glacé avait un parfum de sapin et de cannelle. Noël avait son arôme particulier. Stefan n'avait pas pensé à ces choses depuis longtemps, mais comme Zoe avait mis le sujet sur le tapis…

Il faisait les cent pas dans la petite pièce où il attendait.

On frappa à la porte et son garçon d'honneur entra.

— Tu étais moins nerveux quand tu étais sur le point d'infiltrer des organisations terroristes, lui dit Daniel avec un grand sourire.

Stefan fronça les sourcils.

— Après cinq mois à se cacher, à témoigner contre Orren, à découvrir toutes les horreurs que Burke a commises, on va enfin recevoir notre deuxième jeu de nouvelles identités, dit-il. Mais celles-ci seront définitives. Il n'y aura plus moyen de faire marche arrière. Je ne suis pas sûr que Faith et Zoe aient conscience de ce que ça implique. Sa grand-mère manquera à Zoe. La pauvre femme a perdu toute sa famille et ne se doutait de rien… La vérité, c'est que je ne sais pas si j'ai raison de les priver de tout ce qu'elles connaissent.

Daniel secoua la tête.

— Et si tu laissais ta future épouse prendre cette décision ?

— Elle m'aime. Elle veut être auprès de moi quoi qu'il arrive.

— Ce qui prouve qu'elle n'a pas toute sa raison, plaisanta Daniel. Et toi ? Peux-tu t'imaginer vivre sans elle ?

Le cœur de Stefan se serra quand il essaya.

— Elle m'a ramené à la vie, répondit-il.

— Alors arrête de t'en faire, lui conseilla Daniel. Je peux te dire d'expérience que ta vie ne sera pas parfaite, quelle que soit ton identité, mais que ce sera une aventure.

Daniel le quitta sur ces mots sans l'avoir délivré de ses doutes. Stefan devait laisser une dernière chance à Faith de retrouver son bon sens, même si elle lui brisait le cœur par la même occasion. Il l'aimait trop pour ne pas lui laisser la possibilité d'avoir une vie normale.

Il ouvrit la porte et jeta un coup d'œil dans le hall du ranch qui servait de quartier général au CTC. Ses collègues et ses amis s'y étaient rassemblés. Il n'en revenait pas de s'être lié à tant de monde.

Faith se préparait dans une chambre, au bout du couloir, avec l'aide de Mme Hargraves, de Raven et des épouses de deux membres du CTC.

Il emprunta discrètement le couloir et frappa à la porte.

— Entrez ! lança Faith.

Il entra et perdit le souffle.

Elle se tenait au milieu de la pièce, le dos et les épaules nues, et elle semblait jaillir d'une mare scintillante. C'était une apparition.

— Que fais-tu là ? s'écria-t-elle.

— Je n'en ai aucune idée, reconnut-il. Tu es… magnifique.

Elle rougit.

— Pour notre mariage, Burke avait choisi une

horreur qui ressemblait à une meringue. C'est la robe de *mes* rêves.

Stefan inspira profondément et lui prit les mains.

— C'est ta dernière chance d'avoir une vie normale, dit-il.

— Je n'ai aucun doute, répondit-elle avant de froncer les sourcils. En as-tu ?

— Je veux que vous soyez heureuses, Zoe et toi. Et si on devait déménager au milieu d'une saison de base-ball ?

— On y survivrait, répondit-elle. L'essentiel, c'est qu'on soit ensemble. On prendra les choses comme elles viennent.

Il se pencha pour l'embrasser.

— J'ai un cadeau pour toi, murmura-t-il contre ses lèvres.

Il tira un petit sachet en velours de sa poche.

— Je voulais qu'elle te revienne, dit-il.

Il ouvrit le sachet et fit tomber une bague ornée d'un petit diamant au creux de sa main.

Faith tressaillit.

— La bague de maman ! s'écria-t-elle. Mais je l'avais vendue… Comment as-tu fait ?

— Ça a demandé quelques recherches et j'ai dû soutirer des informations à Zoe, mais ce n'était pas impossible.

Elle prit la bague et la mit à son doigt en tremblant.

— Merci, Stefan. Je…

— Tu n'as pas à trouver quelque chose à dire, la coupa-t-il. Je ferais n'importe quoi pour Zoe et pour toi.

— Je n'ai pas le moindre doute à ce sujet. Alors, vas-tu enfin m'épouser et me faire disparaître dans un nuage de fumée ? Je suis prête.

— Pas moi.

Stefan fit volte-face et n'en crut pas ses yeux.

— Kat ?

La reine Katherine de Bellevaux traversa la chambre pour le serrer dans ses bras.

— Croyais-tu que j'allais laisser mon grand frère se marier sans que toute la famille soit présente ? demanda-t-elle.

Deux fillettes de six ans vinrent se planter devant lui.

— Bonjour, oncle Stefan ! dit l'une. Tu te souviens de moi ? Je m'appelle Hayden.

— Et moi Lanie, enchaîna l'autre. Maman nous a beaucoup parlé de toi. Tu es un héros.

Lanie se tourna vers Faith.

— Tu ressembles à une princesse, lui dit-elle. Sais-tu que je suis une princesse, moi aussi ?

Stefan avait du mal à se remettre de sa stupeur.

— Que faites-vous là ? demanda-t-il à sa sœur. Ce n'est pas prudent.

— Ne t'inquiète pas… Stefan, répondit Logan Carmichael, le mari de sa sœur, en entrant dans la pièce avec un bébé dans les bras.

— Je ne comprends pas, balbutia Stefan.

Ransom apparut à son tour.

Logan tendit le bébé à sa femme.

— Ces dernières années, nous avons employé les grands moyens pour anéantir l'organisation terroriste qui a mis ta tête à prix, expliqua-t-il. On a capturé Chanteaux la semaine dernière. Plus personne ne veut ta mort, Stefan. Tu peux rentrer au pays.

Un vertige le saisit. Il jeta un coup d'œil à Faith, qui semblait en état de choc.

— Mais…

— J'abdiquerai, intervint sa sœur. Le trône est à toi si tu le veux.

Le trône ?

— Non, Katherine. Notre peuple vous a adoptés, Logan et toi. Et je n'ai jamais voulu être roi. S'il me faut abdiquer officiellement en ta faveur, je le ferai, mais je veux une vie normale.

Il prit la main de Faith et la porta à ses lèvres.

— Avec la femme que j'aime, ajouta-t-il.

— Tu seras toujours un prince, lui rappela Kat.

— Que se passe-t-il ?

Stefan tourna la tête vers Zoe, qui venait de les rejoindre en smoking avec un grand chien roux. Il s'agenouilla devant elle.

— As-tu envie d'être une princesse, Zoe ? lui demanda-t-il.

Elle le regarda comme s'il avait perdu la tête.

— Non merci. Je préfère le base-ball.

Stefan éclata de rire.

— Moi aussi ! Merci pour ta proposition, Kat, mais tu peux garder le trône. Je suis en train de réaliser mon rêve.

Il se releva et attira Faith dans ses bras.

— Mon conte de fées a commencé le jour où je t'ai rencontrée, lui murmura-t-il à l'oreille.

— Une vie normale… Es-tu sûr d'être prêt pour ça ? le taquina-t-elle.

Il lui offrit son plus beau sourire.

— Avec Zoe et toi, la vie sera toujours une aventure.

DEBRA WEBB

Quand le passé nous rattrape

Traduction française de
CHARLOTTE DEMANIE

BLACK ROSE

HARLEQUIN

Titre original :
IN SELF DEFENSE

1

Comté de Franklin, Tennessee
Lundi 25 février, 21 heures

D'éblouissantes lumières bleues et rouges scintillaient dans la nuit.

Après avoir ouvert sa portière, Audrey Anderson descendit de sa voiture et grimaça en découvrant le sol rocailleux. Elle regretta de ne pas avoir pris le temps de changer de chaussures, même si elle savait que lorsque la police appelait le shérif pour lui communiquer le code d'une fusillade, elle ne pouvait se permettre de perdre une seconde. Son rédacteur en chef, Brian Peterson – qui écoutait la radio de la police pratiquement vingt-quatre heures sur vingt-quatre – l'avait prévenue.

Le pick-up du shérif était déjà sur place, garé à côté de deux voitures de la police et du van du médecin légiste. Pour le moment, il ne semblait pas y avoir encore de journalistes dans les parages… Ce qui était surprenant car cette arrogante journaliste du *Tullahoma Telegraphe* arrivait toujours sur les lieux avant Audrey. Peut-être connaissait-elle quelqu'un au sein du département de police qui la prévenait avant tout le monde.

Mais Audrey avait, elle aussi, des sources fiables sur qui elle pouvait compter en toutes circonstances. Tout en retournant vers sa voiture pour prendre son sac qu'elle avait oublié à l'intérieur, elle se remémora la seule et unique raison pour laquelle le shérif la mettait au parfum… Il se sentait encore coupable aujourd'hui de l'avoir trompée alors qu'ils sortaient ensemble au lycée.

Et Audrey n'avait aucun remords à exploiter sa culpabilité chaque fois qu'elle en avait besoin.

Ce soir semblait être une nouvelle occasion de rappeler à l'homme qu'elle avait pensé un jour épouser qu'il lui devait encore un service, deux… Ou peut-être même encore une centaine.

Elle grelotta en sentant l'air frais de la nuit caresser sa peau. La fin du mois de février avait été agréable et il semblait flotter dans l'air comme un air de printemps. Pourtant ce n'était qu'une illusion, l'hiver était toujours là et Mère Nature semblait s'amuser à rappeler à tous les êtres vivants que c'était elle qui était aux commandes sur cette terre. La belle journée ensoleillée aux douces températures avait laissé place à une soirée glaciale. Grelottante, Audrey ouvrit sa voiture en regrettant de ne pas avoir pris de manteau.

La route de Buncombe traversait une zone agricole qui se situait à mi-chemin entre Huntland et Winchester et les terres étaient toutes sous la juridiction du shérif du comté de Franklin. Les maisons, principalement des fermes, étaient éparpillées au milieu des champs et des pâturages. Mais ce qui était le plus surprenant, ce n'était pas l'emplacement de la fusillade mais plutôt que l'habitation où celle-ci avait eu lieu appartenait à une famille mennonite. Il était rare que cette communauté, discrète et renfermée, se trouve mêlée à des problèmes de violence. La plupart du temps, les désaccords étaient réglés en privé et surtout… en silence. Les mennonites restaient entre eux la plupart du temps et ne dérangeaient personne. Ils géraient quelques entreprises publiques dans la vie locale et la plupart de leurs interactions avec les autres habitants dépassaient rarement le cadre des affaires. Les membres de la communauté religieuse ne se mélangeaient pas et ne socialisaient pas avec le reste du monde, même à Winchester qui était pourtant le siège du comté et qui bourdonnait d'activités.

Mais quoi qu'il ait pu se passer ce soir à l'intérieur de ce vieux corps de ferme du XIXe siècle, les mennonites n'étaient pas parvenus à le garder pour eux.

Même si Audrey avait vécu ces dix dernières années à Washington, elle avait grandi ici, dans le sud du Tennessee. Et il lui semblait bien qu'il n'y avait jamais eu aucune affaire de meurtre dans cette communauté ni aucun fait de violence impliquant un de ses membres.

Son sac à main sous le bras, Audrey glissa son téléphone contre son oreille et referma la portière de sa voiture d'un coup de hanche. Les talons aiguilles qu'elle avait choisi de porter à la soirée de remise des prix de la chambre du commerce un peu plus tôt dans la soirée s'enfonçaient dans le gravier à chacun de ses pas. Elle soupira. Un bon scoop ne valait-il pas tous les sacrifices ? La perte d'une belle paire de chaussures ne représentait pas grand-chose face à une hausse du nombre de lecteurs. Pour un journal, la diffusion, que ce soit sur papier ou en ligne, était le plus important.

Même si elle en était la propriétaire, elle était aussi celle qui avait le plus d'expérience en matière d'enquête et était donc celle qui devait être sur le terrain. De toute façon, comment pourrait-elle réussir à transformer *la Gazette de Winchester* sans mettre la main à la pâte ? Non seulement il fallait qu'elle obtienne la primeur de ce scoop mais elle devait également s'assurer que personne d'autre n'en avait parlé avant.

Le fait que sa famille soit implantée dans la région depuis des générations aidait considérablement. Sans compter que le shérif Colton Tanner se sentait toujours terriblement redevable.

Elle passa sous le ruban noir et jaune qui délimitait la scène de crime et avança vers lui sous la lumière des phares éblouissants. Colton s'était retourné pour la regarder, comme s'il avait senti la présence d'un intrus sur les lieux. Elle n'avait pas besoin de voir ses yeux pour savoir qu'il devait être en train de l'examiner de la tête aux pieds, parcourant ses cheveux blonds, son chemisier en soie couleur pêche, sa jupe noire classique et ses hauts talons assortis qui ne survivraient probablement pas à cette petite excursion nocturne. Comme pour confirmer son intuition, il secoua la tête d'un air navré et fit un signe à son adjoint qui se dirigeait vers elle, probablement pour lui demander de bien vouloir rester en dehors du périmètre de sécurité.

Il descendit les marches du perron quatre à quatre et vint lui-même à sa rencontre.

— Rey, tu sais très bien que tu n'as pas le droit d'être ici.

Rey. Depuis le jour de sa naissance, tout le monde ici l'appelait Rey. Ça marchait comme ça dans le Sud. On raccourcissait votre prénom, on vous donnait un surnom, on créait un mélange avec votre nom de famille, quoi qu'il en soit, personne n'utilisait jamais le vrai prénom d'une personne.

— Tu as un cadavre sur les bras, lui répondit Audrey en regardant l'homme qui lui avait brisé le cœur quand elle avait dix-sept ans. Et moi, j'ai un journal à sauver. Seuls, on ne vaut rien toi et moi. Mais le récit de ce qui s'est passé peut faire la différence entre un meurtre et un accident et en ce qui me concerne, ça peut même signifier la faillite ou le maintien à flot de mon entreprise. Alors, comme toi, je suis ici pour savoir ce qu'il s'est passé et je préfère te prévenir que je ne bougerai pas d'ici avant de l'avoir découvert.

En voyant le regard de Colton virer de la confusion à la tendresse, Audrey eut soudain envie de le secouer violemment et de lui crier qu'elle ne voulait pas de sa pitié. Elle avait juste besoin d'un scoop. Le vieux proverbe qui disait « s'il y a du sang, ça vend » était tellement juste. S'il fallait donc accepter la compassion du shérif pour obtenir des informations croustillantes, elle ferait avec. Après tout, elle pouvait tout à fait être aussi impitoyable que n'importe quel journaliste.

— Eh bien, lui dit-il en soupirant avant de poser les mains sur ses hanches, que tu le veuilles ou non, c'est une scène de crime, Rey, et pour le moment, ça ne concerne que la police.

Il haussa ses épaules musclées et écarta les mains comme pour appuyer son propos. Pourquoi, se demanda Audrey, pourquoi remarquait-elle ses épaules musclées ? Mon Dieu, elle était irrécupérable… Ou peut-être simplement désespérée.

Cela faisait maintenant six mois qu'elle était de retour à Winchester et elle n'avait pas eu un seul rendez-vous galant. Et, même avant le grand déménagement, cela faisait déjà des mois qu'elle n'était pas sortie avec quelqu'un. Alors, peut-être que ce qui clochait chez elle n'était rien d'autre qu'un besoin fondamental et tout à fait humain.

Enfin, une chose était certaine, ce n'était pas avec ce magnifique cow-boy qu'elle allait combler ce manque. Ni maintenant ni jamais. Ils avaient passé ce stade depuis bien longtemps. Et aujourd'hui, la seule chose dont elle avait besoin c'était d'obtenir des éclaircissements sur ce meurtre et peut-être même de pouvoir jeter un petit coup d'œil à la scène de crime.

— Je suis journaliste, se défendit-elle. C'est mon travail de tenir la communauté informée de ce qu'il se passe.

— Je comprends tout à fait, lui répondit le shérif en levant une main pour éviter qu'elle ne l'interrompe. Mais, Rey, tu ne peux pas te pointer ici comme ça et enfreindre le périmètre de sécurité…

— Je t'en prie, lui dit-elle en fouillant dans son sac à la recherche de ses gants jetables. Je sais mieux comment évoluer sur une scène de crime que n'importe lequel de tes collègues. Je serai même tentée de dire, ajouta-t-elle en croisant son regard agacé, que je sais même mieux le faire que toi.

Audrey avança d'un pas en direction du porche. Une fois qu'elle y serait, elle savait qu'elle n'aurait plus qu'à enfiler des protège-chaussures et qu'il lui suffirait de faire quelques pas pour entrer. La porte de la maison était ouverte. Le corps de la victime semblait se trouver à l'intérieur, et peut-être même la personne qui avait appuyé sur la détente s'y trouvait-elle également.

— Toutes les enquêtes sur lesquelles tu as travaillé en tant que journaliste criminelle en ville ne m'impressionnent pas, tu sais, protesta-t-il en la rattrapant après avoir hésité quelques secondes – probablement pour la regarder s'éloigner, certaines choses ne changeraient jamais. Ce sont les affaires de la police, Rey, alors, même si je voulais te rendre service, tu ne pourrais pas entrer.

Elle s'immobilisa devant les marches en bois.

— Est-ce que tu veux dire que tu ne me fais pas confiance, Colt ?

L'expression de contrariété qui s'afficha sur le beau

visage du shérif lui procura un immense plaisir. C'était tout à fait puéril de ressentir encore ce genre de sentiment de vengeance après toutes ces années mais personne n'était parfait. En ce qui concernait Colt, Audrey savait parfaitement où appuyer pour lui faire mal. Mais, même si elle n'était de retour chez elle que depuis six mois, elle avait vite compris qu'il valait mieux être en bons termes avec certaines personnes de Winchester pour tenter de sauver le journal familial. Et le shérif de la ville était dans le top 5 de cette courte liste.

— Rey, tu sais très bien que ça n'a rien à voir. Nous avons des procédures à respecter sur ce genre d'affaires. Si je te laisse entrer, des preuves pourraient être contaminées et mon enquête compromise.

Audrey leva les yeux au ciel. Comme si elle n'y avait pas pensé... Comme si elle ne connaissait pas – parfaitement – les règles à respecter sur une scène de crime.

— Alors, raconte-moi un peu ce qu'il s'est passé ici ce soir et je me ferais un plaisir de te laisser tranquille.

Colt laissa échapper un nouveau soupir de frustration puis jeta un coup d'œil à son adjoint qui était censé surveiller le périmètre de sécurité. Celui-ci allait se faire passer un sacré savon, pensa Audrey. Mais en même temps, aucun des hommes de Colt ne pouvait lui refuser d'entrer où que ce soit. D'autant plus qu'il s'agissait de la première fusillade de la région depuis qu'elle avait repris les rênes de *la Gazette*.

Et il ne s'agissait probablement pas que d'un simple échange de coups de feu, non, il y avait un corps. Quelqu'un avait été tué.

— Sarah Sauder, la fille de Melvin Yoder, commença Colt sur un ton réticent pour lui rappeler qu'il lui confiait ces informations à contrecœur, a tiré et tué un homme qui s'était introduit chez elle.

— Un cambrioleur ?

Cette hypothèse semblait peu probable car la communauté mennonite n'était pas réputée pour posséder des objets de valeur.

— Nous ne savons rien pour le moment, lui répondit Colt en haussant les épaules. Burt est en train d'examiner le corps et tu sais que cet examen peut prendre du temps. Nous devrons ensuite le déplacer pour pouvoir rassembler les preuves.

Il s'interrompit un instant et lui montra la maison comme pour illustrer son propos.

— Nous aurons peut-être une idée de ce qui a pu se passer demain, vers midi.

Burt Johnson était le médecin légiste du comté et, même s'il approchait les quatre-vingts ans, il était toujours en poste. Audrey doutait qu'il fasse des heures supplémentaires, surtout à cette heure tardive. Quant aux preuves, elle n'avait aucune intention d'attendre les rapports médico-légaux. Certainement pas. Elle voulait que cette affaire fasse la une du journal, demain matin.

— Pourquoi attendre aussi longtemps avant de bouger le corps ?

D'ordinaire la police aimait dégager les cadavres de la scène de crime dès que celle-ci avait été inspectée et photographiée sous tous ses angles. Il n'y avait aucune raison de garder les corps sur place – ils constituaient en général la preuve la plus précieuse, et la température ambiante ainsi que les éléments extérieurs pouvaient les détériorer rapidement.

— Nous attendons Branch. Nous aimerions qu'il vienne jeter un œil à la victime avant de faire quoi que ce soit.

Voilà donc le cœur du problème, pensa Audrey. Branch Holloway était un agent fédéral… La victime n'était donc pas un mort lambda, non c'était un mort qui devait avoir un lien avec le FBI. Peut-être était-ce un prisonnier évadé d'une des prisons fédérales du Tennessee ? Ou un fugitif recherché dans tout le pays… Audrey sentit son esprit s'emballer à l'idée de toutes les raisons qui pouvaient justifier la présence de Branch Holloway sur les lieux.

— Quel est le lien avec les Sauder ? demanda-t-elle à Colt, de but en blanc.

Celui-ci retira son chapeau et passa une main dans ses cheveux. La manière dont il se tenait – les épaules tendues – indiquait qu'il commençait à perdre patience.

— Sarah dit qu'elle n'avait encore jamais vu cet homme. Elle s'est réveillée d'un profond sommeil, a entendu qu'il y avait quelqu'un au rez-de-chaussée et a fait ce qu'elle devait faire pour protéger sa famille.

— Où est son mari ? demanda Audrey, l'air sceptique.

— Sur la route du retour. Il n'était pas en ville. Un de mes hommes est à l'intérieur avec Sarah et ses enfants.

— Vous avez identifié la victime ?

Un véhicule vint se garer dans la cour, non loin du shérif. Un grand pick-up noir avec quatre roues motrices. *Branch Holloway…*

— Je vais devoir te demander de retourner derrière le ruban jaune et noir, Rey, lui glissa Colt en lui prenant le bras.

Maintenant que Branch était là, Colt allait se montrer plus sérieux et recommencer à marcher dans les clous. Lui et Branch étaient rivaux depuis l'époque du lycée. Impressionner son plus grand ennemi serait manifestement toujours plus important pour lui que de rencarder son ancienne petite amie à qui il avait brisé le cœur.

— Y a-t-il quelque chose d'autre à propos de cette affaire que je puisse écrire dans l'édition de demain ?

lui demanda-t-elle tout en se disant qu'elle ne dégagerait certainement pas d'ici sans révélations plus sensationnelles.

En tout cas, pas de son propre chef.

— Colt, que se passe-t-il ? demanda Branch en marchant vers eux, son Stetson noir à la main. Bonjour, Rey.

— Bonjour marshal, lui répondit-elle en lui souriant comme si elle l'avait attendu toute la nuit.

Quand elle avait quitté la maison familiale pour partir faire ses études, une des choses qu'elle avait gardées avec elle était l'image de Branch Holloway. Il était à l'époque la star des quaterbacks de l'équipe des Tennessee Volunteers. Il avait été diplômé quelques années avant Colt et elle et, tout comme ce dernier, il était la quintessence de ce qu'on pouvait appeler le « genre cow-boy ». Audrey et sa meilleure amie Sasha avaient toutes les deux eu le béguin pour lui. Sa carrière de footballeur à l'université lui avait conféré une certaine célébrité ici, à Winchester.

Pourquoi n'était-elle pas tombée amoureuse de ce cow-boy-là plutôt que de l'autre ?

Enfin, on ne pouvait pas revenir en arrière… Elle reporta son regard sur Colt et se souvint qu'en classe de quatrième elle et Colton Tanner s'étaient fait la promesse de se marier dès qu'ils auraient tous les deux obtenu leurs diplômes. Ils étaient amoureux depuis la cinquième, jusqu'au jour où il l'avait trompée avec son ennemie jurée, à la fin de leur année de terminale. Aujourd'hui encore, ce souvenir la rendait furieuse. Elle avait gâché toutes ces précieuses années, elle avait perdu son temps avec ce bon à rien qui lui avait brisé le cœur. Comme si elle avait envoyé ses pensées à celui qui était responsable de toute cette douleur, Colt croisa son regard et elle vit briller au fond de ses yeux gris quelque chose qui ressemblait à du regret.

Colt Tanner et Branch Holloway avaient tous les deux été les hommes les plus sexy et populaires du collège et du lycée. Colt avait les cheveux noir charbon et de beaux yeux gris clair. Branch était blond, et ses yeux à lui étaient dorés. Tous les deux étaient grands et toujours athlétiques, après près de deux décennies. Ils avaient été les héros de cette ville. Sauf que Colt s'était avéré être un sale menteur… Qu'il aille au diable !

— Eh bien, messieurs, je vais vous laisser à vos affaires.

Les deux hommes la saluèrent avec leurs chapeaux et lui souhaitèrent une bonne nuit comme de parfaits gentlemen du Sud.

Audrey fit volte-face et marcha jusqu'au bout du trottoir avant de descendre sur le chemin en grimaçant dès qu'un de ses talons se coinçait entre les cailloux.

Elle allait prendre quelques photos puis se dépêcherait de mettre à jour la prochaine édition du journal. Le concours annuel de capture de porcs des Future Farmers of America allait devoir être relégué à la deuxième page. Quand elle trouva le parfait angle de vue pour prendre une photo de la maison entourée du ruban noir et jaune, elle vit que Branch et Colt étaient allés à l'intérieur. Elle prit quelques clichés avec son smartphone puis se dirigea vers sa voiture.

— Bonjour, mademoiselle Anderson.

Elle hésita un instant, la main sur la poignée de sa portière.

L'adjoint Calvin Stevens lui sourit.

— On dirait que la pleine lune a énervé les fous furieux ce soir, poursuivit-il.

— On dirait, en effet, lui répondit Audrey en s'appuyant sur sa portière tandis qu'il avançait vers elle.

Cal était un véritable Casanova. Mais peut-être avait-il pu entrer dans la maison, peut-être avait-il des informations intéressantes… Elle regarda une nouvelle fois autour d'elle en se demandant comment il était possible qu'aucun autre journaliste ne soit arrivé sur les lieux à cette heure.

— Mais on dirait que je suis la seule à assister à ce spectacle, ajouta-t-elle. Je n'ai vu aucun autre journaliste…

— Le père de Sarah Sauder a appelé directement le shérif et c'est ce dernier qui a prévenu le médecin légiste. Ils ne voulaient pas que l'affaire s'ébruite, lui répondit Cal en souriant. J'imagine que c'est le shérif qui vous a contactée…

Eh bien, se demanda Audrey, comment Brian était-il au courant ?

— Ne vous inquiétez pas, je sais tenir ma langue, lui dit-elle en lui faisant un clin d'œil complice.

— Oh, vous devez probablement voir ce genre de choses très souvent dans les grandes villes, lui répondit Cal en lui lançant un regard qui sous-entendait qu'il en savait long sur elle. J'ai entendu parler des nombreuses récompenses que vous avez remportées dans votre métier.

L'adjoint du shérif se rapprocha d'elle, suffisamment près pour qu'elle puisse sentir l'odeur de son after-shave fraîchement appliqué. Audrey se demanda s'il en gardait un flacon dans la boîte à gants de sa voiture.

— C'est vrai que j'ai passé beaucoup de temps sur le terrain, lui répondit-elle même si cette information n'était pas vraiment une réponse à sa question.

— Le shérif dit que vous avez été formée avec des policiers de tout le pays.

Audrey sourit en constatant la légère exagération de cette information, directement tirée de sa biographie disponible sur son site Internet.

— Disons que partout où les sujets m'ont menée, j'ai pris soin de m'intégrer dans les communautés, y compris dans celle des forces de l'ordre.

— Est-ce vrai que vous avez aidé à arrêter un violeur en série ?

— C'est vrai, oui, approuva-t-elle en se souvenant que cette affaire lui avait valu le prix très renommé du « Courage en Journalisme ». Je suivais une des victimes qui avait survécu à une de ses attaques quand il est revenu pour finir ce qu'il avait commencé.

Audrey avait créé des liens avec la victime. Et celle-ci s'était sentie suffisamment à l'aise avec elle pour lui raconter son histoire alors qu'elle n'avait pas eu la force de se confier à la police.

La jeune femme l'avait appelée, en lui disant qu'elle avait la sensation d'être épiée depuis quelques jours. Audrey lui avait intimé de prévenir les forces de l'ordre mais elle avait refusé. Que pouvait-elle donc faire d'autre que de se rendre le plus vite possible chez elle pour tenter de lui venir en aide ? Même si elle n'avait pas l'intention de devenir elle-même une victime. Sur le trajet, elle avait appelé l'inspecteur chargé de l'enquête et l'avait prévenu de ce qui était en train de se passer.

Quand elle était arrivée sur place, le violeur était déjà dans la maison avec la victime. Audrey avait pris son courage à deux mains, était entrée à l'intérieur et l'avait distrait le temps que la police arrive sur les lieux. En y repensant, entrer dans cette maison en sachant que ce type était à l'intérieur était totalement inconscient mais elle n'avait pas eu d'autre choix.

— Quel sang-froid, mademoiselle Anderson.

— Je vous remercie, Cal. Mais vous pouvez m'appeler Rey vous savez, tout le monde le fait ici.

— OK, Rey, lui répondit-il en haussant les épaules.

— C'est incroyable que ce type soit entré chez Sarah aussi facilement, dit-elle comme si elle était amie avec Sarah Sauder et qu'elle savait tout de l'homme mort qui avait été retrouvé chez elle.

— C'est sûr, approuva Cal en jetant un regard vers la maison puis autour d'eux comme pour s'assurer que personne n'était dans les parages. Surtout quand on sait qu'il est venu de Chicago pour ça ! Sarah jure de ne jamais l'avoir vu avant. Mais c'est dur à croire vu qu'il vient de si loin.

Chicago… Intéressant, pensa Audrey.

— C'est vraiment insensé, n'est-ce pas ? continua-t-elle.

— Oh ! oui. Le shérif Tanner n'a même pas eu le temps de se renseigner sur l'identité de la victime qu'un inspecteur haut gradé a appelé pour savoir ce qu'il se passait.

— Alors cet homme avait un casier ?

Il était possible que quelqu'un de Chicago essaie de percer dans le trafic de drogue local – même si ce genre de problème n'existait pas vraiment à Winchester. Cependant, comme dans toutes les villes, il y avait de petites histoires de stupéfiants. Mais pourquoi s'introduire par effraction dans la maison d'une femme de la communauté mennonite ? À moins que, en venant de Chicago, ce type ait perdu ses repères et qu'il se soit simplement trompé de maison ? Pour un étranger, toutes les routes pouvaient être semblables. La nuit, même Audrey trouvait que tout se ressemblait ici. En même temps, il n'y avait rien de surprenant à cela vu qu'elle avait vécu partout sauf ici depuis qu'elle avait quitté l'université.

— Oh oui et pas un petit. Cet inspecteur de la grande ville a dit que le gars avait des liens avec la mafia.

Voilà donc pourquoi Colt avait appelé Branch ! La première affectation de Branch avait été au service fédéral de Chicago. Il devait bien connaître les organisations criminelles de la ville et ses familles mafieuses. Ce prétendu cambriolage venait de se transformer en tout autre chose.

— Vous connaissez son nom ?

Cal secoua la tête.

— Mais je sais qu'il était grand. Et qu'il avait les cheveux roux. Elle lui a tiré une balle dans la poitrine avec le fusil de chasse de son mari. Un seul tir. Il était probablement mort avant même de tomber au sol.

— Heureusement que les enfants et elle sont sains et saufs.

Avant que Cal ne puisse en dire plus, la porte principale de la maison s'ouvrit et un brancard apparut sous le porche.

Audrey se demanda si elle allait suivre Burt Johnson jusqu'à l'hôpital de Winchester. Burt possédait aussi les deux cliniques vétérinaires du comté et c'était lui qui s'était occupé de son chien, Maisey, vingt ans auparavant. Elle ne perdrait rien à essayer de lui demander quelques nouveaux détails…

De toute façon, Audrey savait qu'il s'empresserait de tout raconter à ses copains dès le lendemain autour d'un bon café. Alors pourquoi refuserait-il de donner quelques informations à Audrey ? Après tout, le journal lui avait fait une ristourne sur le prix de la parution de ses publicités, Burt pouvait bien lui rendre un petit service.

Un meurtre – même un cas de légitime défense – était un événement tout à fait exceptionnel dans le comté de Franklin. D'autant plus qu'il impliquait un étranger apparemment en lien avec la mafia et une femme discrète de la communauté des mennonites. Tous les ingrédients étaient réunis pour faire un bon scénario… Alors qui sait ? Cette nuit allait peut-être s'avérer chanceuse pour Audrey.

2

Audrey posa ses clés sur la desserte de l'entrée puis retira ses chaussures abîmées. Elle savoura un instant la sensation intense de soulagement et laissa ses orteils se détendre sur le parquet frais. La maison tout entière baignait dans l'obscurité, seule la petite lampe de l'entrée était allumée. C'était si étrange de rentrer dans une maison vide. Même aujourd'hui, alors que cela faisait six mois qu'elle était revenue vivre dans sa ville natale, elle se sentait encore troublée par le silence.

Sa mère avait toujours été si joyeuse et si dynamique. Peu importait la saison, il flottait toujours chez eux l'odeur des bouquets de fleurs qu'elle cueillait dans le jardin. Même en plein hiver, elle faisait fleurir ses fleurs dans la serre de style victorien qu'elle avait construite quand Audrey n'était encore qu'une enfant. Chaque année, Mary Jo Anderson gagnait des prix pour ses adorables plantations. Le jardinage avait toujours été un moyen pour elle de s'évader, une potion magique réconfortante qui lui permettait d'affronter les aléas de la vie.

Pour Audrey, c'était la lecture. C'était même probablement tous les romans qu'elle avait dévorés qui lui avait donné envie de devenir journaliste. Elle avait l'habitude de dire à ses amis qu'elle avait vécu mille vies grâce à tous les livres qu'elle avait lus. Grandir dans une petite ville n'avait pas été une limite, les plus belles œuvres l'avaient fait voyager dans le monde entier.

Elle ramassa ses talons hauts et se dirigea vers l'escalier. Toute la maison datait de l'époque victorienne hormis quelques endroits qui avaient été modernisés : un coin canapé plus confortable avait été installé dans le salon, et quelques aménagements avaient été réalisés dans la cuisine. Les peintures et papiers peints, encore en bon état, arboraient toujours les nuances roses et lie-de-vin datant de plus cent vingt ans, quand la maison avait été construite. C'était son arrière-arrière-grand-mère qui avait tout supervisé et elle avait choisi chaque chose avec le plus grand soin. Son arrière-grand-mère, sa grand-mère et sa propre mère, Mary Jo, qui n'était pourtant pas vraiment une dame « rose et lie-de-vin », avaient entretenu et respecté la décoration de leur aïeule Annette Anderson.

En haut de l'escalier, Audrey jeta un regard vers l'extrémité du couloir du deuxième étage. La suite qui s'y trouvait avait été la chambre de ses parents. Combien de fois s'était-elle faufilée la nuit dans l'obscurité jusqu'à cette imposante double porte ? Son père l'accueillait toujours bien et l'installait entre lui et sa mère. Probablement était-ce un des privilèges des enfants uniques…

Même après toutes ces années, son cœur se serrait chaque fois qu'elle pensait à lui. Il lui manquerait probablement toute sa vie, même si cela faisait maintenant près de vingt-quatre ans qu'il était mort.

Elle se sentit soudain épuisée et se dirigea vers sa propre chambre – celle où elle avait dormi toute son enfance – et alla déposer ses chaussures endommagées dans son placard. Un instant, elle se demanda si elle ne ferait pas mieux de les jeter, mais le cordonnier de la ville avait besoin de ce genre de menus travaux pour faire tourner sa boutique. Personne mieux qu'Audrey ne comprenait combien il était important de soutenir les petites entreprises locales. Même si elle était loin d'être dans le besoin, les dépenses liées aux soins de sa mère et les frais du journal avaient eu raison de toutes ses économies.

Elle soupira en accrochant sa veste. Même si sa mère n'avait jamais rien bougé dans la maison, Audrey, elle, avait opéré quelques changements. Elle avait commencé par faire agrandir son placard, mais elle devait malgré tout continuer à se restreindre. Être une journaliste d'investigation réputée et vivre sous les feux des projecteurs pendant toutes ces années l'avait amenée à se constituer une vaste garde-robe. De plus, elle devait reconnaître qu'elle avait développé une certaine obsession pour les vêtements, surtout pour les chaussures. Cela avait toujours été compatible avec son travail…

Mais aujourd'hui cette vie était terminée.

Elle referma la porte de son dressing comme s'il s'agissait de celle du passé. Rien ne servait de regarder en arrière. Sa vie était ici et maintenant et elle n'était pas si terrible.

Elle accrocha son sac à main à une chaise et commença à déboutonner son chemisier. Après avoir quitté la ferme des Sauder, elle avait suivi Burt jusqu'à l'hôpital mais elle n'avait rien appris de plus. Tandis qu'elle rentrait chez elle, elle avait appelé Brian, son ami de longue date et rédacteur en chef de *la Gazette de Winchester*, pour lui dicter l'article qu'elle souhaitait mettre à la une le lendemain. Puis elle lui avait envoyé les photos et demandé de tout préparer pour l'aube. Le délai était court mais comme ils étaient l'un des derniers journaux de la région à imprimer eux-mêmes, elle savait que tout pourrait être prêt à temps.

Sarah Sauder devait avoir deux ou trois ans de moins qu'Audrey. Celle-ci se souvenait l'avoir souvent vue, enfant, dans la boulangerie de ses parents et n'avait pas été étonnée de la retrouver à la caisse quand elle était revenue vivre à Winchester. La boulangerie Yoder, quoique se situant un peu hors du centre-ville, était considérée comme un des endroits incontournables du coin. Leurs petits gâteaux au beurre de cacahuètes étaient à se damner, et Audrey venait souvent en acheter ainsi que des scones aux myrtilles qu'elle avait l'habitude d'apporter à sa mère lorsqu'elle lui rendait visite. Elle les adorait autant qu'elle et c'était justement pour cette raison qu'elle évitait de se rendre à la boulangerie trop souvent.

Mais l'homme qui avait rendu son dernier souffle sur le sol de la cuisine de Sarah Sauder n'était de toute évidence pas venu jusqu'à Buncombe Road pour des petits gâteaux au beurre de cacahuètes ou des scones aux myrtilles. Et il n'était probablement pas entré par effraction dans la vieille ferme centenaire pour voler des objets précieux. La présence de Branch Holloway écartait tout motif banal et conférait à cette affaire une tout autre dimension.

Il ne pouvait manifestement pas s'agir de trafic de drogue ou d'êtres humains. Encore moins de trafic d'armes. Ou alors les Sauder ne seraient pas impliqués. L'homme s'était peut-être trompé de maison. Mais cela signifiait alors qu'il se passait bien quelque chose dans le comté de Franklin et que l'affaire s'était étendue jusqu'à Winchester.

Audrey laissa glisser sa jupe sur ses hanches et marcha jusqu'à la salle de bains. Pour être honnête, elle n'arrivait pas à imaginer quelles affaires criminelles pouvaient bien se dérouler ici, surtout impliquant les Yoder – ou les Sauder puisque c'était à présent le nom de Sarah. Audrey savait bien que les apparences pouvaient être trompeuses mais il s'agissait cette fois de la communauté mennonite.

Elle fronça les sourcils alors qu'un bouton de son chemisier lui résistait. Elle avait oublié de demander à Brian qui l'avait mis au courant de la fusillade…

Elle entendit tout à coup son téléphone portable qui vibrait dans son sac à main. Elle ne pouvait ignorer l'appel. Il pouvait s'agir d'une information cruciale sur l'affaire… Ou d'un problème au journal.

Depuis qu'elle avait repris la direction de *la Gazette de Winchester*, elle avait vite compris combien le fait de diriger une entreprise familiale pouvait empiéter sur la vie privée. En tant que journaliste criminelle, elle s'était toujours consacrée corps et âme à son travail mais il y avait toujours des pauses entre deux affaires pendant lesquelles elle pouvait se reposer et relâcher la pression. Gérer *la Gazette* était une autre paire de manches. Il n'y avait jamais de pause, le cycle était sans fin, il fallait toujours trouver du contenu. Une nouvelle histoire, quelque chose pour remplir les pages, des publicités. Le journal appartenait à la famille Anderson depuis près de deux siècles. Elle ne pouvait être celle qui signerait sa perte. Et puis son père aurait été fier d'apprendre que c'était elle qui avait pris la relève quand son frère, l'oncle d'Audrey, Philip, était parti à la retraite.

Elle frissonna. En même temps, elle n'avait pas vraiment eu le choix. Cette décision avait été prise des années auparavant. Alors qu'elle cherchait son téléphone, elle se souvint du moment où, en apprenant que la personne qui comptait racheter *la Gazette* avait prévu de tout démolir, elle avait décidé d'en reprendre la direction. Ses frissons se transformèrent en un tremblement plus intense. Quelque chose qui résonnait au plus profond d'elle-même.

Jamais ce bâtiment historique ne serait détruit. Jamais. En tout cas, pas tant qu'Audrey serait en vie.

En regardant l'écran de son smartphone, elle vit que le numéro qui s'affichait était celui de Pine Haven. Un nouveau frisson la parcourut, un frisson de peur cette fois. Pine Haven était le nom de la résidence médicalisée où vivait sa mère.

— Allô ! dit-elle en retenant son souffle.

Cela faisait deux jours qu'elle n'était pas allée voir sa mère. Quel genre de fille pouvait-elle bien être pour ne pas lui avoir donné de nouvelles depuis près de quarante-huit heures ?

— Mademoiselle Anderson, c'est Roberta Thompson de Pine Haven.

L'inquiétude qui transparaissait dans le ton de la voix de la femme renforça les craintes d'Audrey.

— Votre mère est très agitée ce soir, nous allons devoir lui administrer un sédatif mais elle insiste pour vous voir avant. Je sais qu'il est tard mais…

— J'arrive immédiatement.

La résidence de Pine Haven se trouvait à l'autre bout de la ville et, même s'il ne lui fallut qu'un quart d'heure pour s'y rendre, Audrey eut l'impression que le trajet durait une éternité. Son cœur battait à une vitesse folle tandis qu'elle se garait sur le parking et courait vers l'entrée principale. Le gardien de nuit la salua de la main.

L'infirmière Roberta Thompson l'attendait à l'entrée du bâtiment réservé aux patients souffrant de troubles de la mémoire.

— Je suis désolée de vous avoir dérangée à une heure aussi tardive mais elle refuse de rester au lit et demande à vous voir. Quand un patient est aussi agité, nous avons la plupart du temps recours à des sédatifs mais le dossier de votre mère indique qu'il faut vous prévenir avant de le faire.

— Vous avez bien fait, lui répondit Audrey en lui tendant la main. Je vous en prie, ne vous excusez pas, vous savez que je préfère que vous m'appeliez, peu importe l'heure.

— Allez vite la voir, continua Roberta en hochant la tête. C'est la seule chose dont elle a besoin à cet instant. Nous viendrons ensuite l'installer pour la nuit.

Quand Audrey entra, Mary Jo Anderson était en train de faire les cent pas dans sa chambre. Ses courts cheveux gris étaient ébouriffés et sa longue chemise de nuit toute froissée comme si elle avait déjà passé une partie de la nuit à se retourner dans son lit.

— Maman.

Le regard de Mary Jo se posa sur Audrey. Pendant un moment, elle la fixa ainsi, la distance et la confusion brouillant son regard bleu perçant. Elle semblait être très loin d'ici, peut-être pas d'un point de vue géographique mais plutôt temporel. Audrey ne connaissait que trop bien ce regard. Quand elle était rentrée chez elle pour racheter le journal et en reprendre la direction, elle avait été surprise par les épisodes de perte de mémoire de sa mère. Surprise et effondrée. Comment avait-elle pu autant se dégrader sans qu'Audrey le sache ?

— Audrey, lui répondit sa mère, souriante, le brouillard dans son regard s'étant dissipé.

Audrey alla fermer la porte puis avança vers elle pour la prendre dans ses bras.

— Que se passe-t-il ? L'infirmière Thompson m'a dit que tu étais contrariée ?

Quand Audrey recula, le sourire de sa mère s'était évanoui.

— Ils vont le trouver et alors tu sauras ce qu'il s'est passé.

Une peur familière se réveilla dans le ventre d'Audrey.

— Asseyons-nous un instant, tu veux bien, maman ? Je suis vraiment épuisée et je suis sûre que tu dois l'être aussi.

Elle guida sa mère jusqu'à son lit et elles s'y assirent l'une à côté de l'autre.

Mary Jo regarda le jean et le pull que portait sa fille avant de regarder une nouvelle fois son visage.

— Tu es la plus jolie fille que j'aie jamais vue dans un vieux jean, Audrey Rose.

— Tu dis toujours ça, maman, lui répondit Audrey en ne pouvant se retenir de sourire.

— Peut-être parce que c'est vrai.

Mary Jo laissa échapper un soupir puis se tourna vers le mur de l'autre côté de la pièce, comme si quelqu'un d'autre venait de lui parler.

— Je suis désolée de t'avoir causé des soucis, chérie. Tu devrais rentrer à Washington. Je fais n'importe quoi.

— Tu ne fais pas n'importe quoi, lui répondit Audrey en passant son bras autour d'elle. Tu te souviens ? J'ai emménagé à Winchester il y a six mois maintenant pour reprendre la direction du journal.

En voyant la surprise briller dans les yeux de sa mère, elle comprit que celle-ci avait oublié cette information.

— J'ai pris la suite de l'oncle Phil qui voulait prendre sa retraite.

Mary Jo regarda ailleurs, signe qu'elle ne se souvenait réellement de rien. Les rides sur son visage semblaient plus profondes que jamais. Des sillons creusés par le temps mais surtout par l'inquiétude. Car même si ses souvenirs s'évanouissaient, elle continuait de s'inquiéter. Était-ce le fardeau que devaient porter toutes les femmes ? Une malédiction qui toucherait toutes les mères ?

À moins que ce ne soit à cause de ce secret qu'elles gardaient toutes les deux pour elles depuis si longtemps ?

Audrey repoussa cette idée. Ce sujet n'était pas à l'ordre du jour. Il n'y avait aucune raison de s'en faire pour le moment.

— Nous ne pourrons pas toujours garder ça pour nous, murmura sa mère comme si elle lisait dans ses pensées.

Audrey reporta son attention sur elle. Elle regardait la porte comme si quelqu'un pouvait les entendre. Cependant il ne faisait aucun doute que si on les surprenait au beau milieu de leur conversation, tout cela serait interprété comme une nouvelle divagation de Mary Jo.

— Maman, tu n'as pas besoin de t'inquiéter. Personne ne saura jamais rien de toute cette affaire. Je te le promets.

Mais Audrey vit briller dans le regard de sa mère un tel sentiment d'urgence qu'elle sentit une peine immense la submerger.

— Oh ! ma chérie, tu ne peux rien y faire. Appelle ça comme tu voudras, le destin ou je ne sais pas quoi, dit-elle avant de prendre une profonde inspiration. Ils vont découvrir ce que nous avons fait et tout est de ma faute. Entièrement de ma faute.

Elle se mit à répéter ces derniers mots en boucle.

Audrey pensa qu'elle devrait demander à Roberta si Mary Jo avait eu des visiteurs aujourd'hui. En général, quelque chose de particulier déclenchait ce genre de crises. Peut-être avait-elle entendu parler de la fusillade sur Buncombe Road. Cela dit, Audrey se demandait bien comment une telle chose aurait été possible. À moins qu'elle n'ait entendu parler de quelque chose de violent ou de la mort de quelqu'un. Ce type d'événements bouleversait toujours sa mère. Dans ce cas, Audrey faisait tout ce qu'elle pouvait pour essayer de la calmer et l'orientait vers des souvenirs plus réconfortants.

— Maman, tu te souviens de ma pièce de théâtre au collège ? Tu avais dû me fabriquer mon costume. Je jouais le rôle d'une infirmière et tu étais très contrariée que je n'aie pas été retenue pour jouer le rôle de Juliette.

— Ce costume était hideux, approuva sa mère en hochant la tête. Tu aurais dû jouer Juliette.

Audrey éclata de rire.

— Tu sais, c'est Mme Bishop qui s'occupait de la mise en scène et j'imagine qu'elle avait de bonnes raisons de vouloir que ce soit sa fille qui ait le premier rôle.

— Je n'ai vu qu'une seule chose plus laide que ce costume, c'est la robe que tu portais le soir de ton bal de promo, lui répondit sa mère, en riant elle aussi.

— Oh ! répondit Audrey en se remémorant ce souvenir douloureux qu'elle avait essayé avec tant d'ardeur de refouler. C'est vrai qu'elle était absolument horrible.

Sa mère continua à marmonner des choses à propos de cette robe, des accessoires et de la manière dont rien n'était en place sur cette tenue. Audrey se souvenait avoir beaucoup pleuré avant de finalement décider de sauter dans son jean et son T-shirt préférés pour se rendre à ce maudit bal de promo. Certes la moitié des élèves et des professeurs avaient été choqués, mais le reste s'en moquait royalement. Audrey était certaine qu'elle devait être la seule fille à avoir jamais osé porter un pantalon un soir de promo dans tout le comté de Franklin, peut-être même dans tout l'État du Tennessee.

Quand il l'avait vue, Colt avait souri et lui avait dit qu'elle était la plus belle fille de tout le gymnase – peut-être même du monde entier. Audrey sentit la douleur qui accompagnait ces vieux souvenirs se réveiller au fond d'elle. Elle était folle amoureuse de Colt Tanner. Ils avaient fait des projets sur le futur depuis ce jour où il l'avait embrassée à l'arrêt de bus, alors qu'ils étaient en quatrième. Ce baiser les avait surpris tous les deux. L'équilibre parfait entre la douceur et l'innocence.

Elle connaissait le garçon et l'homme qu'il était devenu sous toutes ses coutures. Enfin, c'est ce qu'elle avait cru. Mais on ne connaît jamais une personne. Pas vraiment. Quand il avait épousé une autre femme – une autre femme qui portait son enfant – Audrey avait compris que plus jamais elle ne ferait confiance à un homme. Colt lui avait brisé le cœur et jamais plus elle ne se laisserait prendre au jeu de l'amour.

Fidèle à sa décision, elle n'était plus jamais tombée amoureuse. En décembre, elle allait avoir trente-sept ans… La quarantaine se rapprochait à grands pas. De toute évidence, elle ne connaîtrait jamais la joie de porter un enfant, son enfant… Et jamais elle ne partagerait sa vie avec un homme qu'elle aimerait comme sa mère avait aimé son père. Mais elle pouvait toujours se consoler avec sa carrière professionnelle qui avait été très gratifiante… Enfin jusqu'à ce que les choses se gâtent.

Le journal était un peu comme son bébé, finalement. Ses collègues, sa famille. Et puis elle avait toujours sa mère. Enfin, la plupart du temps.

Plutôt que de s'apitoyer sur son sort, Audrey recommença à écouter cette dernière qui parlait du passé, le bon vieux temps comme elle l'appelait. Cette époque heureuse avant l'année noire qui avait suivi la mort de son père… et le secret qu'elle et sa mère emporteraient dans leurs tombes.

Certaines choses devaient rester enterrées pour toujours. Ce n'était pas possible autrement, et ce ne le serait jamais.

— Et puis tu es devenue cette célèbre journaliste d'investigation, dit Mary Jo, les yeux étincelants de fierté. Ton père aurait été si fier. Il n'aurait pas aimé te savoir coincée ici à diriger cette maudite gazette. Il voulait que tu explores le monde, que tu repousses les limites.

Peut-être, pensa Audrey, mais elle n'avait pas vraiment eu le choix. Six mois plus tôt, sa mère l'avait appelée pour la prévenir que Philippe comptait prendre sa retraite et qu'un investisseur était intéressé par le rachat du journal. Enfin, il avait pour projet de démolir le bâtiment pour « repartir de zéro ». Une telle chose ne pouvait arriver. Pas dans cette vie.

— Pour tout te dire, maman, je commençais à me lasser des feux de la rampe et de tous ces voyages…, dit Audrey en se rappelant que peu de temps encore auparavant sa carrière semblait être sa seule priorité. Il était temps de laisser la place à quelqu'un d'autre.

Elle fit un clin d'œil à sa mère et Mary Jo lui sourit.

— Tu as toujours été une fille si attentionnée. Je n'oublierai jamais cette fois où tu avais donné tous tes vêtements à cette petite fille dont la maison venait de partir en fumée. J'avais fini par te convaincre de l'emmener plutôt faire un peu de shopping mais ton père et moi étions si fiers de toi. Je sais qu'il ne te quitte pas des yeux et qu'il suit ta carrière de là-haut.

Audrey soupira. Il y avait un autre secret qu'elle comptait bien garder. Sa mère ne saurait jamais, comme personne d'ailleurs, que sa carrière avait en réalité volé en éclat. Elle avait fait une erreur. Pendant dix ans, elle avait occupé la première place dans ce métier et puis elle avait fait cette stupide bêtise. Elle avait tellement voulu ce scoop qu'elle avait fait confiance à une source, s'était laissé prendre au jeu de l'amitié et avait brûlé les étapes pour être la première sur le coup. Elle avait tout raté. Et pas qu'un peu.

Enfin, elle n'avait personne à blâmer, elle était seule responsable de son échec. C'est à cette période que sa mère l'avait appelée pour la prévenir du départ de son oncle, alors qu'elle essayait de se remettre. Audrey avait fait tout ce qu'elle pouvait faire. Elle était rentrée chez elle et avait racheté les parts de Philippe. Toutes ses économies y étaient passées et elle avait décidé de reprendre la direction du journal. Personne ne savait mieux qu'elle comment raconter des histoires passionnantes. Elle espérait mettre moins d'un an pour faire repartir le journal. C'était jouable, on fabriquait bien des êtres humains en moins de temps que ça. Et puis, c'était la distraction idéale. Occupée à gérer son héritage familial, elle n'aurait plus le temps de penser aux ruines de sa superbe carrière.

Ou à cet autre secret que personne ne devait jamais découvrir.

Sa mère posa la tête sur son épaule. Maintenant que sa crise était passée, elle semblait détendue et épuisée.

Le retour dans sa ville natale avait mis Audrey face à une dure réalité : sa mère n'allait pas bien. Les pertes de mémoire et les crises d'angoisse n'étaient pas dues à son âge ou au rythme de vie surchargé qu'elle avait suivi pendant trente-cinq ans.

Non, Mary Jo Anderson souffrait de la maladie d'Alzheimer. Si Audrey était rentrée chez elle plus souvent, elle aurait probablement remarqué que les pertes de clés et les rendez-vous manqués que sa mère évoquait en riant au téléphone n'avaient en fait rien à voir avec de la simple étourderie. C'était plus préoccupant. Mais à cette époque, Audrey était bien trop occupée à gérer son illustre carrière. Elle avait appelé sa mère toutes les semaines, parfois même tous les trois jours, mais elle n'était pas venue la voir aussi souvent qu'elle l'aurait dû.

Mais elle était là maintenant. Et comme son père avait l'habitude de dire, « quand la vie te donne des citrons, fais de la citronnade ».

La fusillade de ce soir en était une parfaite illustration. Rien ne pouvait mieux relancer les ventes du journal qu'un homicide dans la région.

3

Appuyé contre le capot de sa voiture, Colt laissa échapper un profond soupir. Burt venait d'emmener le corps. Plutôt que de le faire enlever par les pompes funèbres locales, il avait demandé au médecin légiste de l'emmener à la morgue pour pratiquer une autopsie. La brigade anticriminelle du département, composée de deux hommes seulement, venait de passer la maison des Sauder au peigne fin.

Et la seule chose qui semblait manquer pour le moment était le mari de Sarah Sauder. Il était parti assister à un enterrement à Hendersonville mais n'était toujours pas rentré. Colt se demandait comment il pouvait ne pas avoir déjà rejoint les siens après avoir été mis au courant des événements. Mais sa femme et ses enfants avaient manifestement perdu tout espoir de le voir arriver et ils étaient partis chez le père de Sarah. La maison baignait maintenant dans l'obscurité et toutes les portes avaient été fermées à double tour. Colt avait prévu de revenir inspecter les lieux une nouvelle fois, le lendemain, même s'il ne s'attendait pas à trouver de nouveaux indices.

La soirée avait été rude pour Sarah. Voir des inconnus aller et venir chez elle n'était pas quelque chose d'habituel pour la communauté mennonite. Ces gens-là étaient discrets et vivaient dans une certaine intimité. Ils gardaient les choses pour eux et évitaient soigneusement les ennuis.

Un peu plus loin sur la route, le marshal Branch Holloway faisait les cent pas, son téléphone portable collé à l'oreille. Colt savait qu'il s'était éloigné pour ne pas ébruiter le contenu de sa conversation téléphonique. D'après ce qu'il avait entendu dire, Branch avait une excellente réputation dans le service fédéral. Mais, pour il ne savait quelle raison, il avait atterri ici, dans la région de Franklin l'année dernière. Quoi qu'il ait pu se passer, cela n'avait pas dû être bon. Winchester n'était pas vraiment le centre des activités criminelles…

Enfin, ce soir semblait être une exception.

Selon Branch, la victime jouait les hommes de main pour la mafia de Chicago. Mais à part cette information, le marshal était resté plutôt silencieux. Ce qui avait le don d'énerver Colt. Il était sur ses terres de juridiction et le shérif avait besoin de connaître tous les détails de ce qui s'était passé chez les Sauder cette nuit. Il ne comptait pas renoncer au contrôle de l'enquête, enfin sauf si on ne lui laissait pas le choix. La sécurité des habitants de ce comté était sous sa responsabilité, pas sous celle de Branch Holloway.

Après avoir rangé son téléphone, Branch se dirigea vers Colt qui se redressa et posa les deux mains sur ses hanches.

— Alors, que dit ton ancien supérieur ?

— J'avais raison, la victime est bien Tony Marcello, lui répondit Branch en jetant un regard vers la maison. Ce n'était pas un cambriolage lambda, Colt. Marcello est le genre d'homme qui s'occupe de faire le sale boulot. Qui s'occupe de faire les collectes sur les prêts. Il joue les exécutants, les gardes du corps et agit la plupart du temps sur commande… Je ne pense pas qu'un type pareil puisse se tromper.

— Tu veux dire que les Sauder sont impliqués dans une affaire avec la mafia ? lui demanda Colt, incrédule.

— On dirait bien, en effet, approuva Branch en adoptant la même posture que Colt, comme pour voir lequel des deux dégainerait le plus vite. Mais je ne suis de retour ici que depuis un an et je connais peu les habitants de la région. Que peux-tu me dire à propos de Wesley Sauder ?

— Tu connais la communauté mennonite ? lui demanda Colt qui savait que Branch avait grandi à Winchester. Ces gens-là sont du genre discret, ce sont d'agréables voisins et de bons citoyens… Ils ne créent jamais de problème et s'ils en ont, ils les règlent entre eux.

— Mais, le coupa Branch en haussant les épaules, Wesley faisait partie de cette communauté depuis quoi, dix ans ?

— Il a emménagé ici il y a une dizaine d'années, en effet, approuva Colt en se remémorant les réponses de Sarah lors de son interrogatoire. Sa femme nous a dit qu'il venait de Markham, dans l'Illinois.

— Markham n'est pas loin de Chicago.

Colt laissa échapper un nouveau soupir.

— Nous en saurons plus quand nous aurons relevé les empreintes de Sauder.

Colt avait demandé aux techniciens de relever les empreintes sur les bras du fauteuil qui se trouvait près de la cheminée. Quand elle avait évoqué son mari, Sarah avait jeté un regard vers le fauteuil vide. Colt en avait déduit que l'homme devait aimer s'asseoir à cet endroit.

— Il n'y a aucun Wesley Sauder en Illinois ou

Tennessee dans la base de données, ajouta Branch. Donc si le mari de cette femme est bien qui il prétend être, on ne trouvera rien sur lui là-bas.

— Oui, mais si nous trouvons une correspondance avec ses empreintes, alors nous saurons qu'il nous ment sur sa véritable identité.

Bon sang, pensa Colt. Grâce à ses contacts, Branch avait accès à toutes les informations en un clin d'œil, Colt, lui n'avait pas ce genre de ressources. Même s'il était reconnaissant de ce petit coup de pouce, il ne pouvait s'empêcher d'être agacé.

— Et s'il n'est pas référencé, alors cela signifiera que son casier judiciaire est vierge.

— Ce que je crois, dit Branch qui semblait déjà vouloir s'occuper de l'affaire.

— Enfin, nous pourrions débattre toute la nuit à propos de cette fusillade, nous n'apprendrions rien de nouveau pour le moment. Nous devons faire ça correctement, Branch. Suivons les règles. Il ne faut pas aller trop vite.

Colt ne savait pas exactement pourquoi Branch avait quitté Chicago pour être assigné à une mission de baby-sitting dans sa ville natale mais il sentait qu'il y avait anguille sous roche.

— Nous allons faire les choses à ta manière pour le moment, lui répondit Branch en regardant une nouvelle fois la maison des Sauder. Je reviendrai vers toi demain.

Colt lui fit un signe du menton puis le regarda s'éloigner vers son véhicule. Tandis que Branch quittait les lieux, il pensa avec regret à Melvin Yoder qui était sur son lit de mort. Il irait rendre visite à la famille dès le lendemain pour voir s'il pouvait malgré tout avoir une petite discussion avec le patriarche de la communauté mennonite. Yoder connaissait son beau-fils mieux que quiconque. Jamais Sauder n'aurait pu épouser la fille de Yoder s'il n'avait pas fait ses preuves auprès du vieil homme.

Le père de Colt était ami avec Yoder. Enfin, il avait été aussi proche que pouvait l'être un étranger avec un membre de cette communauté renfermée. Avec un peu de chance, cette relation servirait à Colt dans son enquête. Si la santé du vieil homme lui permettait encore de recevoir des visites, Colt n'hésiterait pas à lui demander des informations sur Wesley Sauder. Quel genre d'homme pouvait-il donc bien être pour se cacher alors que sa famille avait tant besoin de lui ?

Il n'y avait qu'une explication : il avait quelque chose à cacher.

Colt monta au volant de son pick-up et jeta un dernier regard à la ferme. Il ne savait pas ce que Sarah Sauder et son mari pouvaient bien cacher mais il ne tarderait pas à le découvrir…

À peine Colt eut-il le temps de se garer devant sa maison qu'un autre problème se présenta. Son fils, Key, apparut dans sa voiture juste derrière lui. Même à dix-huit ans, se dit Colt, il était bien plus tard que l'horaire autorisé la veille d'un jour de classe.

Colt resta immobile au volant. Il avait déjà coupé son moteur et éteint ses phares. Key ne pouvait pas se douter de sa présence. Il devait même probablement penser qu'à cette heure tardive son père autoritaire et hyper protecteur devait dormir à poings fermés. Colt le regarda descendre de son véhicule et refermer doucement la portière derrière lui. Après avoir jeté un regard aux environs, il se dirigea vers la maison. En chancelant.

Colt réprima un juron.

Il observa ensuite son fils unique escalader le mur jusqu'à la fenêtre de sa chambre, l'ouvrir maladroitement et essayer de s'y faufiler tant bien que mal, avant de finir par s'écrouler à l'intérieur. Si Colt avait un peu de chance, il était tombé sur la tête. Peut-être que cela lui mettrait un peu de plomb dans la cervelle. Ce garçon semblait attiré par les ennuis. Il avait pourtant toujours eu tout ce qu'il voulait, y compris ce pick-up flambant neuf que son grand-père Wilhem venait de lui offrir. Enfin, peut-être était-ce le cœur du problème… Sa mère et son grand-père le gâtaient beaucoup trop. Colt était le seul à essayer de lui imposer des règles mais la garde partagée signifiait que la moitié du temps son fils menait la vie qu'il voulait.

Et il s'engageait maintenant sur une mauvaise voie.

Ce n'était pas la première fois que Colt le surprenait alors qu'il rentrait à la maison aussi tard. Il jeta un œil au pick-up rouge garé derrière lui et soupira. Cette fois, son fils avait conduit en état d'ébriété. Colt l'avait vu de ses propres yeux. Toutes les bêtises qu'il avait faites jusqu'à présent n'avaient rien à voir avec celle-ci. Conduire sous l'emprise de l'alcool n'était pas quelque chose que Colt pouvait tolérer.

— Au diable, toutes ces conneries, jura-t-il une nouvelle fois.

Il sortit de sa voiture, claqua sa portière et marcha jusqu'à la maison qu'il avait héritée de son propre père. La seule chose qu'il n'avait pas perdue lors de son divorce.

Quand il entra dans la chambre de Key, il le trouva allongé sur le sol, à l'endroit où il était tombé. Il ronflait bruyamment. Tout en secouant la tête, Colt alla fermer la fenêtre et ramassa les clés de voiture qu'il fourra dans sa poche. Interdiction de prendre le volant pendant au moins un mois. Réveiller son fils pour lui faire la leçon à cet instant lui sembla une perte totale de temps et d'énergie, débattre avec un ivrogne n'avait jamais mené nulle part… Le matin viendrait bien assez tôt pour s'atteler à cette tâche déplaisante.

Il envisagea un instant de porter son fils jusque dans son lit mais il se ravisa et décida de le laisser dormir là où il s'était assoupi. Son téléphone portable avait glissé de sa poche et reposait non loin de lui. Colt prit une autre décision. Ce gosse n'avait pas besoin d'un smartphone. Une voiture et un téléphone portable étaient des luxes que la plupart des enfants de son âge n'avaient pas la joie de posséder. Pourquoi Key aurait-il accès à ce genre de choses alors qu'il était incapable de respecter la moindre règle ?

Déçu et épuisé, Colt marcha jusqu'à sa chambre. Il posa son chapeau sur son bureau en pensant qu'il avait besoin d'une douche et d'une bonne bière. Puis il repensa à son fils, allongé par terre dans l'autre chambre. Peut-être allait-il faire l'impasse sur la bière. Il s'assit sur le bord de son lit et retira ses bottes l'une après l'autre avant de les jeter au sol. Toute sa vie, il avait porté des bottes de cow-boy. Son père lui avait acheté sa première paire le jour où il avait appris à marcher. Si celui-ci avait été encore là aujourd'hui, il aurait su probablement comment aider Key à reprendre le droit chemin.

Parfois Colt se demandait si son ex-femme ne laissait pas son fils faire ce qu'il voulait uniquement pour se venger de lui. Dieu seul savait que Colt n'avait jamais eu l'autorisation de se comporter de la sorte en étant gamin, et jamais il n'aurait pensé que son propre fils puisse avoir une attitude aussi stupide. Mais Karen le laissait mener sa vie comme il l'entendait. Elle lui avait donné le prénom de son propre père, Keyton. Colt n'avait pas protesté puisque son fils porterait le nom de sa propre famille, les Tanner. Il avait voulu être juste. Mais Karen Wilhem n'était pas du genre à jouer de manière loyale. Key n'avait pas un an quand Colt l'avait surprise pour la première fois en train de le tromper. Il avait supporté dix ans de mensonges pour tenter de garder un semblant de famille unie. Et puis, un jour, il en avait eu assez.

Il déboutonna sa chemise et ouvrit sa ceinture. La sonnerie – inspirée d'un morceau de rap – du téléphone de Key l'interrompit. Sur l'écran apparut le nom de la personne qui l'appelait : Maman. Colt décrocha et répondit à la manière de son fils :

— Ouais ?

— Chaton, je voulais juste m'assurer que tu étais bien rentré, tu étais quand même un peu ivre.

Colt sentit la colère le submerger.

— Tu laisses ton fils prendre le volant alors qu'il a consommé de l'alcool ?

— Pourquoi est-ce que tu réponds au téléphone de Key ? lui répondit Karen après être restée silencieuse quelques instants.

Mais la froide colère dans le ton de sa voix n'était rien comparée à la rage brûlante qui habitait Colt.

— Parce qu'il l'a laissé tomber en entrant dans sa chambre par la fenêtre après avoir escaladé le mur. Actuellement, il cuve par terre, sur la moquette.

— Je… Je suis sûre qu'il n'avait pas bu autant quand il est parti d'ici. Il a dû s'arrêter chez un copain sur le chemin du retour.

Menteuse.

— Il ne va plus conduire avant un bon bout de temps. Et il ne sera plus tellement joignable non plus.

— C'est mon père qui lui a offert ce pick-up, Colt, tu n'as pas le droit de le lui enlever.

— Tu préfères que je l'arrête pour conduite en état d'ivresse ? Je peux tout à fait le faire et pour ça je n'ai pas besoin de la permission de ton papa.

— Tu n'oserais pas.

— Je t'ai bien arrêtée, toi, lui répondit Colt en éclatant de rire.

Mais bien sûr, son riche paternel avait embauché le meilleur avocat de la région pour régler rapidement la situation. Il n'était donc pas surprenant que leur fils se moque royalement des conséquences de ses actes. Toute sa vie, il avait vu sa mère se tirer de n'importe quelle situation en un seul claquement de doigts. Y compris de ses dix ans de mariage avec Colt qui prenait soin de regarder ailleurs pendant qu'elle le trompait avec tous les hommes du comté.

— Mon père t'appellera à la première heure, demain matin, lui dit-elle avant de lui raccrocher au nez.

Colt éteignit le téléphone de Key puis le glissa dans la taie de l'oreiller dont il ne se servait pas. Jamais son fils ne penserait à regarder à cet endroit. Et heureusement, sa mère ne viendrait plus jamais traîner autour du lit de Colt.

Il ôta son jean, son boxer et se dirigea vers la douche. Tout en attendant que l'eau chauffe, il repensa à la plus grosse bêtise qu'il avait faite de toute sa vie.

Blesser Rey.

Chaque fois qu'il la croisait, cette erreur lui revenait en mémoire. Comment diable avait-il pu la laisser partir ? Il esquissa un sourire. Il ne l'avait pas *laissée* faire quoi que ce soit… Depuis toujours, Audrey Rose Anderson ne faisait que ce qu'elle voulait.

Depuis qu'il était enfant, Rey était tout pour lui. Pour être tout à fait honnête, il avait même été fasciné par elle depuis ce jour, à l'école maternelle, où elle avait donné un coup de pied au garçon qui se moquait de lui car il pleurait. Personne ne savait à cette époque que la mère de Colt était en train de mourir d'un cancer et peu lui importait de souffrir, elle avait tenu à emmener son petit garçon à l'école le jour de la rentrée. Quand elle avait laissé Colt dans sa salle de classe, il avait éclaté en sanglots. Il avait été terrifié à l'idée qu'elle pourrait mourir avant la fin de la journée et qu'il ne la reverrait peut-être jamais.

Après avoir frappé l'enfant moqueur au tibia, Audrey était venue voir Colt et lui avait dit :

— J'aime bien tes bottes, tu veux t'asseoir à côté de moi ?

À partir de ce jour, ils étaient devenus amis et ne s'étaient plus quittés. Puis il était tombé amoureux d'elle. Éperdument amoureux. Maintenant encore, rien que de penser à elle suffisait à lui couper le souffle.

— Tu as tout fait foirer, espèce d'abruti.

Il entra dans la cabine de douche et laissa ses souvenirs s'évaporer sous l'eau chaude.

Il y avait des erreurs qui ne pouvaient être pardonnées. Et Rey se chargeait de le lui rappeler chaque fois qu'elle le voyait.

4

Mardi 26 février, 8 heures.

— Ajouter notre numéro au bas de l'article est une idée de génie, lança Audrey en déposant l'édition de *la Gazette* du jour sur son bureau. Les lecteurs pourront nous appeler s'ils ont des informations, bien joué, Brian !

— Oh ! je n'ai aucun mérite, j'ai été formé par les meilleurs, lui répondit Brian Peterson en riant.

Son enthousiasme était contagieux et, malgré la fatigue, Audrey esquissa un sourire. Comme disait sa mère, elle se sentait aujourd'hui « aussi épuisée en se levant qu'elle l'était la veille en se couchant ».

— C'est vrai que mon oncle était le meilleur des mentors.

— Je voulais surtout parler de toi, la corrigea Brian.

Audrey éclata de rire.

— Tu travaillais à ce journal avec mon oncle bien avant que je prenne sa suite.

— Peut-être mais je suivais ta carrière de loin, insista Brian. Et j'ai appris beaucoup en observant ta manière de traiter les sujets.

— La flatterie ne te mènera nulle part, tu sais, lui répondit-elle en lui lançant un clin d'œil.

— Je sais, continua-t-il. Rappelle-toi que je t'ai

supportée comme meilleure amie de la maternelle à la terminale, on peut dire que je te connais plutôt bien.

— Quand j'y pense, je me dis que c'est un miracle que nous ayons survécu à tout ça.

Brian et elle étaient très bons amis, et ce depuis leur plus tendre enfance. Jamais Audrey ne pourrait oublier ce jour où, en première année, alors qu'ils étaient à la cafétéria de l'école, un élève avait révélé à toute l'assemblée l'homosexualité de Brian. Cette journée était un des meilleurs souvenirs de sa vie. Colt, qui était alors le footballeur vedette du lycée, était venu s'asseoir à côté de Brian pour lui apporter son soutien. En repensant à cet instant, Audrey pouvait encore éprouver le sentiment de fierté qu'elle avait alors ressenti. Mais qu'était-il arrivé à ce jeune homme qui aidait ses amis à traverser n'importe quelle épreuve ? Comment ce même Colt avait-il pu briser le cœur de celle qui était folle de lui ?

— Hum, toi tu es en train de penser à Colt.

Les mots de Brian ramenèrent Audrey à la réalité. Elle secoua la tête et le regarda en fronçant les sourcils.

— Qu'est-ce que tu dis ?

Mais sa fausse expression de surprise ne duperait pas son vieil ami, elle le savait.

— Mouais, c'est bien ce que je pensais.

Audrey décida d'employer une autre technique.

— Du coup, est-ce que des gens ont appelé ce matin pour donner des informations ?

— Quelques-uns, oui, mais n'essaie pas de changer de sujet. Pendant combien de temps vas-tu encore ruminer cette vieille rancœur contre lui ? Ça va faire dix-huit ans, maintenant !

Le soir de la finale du championnat de football, la victoire s'était soldée par une immense fête dans la maison d'un des joueurs. Tout le monde s'y était rendu. Sauf Audrey qui avait la grippe. Au printemps suivant, tout le monde connaissait la suite de l'histoire : Karen Wilhem était enceinte. Et elle avait été plus que ravie d'annoncer à tout le monde que Colt était le père. Audrey avait réussi tant bien que mal à finir l'année scolaire. Mais si Sasha et Brian, ses deux meilleurs amis, n'avaient pas été là, elle n'aurait pas eu la force d'assister à la cérémonie de remise des diplômes.

— Je ne lui pardonnerai jamais, répondit-elle à Brian. Maintenant, veux-tu bien me dire si un de ces coups de fil pourrait déboucher sur une piste intéressante ?

— Non, rien de concluant pour le moment, lui dit-il en soupirant.

— Nous devons essayer d'en savoir plus sur ce Wesley Sauder.

Audrey se leva de son bureau et alla se poster devant le grand tableau noir que son père avait toujours utilisé. Celui-ci occupait presque la moitié du mur. Son père écrivait toujours toutes sortes de notes dessus mais prenait soin de laisser un petit coin vide pour qu'elle puisse y faire un dessin quand, enfant, elle venait lui rendre visite. Elle avait vite pris l'habitude de venir directement ici après l'école et faisait souvent ses devoirs à la rédaction.

— Tu as déjà sous les yeux tout ce que nous savons, lui répondit Brian en la rejoignant devant le tableau. Sauder a quitté l'Illinois pour venir s'installer ici il y a une dizaine d'années. D'après ce que j'ai compris, il a rencontré Melvin Yoder alors que celui-ci était poursuivi par un taureau et il lui aurait sauvé la vie. Yoder l'a pris sous son aile, l'a introduit dans la communauté et Sauder a fini par épouser la fille du vieil homme. Dix ans et quatre enfants plus tard, celui-ci a grimpé les échelons dans la hiérarchie mennonite. Et comme M. Yoder est très malade, apparemment tout le monde se tourne vers Sauder qui semble être prêt à prendre sa suite.

— Sauder a quarante-huit ans, presque dix ans de plus que sa femme, fit remarquer Audrey en regardant avec attention ce qu'ils avaient écrit sur le tableau.

Brian lui montra une photo de Sarah qu'il avait retrouvée dans un article sur la boulangerie Yoder, publié par *la Gazette* quelques années auparavant.

— Sarah est la fille cadette de Yoder. Elle avait vingt-quatre ans et semblait partie pour rester vieille fille, alors en la mariant avec l'homme qui lui avait sauvé la vie, Yoder a fait d'une pierre deux coups.

— J'espère que tu plaisantes…, lui répondit Audrey en levant les yeux au ciel.

Audrey n'arrivait pas à croire qu'on puisse encore penser qu'une jeune fille encore célibataire à cet âge puisse devenir vieille fille.

— Les mennonites ont une vision de la vie plutôt conservatrice et légèrement rétrograde, nous savons tous qu'on n'est pas forcés d'être en couple à vingt ans pour pouvoir fonder une famille, lui répondit Brian en levant les mains en l'air avec un regard innocent.

— Tu dis que Sarah est sa fille cadette ? lui demanda Audrey en décidant de changer de sujet. Je ne me souvenais pas qu'il en avait une autre…

— Si, Bethany, elle a sept ans de moins que nous, donc elle doit avoir trente et un ans, si mes calculs sont bons. Après avoir arrêté l'école à seize ans, elle a disparu de la circulation. Il me semble qu'elle est partie vivre à Nashville pour être chanteuse.

— Et qu'est-ce qu'elle est devenue ?

— Eh bien, la gloire et la richesse ne semblaient

pas être au rendez-vous… Elle est revenue ici mais sa famille l'a rejetée. Ou peut-être est-ce plutôt elle qui a préféré garder ses distances, je ne sais pas. Elle travaille maintenant comme serveuse dans un bar de l'autre côté de la ville. Je crois qu'elle ne s'est jamais mariée.

Comme toi, pensa Audrey en se souvenant des actes de naissance parus dans le journal du jour. Une ancienne camarade de classe avait encore eu un enfant. Sasha Lenoir et elle étaient maintenant les deux seules de sa promo à ne pas être mariées. Même Brian avait un mari. L'année passée, lui et son conjoint avaient aussi adopté une petite fille.

Audrey, elle, avait des chaussures. Beaucoup de chaussures. Et une maison immense mais tellement vide. Au moins, Sasha avait encore sa carrière. Elle était la meilleure gestionnaire de crise de tout le nord-est du pays. Cela faisait maintenant bien longtemps qu'elle et Audrey ne s'étaient pas vues. Audrey se dit qu'il était temps d'organiser un week-end entre filles. Pour lâcher prise et se détendre un peu. Pour prendre le temps de ne rien faire.

— Je me souviens d'une fille, dans une classe supérieure à l'école primaire, qui passait beaucoup de temps avec Sarah, dit Brian.

— Ah oui ? lui demanda Audrey en le regardant avec surprise. Quelqu'un de notre école ?

La communauté mennonite avait son propre système d'éducation et les adeptes n'avaient pas l'habitude de fréquenter les étrangers, sauf pour faire du commerce et des affaires.

— Tu te souviens de la maison des Yarborough ?

— Celle qui était louée et qui est maintenant abandonnée ?

Les Yarborough étaient morts quand Audrey était

encore enfant. La personne qui avait hérité de leur maison vivait ailleurs et une agence immobilière s'était chargée de la louer pendant quelques années. La propriété était voisine de celle des Yoder.

— Eh bien, Nikki vivait là-bas quand nous étions en primaire. Et elle est maintenant propriétaire du restaurant de la ville. Je ne serais pas surpris qu'elle soit restée amie avec Sarah.

— Nikki Wells ?

— Elle s'appelle Nikki Slater maintenant. Elle est mariée et elle a deux enfants, la corrigea Brian en lui jetant un regard désolé. Je ne dis pas ça pour te rappeler que tout le monde ici fait des bébés mais seulement pour que tu sois au courant quand elle va te montrer les photos de sa progéniture.

— Merci, tu es trop gentil, lui répondit Audrey sur un ton ironique tout en récupérant son sac à main sur son bureau. Je crois que je vais aller me chercher un café.

Malgré tout l'amour qu'elle portait à son plus vieil ami, elle ne pouvait s'habituer à son horrible mixture.

— J'en ai préparé, tu sais, et il est parfait, lui répondit Brian en croisant les bras. Alors, à moins que tu ne fasses partie de ces gens qui aiment le goût de l'asphalte, tu n'as pas besoin d'aller en chercher ailleurs.

— À tout à l'heure, conclut-elle en lui lançant un sourire affectueux.

— Attends, ajouta-t-il alors qu'elle se trouvait sur le pas de la porte.

Audrey se retourna. Brian était son meilleur ami. Elle l'adorait, même s'il ne comprenait pas qu'elle aimait le café fort pour renforcer sa concentration.

— Oui ?

— Braden House voudrait savoir si tu aimerais

cette année encore organiser leur collecte de fonds. Ils te sont tellement reconnaissants d'avoir dépassé leur objectif l'année dernière. Personne n'avait jamais réuni autant d'argent.

Braden House était un refuge pour les femmes victimes de maltraitance.

— J'aimerais beaucoup m'en occuper, oui, mais la soirée n'est pas supposée se dérouler en octobre ?

— Je savais que tu le ferais, lui dit-il en acquiesçant, un sourire aux lèvres. C'est pour ça que je leur ai dit oui.

— Merci, lui répondit Audrey en levant son pouce.

— Tu es une bonne samaritaine, Anderson, lui répondit-il en levant les yeux au ciel. Mais tu devrais mettre un peu de toute cette belle énergie dans ta vie personnelle.

— Ma vie personnelle est très bien comme elle est, je te remercie. D'ailleurs, elle est… *personnelle* !

Audrey posa la main sur la poignée de la porte mais Brian ajouta :

— Une dernière chose ! Nous devons aussi nous occuper de cette fuite au sous-sol. J'ai encore jeté un œil hier soir et la situation semble s'être aggravée. Ça n'est probablement pas urgent mais ce qui m'inquiète ce n'est pas tant l'humidité que le fait que l'eau ne s'évacue pas.

Audrey sentit les battements de son cœur s'emballer mais elle leva une main et lui répondit d'un ton confiant :

— Je vais m'en occuper. Cesse de t'en faire, ce bâtiment a plus de deux cents ans. Il doit y avoir une source souterraine, nous devons juste trouver le moyen de rendre le béton moins poreux.

— OK, de toute façon, c'est toi le patron !

Audrey éclata de rire en sortant du bureau. Sur de nombreux points, Brian était bien plus à même de diriger le journal qu'elle. Mais cela ne la dérangeait pas de partager cette responsabilité avec lui.

Elle descendit l'escalier et se dirigea directement vers la sortie de secours, soulagée que le hall d'entrée soit vide et que le réceptionniste soit au téléphone. Lorsqu'elle arriva au petit parking réservé aux employés, son rythme cardiaque était redevenu normal. Elle allait appeler quelqu'un pour s'occuper de ce fichu sous-sol. Elle ne pouvait plus nier le problème. Mais peut-être pouvait-elle encore gagner une journée…

Prenant une profonde inspiration, elle se félicita d'avoir pensé à prendre ce pull si bien assorti à son pantalon couleur prune. La température monterait vite pendant la journée mais ce matin, il faisait vraiment frais.

Une fois assise dans sa voiture, elle agita les doigts pour faire cesser ses tremblements. Puis, elle prit un moment pour regarder ce bâtiment qui appartenait à sa famille depuis plus de deux siècles. Elle entrait rarement par l'entrée principale. Les bureaux avaient été aménagés à l'ancienne, autour du deuxième étage et ils surplombaient le vaste hall d'entrée. Il y avait deux salles de conférences, une grande et une plus petite. Au rez-de-chaussée, sur les murs était affichée l'histoire de *la Gazette*. Chaque année, les élèves des écoles de la région venaient visiter l'exposition. La salle des fournitures, la salle de pause et l'immense pièce réservée à l'impression du journal occupaient le reste de la superficie. Le sous-sol n'avait jamais servi à autre chose qu'à stocker du matériel inutile et de vieux dossiers. Les systèmes de maintenance, de chauffage et de climatisation s'y trouvaient également. Il n'y avait aucune raison de paniquer pour une petite flaque d'eau. De telles choses s'étaient déjà produites auparavant, cela n'avait aucun caractère urgent. En tout cas, c'était loin d'être d'une priorité.

Le Corner Diner se trouvait au sud-est de la ville. Le lieu était très fréquenté par la foule qui naviguait entre le centre-ville et le palais de justice. La famille de Nikki Wells Slater avait ouvert l'endroit dans les années 1940.

Il était presque 9 heures et l'afflux de clients matinaux diminuait visiblement. Audrey s'assit au bout du bar et commanda un café. Quelques clients la saluèrent en sortant puis Audrey prit le temps de déguster sa boisson en observant Nikki qui prenait une commande. Après l'avoir transmise en cuisine, elle revint vers le bar et Audrey lui fit un grand sourire.

— Tu veux une deuxième tasse ? lui demanda Nikki en lui montrant son café.

— Non, merci, lui répondit Audrey en secouant la tête. Mais dis-moi, comment vas-tu, Nikki ?

Audrey avait déjà déjeuné quelques fois au restaurant mais elle et Nikki n'avaient jamais vraiment pris le temps de discuter.

— Super, lui répondit Nikki en lui montrant un collage aux couleurs vives avec les photos de ses deux enfants, une fille et un garçon, accroché au mur. Mes enfants sont heureux, en bonne santé et jusqu'à présent mon mari essaye toujours de m'impressionner.

— En effet, que pourrait-on demander de plus ? lui répondit Audrey en riant.

— Exactement, approuva Audrey avant de l'observer un instant. Et toi, comment vas-tu, Rey ?

— Ça va, je prends mes marques. Les ventes et les abonnements sont en hausse, je suis ravie.

— Et comment va ta mère ? lui demanda Nikki en prenant un air plus sérieux.

— Ça, ça dépend des jours, répondit Audrey en haussant les épaules. Mais dans l'ensemble, elle va plutôt bien. C'est gentil de prendre de ses nouvelles.

— C'est normal, protesta Nikki en attrapant une éponge pour nettoyer le bar. Elle avait l'habitude de venir souvent ici pour manger la tarte au citron de ma mère. Elle disait que c'était la meilleure du monde.

— Oui, je lui en ai apporté plusieurs fois depuis que je suis revenue en ville. Et tes parents, comment vont-ils ?

Les parents de Nikki avaient pris leur retraite et avaient déménagé en Floride l'année passée. Même si Winchester était une petite ville, beaucoup de choses avaient changé depuis le jour où Audrey était partie à l'université. Heureusement pour Brian… Quand Audrey était revenue vivre à Winchester, il avait passé des jours entiers à lui raconter tout ce qu'il s'était passé, qui était mort, qui avait quitté qui, qui s'était marié ainsi que tout ce qu'il pensait être de l'ordre de l'incontournable. Les gens du coin demandaient toujours des nouvelles des proches, les mariages et les enterrements étaient des événements. Si vous en manquiez un, votre nom était presque terni.

— Leurs petits-enfants leur manquent mais ils adorent vivre au bord de la mer. Nous allons y passer une semaine quatre ou cinq fois par an. Et eux viennent aussi de temps en temps quand la météo est clémente. Ils sont heureux, c'est tout ce qui compte.

— Et dis-moi, tu es toujours amie avec Sarah Yoder ?

Nikki regarda Audrey pendant un moment avant de lui répondre.

— Elle s'appelle Sarah Sauder maintenant mais je suis sûre que tu le sais.

— Oui, acquiesça Audrey. J'étais chez elle hier soir mais je n'ai pas encore eu l'occasion de lui parler. J'espérais que tu pourrais me donner ton point de vue. Je déteste divulguer de fausses informations.

L'inquiétude s'afficha sur le visage de Nikki.

— Que veux-tu dire ?

— Tu sais, quand de telles choses se produisent, il y a toujours des gens qui essaient de faire passer la victime pour le méchant. Sarah et moi n'avons jamais été amies mais nos pères, eux, l'étaient. Mon père avait le plus grand respect pour Melvin Yoder et je suis certaine qu'il n'a pas élevé une meurtrière. Sarah a fait ce qu'elle pouvait pour protéger ses enfants et je voudrais que les gens connaissent la vérité avant que les commérages et les rumeurs ne viennent brouiller les cartes.

Audrey prononça ces derniers mots sur un ton indigné. Elle était sincère. Pour elle, transmettre la vérité était la chose la plus importante dans son métier.

— Bien sûr qu'elle est innocente, murmura Nikki. Celui qui prétend le contraire est un menteur et un abruti. Sarah est la personne la plus douce et la plus gentille que je connaisse. Elle ne ferait pas de mal à une mouche, alors si elle a tiré sur un homme, je peux te garantir que c'est parce qu'elle n'avait pas d'autre choix.

— C'est exactement ce que je pense, approuva Audrey avant de se pencher vers elle. Mais tu sais comme moi qu'il va y avoir des appels anonymes et que les gens vont dire des choses cruelles et ridicules.

Sur ce sujet aussi, Audrey ne mentait pas. Si les appels n'avaient pas commencé, elle savait que ce n'était qu'une question de minutes. Ça se passait toujours ainsi, il n'y avait aucune raison pour que ça change.

— Nous devons rétablir la vérité le plus vite possible, ajouta-t-elle en regardant Nikki dans les yeux.

— Je suis sûre que Sarah a déjà dû dire à la police que quelqu'un traînait devant chez elle. Un inconnu qui restait dans sa voiture noire et qui la surveillait nuit et jour, déclara Nikki en fronçant les sourcils. Wesley n'était pas là et elle se sentait nerveuse. Je comprends qu'elle lui ait tiré dessus quand cet homme s'est introduit chez elle.

— Elle n'avait pas prévenu ses frères que cet homme l'épiait ?

L'absence des frères de Sarah était un point qui intriguait Audrey. Où étaient donc passés les hommes de la famille quand Sarah avait eu besoin d'aide ? Pas un seul d'entre eux ne s'était montré. Quelque chose ne collait pas.

— Elle n'a pas pu le faire. La femme de Jacob vient d'avoir un bébé et Aaron était chez lui avec leur père. M. Yoder ne peut pas rester seul, il est très malade et sa femme est morte l'année dernière.

— Et Benjamin ?

— Oh ! lui et Sarah ne sont pas en très bons termes, répondit Nikki en secouant la tête. J'imagine qu'il est toujours contrarié que Wesley, le mari de Sarah, ait en quelque sorte hérité de ce qu'il pensait lui revenir puisqu'il est l'aîné de la famille.

— Ah oui, je n'avais pas pensé à ça, approuva Audrey. Benjamin a dû être déçu de ne pas prendre la place de son père.

— Cette décision a créé une vraie discorde entre eux. Je ne peux pas dire que j'en veux à Benjamin mais d'un autre côté, Sarah aime son mari. Elle ne peut que le soutenir même s'il se positionne contre son frère. Enfin, c'est la décision de son père, pas la sienne.

— En parlant de frères, comment va le tien ? J'ai entendu dire que les enfants d'ici l'appréciaient beaucoup.

Charlie Wells était un homme adorable. Audrey et lui avaient travaillé ensemble sur le journal de l'école. Pourquoi n'avait-elle pas choisi de tomber amoureuse de lui plutôt que de Colt ?

Et pourquoi se posait-elle cette même question chaque fois qu'elle pensait à un homme sympa qu'elle avait connu dans sa jeunesse ?

— Charlie adore son métier, lui répondit Nikki en affichant un grand sourire plein d'admiration. Il est le premier de la famille à avoir fait des études, je n'en reviens toujours pas qu'il soit devenu médecin. Qui aurait pu croire qu'un jour mon petit frère déluré allait devenir le pédiatre de la ville ?

— Et toi ? lui répondit Audrey. Tu diriges cet endroit toute seule, et les rénovations que tu as effectuées l'année dernière sont incroyables. Tu t'en sors très bien aussi, Nikki.

— Merci, lui répondit Nikki en rougissant. Venant d'une fille de la grande ville comme toi, c'est un sacré compliment.

— Oh ! tu sais, si j'arrive à gérer *la Gazette* aussi bien que tu gères ce restaurant, je serai la plus heureuse des femmes.

Nikki sourit à Audrey puis regarda autour d'elle comme pour s'assurer que personne n'écoutait leur conversation.

— Tu devrais parler avec Aaron. Je ne t'ai rien dit mais je crois savoir qu'il y a quelques mois il y avait de l'eau dans le gaz entre M. Yoder et Wesley. À cette période, M. Yoder était déjà cloué au lit et il avait réussi à convaincre toute la communauté mennonite de se tourner vers Sauder pour obtenir des conseils. Je ne sais pas ce qui s'est passé après mais aujourd'hui les deux hommes ne s'adressent plus la parole. Sarah refuse d'en parler mais j'ai le sentiment que c'est lié à quelque chose que le vieil homme aurait appris sur son gendre. Quelque chose qu'il aurait découvert sur son passé lorsque la famille de Wesley était venue leur rendre visite l'année dernière.

— Sur son passé ?

— Je n'en suis pas certaine, poursuivit Nikki en haussant les épaules. Sarah ne veut rien dire mais quelque chose a changé dans la relation entre les deux hommes. Et les frères de Sarah ont l'air tout aussi contrariés. De ce fait, je doute qu'elle partage quoi que ce soit avec eux… Et maintenant il y a cet homme qui est entré chez elle et sur lequel elle a tiré… Je ne sais pas ce qui se passe mais quelque chose ne tourne pas rond. Pour tout te dire, j'ai peur que Sarah ait des ennuis.

Audrey était ravie d'apprendre tous ces détails mais elle se demanda pourquoi Nikki se confiait à elle de la sorte. Elles n'avaient jamais vraiment été amies… Et puis, si Nikki était si inquiète pour son amie, pourquoi n'en parlait-elle pas au shérif directement ?

— Je te remercie de m'avoir donné ton point de vue, lui dit-elle, mais pour te dire la vérité, je ne m'attendais pas à ce que tu m'en dises autant.

— On se connaît depuis longtemps toutes les deux, lui répondit Nikki en jetant un nouveau regard autour d'elles. Peut-être as-tu oublié que dans les petites villes les gens prennent parti. Ils se font leur propre opinion d'après ce qu'ils pensent savoir et pas forcément d'après les faits réels. Je ne veux pas blâmer le shérif Tanner et ses hommes, mais je sais qu'ils n'iront pas chercher plus loin que ce qu'ils auront sous les yeux. À savoir qu'un étranger est venu en ville, qu'il est entré par effraction dans une maison et qu'il en a payé le prix fort. Fin de l'histoire. Ils ne vont pas creuser. D'ailleurs pourquoi le feraient-ils ? Mais moi, je sens qu'il y a quelque chose d'anormal dans cette affaire et je crois que Sarah est terrifiée. Elle ne veut même plus me parler. Brian m'a dit que tu étais la meilleure pour découvrir la vérité. Alors, s'il te plaît, aide mon amie, Audrey, c'est tout ce que je te demande.

C'était donc un coup monté. Tout à fait le genre de choses qu'Audrey appréciait.

— Je vais faire ce que je peux, tu as ma parole.

— Garde mon nom en dehors de tout ça, insista Nikki. Sarah est mon amie et je ne veux pas lui faire de mal. Je suis seulement inquiète, voilà pourquoi je te confie tout ça.

— Tu peux me faire confiance, la rassura Audrey, je n'ai encore jamais divulgué la moindre de mes sources.

Même lorsque l'une d'entre elles l'avait lâchée ou déçue, jamais elle n'avait brisé ce pacte. Les bons journalistes savaient que la confiance était la clé dans cette relation. Une bonne source était inestimable. Si on ne la respectait pas, on pouvait la perdre ainsi que sa réputation. De toute sa carrière, Audrey n'en avait jamais trahi une seule. Elle n'allait certainement pas commencer aujourd'hui.

La sonnette de la porte d'entrée retentit et Nikki s'éloigna pour accueillir un nouveau client avec un grand sourire.

— Bonjour, shérif, vous voulez une tasse de café ?

Audrey posa quelques pièces sur le bar pour régler sa boisson et se laissa glisser au bas de son tabouret. Il n'y avait plus personne dans le restaurant hormis le cow-boy qui venait d'entrer. Tandis qu'elle l'observait, Colt alla s'installer au bar sans lui jeter le moindre regard. Il posa son chapeau sur le tabouret vide à ses côtés et passa une main dans ses cheveux bruns. Voilà donc comment il comptait éviter les questions qu'elle pourrait vouloir lui poser.

Jamais encore elle ne s'était sentie blessée parce que quelqu'un l'ignorait. En prenant soin de bien garder cette idée en tête, elle marcha jusqu'à lui et s'appuya au bar.

— Eh bien, bonjour à toi aussi, shérif.

— Bonjour Rey, lui répondit-il en hochant le menton.

— Vous avez du nouveau concernant l'enquête ?

— Rien dont je puisse parler, lui répondit-il du bout des lèvres sans décoller son regard du menu accroché au mur, qu'il connaissait probablement par cœur.

— Je suppose que Branch a confirmé l'identité du grand homme roux qui a rendu son dernier souffle hier soir sur le sol de la cuisine de Sarah Sauder ?

— Tu es en contact avec Branch ? lui demanda-t-il en se retournant enfin vers elle.

Elle sourit en pensant qu'elle avait touché un point sensible. Colt avait toujours été jaloux de Branch. En même temps, quel homme ne le serait pas ? Branch était un superbe homme célibataire. Il avait été une star du football quand il était à l'université et était toujours un héros dans sa ville natale. Cependant, Colt avait à peu près le même parcours…

— Branch a compris depuis longtemps quel était son intérêt à avoir une alliée du côté des médias.

Ce n'était pas un mensonge à proprement parler, juste une manière d'éviter de lui répondre.

— Anthony Marcello est un problème, Rey.

Nikki vint déposer une tasse de café noir devant

Colt et celui-ci la remercia d'un signe du menton. Le Corner Diner était un endroit populaire pour les déjeuners d'affaires et les petites réunions de collègues. Nikki y travaillait depuis qu'elle était enfant. Elle avait vite appris à se faire discrète et à laisser aux clients l'espace nécessaire pour qu'ils puissent avoir leurs conversations privées. Malgré cela, Audrey ne pouvait s'empêcher de penser que Nikki devait probablement connaître plus de secrets que quiconque en ville.

— Peut-être mais il ne risque plus d'en créer maintenant qu'il est mort.

Audrey sourit en voyant les rides de frustration se dessiner autour des yeux de Colt tandis qu'il pinçait les lèvres. Lèvres qu'elle avait embrassées des milliers de fois.

Ne t'engage pas sur cette voie, Audrey.

Colt s'agita sur son tabouret et effleura la cuisse d'Audrey, déclenchant en elle une décharge électrique.

— Le problème, dit-il, c'est que Marcello a des amis. Des amis dangereux. Alors, je te le demande : s'il te plaît, reste en dehors de tout ça, Rey, ou tu risques de t'attirer de sérieux ennuis… Enfin, de *nous* attirer de sérieux ennuis.

Chicago. Danger. Oh oui, comprit Audrey, l'homme était en relation avec la mafia. Tout prenait sens.

— Hum, tu m'as l'air très inquiet pour ma sécurité, shérif, lui répondit-elle en penchant la tête sur le côté sans le quitter des yeux. Mais tu sais quoi, je dois faire mon travail moi aussi et celui-ci consiste à tenir les gens informés. Ça te rappelle quelque chose ? Nous avons déjà eu cette discussion hier soir. Je suis certaine que les habitants de Winchester voudraient bien savoir pourquoi la mafia s'intéresse à leur petite ville…

Et avant que Colt n'ait le temps de lui répondre, elle ajouta ;

— Tu sais que les gens parlent entre eux, Colt. Les rumeurs seront bien plus nocives que la vérité.

5

Colt n'avait qu'une envie, s'en prendre à Audrey physiquement. Le problème était que s'il posait ses mains sur elle, il ne serait plus seulement question de garder son calme.

Avant même qu'il n'ait le temps de lui répondre, elle lui lança avec un regard chargé de sous-entendus :

— Bonne journée, shérif !

Il se tourna sur son tabouret et la regarda s'éloigner par la fenêtre du restaurant. Le doux balancement de ses hanches le fit soupirer. Pourquoi diable n'arrivaient-ils pas à cesser leur petit jeu stupide ?

— Et voilà pour vous.

Il se retourna vers Nikki qui lui tendait sa tasse de café à emporter.

— Merci, lui répondit-il en la lui prenant des mains.

— Vous feriez mieux de vous dépêcher ou Rey sera bientôt loin d'ici.

Colt ne prit pas la peine de lui répondre qu'elle était déjà partie depuis longtemps. À la place, il remit son chapeau, marcha tranquillement jusqu'à la porte du restaurant et sortit sur le trottoir.

Il marcha jusqu'à la voiture d'Audrey, que celle-ci était en train d'ouvrir.

— Écoute, je ne voulais pas être désagréable.

— Je ne suis pas sûre de comprendre ce que vous

essayez de me dire, shérif, lui répondit-elle en mettant ses lunettes de soleil.

Bon sang, pensa-t-il. Elle ne lui rendait jamais les choses faciles.

— J'ai eu une nuit difficile.

— Tu es encore allé traîner dans ce saloon à Kelso ? lui demanda-t-elle en haussant les sourcils. Ou peut-être as-tu seulement bu des bières chez toi ?

Elle fit une courte pause, retira ses lunettes noires et se hissa sur la pointe des pieds pour se rapprocher de son visage.

— Maintenant que tu me le fais remarquer, c'est vrai que tu as l'air fatigué, tes yeux sont injectés de sang.

Sans pouvoir s'en empêcher, il se baissa jusqu'à se retrouver nez à nez avec elle.

— J'étais sur la scène de crime jusqu'à minuit, après je suis rentré chez moi. Mon fils est arrivé à la maison à peu près au même moment, ivre. Il aurait pu se mettre en danger ou même blesser quelqu'un. Alors, oui, il y a eu de l'alcool hier soir mais je ne suis pas celui qui en a abusé.

— Je suis désolée, dit Rey, et Colt vit l'inquiétude briller dans ses yeux avant qu'elle remette ses lunettes de soleil. J'imagine combien cela doit être contrariant. Je suis soulagée de savoir qu'il est rentré sain et sauf.

— Merci, lui répondit-il, ravi de voir qu'elle et lui pouvaient aussi se parler raisonnablement.

Pourtant, chaque fois qu'ils s'adressaient la parole ou échangeaient plus d'une dizaine de mots, la conversation tournait au vinaigre.

— Je pensais ce que je t'ai dit tout à l'heure, Rey. Si Branch a raison à propos de cette histoire avec la mafia de Chicago, nous allons peut-être au-devant de sérieuses complications. Je ne veux pas que tu te retrouves en ligne de mire, OK ?

— Je suis une grande fille, shérif, lui répondit Audrey en lui adressant un sourire presque provocateur. Je sais m'occuper de moi-même, pas besoin de vous faire du souci pour moi.

Mais avant qu'elle n'ait le temps de rentrer dans sa voiture, Colt lui prit la main. Le contact de sa peau contre la sienne lui serra la gorge. Combien de nuits avait-il passées à rêver d'elle ?

— Je me fais du souci, Rey, je me fais du souci pour toutes les personnes auxquelles je tiens.

— Eh bien, je tâcherai de ne pas l'oublier.

D'un geste vif, elle retira sa main et monta dans sa voiture. Colt la regarda attacher sa ceinture, mettre le contact puis sortir du parking et disparaître.

Bien, pensa-t-il, au moins elle ne lui avait pas répondu de se mêler de ses propres affaires. Il y avait du progrès. La cloche du palais de justice se mit à sonner et Colt pensa qu'il ferait mieux de se dépêcher de se rendre au commissariat s'il voulait être à l'heure pour sa réunion avec Branch. Plus vite ils comprendraient ce que ce Tony Marcello était venu faire à Winchester, plus vite ils pourraient protéger les habitants de la région.

Quand Colt entra dans le bureau, Branch était en train de regarder ses trophées sur le mur.

— Désolé de t'avoir fait attendre.

Branch se retourna et les deux hommes se serrèrent la main.

— Pas de problème, lui répondit le marshal en tournant la tête vers les photos et les plaques. J'étais en train d'observer les temps forts de ta carrière. Tu as fait du bon boulot, Colt. Ton père serait fier de toi.

— Merci, tu veux un café ou quelque chose à boire ?

— Non, c'est gentil, lui répondit Branch avant de s'asseoir sur l'une des deux chaises qui se trouvaient devant le bureau de Colt.

Sur l'autre, le marshal posa son Stetson.

Colt avait toujours préféré la marque Resistol. Il accrocha son chapeau au portemanteau puis alla s'asseoir dans son fauteuil.

— Tu as de nouvelles informations concernant ce Tony Marcello ?

— C'était l'homme de main de la famille mafieuse Cicero. Les Cicero gèrent des activités illégales à Chicago depuis des décennies. Marcello est lié à leurs affaires depuis une quinzaine d'années. D'après ce que l'on sait, il s'occupait surtout de nettoyage. Je pense que la famille l'a envoyé ici pour clore une affaire qui traînait.

— Et tu crois que Wesley Sauder serait cette *affaire* ? demanda Colt en posant les coudes sur son bureau.

— Tout à fait, acquiesça Branch. Maintenant, nous allons devoir trouver Sauder avant que la famille Cicero n'envoie quelqu'un d'autre. Car tu peux être certain qu'ils continueront d'envoyer des gens tant que cette histoire ne sera pas réglée.

— Nous pouvons nous en occuper ensemble, proposa Colt, mais cette enquête reste la mienne.

— Je suis ici pour te donner toute l'aide dont tu pourrais avoir besoin, lui répondit Branch en levant les mains avec un air innocent. Je suis ravi de laisser cette affaire à quelqu'un de compétent, tu peux me croire.

— Dans ce cas, conclut Colt en se levant, je suis certain que nous allons faire du bon boulot.

— Je vais continuer à interroger mes sources, déclara Branch en se levant également.

— J'ai des relations dans toute la région, nous allons vite retrouver Sauder.

Une fois que Branch fut sorti de son bureau, Colt se dirigea vers la salle de réunion où il avait briefé ses équipes le matin même. Il observa la carte sur laquelle ils avaient localisé les citoyens qui appartenaient à la communauté mennonite. Il y avait quatre entreprises. La boulangerie Yoder, un magasin de meubles, la fonderie et une petite entreprise de construction. Sauder devait être connu de tous. Colt avait divisé la zone de recherche en quatre mais avait laissé les entreprises de côté. Il comptait s'en occuper lui-même. Ses hommes avaient reçu l'ordre de n'être ni insistants ni intrusifs. Les mennonites étaient des gens discrets. S'ils disaient ne pas avoir vu Sauder ou s'ils refusaient de répondre à certaines questions, la consigne était de passer à autre chose et de prévenir Colt. Il s'occuperait en personne des situations et des personnes les plus sensibles.

Tout en criant à son assistant qu'il se rendait sur le terrain, Colt attrapa son chapeau et se dirigea vers la sortie. Autant commencer par la boulangerie… Sarah Sauder y serait probablement. Avec un peu de chance, son mari aussi.

La boulangerie, comme la plupart des commerces de l'alliance mennonite, se trouvait à la sortie de la ville. Les membres de la communauté avaient mis leurs ressources en commun et avaient acheté des terres chaque fois que l'occasion s'était présentée. Puis, en un temps record, ils avaient fait construire tout un tas de maisons et des commerces. La boulangerie des Yoder avait été la première entreprise mennonite à ouvrir à Winchester. Colt se souvenait que sa mère aimait y faire ses courses. L'endroit sentait encore la même odeur délicieuse qui flottait dans la cuisine familiale quand un cake cuisait au four.

Sa mère était morte depuis trente ans mais elle lui manquait toujours autant. La perte de son père deux ans auparavant avait été une épreuve encore plus difficile. Ses deux frères étaient toujours en vie mais ils vivaient tous les deux en Alabama et Colt ne les voyait pas assez souvent à son goût.

Sa famille se résumait donc à son fils et lui. Ce matin, Key avait été furieux. Devoir prendre le bus pour se rendre en cours était déjà pour lui une aberration, aussi, quand il avait découvert qu'en prime il avait perdu le droit de se servir de son téléphone portable, il avait réagi comme si on l'avait amputé d'un bras. Malgré sa colère, Colt était resté sur ses positions. Pas de conduite ni de téléphone portable pendant un mois. Son fils survivrait, même s'il ne doutait pas que ça allait être difficile pour lui. Après avoir dit à son père qu'il ferait mieux de se trouver des occupations dans sa propre vie pour éviter d'interférer dans la sienne, Key avait appelé sa mère. Colt avait été surpris de constater qu'elle était d'accord avec sa décision. Il avait pensé inscrire ce jour sur le calendrier qui était accroché dans la cuisine. Mais il savait qu'il ne pouvait pas faire confiance à son ex-femme. Si elle le soutenait ce coup-ci, c'était probablement qu'elle avait une idée derrière la tête. Il découvrirait ce dont il s'agissait bien assez tôt.

Ce n'était pas la première fois que son fils l'accusait de lui pourrir la vie. Quant à la sienne… Colt ne se souvenait même pas de son dernier rendez-vous galant. Son poste de shérif lui prenait tout son temps et puis il n'avait jamais ressenti le besoin de fréquenter quelqu'un… Tout du moins jusqu'à ce que Rey revienne en ville.

Colt soupira. Penser à tout cela ne semblait pas constructif. Il se concentra sur sa conduite et alla se garer devant la boulangerie Yoder. Puisque son pick-up était le seul véhicule sur le parking, il pensa qu'il allait pouvoir avoir un moment au calme avant l'arrivée du prochain client. Il descendit de sa voiture et jeta un coup d'œil aux alentours. Une autre voiture était garée au bout de la rue mais ce n'était pas la fourgonnette de Sarah.

Le boulanger commençait à travailler à 5 heures du matin. Colt sentit son estomac gargouiller rien qu'à l'idée du merveilleux parfum qui allait flotter dans la boutique. Peut-être allait-il se laisser tenter par un muffin ? Il n'avait rien pu avaler ce matin au petit déjeuner, la dispute avec son fils lui avait coupé l'appétit. Il n'y avait pas pire départ pour une journée.

Quand il poussa la porte de la boulangerie, la sonnette annonça son entrée. Immédiatement, une délicieuse odeur de pain et de viennoiseries l'enveloppa. La jeune femme qui se trouvait derrière le comptoir leva les yeux.

— Bonjour, shérif, lui dit-elle en souriant.

Colt reconnut immédiatement Ruby Weber.

— Bonjour, Ruby. Dites donc, ça sent rudement bon, ici. Avez-vous déjà des muffins à la myrtille ?

— Bien sûr, lui répondit-elle en enfilant des gants pour le servir.

Les femmes mennonites portaient des bonnets et de longues robes aux couleurs et aux formes sobres. Même si les adeptes avaient l'habitude de rester beaucoup entre eux, Colt n'en avait jamais rencontré aucun qui ne soit pas respectueux et poli. Mais cette fois-ci serait peut-être différente.

— M. et Mme Sauder sont-ils là ce matin ?

— Malheureusement non, shérif, lui répondit Ruby en plaçant le gâteau sur le comptoir en verre. Je suppose qu'ils sont encore trop bouleversés par ce qu'il s'est passé chez eux, hier soir.

— Sarah vous avait prévenue qu'elle ne viendrait pas ?

Colt pensa soudain que les Sauder avaient tout aussi bien pu faire leurs bagages et quitter la ville. Cependant, il avait demandé à un de ses hommes de monter la garde près de la ferme des Yoder. Si celui-ci avait vu Sarah et les enfants partir, il l'aurait prévenu. Mais il n'y avait pas qu'une seule porte dans ce genre de bâtiment…

— Oui, acquiesça Ruby. Elle ne se remet pas de ce qu'elle a dû faire, shérif. Moi-même je crois que je ne pourrais pas vivre avec le sang d'un homme sur les mains.

— Je dois lui parler, Ruby. Nous avons découvert de nouvelles informations concernant l'homme qu'elle a tué. Je suis très inquiet pour la sécurité de la famille Sauder. Si vous l'avez au téléphone, s'il vous plaît, dites-lui de m'appeler le plus vite possible.

Colt préférait ne pas se rendre chez le père Yoder. Vu son état de santé, ce n'était pas une bonne idée de lui infliger autant de stress. Mais si Sarah ne le contactait pas rapidement, il n'aurait pas d'autre choix que d'aller la voir là-bas.

— Oui, je le lui dirai si je la vois. Il n'y a pas le téléphone chez son père et le réseau ne passe pas bien pour les portables.

Une sonnerie retentit en cuisine et Ruby se retourna.

— Mon pain est cuit, je vous laisse, bonne journée, shérif.

— Attendez, je ne vous ai pas payé le muffin.

— C'est un cadeau, lui répondit Ruby en faisant un geste de la main. Si vous voulez, il y a aussi du café chaud derrière vous.

Colt la remercia en la regardant disparaître dans l'arrière-boutique. Puis il prit une bouchée de son muffin. Celui-ci était si délicieux qu'il réprima un soupir de plaisir. Il alla se servir une tasse de café et en sentant ses arômes puissants, il se fit la réflexion que tout, ici, sentait divinement bon.

Tout en savourant ce petit déjeuner tardif, il décida de patienter un instant. Qui sait, peut-être Sarah allait-elle pointer le bout de son nez ? Ruby n'allait de toute évidence pas tenir la boutique seule toute la journée.

Son téléphone se mit à vibrer. Engloutissant les restes de son gâteau, il le sortit de sa poche et décrocha. Un de ses hommes le prévenait que la fourgonnette des Sauder était toujours garée devant la maison du père de Sarah.

Colt allait devoir s'y rendre pour vérifier par lui-même qu'elle était toujours là-bas. Mais peut-être se faisait-il des idées… Il était possible que ce Tony Marcello se soit trompé de maison. Mais, comme Branch, il n'y croyait pas une seconde.

Il y avait quelque chose de louche dans cette histoire.

Il finit sa tasse de café et jeta le gobelet dans la poubelle. Mais alors qu'il se dirigeait vers la sortie, la sonnette retentit et Audrey fit son entrée dans la boulangerie.

— Comme on se retrouve, lui lança-t-elle en marchant vers lui. On dirait que nous avons tous les deux envie des mêmes choses ce matin.

Elle tendit la main vers lui et épousseta les quelques miettes de muffin qui se trouvaient sur sa chemise.

Colt sentit soudain une puissante vague de désir l'envahir. Audrey n'avait aucune idée de ce dont il avait réellement envie.

— Elle n'est pas là, lui répondit-il en hochant la tête comme pour se remettre les idées en place. Tu perds ton temps ici.

Audrey lui répondit par un grand sourire et le contourna.

— Mon Dieu, que tout ça a l'air appétissant !

La main posée sur la poignée de la porte, Colt s'enjoignit de partir le plus vite possible. De continuer sa journée en ignorant ce qu'Audrey était en train de faire.

Mais…

Mais au lieu de ça, il se retourna vers elle. Il s'apprêtait à lui demander si elle le suivait quand un cri retentit dans la boulangerie. Il provenait de l'arrière-boutique et était si empreint de terreur que Colt sentit ses poils se hérisser.

Audrey fit le tour du comptoir et poussa les portes battantes. Il la suivit et entra dans une immense cuisine. À droite, se trouvait une chambre froide et des congélateurs, à gauche une pièce qui servait de bureau et plus loin derrière une porte ouverte, la réserve. C'était là d'où provenaient les cris.

Audrey se précipita vers la porte mais Colt l'attrapa par les épaules et la poussa sur le côté pour entrer le premier.

Au milieu de la large pièce se tenait Ruby, le visage aussi pâle que la farine qui était entreposée dans les étagères à droite. Par terre, appuyé contre les rayonnages du fond, était assis un homme entièrement vêtu de noir – chemise, pantalon et veste. Sa tête tombait en avant, la balle qui lui avait traversé la poitrine avait laissé dans son ventre un trou par lequel une bonne partie de son sang semblait s'être écoulée, formant une flaque entre ses jambes écartées.

6

Tandis que Colt appelait du renfort et probablement le médecin légiste, Audrey fit sortir Ruby de la pièce. Une fois de retour dans la boutique, elle aida Ruby à s'asseoir sur la chaise qui se trouvait derrière la caisse.

— Restez ici un instant. Je vais aller verrouiller la porte d'entrée et mettre la pancarte qui indique que la boulangerie est fermée, OK ?

Ruby acquiesça en silence, le visage inondé de larmes.

— Où rangez-vous les clés ?

Ruby lui montra la caisse et Audrey alla chercher le trousseau, verrouilla la porte et laissa les clés sur la serrure pour pouvoir ouvrir aux secours quand ils arriveraient.

Puis elle prit une serviette en papier sur le comptoir et la tendit à Ruby qui sanglotait toujours.

— Je… Je devrais appeler Sarah.

— Je crois que le shérif préférerait attendre, Ruby. Mais dès qu'il nous donnera le feu vert, vous pourrez appeler votre mère si vous le souhaitez.

Audrey était impatiente de retourner auprès de Colt, mais elle n'avait pas confiance en Ruby. Elle était bien trop bouleversée pour rester seule dans la boutique.

— Et si vous veniez avec moi dans le bureau en attendant que le shérif Tanner vienne vous voir ?

Ruby se leva et suivit Audrey jusqu'à la petite salle

qui servait de bureau dans l'arrière-boutique. Après l'avoir aidée à s'asseoir, Audrey lui prit son téléphone portable pour s'assurer qu'elle n'allait pas s'en servir et lui tapota l'épaule en signe de réconfort.

— Restez ici, je vais dire au shérif que vous l'attendez.

Elle se dirigea vers la porte, mais alors qu'elle allait quitter la pièce, une question s'imposa à elle.

— Dites-moi une chose, Ruby, ce matin quand vous êtes arrivée à la boulangerie, la porte d'entrée était fermée ?

La jeune femme leva le regard vers elle. Dans ses yeux brillaient la peur et l'inquiétude.

— Oui, lui répondit-elle d'une voix tremblante. Oui, j'ai dû me servir de mes clés pour entrer.

— Et la porte de derrière ?

— Ça, je ne sais pas, lui répondit la jeune femme en se frottant les tempes. Je ne suis pas allée vérifier, j'ai juste fait ce que je fais tous les matins à l'ouverture.

— Bien sûr, ne vous en faites pas, je suis certaine que le shérif Tanner va s'occuper de vérifier tout ça.

Audrey se dépêcha de traverser l'immense cuisine pour se rendre dans la réserve. Mais sur le pas de la porte, elle hésita un instant et jeta un œil aux alentours pour voir si Colt était dans les parages. Puis elle entra et s'approcha du corps tout en gardant la distance nécessaire. Elle sortit rapidement son téléphone de sa poche, prit une photo puis le rangea sans perdre de temps.

Si elle avait eu son sac à main avec elle, elle aurait pu enfiler une paire de gants et regarder depuis combien de temps l'homme était mort. Le sang avait coagulé et semblait même sec à certains endroits.

— Bon sang, Rey !

Audrey grimaça en entendant le ton sévère de Colt. Mais elle resta sur place et se retourna lentement vers lui.

— Il est là depuis un bon moment, peut-être même a-t-il passé la nuit ici.

— On dirait bien, en effet, approuva Colt en la fusillant du regard. Mais maintenant, sortons d'ici.

— Ce ne sont pas quelques minutes qui vont changer grand-chose, nous sommes entrés sur la scène de crime, nous ne pouvons pas revenir en arrière.

Colt ouvrit la bouche pour protester mais Audrey ajouta, en lui montrant ses mains, recouvertes de latex :

— Et puis tu as déjà enfilé tes gants… Allez, jette un œil à ses mains puis à ses bras.

Le regard noir, Colt s'agenouilla près du corps et souleva les doigts du cadavre.

— Ils sont souples, remarqua-t-il avant d'essayer de faire bouger le bras de l'homme en pliant le coude. Le bras est rigide par contre.

— Il est mort hier soir. Depuis douze heures ou même plus.

Audrey avait vu assez de cadavres et interviewé suffisamment de médecins légistes pour savoir comment évaluer un corps dans les vingt-quatre heures qui suivaient le décès.

— Sortons d'ici, Rey, lança Colt en lui jetant un nouveau regard chargé de reproches.

Mais cette fois, Audrey ne protesta pas. Elle avait obtenu l'information qu'elle cherchait. Ce type était probablement mort la veille, à peu près au même moment ou un peu avant celui qui avait été abattu dans la cuisine de Sarah Sauder. Et vu que cette boulangerie appartenait à la famille de Sarah, la découverte de ce nouveau cadavre changeait totalement le cours de l'enquête.

Une fois qu'ils furent sortis tous les deux de la réserve, Audrey reprit la parole :

— Ruby dit que la porte d'entrée de la boulangerie était fermée ce matin quand elle est arrivée. Mais elle n'a pas vérifié celle de derrière.

Audrey se retourna et jeta un coup d'œil à l'issue de secours.

— Tu l'as interrogée ? Bon sang, Rey…, grogna Colt en posant les mains sur sa taille avec un air furieux. Tu devais patienter avec elle. T'asseoir à ses côtés et attendre bien gentiment que je te dise quoi faire.

— Oh ! je t'en prie, protesta Audrey en levant les yeux au ciel. Passe-moi les menottes ou fais-moi sortir d'ici, mais ne me dis pas ce que je dois faire, Colt Tanner.

— Eh bien, Audrey Anderson, vous êtes en état d'arrestation pour avoir interféré dans une enquête policière.

Colt attrapa la paire de menottes qui était accrochée à la poche arrière de son jean, l'air tout à fait sérieux.

— Tu ne peux pas m'arrêter, Colt, lui dit Rey, abasourdie par sa réaction. Je suis entrée ici comme une simple cliente, je ne peux pas être tenue responsable du reste des événements.

— Continue comme ça et j'ajouterai que tu as refusé d'obtempérer, lui répondit-il, hors de lui.

Audrey lui tendit ses poignets et il lui passa les menottes tout en lui récitant ses droits comme si elle était une véritable criminelle. Ce n'était pas la première fois qu'on la dégageait d'une scène de crime les menottes aux poignets. Mais c'était la première fois que Colt Tanner osait la défier de la sorte.

Comment en étaient-ils arrivés là ?

La tenant fermement par le bras, il la guida jusque dans la boutique.

— Maintenant, reste assisc ici, lui ordonna-t-il en

la forçant à s'asseoir sur le tabouret derrière la caisse. Et en silence.

Quand il disparut derrière les portes battantes, Audrey chercha son téléphone dans sa poche. Colt allait le regretter. Elle chercha le numéro de Brian dans ses contacts, le composa puis glissa l'appareil entre son épaule et son oreille.

— Où es-tu ? lui lança Brian en décrochant. J'ai dû reporter la réunion éditoriale.

— Je suis à la boulangerie Yoder, murmura-t-elle pour que Colt ne l'entende pas. Il y a un nouveau cadavre.

— Oh, mon Dieu. De qui s'agit-il ?

— Aucune idée ! Mais j'ai pris une photo, je te l'envoie immédiatement.

— Colt va…

— Ce n'est pas pour la publier, seulement pour essayer de découvrir son identité. Tout ça doit rester entre toi et moi.

— Pourquoi tu chuchotes ? lui demanda Brian qui parlait lui aussi à voix basse.

— Colt m'a arrêtée pour avoir interféré dans l'enquête. On dirait que le type a été tué hier à peu près au moment où Sarah Sauder a tiré sur l'homme qui était entré chez elle, Tony Marcello.

— Attends, attends, Colt t'a arrêtée ? Tu es sérieuse ?

— Absolument, approuva Audrey en laissant échapper un profond soupir d'exaspération.

— J'arrive immédiatement, lui dit Brian en criant presque.

— Surtout pas ! lui ordonna Audrey en tentant de rester le plus discrète possible. Essaie de trouver l'identité de cet homme, tout va bien, ne t'en fais pas pour moi.

Brian commençait à protester mais elle lui raccrocha au nez. Puis, tout en gardant un œil sur les portes battantes, elle lui envoya la photo qu'elle avait prise du cadavre. En l'observant, elle se rendit soudain compte qu'il était vêtu de la même manière que Marcello ; pantalon noir, chemise noire mais à la place de la veste, il portait cette fois un sweat à capuche noir. Il semblait bien plus jeune que l'autre homme. Avait-il été tué avant ou après Marcello ? Peut-être que ce nouvel élément expliquait pourquoi Wesley Sauder n'était jamais rentré chez lui…

Audrey rangea son téléphone. Les renforts étaient sur le point d'arriver, elle pouvait entendre dehors le bruit des moteurs des véhicules qu'on garait. Elle regarda par la fenêtre et vit les voitures de plusieurs policiers. Où pouvait bien se trouver Burt ? La rapidité n'avait jamais été son fort. Elle jeta un œil aux clés toujours sur la serrure… Devait-elle les laissait entrer ?

Elle se leva de son tabouret et alla ouvrir la porte. À peine eut-elle le temps de reculer que celle-ci s'ouvrit avec vigueur faisant tinter la sonnette bruyamment. Audrey fit quelques pas en arrière pour laisser entrer quatre hommes en uniforme beige et marron.

— Bonjour, mademoiselle Anderson, lui dit le dernier d'entre eux.

Il s'agissait du fils de James Carter. La famille Carter dirigeait la quincaillerie de la ville depuis cinq générations.

— Bonjour, lui répondit-elle.

— Mais, que diable… ?

Burt venait de faire son entrée dans la boulangerie et regardait Audrey avec stupeur.

— Colt est furieux après moi, lui avoua-t-elle.

— Tu as tiré sur quelqu'un, Rey ? lui demanda-t-il en écarquillant les yeux.

— Non, lui répondit-elle avant de regarder vers l'arrière-boutique. Mais je vais peut-être finir par le faire.

— Burt !

Ils se retournèrent tous les deux en entendant Colt.

— Quel est le problème ? lui demanda Burt avant d'ajouter d'un air désolé : Je dois y aller.

Il se dépêcha d'aller rejoindre Colt qui l'attendait à côté des portes battantes puis ils disparurent tous les deux.

Un bruit de pneus qui crissent attira son attention et elle regarda à l'extérieur par la grande baie vitrée où étaient affichées les promotions du moment :

POUR L'ACHAT DE QUATRE GÂTEAUX AU BEURRE DE CACAHUÈTES, DEUX SONT OFFERTS.

Malgré la situation, elle en avait l'eau à la bouche. La fourgonnette qui venait de s'arrêter bruyamment sur le parking appartenait au *Tullahoma Telegraph*.

Audrey se dépêcha d'aller refermer la porte à clé et alla se cacher derrière les étagères de pâtisseries. Une fois certaine que personne ne pouvait la voir depuis l'extérieur, elle se détendit. Annalise Guthrie était une journaliste intrépide qui adorait voler les sujets d'Audrey.

— Pas aujourd'hui, ma chérie, murmura Audrey en haussant les épaules.

Son téléphone portable se mit soudain à vibrer. En le sortant de sa poche, elle vit qu'il s'agissait de Brian.

— Alors, qu'as-tu trouvé ?

— Le type s'appelait Casey Pranno et devine d'où il vient…

— Il bossait avec Marcello ?

— Bingo. J'ai parlé avec Wanda Mulberry qui était à la poste quand j'ai déposé le courrier. Si de nouveaux marshals avaient été envoyés, elle le saurait puisque le bureau de Branch se trouve dans le même bâtiment. Mais il n'y a aucune nouvelle tête pour le moment, même si elle m'a dit que Branch semblait agité. Elle l'a vu sortir en trombe pour se précipiter dans sa voiture. Il devrait arriver d'une seconde à l'autre.

À peine Brian avait-il prononcé ces mots que deux policiers passèrent les portes battantes et se précipitèrent vers la porte d'entrée. Après avoir déverrouillé la porte, ils l'ouvrirent et Audrey les observa établir le périmètre de sécurité et repousser la journaliste derrière le ruban.

— Prépare un article sur Marcello et Pranno. Si nous ne trouvons rien de nouveau, nous le publierons demain à la une, mais attends le dernier moment pour lancer l'impression.

La sonnette de la porte d'entrée tinta.

— Je dois te laisser, conclut Audrey avant de raccrocher.

Elle rangea son téléphone puis tendit le cou pour voir qui venait d'entrer. Branch se trouvait sur le pas de la porte. Il jeta un regard à gauche puis à droite avant d'apercevoir Audrey.

— Rey, pourquoi tu te caches ? lui demanda-t-il en retirant son chapeau pour la saluer.

Elle avança de quelques pas dans sa direction tout en prenant bien soin de ne pas pouvoir être vue de l'extérieur. Si Annalise était là, d'autres journalistes devaient être arrivés également.

— Colt m'a arrêtée pour avoir interféré dans son enquête, lui répondit-elle en lui montrant ses mains attachées.

— Il a perdu la boule ? lui demanda Branch en marchant jusqu'à elle.

Il secoua la tête puis fouilla dans ses poches pour sortir une clé dont il se servit pour la libérer.

— Tu as dû vraiment l'énerver.

— Je crois, oui, lui répondit-elle en frottant ses poignets endoloris.

Mais il le méritait. Elle pourrait même l'énerver tous les jours du reste de sa vie, jamais cela ne pourrait égaler ce qu'il lui avait fait subir. Mais elle préférait garder les détails pour elle. Enfin… Si Branch était déjà à l'université quand Colt et elle avaient rompu, il avait dû entendre les rumeurs…

— Tu as toujours été une bagarreuse, lui dit-il avec un sourire.

Et encore, pensa-t-elle. Il n'imaginait pas à quel point. L'image du sous-sol froid et humide sous la rédaction lui vint soudain à l'esprit.

— Je vais le prendre comme un compliment.

— Viens, lui dit-il en lui faisant signe de le suivre. Allons voir ce que le shérif Tanner va me dire quand je vais lui dire que je prends en charge sa prisonnière.

— Un de ces jours, il faudra bien que vous cessiez d'entretenir cette vieille rivalité de footballeurs, lui répondit Audrey en ne pouvant s'empêcher de sourire.

— Je ne pense pas que ça risque d'arriver, sauf peut-être quand l'un d'entre nous viendra saluer l'autre à la maison funéraire des DuPont.

Tout comme le journal familial, les pompes funèbres de la ville était un des plus vieux bâtiments de Winchester. Malgré le ton ironique de Branch, l'endroit ne faisait pas sourire Audrey. C'était l'entreprise DuPont qui s'était chargée de son père quand il était mort… Et elle n'avait pas la moindre envie de voir quelqu'un d'autre exposé dans le salon funéraire de cette vieille maison victorienne.

Elle frissonna en repensant à l'endroit.

— Tu as froid ? lui demanda Branch en lui tenant les portes battantes.

— Non, ça va.

Elle entendit une nouvelle fois le tintement de la clochette d'entrée et deux nouveaux hommes en uniforme vinrent les rejoindre dans la grande cuisine de la boulangerie. Elle reconnut les hommes de la police scientifique qui étaient là pour analyser la scène de crime dans ses moindres détails.

— Je ferais mieux de rester par ici, dit-elle à Branch alors qu'il avançait vers la réserve.

Il lui répondit d'un signe de tête avant d'aller voir le corps. Audrey était satisfaite de sa position de spectatrice. En se penchant un peu, elle pouvait voir Colt qui discutait avec Ruby dans le bureau. Mon Dieu, la pauvre femme devait être terrifiée.

Les tartes prêtes à être glissées dans les fours étaient posées sur les tables en acier. Audrey regarda autour d'elle pour s'assurer qu'elle n'était pas visible depuis le bureau puis prit quelques photos. La poussière de farine sur l'acier brillant faisait ressortir à merveille les pâtisseries. Cela n'avait pas grand-chose à voir avec les photos macabres qu'elle avait l'habitude de prendre mais il s'agissait d'une petite ville du Sud… Les lecteurs allaient adorer cette image.

Comme il lui était déjà arrivé de se faire prendre dans pareille situation, elle envoya la photo qu'elle venait de prendre sur sa boîte mail puis l'effaça ainsi que celle qu'elle avait prise du cadavre. Après cela, elle supprima également toutes les traces des conversations qu'elle avait eues avec Brian. Elle savait que Colt demanderait à vérifier son téléphone. Puis, satisfaite d'elle-même, elle s'appuya contre l'évier de la cuisine, à quelques mètres des portes. Sur le mur était accroché un panneau ordonnant aux employés de se laver les mains chaque fois qu'ils allaient servir des clients ou qu'ils revenaient en cuisine.

Elle se demanda si Wesley Sauder était venu à la boulangerie et s'il s'était retrouvé face à cet homme qui se trouvait dans la réserve pendant que sa femme tirait sur un autre type dans leur cuisine.

Si Sauder était mort, sa femme devait le savoir.

Mais Audrey était prête à parier qu'il se cachait quelque part. Il était en lien avec la mafia et ils en avaient maintenant après lui. Pas besoin d'être flic pour savoir que ces gars ne cesseraient pas leurs recherches avant d'être parvenus à leurs fins. Si quelqu'un se demandait si cette affaire avait un lien avec une organisation criminelle, il n'y avait plus de doute possible.

Colt sortit du bureau et posa les yeux sur elle, l'air sévère. Audrey vit qu'il était toujours aussi furieux.

— Que fais-tu ici ? lui demanda-t-il en se plantant devant elle.

— Branch m'a retiré les menottes et m'a demandé de l'attendre ici, répondit-elle en levant les mains devant lui.

Avant que Colt ne puisse lui répondre et déchaîner la tempête de fureur qui tourbillonnait dans ses yeux, elle ajouta :

— Il y a des journalistes sur le parking devant la boulangerie, je ne veux pas qu'ils me voient.

Elle savait que Colt ne pourrait rien opposer à son excuse.

— Viens avec moi, lui dit-il en la prenant par le bras.

Il poussa une porte sur laquelle était écrit « Réservé aux employés » et, une fois qu'ils furent tous deux entrés dans la petite salle de bains, il referma la porte derrière eux.

— Est-ce que tu essaies de me faire sortir de mes gonds ?

Peut-être que la terrible nuit qu'il avait passée expliquait son manque de patience et le fait qu'il soit autant à fleur de peau. Le Colt qu'Audrey connaissait avait bien plus de sang-froid.

— Pas du tout. J'étais ici pour m'acheter un scone. À ma connaissance, je ne crois pas que ce soit illégal…, lui dit-elle en décidant de lui cacher qu'elle était en réalité venue pour voir Sarah. Quand Ruby a crié, nous avons tous les deux couru à sa rescousse… Et puis, tu m'as arrêtée. Alors que j'étais juste victime des circonstances.

Colt passa une main dans ses cheveux. Elle se rappela soudain qu'elle aimait aussi glisser les doigts dans sa chevelure…

Stop, pensa-t-elle, *ne commence pas à penser à ça*.

— Écoute, je suis désolée d'avoir passé mes nerfs sur toi, lui dit-il en soupirant. Mais tu n'aurais pas dû entrer dans cette réserve. Tu as dépassé les bornes, Rey.

— Il s'appelle Casey Pranno, c'est un des associés de M. Marcello, l'autre type mort dans la cuisine de Sarah Sauder.

Colt ferma les yeux et secoua la tête en restant silencieux pendant quelques secondes.

— Je t'en prie, dis-moi que tu n'as pas pris de photos de cet homme mort et que tu ne les as pas envoyées à quelqu'un…

— À Brian seulement. Mais nous ne la publierons pas, je l'ai déjà effacée de mon téléphone.

— Tu me le promets, Rey ? Jure-moi là tout de suite que tu ne publieras pas cette photo…

S'il n'avait pas semblé si contrarié et désespéré, elle l'aurait volontiers laissé la supplier encore un peu.

— Je te le jure, Colt. Tu me connais quand même. Tu sais bien que je ne te mettrais pas dans une telle position, lui dit-elle en haussant les épaules. Enfin, sauf si tu m'empêches de faire *mon* travail…

— OK, acquiesça Colt en poussant un nouveau profond soupir. Tu peux y aller si tu veux.

— Tu veux dire que je ne suis plus en état d'arrestation ?

Il leva les yeux au plafond.

— Je n'ai pas dit à Branch ce que je viens de te dire.

Colt reporta son regard sur elle et la dévisagea pendant une seconde qui lui sembla en durer deux. Et pendant cette seconde supplémentaire, Audrey sentit monter en elle un désir qu'elle n'avait pas ressenti pour lui depuis leur premier baiser.

— Merci, lui dit-il, la voix grave. Tu peux sortir par la porte de derrière si tu veux éviter les autres journalistes.

— Bonne idée mais…, se rappela-t-elle, ma voiture est garée devant.

Et tout le monde ici savait à qui appartenait cette voiture.

— Bon, tu peux rester ici mais reste collée à cet évier comme s'il s'agissait de ton meilleur ami. Ne bouge pas d'un millimètre.

— Promis.

En se penchant pour ouvrir la porte, il rapprocha son visage d'elle.

— Tant que tu me donnes l'exclusivité des infos, ajouta-t-elle.

Il plongea alors son regard dans le sien et lui répondit, alors qu'ils se trouvaient nez à nez :

— Je te donnerai tout ce que tu veux, Rey. Je l'ai toujours fait.

Et il disparut.

Audrey s'appuya contre le mur de la salle de bains un court instant, le temps de calmer son cœur qui battait à tout rompre.

Elle n'allait pas recommencer à fricoter avec Colt Tanner. Cela ne se reproduirait pas.

Jamais, jamais, jamais.

7

Colt détacha le panneau qui indiquait que la maison des Sauder était un périmètre sécurisé, il le plia en deux et le fourra dans sa poche. Puis il se servit de la clé de Sarah pour ouvrir la porte d'entrée. Il y avait maintenant deux lieux de crime et tous les deux impliquaient les Sauder : leur résidence familiale et la boulangerie. Il entra dans la maison et appuya sur l'interrupteur. La lumière de cette fin d'après-midi était encore belle mais les hommes du shérif avaient tiré les rideaux de toutes les fenêtres avant de fermer la maison.

Même si ce n'était pas la première fois qu'il devait enquêter sur deux meurtres en même temps, c'était la première fois qu'une seule et même famille était concernée. Tout en observant chaque détail, il fit le tour du salon. Il y avait un canapé dans un coin de la pièce et deux fauteuils encadraient la cheminée. L'espace était peu encombré, un vieux téléphone à cadran était posé sur une des petites tables basses. Les seuls mennonites qui avaient le téléphone étaient ceux qui possédaient des entreprises. La plupart d'entre eux ne s'intéressaient pas à ces objets qu'ils qualifiaient de « gênants ». Un rapide tour dans les quatre chambres de la maison lui révéla la même chose : les lits étaient faits avec des draps sobres et ordinaires, la plupart des tiroirs dans les commodes étaient vides et seuls quelques vêtements étaient suspendus dans les petits placards.

Chaque pièce de la maison avait déjà été fouillée et inspectée avec soin. Mais aucun indice ou preuve sur l'homme qu'avait tué Sarah n'avait été trouvé. L'unique salle de bains de la maison était elle aussi presque vide : des flacons de savon et de shampooing faits maison étaient posés sur le lavabo et quelques serviettes de toilette étaient suspendues sur le bord de la baignoire. Il y avait également un rasoir, un peigne et une brosse. Hormis l'endroit où la tache de sang avait séché sur le parquet en bois, la cuisine ne présentait elle aussi que peu d'intérêt pour l'enquête. Les plats, les casseroles, la vaisselle et les verres étaient rangés dans les placards. Le garde-manger était bien garni. Dans un tiroir, se trouvaient les nappes, dans un autre les serviettes de table et les torchons. Aucune des empreintes qui avaient été relevées dans la maison n'avait abouti à quelque chose dans la base de données. Ce qui était logique puisque l'homme portait des gants.

Colt vérifia la porte de derrière. C'était par ici que l'homme était entré dans la maison. D'un regard, il vit que forcer cette serrure avait dû être un jeu d'enfant. Surtout pour un homme comme Marcello. Colt avait suggéré à Sarah de faire changer la serrure rapidement. Si son mari n'était pas à l'aise avec une perceuse et un tournevis, le shérif savait qu'un des frères Sauder pourrait s'en occuper.

Après avoir refermé les portes et fait un tour dans le jardin, il monta dans sa voiture et se mit en route pour la résidence des Yoder. Il souhaitait avoir une nouvelle conversation avec Sarah, voir si quelque chose de nouveau lui était revenu en mémoire maintenant qu'elle était peut-être moins bouleversée. Colt ne voyait aucune raison de garder sa maison sous scellés. Ses techniciens avaient passé les lieux au peigne fin, ils avaient même inspecté entre les lattes du parquet, dans les trous des murs, dans les faux plafonds et dans tout le grenier. Rien n'avait été trouvé qui pourrait servir à l'enquête. Si les Sauder avaient des secrets, ils étaient bien cachés.

La ferme de Melvin Yoder était à peu près à deux kilomètres. La maison se trouvait au sommet d'une colline qui surplombait les pâturages. Les vaches paissaient tranquillement, et elles remarquèrent à peine la voiture de Colt qui roulait sur le long chemin. Derrière le corps de ferme, des champs, prêts pour les cultures, s'étendaient à perte de vue. Au-delà, se trouvaient les bois. Yoder possédait des centaines d'hectares de terre. Son nom était connu dans toute la région et il avait la réputation d'être un homme gentil et honnête. Aurait-il accueilli dans sa propre famille un homme qui avait des liens avec la mafia ?

Pas sciemment, ça Colt en était certain. Il avait entendu parler d'une dispute entre Yoder et Sauder mais jusqu'à présent personne ne l'avait confirmée. Il en apprendrait peut-être davantage cet après-midi. Après être allé voir Sarah, il pensait retourner à la boulangerie pour voir avec les techniciens s'ils avaient découvert quelque chose. Il irait ensuite voir Branch pour faire un point sur ce qu'ils savaient tous les deux. Il ne devait pas laisser le marshal prendre de l'avance, sinon celui-ci n'hésiterait pas, il le savait, à le laisser en dehors de l'enquête.

Il repensa au fait qu'il avait retiré les menottes d'Audrey ce matin. Colt avait toujours pensé que Branch avait un faible pour elle. Même s'il ne pouvait pas se permettre d'être jaloux, cette idée le perturba.

Il se gara derrière la fourgonnette qui appartenait à Sarah, sortit de son véhicule et referma la portière. Les poules qui picoraient dans la cour levèrent la tête pour le regarder. Le chien qui était couché sous le porche ne se leva pas mais se mit à agiter la queue. Colt se souvint qu'il était encore un chiot quand il avait pris le poste de shérif. Lui et son père étaient venus présenter leurs condoléances quand Mme Yoder était décédée. Pepper devait maintenant avoir quinze ou seize ans. Pas étonnant qu'il ne puisse plus se lever, pensa Colt.

Alors qu'il se dirigeait vers la porte d'entrée de la maison, son téléphone se mit à vibrer dans sa poche. Il le sortit en priant pour qu'on ne lui annonce pas la découverte d'un nouveau corps. Mais sur son écran était affiché le nom de son fils. Il prit une profonde inspiration avant de décrocher.

— Que se passe-t-il ?

— Comment je fais pour rentrer de l'école ?

Il n'était pas encore 15 heures mais la sonnerie de fin de classe n'allait pas tarder à retentir.

— Prends le bus.

— Jamais de la vie.

La détermination dans son ton résonna sur les ondes. Key n'avait pas pris le bus scolaire depuis l'école primaire, époque où il faisait le trajet avec tous ses amis. Mais après cela, Colt ou sa mère l'avait emmené chaque fois jusqu'au jour où il avait eu seize ans et avait commencé à conduire. Aujourd'hui qu'il en avait presque dix-huit, prendre le bus ne le tentait plus du tout.

Tant pis pour lui, pensa Colt.

— Comme je te l'ai dit ce matin, tu as le choix : prends le bus ou rentre à pied.

Colt lui avait donné des ordres stricts concernant sa

punition. Il lui avait interdit de monter dans les véhicules de ses amis, de sa mère ou même de n'importe qui. Il pouvait prendre le bus ou marcher. Point.

Key raccrocha.

Colt secoua la tête en soupirant. D'un côté, il regrettait d'avoir été si sévère mais de l'autre le flic en lui savait qu'il ne fallait pas ignorer les signes avant-coureurs de sérieux problèmes. Si son fils se permettait de prendre le volant ivre, quelle serait la prochaine étape ? L'idée qu'il aurait pu se tuer ou tuer quelqu'un terrifiait Colt.

Comment son ex-femme avait-elle pu permettre à son fils de se retrouver dans une telle situation ? Et lui, quelle était sa part de responsabilité ? Regarder son fils marcher en titubant devant leur maison avait été une sacrée piqûre de rappel.

La fraîcheur de l'air matinal avait maintenant disparu. Le soleil de l'après-midi chauffait comme si l'été était déjà là alors que l'hiver finissait à peine. Telle était la vie dans le Sud.

Colt grimpa les marches et passa sous le porche. Un pot de tulipes sur le point de fleurir était posé à côté de la porte. La femme de Melvin était morte depuis des années mais ce devait être Sarah qui continuait à s'occuper des fleurs de sa mère. Melvin Yoder ne semblait pas être le type d'homme à aimer jardiner. Enfin, quand un homme aimait profondément une femme, il était capable de tout faire pour perpétuer ce qui avait eu du sens et de l'importance pour elle.

Colt n'en parlerait jamais à personne mais il avait gardé, rangé dans le placard de sa chambre, tout ce que Rey et lui s'étaient offert, y compris le médaillon qu'il lui avait donné quand ils avaient treize ans. Quand ils avaient rompu, elle avait emballé chaque petit cadeau qu'il lui avait fait et les lui avait renvoyés. Par la poste, comme pour officialiser leur rupture. Et le fait qu'un inconnu vienne lui livrer tous ces objets chargés de sens était en effet venu mettre un point final à leur histoire.

Il avait l'habitude d'ouvrir régulièrement cette boîte de souvenirs.

— C'est un peu pathétique, se murmura-t-il à lui-même en levant le poing pour frapper à la porte de la maison des Yoder.

À l'intérieur, tout semblait calme. Il était déjà entré dans la maison de Melvin quand il n'était encore qu'un adolescent. Il se rappelait avoir été stupéfait de constater qu'il n'y avait pas de télévision. Une radio se trouvait dans un coin mais elle avait été réduite au silence. Ce jour-là, Colt était venu avec son père pour prévenir la famille que leur plus jeune fille, Bethany, était à l'hôpital car elle avait fait une overdose.

Bethany s'en était sortie mais sa relation avec ses parents n'avait, elle, pas survécu à cette épreuve. Elle avait fini par quitter la ville pour aller à Nashville essayer de devenir une chanteuse. Elle était douée, mais la capitale de la country ne lui avait pas fait de cadeaux. Elle était finalement revenue vivre à Winchester et travaillait comme serveuse dans différents bars.

Personne de sa famille ne lui avait parlé depuis qu'elle avait quitté la ville, quinze ans auparavant. Âgée aujourd'hui de trente et un ans, elle n'avait que quelques années de moins que Sarah. Vivre dans sa ville natale en étant rejetée par sa propre famille devait être quelque chose de terrible, pensa Colt.

La porte moustiquaire s'ouvrit enfin sur Aaron Yoder.

— Bonjour shérif, lui dit-il, vous voulez voir Sarah ?

— Je pensais qu'elle serait là, en effet, lui répondit Colt en hochant la tête. Et Wesley ?

Aaron serra les dents. Discrètement mais rien n'échappait à Colt.

— Non, il n'est pas là. Vous voulez entrer pour voir Sarah ? Elle vient juste de mettre les enfants à la sieste.

— Je ne veux pas déranger, si elle est d'accord, dites-lui de me rejoindre sous le porche, je n'en ai pas pour longtemps.

— Ne vous en faites pas, la chambre des enfants est loin du salon, vous pouvez entrer, shérif, lui répondit Aaron en lui faisant signe de le suivre à l'intérieur.

— Merci, lui dit Colt en retirant son chapeau. Comment va votre père ?

— Pas très bien, avoua Aaron en refermant la porte derrière eux. Il passe beaucoup de temps à dormir ces derniers temps, il paraît que c'est normal à ce stade.

Le cancer était une maladie terrible, pensa Colt.

— J'espère que les événements qui ont eu lieu chez Sarah et à la boulangerie ne l'ont pas trop contrarié.

— Il ne veut pas en parler, alors on ne l'embête pas avec ça.

— Bonjour, shérif.

L'attitude d'Aaron changea quand il entendit la voix de sa sœur. Son corps entier sembla se tendre.

— Je suis désolé de venir vous ennuyer à nouveau, Sarah, mais j'ai quelques questions à vous poser suite à la découverte de ce nouveau corps ce matin, dans la réserve de votre boulangerie.

— Venez vous asseoir au salon, shérif, vous voulez un verre d'eau ? J'ai de la limonade également.

— Non, merci.

— Il faut que j'aille voir comment se porte papa, lança Aaron avant de disparaître dans le couloir.

Une fois que Sarah fut assise sur le canapé, Colt alla s'asseoir sur l'une des chaises qui entouraient la table.

— Sarah, j'ai vraiment besoin de parler avec votre mari. Pouvez-vous me dire où je peux le trouver ?

— Avec tout ce qu'il s'est passé, commença-t-elle en levant les mains en l'air, il est parti faire du porte-à-porte pour rassurer tout le monde et dire qu'il n'y avait rien à craindre.

— Est-ce que votre mari connaissait ces deux hommes qui ont été tués chez vous ?

— Absolument pas, lui répondit-elle en secouant la tête vivement. Nous pensons que celui qui s'est introduit chez nous a tué celui que l'on a retrouvé dans la boulangerie avant de venir s'attaquer à nous. Ils ont dû se tromper quelque part. Nous ne les connaissons pas et nous n'avons aucune idée du motif de leur visite.

— Vous savez que votre mari a vécu à côté de Chicago et que ces deux hommes sont de là-bas ? Ils travaillaient ensemble, il me semble donc peu probable qu'ils soient venus jusque dans le Tennessee uniquement pour régler leurs comptes.

— Écoutez, je ne sais pas quoi vous dire, shérif, lui répondit Sarah en haussant les épaules. Nous sommes aussi abasourdis que vous.

— Sarah, commença Colt en se penchant vers elle, les avant-bras posés sur les genoux, son chapeau entre les mains. Je ne sais pas ce que ces hommes sont venus chercher, mais les gens qui les ont envoyés ne vont pas s'arrêter uniquement parce que deux de leurs soldats ont passé l'arme à gauche. Ils en enverront d'autres. Si vous ou votre mari savez pourquoi ils veulent vous faire du mal, vous devez partager cette information avec nous. Cela pourrait bien vous éviter d'y rester.

— Mon Dieu, shérif, lui répondit Sarah en hochant à nouveau la tête. Mais pourquoi voudrait-on nous faire du mal ? Nous sommes des gens ordinaires.

Nous servons Dieu, du mieux que nous le pouvons. Et nous n'avons rien de précieux, hormis nos enfants et nos âmes.

— Est-il vrai que votre père et Wesley ont eu un désaccord il y a quelques mois ?

Colt vit la contrariété s'afficher sur le visage de Sarah.

— Où avez-vous entendu une telle chose ? Mon père a beaucoup de respect pour Wesley. Vous devriez le savoir, shérif, vous qui avez grandi ici. Vous savez comme Wesley a pu aider mon père avec la communauté. Mes frères étaient trop jeunes et ne pouvaient gérer cette trop lourde responsabilité. Sans Wesley, je ne sais pas si nous aurions pu nous en sortir aussi bien.

— Pensez-vous que votre père ou l'un de vos frères pourraient connaître ces hommes ?

— Seigneur, non ! Mes frères et moi-même ne nous sommes pas toujours bien entendus mais nous n'avons jamais été impliqués dans ce genre d'affaires. Nous respectons scrupuleusement la loi, shérif.

— Sarah, je dois vraiment parler à Wesley, c'est très important…, insista Colt en cherchant un moyen de lui faire comprendre l'urgence de la situation. Pour tout vous dire, nous craignons que ces hommes se soient trompés et qu'il prenne votre mari pour quelqu'un d'autre. Et je ne peux rien faire pour lui si je ne peux pas lui en parler. La situation est vraiment grave, vous savez. Cette affaire ne va pas se résoudre toute seule.

— Shérif, je crois que vous vous méprenez. Wesley et moi sommes les victimes dans cette affaire, des hommes sont entrés par effraction dans notre maison et dans notre boulangerie. Et ils sont morts, tous les deux. C'est terrible mais nous n'y sommes pour rien.

Colt pensa à regret qu'il aurait aimé la croire sur parole.

— Vous et votre famille êtes en danger, je dois parler à Wesley, répéta-il en espérant lui faire entendre raison.

— Je vais essayer de le trouver, lui répondit-elle enfin. Je vais lui dire combien il est important que vous lui parliez, peut-être qu'il pourra trouver un moment pour vous voir.

— J'apprécie votre aide, lui répondit Colt en se levant. Saluez votre père de ma part.

Elle acquiesça puis détourna le regard comme si le fait de penser à son père était trop douloureux.

Puis elle se leva et raccompagna Colt sur le pas de la porte.

— Ah, shérif, j'ai oublié de vous demander si vous aviez trouvé quelque chose à la boulangerie qui pourrait nous éclairer sur ce qui a pu se passer ?

La manière dont Sarah lui posa cette dernière question – comme si elle connaissait déjà la réponse et voulait savoir si lui la connaissait également – lui donna l'envie de retourner s'asseoir au salon pour reprendre son interrogatoire.

— Pas encore, non, mais nous y travaillons, lui répondit-il en remettant son chapeau. Nous espérons que les téléphones portables des deux victimes vont nous apporter de nouveaux éléments… Je compte sur vous pour dire à Wesley que je veux le voir le plus vite possible.

— Je le lui dirai, oui.

Colt eut soudain l'impression qu'il n'aurait jamais l'occasion de parler avec Wesley Sauder, à moins de le traquer et de le mettre en garde à vue.

Les menottes attachées à sa taille lui rappelèrent qu'un peu plus tôt dans la journée, c'était aux poignets de Rey qu'ils les avaient passées. Il devait lui faire comprendre d'une manière ou d'une autre que cette affaire était extrêmement dangereuse. Il devait la protéger. Qu'elle soit d'accord ou non, il allait devoir la surveiller de près ou elle allait se retrouver impliquée jusqu'au cou dans cette affaire qui venait troubler leur ville…

8

La crèche Happy Kids avait été créée par Happy Jennings. D'après la mère d'Audrey, Happy était allée suivre une formation à l'école d'infirmières de l'université de Motlow, à Tullahoma, à la fin de sa scolarité. Elle avait d'abord travaillé à l'hôpital puis dans un cabinet de médecins. Mais passer ses journées avec les malades, les blessés et les mourants, ne l'avait jamais rendue heureuse. Elle avait donc décidé d'ouvrir une garderie à Winchester et avait remporté un franc succès. Toutes les mères du coin qui s'étaient toujours moquées de Happy, en partie à cause de son prénom, étaient aujourd'hui ravies que quelqu'un d'aussi qualifié s'occupe toute la journée de leur progéniture.

Et à présent, neuf ans plus tard, Happy était à la tête d'une équipe d'une douzaine d'employés, et son entreprise Happy Kids avait été de nombreuse fois récompensée par la chambre de commerce de la région et par la ville de Winchester.

Happy Kids se trouvait dans un bâtiment peint d'un jaune éclatant qui avait d'abord été une église, dans le centre-ville. La cour, clôturée, était parsemée de balançoires colorées, de toboggans et de bacs à sable. Audrey ouvrit la porte et marcha jusqu'à l'entrée. Des tulipes et des jonquilles fleurissaient dans les jardinières et les pots qui encadraient la grande porte. À cette heure, 17 h 30, la plupart des parents étaient déjà venus récupérer leurs enfants. D'après la pancarte accrochée sur la porte, l'établissement fermait à 18 heures.

À l'intérieur, le comptoir de la réception était vide. Tout comme à l'extérieur, les murs étaient peints en jaune vif tandis que des nuages décoraient le plafond et qu'un linoléum multicolore recouvrait le sol. Une porte s'ouvrit de l'autre côté du hall et une jeune femme, souriante mais visiblement un peu fatiguée, marcha vers Audrey.

— Bonjour, que puis-je faire pour vous ?

— Bonjour, j'aimerais voir Happy si elle est disponible.

— Son bureau se trouve juste au bout de ce couloir, lui répondit la jeune femme en lui montrant la direction à suivre.

Audrey la remercia et, une fois dans le couloir, elle comprit pourquoi le bureau de la directrice se trouvait à cet endroit. De grandes baies vitrées donnaient d'un côté sur l'espace de jeux intérieur, de l'autre sur l'extérieur. *Ingénieux*, pensa Audrey. À l'intérieur, une poignée d'enfants couraient en riant après un ballon rouge. Autour de la salle de jeux, des grandes fenêtres et des portes donnaient sur d'autres pièces plus petites qui ressemblaient à des salles de classe. Le bureau de Happy, dont le mur entier était fait de verre, offrait une vue parfaite sur l'ensemble de l'espace de la crèche.

La configuration était idéale.

Happy vit Audrey avant même que celle-ci n'ait le temps de frapper à la porte transparente et lui fit signe d'entrer.

— Tu viens pour une pré-inscription ? lui demanda-t-elle en lui faisant signe de prendre place sur la chaise bleue qui se trouvait en face d'elle. Nos listes d'attente sont longues, la plupart des mères inscrivent leurs enfants avant leur naissance, tu fais bien de t'y prendre à l'avance.

— Oh non, lui répondit Audrey en comprenant que la directrice pensait qu'elle était enceinte. Pas de bébé pour le moment, non.

Étaient-ce ses mots qui résonnèrent dans la pièce de manière sinistre ou la déception qui apparut dans le regard de Happy, Audrey n'aurait pu dire d'où cela venait mais elle se sentit soudain profondément vide. Elle prit une profonde inspiration et s'efforça de faire disparaître cette réaction ridicule. Comment pourrait-elle avoir un bébé alors qu'elle était célibataire ? Même si cela n'était pas totalement impossible, Audrey restait persuadée qu'il était plus raisonnable d'élever un enfant à deux.

— Oh ! lui répondit Happy en riant, excuse-moi. C'est le premier motif de visite ici, alors j'ai pensé que… Quoi qu'il en soit, comment vas-tu ? Tu es superbe, on dirait que le fait de revenir vivre ici te réussit plutôt bien, Rey.

Audrey se détendit, même si elle n'arrivait pas à chasser le sentiment de malaise qui était né en elle.

— Je suis contente d'être de retour, je suis ravie d'avoir repris *la Gazette* et je suis plus proche de ma mère.

— Comment va-t-elle ? lui demanda Happy, l'air soudain préoccupé.

— Ça dépend des jours…

Tous ceux qui avaient grandi à Winchester connaissaient la famille Anderson. Leur nom était associé au journal local. Audrey ne doutait pas que sa mère avait dû passer ces dix dernières années à raconter à tout le monde les aventures de sa fille ou à parler des grands articles qu'elle avait pu écrire pour des journaux prestigieux. Pour Mary Jo Anderson, sa fille était une célébrité qui vivait, dans des endroits exotiques, une vie pleine de sensations fortes. Certes, elle avait reçu de nombreuses récompenses pour son travail. Et il est vrai qu'elle avait eu la chance de découvrir des endroits incroyables et de vivre des expériences renversantes. Mais elle avait aussi vécu de grands moments de solitude. Sans compter ce sentiment de regret qui grandissait en elle un peu plus chaque jour…

Si elle était restée vivre à Winchester, aurait-elle pu aider sa mère davantage ? Serait-elle aujourd'hui mariée ? Aurait-elle des enfants à emmener à la crèche Happy Kids ?

Colt et elle se seraient-ils réconciliés ?

Audrey sentit un frisson la parcourir et elle cligna des yeux pour revenir au présent. Étrangement, cette dernière pensée la bouleversait plus que la découverte d'un corps dans la réserve de sa boulangerie préférée.

— Comme nous tous, lui répondit Happy, l'air songeur. Les mauvais jours nous rappellent combien les bons sont précieux. Mais alors, que me vaut ta visite, Rey ? Tu sais que je t'ai toujours appréciée, tu étais la fille la plus chouette de toute l'école.

— D'après mes souvenirs, lui répondit Audrey en souriant, Aaron Yoder et toi avez été en couple, non ?

— Ah, tu cherches des informations sur les meurtres, dit Happy en changeant d'expression. J'ai entendu parler de ce nouveau type qui a été découvert dans la boulangerie.

— Oui, lui confirma Audrey. Je n'arrive déjà pas à croire que Sarah ait pu tirer sur quelqu'un, alors avec cette nouvelle découverte…

— Je pense que n'importe qui ferait pareil dans la même situation, surtout si des enfants sont en danger.

— Certains pensent que Sarah couvrait peut-être un de ses frères, peut-être Aaron…

Ce n'était qu'une hypothèse mais Audrey avait entendu l'un des policiers faire un commentaire à ce sujet.

Happy changea une nouvelle fois d'expression. Cette fois, elle parut surprise, et Audrey vit un soupçon de colère s'allumer au fond de ses yeux.

— C'est la chose la plus ridicule que j'aie jamais entendue, lui répondit-elle, l'air outré. Aaron n'est pas du genre à tirer sur quiconque, sauf si on l'agresse bien entendu. Ces hommes étaient-ils armés ? Où diable as-tu pu entendre dire une chose pareille ?

— Il n'y a pas de traces d'autres tirs…

À moins que les balles ne se soient logées dans le corps de quelqu'un d'autre – Wesley Sauder ou un des frères de Sarah –, aucune n'avait été retrouvée sur les lieux des deux crimes. Audrey en était certaine. Et rien n'avait encore été révélé qui aurait pu confirmer si les victimes s'étaient servies de leurs armes ou non. Enfin, si le laboratoire avait déjà rendu ses résultats, alors Colt avait gardé cette information pour lui.

— Je te le répète, Rey, insista Happy en secouant la tête catégoriquement, Aaron est incapable de faire une chose pareille. C'est l'homme le plus doux et le plus tendre que je connaisse, il ne ferait pas de mal à une mouche à moins qu'il n'y soit vraiment contraint.

— Lui et toi êtes toujours amis ? lui demanda Audrey.

Mais elle vit que Happy se renfermait en l'entendant aborder ce sujet, aussi s'empressa-t-elle d'ajouter :

— Je ne suis pas ici pour causer des problèmes à Aaron. Je veux juste l'aider. C'est une des nombreuses facettes de mon métier, Happy. Comme le dit ma mère, j'ai relaté toutes sortes d'histoires, j'ai parcouru le monde mais ce pourquoi je suis vraiment réputée, c'est pour faire éclater la vérité au grand jour. Et ce n'est pas ma première enquête criminelle, tu peux me croire.

— C'est vrai que ta mère a toujours dit que tu étais une héroïne pour beaucoup de gens.

Évidemment c'était un peu exagéré mais les mères aimaient se vanter des succès de leurs enfants, pensa Audrey.

— Je fais ce que je peux, répondit-elle à Happy. Alors, si tu veux faire quelque chose pour m'aider à aider Aaron, je suis certaine qu'il t'en sera reconnaissant.

— Aaron n'a jamais évoqué quoi que ce soit qui puisse être en lien avec cette histoire, commença Happy, révélant ainsi à Audrey ce qu'elle voulait vraiment savoir.

— Est-il fâché avec sa sœur ou avec son père ?

Happy regarda un instant son bureau, se demandant probablement ce qu'elle pouvait dire à Audrey. Même s'ils n'étaient plus en couple aujourd'hui, elle semblait toujours très attachée à Aaron. Audrey savait que Happy était ainsi, loyale et fidèle à ceux qu'elle aimait.

— Tout ce que tu pourras me dire restera entre toi et moi, la rassura Audrey. Je me sers des informations pour découvrir la vérité mais je ne répéterai pas ce que tu me diras. Tu as ma parole.

— Il y a environ deux mois, Sarah et son père ont eu une violente dispute. Melvin a appris des choses contrariantes sur Wesley, le mari de Sarah. Il était très mécontent.

— Tu as une idée de ce qu'il a pu découvrir ?

Audrey était pendue à ses lèvres. Il devait y avoir un lien entre Wesley Sauder et ces deux hommes morts. Un homme pouvait se tromper et s'en prendre à la mauvaise personne au mauvais endroit, mais il était impossible que deux hommes fassent la même erreur…

— Aaron ne me l'a pas dit, poursuivit Happy en haussant les épaules. Peut-être que son père ne lui a pas tout raconté en détail. En même temps, il ne m'en aurait probablement pas parlé. Il m'a seulement révélé que Wesley Sauder n'était pas l'homme qu'on croyait. À la fois, ça peut tout vouloir dire. J'ai vu un jour des ecchymoses sur le bras de Sarah. Elle m'avait dit qu'elle était tombée mais je ne l'ai jamais crue. Cela dit, Wesley Sauder ne me semblait pas être un mauvais bougre. Bon sang, il est du genre à toujours aider les autres. Il dirige tous les projets dans leur communauté et aide les entreprises à prospérer. Son travail l'a même amené à collaborer avec nous. Je ne comprends pas ce qui a pu se passer, rien de tout cela n'a de sens…

— Que sais-tu de Wesley à part ce que tu as entendu dire sur lui ?

— Pas grand-chose, admit Happy en secouant la tête. Je veux dire, je le connais mais il n'est pas du genre à venir discuter avec ceux qui ne peuvent pas faire profiter sa cause. Aaron m'avait dit une fois qu'il n'aimait pas perdre son temps avec les gens sans importance. Mais tout le monde te dira que c'était un homme bon, toujours prêt à aider les autres.

Audrey se fit la réflexion qu'Aaron, lui, n'avait pas l'air de le porter dans son cœur. Quant à Happy, elle semblait tiraillée entre sa loyauté envers lui et la réputation que s'était construite Wesley Sauder.

— Pourquoi Aaron a-t-il des doutes sur Wesley ?

— Oh ! il ne m'a jamais dit grand-chose sur lui mais il m'avait une fois rappelé que Wesley était arrivé juste au moment où Melvin avait eu son accident. Aaron s'est toujours demandé ce qui avait pu se passer avec ce vieux taureau et pourquoi il avait chargé son père. Il n'avait jamais fait une telle chose auparavant. À l'époque, tout le monde était si reconnaissant que Wesley soit allé chercher Melvin dans le champ, qu'il l'ait sorti de là puis emmené à l'hôpital que personne n'a posé de questions. En y repensant, je dois admettre qu'Aaron avait raison, c'était une sacrée coïncidence que Wesley se soit trouvé sur cette route déserte au bon moment.

— Et sais-tu pourquoi M. Yoder a choisi de donner autant de responsabilités à Wesley plutôt qu'à l'un de ses fils ? lui demanda Audrey qui trouvait ce choix étrange.

— Peut-être parce qu'il était plus âgé qu'eux, proposa Happy. Aaron et ses frères étaient si jeunes à cette époque… Et quand ils ont eu l'âge de pouvoir reprendre le flambeau, tout le monde avait pris l'habitude de se tourner vers Wesley… Il était trop tard pour changer les choses.

— Est-ce que tu penses qu'Aaron ou un de ses frères protège Wesley ? Qu'il l'aide à se cacher de la police ou d'une autre menace ?

— Impossible, lui répondit Happy en hochant la tête. Ils se détestent. Wesley ne leur demanderait jamais la moindre chose.

Eh bien, pensa Audrey, cette entrevue était pleine de surprises.

— Mais Aaron pourrait-il avoir une idée de l'endroit où son beau-frère se cache ?

— Si lui ou ses frères le savent, je suis sûre qu'ils trouveront un moyen de le dire à Colt, dit Happy en regardant soudain derrière Audrey, par les baies vitrées. Le problème, c'est qu'il peut être chez n'importe quel membre de la communauté. Tous l'adorent. Ils le considèrent comme le messie, c'est une vraie star chez les mennonites.

— Crois-tu qu'Aaron ou ses frères pourraient en profiter ? Si Wesley leur posait problème, la situation serait parfaite pour se débarrasser de lui et laisser croire à tout le monde que ces types de Chicago se sont chargés de lui régler son compte…

— Jamais ils ne feraient une telle chose, répondit Happy en secouant à nouveau la tête. Jamais. Tu peux me croire sur parole, Rey, ils ne sont pas comme ça. Les garçons Yoder, pardon, les hommes Yoder sont de bonnes personnes, des gens gentils et bienveillants. Jamais ils ne tueraient quiconque. Je ne suis même pas sûre qu'ils pourraient le faire pour se défendre. Au pire, ils blesseraient juste leur assaillant.

— Même si leur père leur a demandé de le faire ? Même s'il leur a donné l'ordre de se débarrasser de Wesley ?

Happy éclata d'un rire ironique.

— Rey, Melvin Yoder n'irait jamais à l'encontre des lois de Dieu. Il préférerait se sacrifier plutôt que de faire du mal à quelqu'un. Si jamais il existe une personne au monde qui n'aurait pas la moindre trace de méchanceté en lui, c'est Melvin Yoder.

Audrey pensa soudain que cette conversation ne menait nulle part. Elle devait trouver quelque chose pour avancer.

— Et connais-tu quelqu'un chez les mennonites qui serait susceptible de cacher Wesley ? Peut-être qu'Aaron t'a déjà parlé des amis de son beau-frère ?

Happy prit un moment pour réfléchir puis répondit à Audrey.

— Ezra Zimmerman. Wesley et lui sont proches, d'après ce que m'a dit Aaron.

Voilà ! Audrey avait enfin une information utile.

— Je te remercie, Happy, lui dit-elle en se levant de sa chaise. Merci pour ton honnêteté.

— Tu sais, lui répondit Happy, Colt m'a posé à peu près les mêmes questions que toi.

— C'est vrai ?

— Oui, il y a quelques heures à peine.

— Tu lui as dit tout ce que tu viens de me dire ?

— Non… En fait, je comptais venir te voir au journal après avoir fermé la garderie. Je n'ai rien contre Colt mais il est shérif et il suit la loi. Pour aider Aaron et sa famille, je préférais aller voir quelqu'un qui suit son cœur. Et je sais que c'est ce que toi, tu fais, Rey.

— Je t'en dois une, Happy, lui répondit Audrey en lui souriant.

— Une bonne page de publicité dans la prochaine *Gazette* serait super !

— Eh bien, tu peux compter dessus, je vais dire à Brian de te passer un coup de fil.

Après avoir quitté la garderie, Audrey prit la direction de la ferme d'Ezra Zimmerman. Mais si sa femme et ses enfants étaient à la maison, lui n'y était pas. Son épouse n'avait aucune idée de l'heure à laquelle il allait rentrer et n'avait pas vu Wesley Sauder ces derniers temps.

La nuit étant sur le point de tomber, Audrey décida de rentrer à la rédaction. Elle pensa faire le point sur la situation avec Brian et lui faire part de son plan. Elle allait revenir épier la ferme des Zimmerman pendant la nuit et pour cela elle avait besoin de jumelles, de quelque chose à manger et d'une bouteille d'eau.

Et enfin, le plus important, elle avait besoin d'emprunter la voiture noire de Brian. Son véhicule argenté n'était pas très adapté pour les planques nocturnes.

*
* *

— Je crois vraiment que je devrais venir avec toi, insista Brian tandis qu'Audrey se glissait derrière le volant de son cabriolet noir.

— L'un de nous deux doit clore la rédaction et c'est toi qui vas t'en charger, lui répondit-elle en faisant démarrer la voiture. Écoute, tout va bien se passer, j'ai mon téléphone portable, mon chargeur et de quoi manger.

Tout tenait sur la minuscule banquette à l'arrière. Elle se demanda d'ailleurs comment une personne pouvait bien s'y asseoir…

— Bien, soupira Brian, mais s'il t'arrive quoi que ce soit, sache que je me sentirai coupable toute ma vie. Comment peux-tu faire une chose pareille à un ami ?

— Tu n'auras qu'à dire que tu m'avais prévenue ! lui répondit Audrey en éclatant de rire.

— Sois prudente, je t'en prie, je ne veux pas que tu finisses comme ces deux types.

— Je vais faire très attention, c'est promis. Toi, n'oublie pas de trouver un espace pour la publicité de la garderie de Happy, je lui ai garanti que tu allais t'en occuper personnellement.

— Je m'en charge, fais attention à toi.

Audrey lui répondit d'un signe de la main. Mais alors qu'elle allait enclencher la marche arrière, le pick-up de Colt apparut à côté d'elle.

— Dis-moi que ce n'est pas toi qui l'as appelé, dit-elle à Brian qui se tenait toujours à côté de sa portière.

— Je te le jure, lui répondit-il en levant les mains, l'air innocent.

Après avoir garé sa voiture, Colt vint ouvrir la portière du côté passager et monta à côté d'Audrey.

Sans la regarder, il retira son chapeau et le posa à côté des affaires sur la banquette arrière.

— On y va ? demanda-t-il enfin à Audrey en haussant les sourcils.

Audrey le fusilla du regard puis regarda Brian et lui fit signe qu'ils régleraient ça plus tard avant de redémarrer.

Tandis qu'elle sortait du parking, Colt attacha sa ceinture de sécurité et se mit à l'aise en ajustant son siège. Audrey fut surprise de voir que malgré ses longues jambes et son corps musclé, il pouvait s'asseoir dans sa petite voiture.

Bon sang, pensa-t-elle, *arrête de regarder son corps !*

— Qu'est-ce que tu fais là, Colt ?

— Je viens t'empêcher d'avoir des ennuis, Rey.

— Je n'ai pas besoin d'un baby-sitter, lui répondit-elle en lui jetant un regard noir. C'est Brian qui t'a appelé ?

— Pas du tout.

— C'est Happy, alors ?

— Je t'ai dit que Brian ne m'avait pas appelé, pas qu'il ne m'avait pas parlé.

— Il t'a envoyé un message, lui demanda Audrey en sentant la colère l'envahir.

— Trois, pour être exact. Le premier disait : « Tu devrais venir vite, Colt. »

Audrey soupira bruyamment. Elle allait devoir avoir une petite conversation avec Brian.

— Le second, poursuivit Colt : « Elle a prévu de partir en planque ce soir. »

— Et le dernier ?

— « J'ai peur qu'elle ait besoin de renfort. »

Audrey ne put s'empêcher d'afficher un large sourire.

— Alors, il ne t'a pas dit où je me rendais ?

*
* *

Cinq heures plus tard, c'était toujours le calme plat chez les Zimmerman. Le camion d'Ezra était déjà garé dans l'allée quand Colt et Audrey étaient arrivés sur place et n'avait pas bougé depuis lors. Vers 22 heures, les lumières s'étaient éteintes. Colt semblait heureux qu'Audrey ait pensé au dîner. Elle avait des chips et ses barres chocolatées préférées qui, par un heureux hasard, étaient également les siennes. Ils se moquaient de ce repas de malbouffe qui ressemblait à ce qu'ils mangeaient quand ils étaient adolescents mais ils burent quand même de l'eau à la place des sodas.

Malgré cela, Audrey savait qu'elle le regretterait le lendemain.

— C'est sa seconde femme ? demanda Audrey à Colt.

Sa mère lui avait dit que la première Mme Zimmerman était morte quelques années plus tôt. Si elle se souvenait bien, les Zimmerman n'avaient jamais eu d'enfants. Pourtant, c'était une très jeune femme, qui devait avoir dans les vingt-cinq ans, accompagnée de deux enfants qui lui avait ouvert la porte. Elle s'était présentée à Audrey comme étant la femme d'Ezra.

— Oui, sa première femme est morte il y a cinq ou six ans. Ils s'étaient mariés alors qu'ils n'étaient que des adolescents. Ezra s'est remarié il y a trois ans environ et a eu deux enfants.

— La solitude est trop difficile à supporter pour certains, surtout quand on a passé la plupart de sa vie d'adulte en couple.

Alors que les mots résonnaient dans l'espace confiné, Audrey tressaillit dans l'obscurité. Elle n'avait pas du tout eu l'intention de dire tout ça à voix haute et aurait préféré garder cet aveu pour elle.

— Ma mère se plaignait souvent de ça, continua-t-elle pour essayer de rattraper le coup. Avant que je revienne vivre ici.

Colt resta silencieux un moment. Étrangement, rester assise avec lui dans le noir n'était pas désagréable. Audrey ne se sentait pas mal à l'aise alors qu'elle n'était qu'à quelques centimètres à peine de lui. Peut-être était-ce parce qu'elle ne voyait pas son visage et ses grands yeux gris. Non, pensa-t-elle. C'était surtout parce que lui ne pouvait pas la voir. Il ne pouvait remarquer que son pouls battait plus vite quand il s'approchait d'elle ou que ses lèvres étaient si sèches qu'elle devait passer sa langue dessus sans cesse.

Elle soupira. Cesserait-elle un jour de ressentir ce désir ridicule pour lui ? Comment se faisait-il que celui-ci ne se soit pas fané avec le temps…

— Je comprends ce qu'elle veut dire, dit-il d'une voix grave et apaisante. Je suis célibataire depuis huit ans maintenant et il m'arrive de me sentir vraiment seul.

— Que veux-tu dire ? lui demanda-t-elle en le regardant. Tu as un fils, comment peux-tu connaître la solitude ?

En prime, pensa Audrey, elle était prête à parier que Colt avait dû séduire toutes les femmes célibataires de la région. Peut-être même certaines qui ne l'étaient pas. Une puissante vague de colère la submergea.

— Nous partageons la garde, tu te souviens ? lui répondit-il en se laissant aller en arrière. Mon fils est chez moi une semaine sur deux. Ce n'est vraiment pas l'idéal pour élever un enfant. Tu ne peux pas savoir combien je déteste cette situation.

Audrey n'avait pas du tout envie d'entendre Colt

se plaindre des problèmes qu'il avait avec *elle*. Elle se rendit soudain compte qu'elle avait croisé les bras sur la poitrine et qu'elle fixait un point à l'horizon, les sourcils froncés. Elle ne pouvait s'en empêcher. La seule évocation de cette femme, même dix-huit ans après, continuait à la mettre hors d'elle. Et à la faire souffrir. Peut-être s'agissait-il d'un genre de blessure qui ne guérit jamais.

— Je sais que je te l'ai déjà dit mille fois, reprit-il d'une voix encore plus douce, mais je suis désolé pour ce que je t'ai fait subir. J'aime mon fils et je ne peux pas regretter de l'avoir eu mais je donnerais tout pour revenir en arrière et éviter de te faire souffrir.

Audrey passa une nouvelle fois la langue sur ses lèvres sèches et tenta de calmer la fureur et la rancœur qu'elle sentait monter en elle.

— C'était il y a longtemps, Colt.

— Le temps ne change rien, je regrette chaque jour d'avoir été aussi stupide.

Audrey se mordit la langue pour se retenir de lui dire combien ses mots lui faisaient du bien.

— Nous faisons tous des erreurs, lui dit-elle finalement.

— Certains d'entre nous en font de plus grosses que d'autres, lui répondit Colt en laissant échapper un profond soupir.

— Tu crois que Sauder est à l'intérieur ? lui demanda-t-elle en décidant de changer de sujet avant de dire des choses qu'elle risquait de regretter.

— Aucune idée, mais si c'est le cas, je veux être là quand il va sortir.

Audrey resta ensuite silencieuse et Colt fit de même. Elle pensa un instant ouvrir sa fenêtre pour laisser entrer un peu d'air frais. Le parfum de son after-shave était discret mais cette douce fragrance, mélange de citron et de cuir, lui faisait tourner la tête. Peut-être qu'en fermant les yeux et en imaginant qu'elle se trouvait ailleurs…

Quelque part loin de Colt Tanner et d'un passé qui semblait déterminé à s'attarder dans le présent.

9

Mercredi 27 février, 6 h 15.

Audrey se réveilla au doux son de la pluie qui tombait sur le pare-brise. Elle avait un goût de chocolat dans la bouche, et l'odeur de Colt Tanner réchauffait ses sens. Arrêterait-elle un jour de rêver de lui ?

— Bonjour.

Elle fronça les sourcils.

Voiture. Planque. Ferme des Zimmerman.

Sa tête posée sur l'épaule de Colt.

Elle se redressa d'un bond et se cogna contre l'habitacle.

— Bonjour, lui répondit-elle en attrapant la bouteille d'eau.

Puis elle se pencha en avant et observa par la vitre la vieille ferme qui se trouvait de l'autre côté de la route.

— Quelque chose a bougé ce matin ?

Il pleuvait. Ce n'était pas une averse violente mais malgré tout on ne pouvait ouvrir les fenêtres.

— Quelques vaches se sont déplacées et deux poules ont traversé la route.

Audrey lui jeta un regard noir.

— Tu vois ce que je veux dire, ajouta-t-il en souriant. Personne n'est entré ou sorti par la porte principale, il n'y a eu aucun mouvement autour de la maison, hormis ce dont je viens de te parler.

Audrey détourna le regard pour ne pas voir à nouveau le sourire qui s'affichait sur le visage de Colt.

— Tu crois qu'on devrait aller frapper à la porte pour demander à Ezra s'il a vu son copain Wesley ?

— Et si nous avancions dans l'allée pour aller nous garer devant la maison ?

Audrey démarra la voiture en essayant de penser à autre chose qu'à cet homme assis beaucoup trop près d'elle. Elle voulait découvrir la vérité à propos de Sauder. C'était une histoire incroyable et cela se passait sous ses yeux. Elle se gara derrière le camion de Zimmerman et coupa le moteur.

— Allons voir qui est à la maison, dit-elle en ouvrant sa portière.

— *Je* vais voir qui est à la maison, la corrigea Colt en sortant de la voiture. Toi, tu restes là. Et, Rey, je ne plaisante pas.

— À vos ordres, shérif, lui répondit-elle en posant ses avant-bras sur le volant et en regardant devant elle.

— Ne sors pas de cette voiture, OK ? répéta-t-il avant de claquer sa portière.

Furieuse, elle le regarda monter les marches vers le porche des Zimmerman. Le fait qu'il soit encore si beau alors qu'il avait dormi dans la voiture la rendit encore plus furieuse. Sa chemise n'était même pas froissée. Et grâce à la pluie, elle pouvait maintenant voir ses muscles saillants sous le tissu mouillé.

— Vilaine fille, murmura-t-elle pour elle-même en regardant son reflet dans le rétroviseur.

Elle gémit. Son mascara avait coulé sous ses yeux et ses cheveux étaient tout ébouriffés.

Du coin de l'œil, elle vit soudain quelque chose bouger. Quelqu'un, un homme, partait en courant à travers le champ qui se trouvait au-delà de la ferme.

Elle regarda la porte d'entrée : Zimmerman était en train de parler avec Colt.

Audrey sortit de la voiture en trombe et s'élança à travers champs, la pluie lui fouettant le visage.

— Il s'enfuit ! cria-t-elle.

Avant d'avoir atteint la clôture, Colt la rejoignit et sauta la barrière en prenant appui d'une main. L'homme disparaissait au loin. Audrey ne pouvait être certaine qu'il s'agissait de Sauder mais qui d'autre aurait des raisons de s'enfuir ainsi ? La question valait le coup d'être posée au propriétaire des lieux, pensa-t-elle en retournant vers la vieille ferme.

Une fois devant le bâtiment, elle monta les marches pour rejoindre M. Zimmerman qui regardait la scène, à l'abri sous son porche.

— C'est Wesley Sauder ?

— Possible, lui répondit Zimmerman en haussant les épaules.

— Monsieur Zimmerman, vous vous rendez compte que…

Mais avant qu'Audrey ne puisse finir sa phrase, l'homme fit demi-tour et rentra chez lui, en prenant soin de refermer la porte derrière lui.

L'ambiance n'était pas au bon voisinage, pensa Audrey.

Elle descendit les marches, traversa la cour et remonta en voiture. Après avoir démarré, elle prit la direction qu'avait suivie Colt… Qu'il ait réussi ou non à attraper le fugitif, celui-ci voudrait probablement récupérer son téléphone portable qui était posé sur le tableau de bord et serait partant pour qu'Audrey le ramène en ville.

Elle le retrouva, qui attendait sur le bord de la route, environ un kilomètre plus loin. Il était trempé jusqu'aux os et elle réprima un nouveau soupir de plaisir en voyant son torse robuste sous sa chemise qui lui collait à la peau. Elle allait devoir s'occuper de ses besoins vitaux, sinon elle risquait de ne plus pouvoir se contrôler…

— Je l'ai perdu dans les bois, déclara Colt en montant sur le siège passager.

— J'ai demandé à Zimmerman s'il s'agissait de Sauder et il m'a répondu que c'était possible avant de rentrer chez lui et de me fermer la porte au nez. Je ne pense pas qu'il sera partant pour un interrogatoire.

— Au moins, nous savons maintenant que Sauder est dans les parages.

Ils retournèrent à la ferme des Zimmerman et Colt alla frapper de nouveau à la porte. Mais personne ne vint lui ouvrir.

Quand il revint s'asseoir dans la voiture, Audrey lui demanda :

— Tu penses vraiment que c'était lui ?

Elle démarra et prit la direction du centre-ville en s'efforçant de ne pas regarder Colt et son corps d'athlète.

— Je suis quasiment certain qu'il s'agissait de Sauder, oui. Je l'ai bien observé. Je n'arrive pas à croire que je n'ai pas réussi à le rattraper.

— Les bottes de cow-boy ne sont pas l'équipement idéal pour courir, lui fit-elle remarquer en regardant ses pieds.

— Je peux tout faire dans ces bottes.

La vision de Colt l'embrassant avec fougue avant de l'attirer dans son pick-up lui revint soudain à l'esprit. Il était vrai que Colt retirait rarement ses bottes. Mais cela ne l'avait jamais empêché de faire quoi que ce soit. Elle secoua la tête en se rappelant que faire remonter tous ces souvenirs n'était pas une bonne idée, surtout alors qu'il était si près d'elle… si mouillé et si…

Stop, stop, stop.

— Si tu peux, dépose-moi au journal pour que je

récupère ma voiture, je crois que je vais aller prendre une douche chaude chez moi.

— Je vais faire la même chose, lui répondit-elle en s'éclaircissant la voix.

Le silence qui s'installa entre eux pendant le reste du trajet laissa à Audrey le temps de se souvenir du jour où ils s'étaient retrouvés tous les deux, pris au piège sous une averse. Mais cette fois, transis, ils avaient fini par faire l'amour pour se réchauffer. Elle avait beau essayer, elle n'arrivait pas à chasser ces images de son esprit.

Bon sang, mais que lui arrivait-il ?

Quand l'après-midi débuta, Brian et elle avaient réussi à écrire un bon article, bien étoffé, sur le crime organisé. Il devait paraître dans l'édition du jeudi. À présent, Audrey allait devoir trouver un moyen pour réussir à faire parler Sarah. Peut-être allait-elle rendre une nouvelle visite à Nikki Slater. Si son mari avait des ennuis, Sarah s'était probablement confiée à sa meilleure amie. Cela semblait logique. À moins qu'elle ne craigne de mettre son amie dans la ligne de mire, elle aussi. Colt et Branch avaient tous les deux prévenu que d'autres hommes viendraient traquer Sauder. Si celui-ci détenait quelque chose qu'ils voulaient ou savait quelque chose qu'il ne devait pas savoir, ils ne s'arrêteraient pas avant d'avoir réglé le problème.

Mais qu'est-ce qui pouvait bien lier cet homme, apparemment mennonite préoccupé par le bien de sa famille et de sa communauté, avec la mafia ? Il vivait à Winchester depuis une dizaine d'années…

Peut-être s'agissait-il de quelque chose qu'il avait découvert dans son passé, lorsqu'il vivait à Chicago ?

Audrey avait encore quelques contacts là-bas. Elle pouvait essayer de voir ce qu'elle pouvait trouver. Judd Seymour était le meilleur journaliste criminel de la ville. Audrey composa son numéro et laissa un message sur sa boîte vocale.

— Tu as une minute ? lui demanda soudain Brian en passant la tête dans son bureau.

— Pour toi, toujours, répondit-elle en lui souriant.

Elle sursauta quand elle le vit s'asseoir sur la chaise en face de son bureau.

— Oh ! j'ai oublié de remettre de l'essence dans ta voiture, et je ne te l'ai pas dit, mais Colt a trempé le siège passager, je paierai pour le nettoyage, promis.

En y réfléchissant, elle était tout aussi trempée et boueuse que Colt. Si elle ne s'était pas autant laissé distraire par son corps et la fuite de Sauder, elle aurait pu faire un peu plus attention à la voiture de Brian.

— Pas de problème, lui répondit Brian en riant. J'ai rempli le réservoir à l'heure du déjeuner et j'ai déjà fait laver la voiture. J'ai mis la note sur le compte du journal.

— Très bien, lui dit-elle avant de plonger son regard dans le sien, les bras croisés sur la poitrine. Et maintenant, réglons une petite chose : tu m'as tendu un piège hier soir.

— Peut-être, lui répondit Brian en rougissant. Mais j'étais vraiment inquiet. Je préfère avoir un œil sur toi, je ne veux pas qu'il t'arrive quelque chose.

— Hum…

— Je te le jure, insista-t-il. Ezra Zimmerman vit dans une zone isolée et puis, si Colt et toi arrivez à trouver où peut se cacher Sauder, alors tu ne crois pas que des hommes de la mafia peuvent faire de même ?

— OK, OK, admit Audrey en riant. Tout est pardonné.

— Mais alors, comment ça s'est passé ? lui demanda-t-il, en plissant les yeux. Je veux dire, tu as quand même passé toute la nuit dans un espace très exigu avec… *lui*.

— Ça s'est bien passé, lui répondit-elle en hochant la tête. Pour la première fois depuis dix-huit ans, nous ne nous sommes pas entretués.

— Il y a du progrès.

Avant qu'Audrey ne puisse protester, son téléphone se mit à vibrer sur son bureau.

— Excuse-moi, dit-elle à Brian en le saisissant.

— Les affaires reprennent, lui répondit-il en se levant de sa chaise.

Elle lui fit un signe de tête puis décrocha.

— Allô !

— Audrey, comment vas-tu ?

Judd Seymour.

— Judd, merci de me rappeler.

Après avoir été licenciée du Post, elle était surprise qu'il prenne la peine de la recontacter. À moins, bien sûr, qu'il n'ait entendu parler des deux crimes. Mais elle était ravie de jouer avec lui au jeu du chat et de la souris.

— Mais c'est normal, Audrey. Tu seras toujours ma petite Sudiste préférée, tu sais.

Oh ! pensa Audrey en souriant, il veut vraiment des informations.

— Merci Judd, dis-moi, je voulais savoir si tu pouvais me parler un peu du crime organisé dans ta belle ville ?

— Ça tombe bien, je viens de finir de faire des recherches sur la famille Cicero.

— Parfait, c'est justement cette famille qui m'intéresse le plus.

— Eh bien, ils sont à Chicago depuis très longtemps. Depuis cinq générations.

— Oui, j'avais vu ça sur Internet. J'ai aussi lu que le

chef actuel de la famille avait un procès en cours. Les fédéraux ont rassemblé des preuves contre lui pendant des années, pour essayer de le coincer. Tu penses que ce procès pourrait avoir un lien avec ce qu'il se passe dans ma petite ville ?

Cela semblait peu probable mais après des années de carrière, Audrey savait que tout était possible.

— Aussi farfelu que cela puisse paraître, je le pense, oui.

— Dis-m'en plus, Judd. Qu'est-ce qui te fait croire ça ?

— J'ai creusé un peu, commença-t-il, et j'ai trouvé la trace de ta ville natale dans une enquête qui date d'une vingtaine d'années, sur le vieux patriarche de la famille, Louis Cicero. Rien de très concluant, mais j'ai trouvé ça étrange que cette ville, Winchester, Tennessee, qui n'est qu'un petit point sur la carte, soit mentionnée dans la pile de documents relatifs aux crimes que la police et les fédéraux essaient d'attribuer à la famille Cicero. Pour te dire la vérité, je ne crois pas qu'ils arriveront à traduire cet homme en justice. Ils ont des preuves mais elles ne sont pas assez solides et il leur manque des témoins.

— Y avait-il des noms mentionnés dans ce document ? demanda-t-elle d'une voix tendue.

Pendant un instant, elle entendit Judd chercher dans ses papiers.

— Pas de nom, il y avait seulement un enregistrement d'une conversation téléphonique. Winchester y était mentionnée à plusieurs reprises. Apparemment le vieil homme pensait qu'il se passait quelque chose là-bas. Aucun nom n'est prononcé. Mais les criminels ont tendance à se servir de noms de code, tu sais. Parfois les fédéraux réussissent à les décoder, parfois non. Ils ont souvent quelqu'un qui fait la taupe à l'intérieur même de l'organisation mais personne n'a réussi à survivre assez longtemps au sein de la famille Cicero pour pouvoir témoigner contre eux devant un juge.

— Tu dis que l'enregistrement date d'une vingtaine d'années, tu sais de quand exactement ?

Audrey avait maintenant l'impression d'étouffer et elle avait du mal à respirer.

— Voyons voir… Les notes disent que la ville de Winchester est mentionnée pour la première fois juste avant Noël, il y a vingt-quatre ans précisément. Et la dernière fois, le 15 mars de l'année suivante.

— Que disent-ils sur le 15 mars ? demanda-t-elle en essayant de garder une voix calme.

C'était le 15 mars, vingt-quatre ans plus tôt, que son père était mort d'une crise cardiaque… et que l'incident au sous-sol s'était produit.

— Ah, voilà ! dit Judd après avoir remué encore des piles de papiers. La retranscription indique :

Nous avons perdu tout intérêt pour Winchester.

— J'imagine que tous leurs soupçons ont dû s'évanouir ce jour-là, suggéra-t-elle.

Son cœur battait maintenant si vite qu'elle avait l'impression qu'il allait éclater.

— D'après ce que je lis, on dirait plutôt qu'ils cherchaient quelque chose ou quelqu'un à Winchester mais que ça n'a pas abouti.

— Je te remercie, Judd, lui dit-elle en se forçant à rire. Je ne suis pas sûre de tout comprendre mais grâce à toi je sais maintenant qu'il y a un lien entre la ville et les Cicero.

— Deux membres de la famille Cicero ont réussi à se faire tuer dans ta petite ville, Audrey. Que se passe-t-il chez vous ?

— Ah ça, j'aimerais le savoir, Judd, tu peux me croire.

Elle partagea avec lui ce qu'elle pouvait. Elle lui dit à peu près tout ce qui avait été publié par le journal. Mais elle ne pouvait pas lui parler de ce qu'il s'était passé chez les Zimmerman ce matin.

— Tiens-moi au courant, d'accord ?

— Compte sur moi, et toi aussi, OK ?

— Pas de problème, c'était bon de t'entendre, Audrey.

Après avoir raccroché, Audrey regarda dans ses contacts et composa un nouveau numéro. Maintenant que sa mère avait perdu la mémoire, il n'y avait plus qu'une seule personne à qui elle pouvait poser des questions sur ce qui se passait en ville, vingt-quatre ans auparavant.

Phillip Anderson semblait très heureux de passer au journal en revenant de son match de squash. Il y jouait tous les vendredis après-midi et quand il apparut dans le bureau d'Audrey, il était en sueur mais avait l'air ravi. Audrey lui prit des mains son parapluie trempé et alla le déposer dans le coin de la pièce. Il avait plu toute la journée. Et la météo prévoyait que cela continue dans la soirée et jusque tard dans la nuit. Ce qui était tout à fait normal en cette saison. Après avoir pris une bouteille d'eau pour Phil dans l'étagère, elle alla fermer la porte de son bureau et revint s'asseoir.

— Il s'est passé quelque chose avec Mary Jo ? lui demanda son oncle en fronçant les sourcils.

— Oh ! non, non, désolée si je t'ai fait peur, maman va bien, enfin, comme d'habitude.

Il acquiesça puis prit une longue gorgée d'eau. Phillip avait cinq ans de moins que son frère aîné, le père d'Audrey. Son oncle avait aujourd'hui soixante-deux ans, son père, lui, en aurait donc eu soixante-sept s'il avait été encore en vie.

— Quand papa était encore vivant, est-ce que lui ou le journal ont eu des problèmes avec la mafia ? lui demanda-t-elle, de but en blanc.

Phillip manqua de s'étouffer et se mit à tousser bruyamment.

— Quoi ?

— Est-ce tu as déjà entendu parler d'un problème que mon père aurait pu avoir avec un membre d'une famille importante du crime organisé de Chicago ?

Phillip posa sa bouteille à côté de lui et s'avança sur son siège pour se rapprocher d'Audrey.

— De quoi parles-tu, Rey ?

— Pendant les quatre ou cinq mois qui ont précédé la mort de papa, il s'est passé quelque chose en lien avec la mafia, ici, à Winchester. Ma source pense que cela était en rapport avec les membres de cette famille.

— Si une telle chose s'était produite, lui répondit Phillip, il est certain que nous n'en avons jamais entendu parler, car crois-moi, cela aurait été en première page de *la Gazette*. Tu sais que ton père n'avait peur de rien, il n'aurait jamais laissé passer une telle aubaine.

Audrey savait cela. Mais elle savait aussi que son père était mort brusquement et qu'un inconnu était dans son bureau au même moment.

— Te souviens-tu si quelqu'un, qui n'était pas d'ici, était venu au bureau à cette époque ?

Phillip plissa les yeux. Lui et le père d'Audrey se ressemblaient beaucoup lorsqu'ils étaient jeunes. En le regardant, Audrey pouvait imaginer à quoi aurait ressemblé son père s'il n'était pas mort. Il aurait probablement plus de rides aux coins des yeux à cause de ses si nombreux sourires et toujours cette voix grave, réconfortante mais assez puissante pour motiver les troupes. Tout le monde aimait son père.

Son cœur se serra à la pensée qu'il était mort si jeune. Quand il avait succombé à son infarctus, il n'avait que quelques années de plus qu'elle aujourd'hui.

— Je ne peux pas te dire mais tu sais que Porter cherchait toujours un moyen de s'agrandir, il avait plus de visiteurs qu'un chef d'État. Moi j'étais plus comme Brian, plus concentré sur la partie éditoriale et sur la production. C'est ton père qui était le businessman ici. Il était le vrai visage de *la Gazette*.

Pour Audrey, entendre parler son oncle de son père fit remonter tout un tas de souvenirs et d'émotions. Le son de sa voix, ses épaules fortes, et ce sourire qui lui garantissait que tout allait bien. Il lui manquait tellement qu'elle n'osait imaginer ce que sa mère devait ressentir. Il était tout pour elle. À sa mort, elle s'était concentrée sur l'éducation d'Audrey et sur tout un tas de choses dans leur grande et vieille maison. Et puis, il y avait ses devoirs civiques. Mary Jo Anderson s'était investie dans les associations bénévoles et avait soutenu les collectes de fonds communautaires. Malgré tout cela, quelque chose s'était brisé en elle et la tristesse ne l'avait plus jamais quittée.

— Tu ne crois tout de même pas que ton père était en relation avec la mafia ?

Le ton indigné de son oncle indiquait à Audrey combien cette idée le révoltait.

— Bien sûr que non, le rassura-t-elle. Je suis seulement inquiète qu'il ait pu être au courant de quelque chose de dangereux, c'est pour cette raison que je te demande si tu te souviens d'avoir reçu une visite qui sortait de l'ordinaire à cette époque.

— Je vais y réfléchir, et si quelque chose me revient à ce sujet, je ne manquerai pas de t'appeler.

— Merci, Phillip.

— On dîne toujours ensemble dimanche ?

Sa mère, elle et lui avaient toujours dîné ensemble le dimanche soir. Quand son père était encore en vie également. Et la femme de Phillip, qui elle aussi était maintenant partie.

Combien de temps restait-il avant qu'Audrey ne se retrouve seule ?

Enfin, pensa-t-elle, pour le moment son oncle et sa mère étaient toujours là.

— Bien sûr, j'ai hâte d'y être.

Audrey le raccompagna jusqu'à l'extérieur tandis qu'il se vantait d'avoir une nouvelle fois battu le maire au squash. Deux semaines d'affilée. Quand elle le quitta, elle rentra dans le bâtiment, mais une fois à l'intérieur, elle ressentit le besoin urgent d'aller voir sa mère. Parler de son père lui donnait toujours envie d'aller se blottir dans ses bras.

Des voix effrayantes et hurlantes venaient hanter son esprit. Elles partageaient toutes les deux quelque chose d'unique. Personne ne pourrait jamais le comprendre. Pas même Phillip. Il y avait certaines choses qui devaient rester dans l'ombre.

Audrey s'arrêta un instant. Au lieu de retourner dans son bureau, elle alla derrière l'escalier et ouvrit la porte du sous-sol. Elle n'était jamais retournée en bas. Jamais.

Mais il y avait un moment dans la vie où chacun devait affronter ses peurs. Affronter son passé même s'il était cause de tourments. Compte tenu de ce que lui avait dit Judd Seymour et de ce qui s'était passé avec Wesley Sauder, c'était le moment pour Audrey.

Elle ne pouvait pas continuer à prétendre que ce qu'il y avait en bas n'avait rien à voir avec ce qui se passait en ville. Car il y avait un lien. Et peu importait que cela se soit passé vingt-quatre ans auparavant.

Elle ouvrit la porte et alluma la lumière. Des néons clignotèrent avant d'éclairer la pièce obscure. Audrey descendit les trois marches jusqu'au palier puis commença à descendre l'escalier en fer qui lui rappelait l'évacuation à prendre en cas d'incendie qui se trouvait à l'extérieur du bâtiment. Les deux escaliers intérieurs, celui-ci tout autant que celui qui menait au second étage, étaient en fer forgé et donnaient au bâtiment un air urbain et industriel. L'intérieur des premier et deuxième étages avait été intégralement refait dans les années 1950 et 1990. Dans peu de temps, Audrey allait devoir s'en occuper à nouveau. Mais pour le moment, elle ne pouvait s'imaginer changeant la moindre chose.

Si seulement, elle pouvait faire disparaître ce sous-sol…

Il n'y avait rien de particulier en bas. Les murs étaient en brique, comme le reste du bâtiment. Des étagères étaient installées contre les murs, et des boîtes et des contenants en plastique remplis de vieux souvenirs et d'une histoire vieille de deux cents ans étaient rangés sur les rayonnages. Dans l'air, flottait une vague odeur de moisi. Cela devait être à cause de cette fuite dont lui avait parlé Brian, pensa Audrey. Apparemment, il y avait une fuite d'eau sous la dalle de béton. Il était vrai que certaines zones du sol semblaient humides. Brian avait raison, il allait falloir régler ce problème rapidement. Audrey devait seulement trouver un moyen de le faire sans que personne découvre le secret qu'elle et sa mère partageaient.

Autrefois, le sol était en brique, lui aussi, mais quand

Audrey avait douze ans, des travaux de rénovation de la plomberie avaient été nécessaires. Une fois les travaux terminés, sa mère avait donné l'ordre de recouvrir le sol d'une dalle de béton. Pour le niveler et le rendre plus stable, avait-elle déclaré.

Elles avaient pensé que cela signerait la fin de cette histoire.

Audrey marcha jusqu'au centre de la pièce et regarda vers le sol.

— Qui étais-tu et surtout, que voulais-tu ? demanda-t-elle.

10

Alors que la plupart de ses hommes cherchaient Wesley Sauder dans toute la région et que cela allait bientôt faire quarante-huit heures que l'enquête avait été ouverte, Colt sentait que Sarah n'allait pas tarder à lui faire perdre patience. Il s'était à nouveau rendu chez le père de celle-ci mais Aaron lui avait dit que sa sœur était rentrée chez elle puisque les lieux avaient été libérés. Pendant qu'ils parlaient, les enfants de Sarah s'étaient réunis autour de leur oncle et n'avaient pas quitté Colt des yeux, le regardant avec espoir, comme s'il pouvait leur expliquer les brusques changements qui étaient en train de se produire dans leur vie.

Légèrement agacé, il s'était donc rendu chez les Sauder mais quand il avait frappé à la porte, personne n'était venu lui ouvrir. En se garant sur le parking de la boulangerie, il avait compris : la fourgonnette de Sarah était là. Sur la porte, la pancarte indiquait que la boutique était ouverte. Ses techniciens en charge de la récolte des preuves étaient en train de ranger le matériel dans leur camion. La pluie avait un peu diminué.

Tandis qu'il approchait, son adjoint Roland England baissa la vitre de sa voiture pour l'interpeller :

— J'allais vous appeler, shérif.

— Vous avez terminé votre deuxième tour ?

Colt pensait que toute scène de crime méritait au

minimum deux inspections. Et chaque fois qu'il faisait appliquer cette règle, ses hommes découvraient un nouvel indice.

— Nous avons trouvé un assez grand nombre de preuves mais nous ne pouvons savoir si elles seront concluantes. D'ailleurs, Branch est passé sur les lieux alors que nous étions en train de remballer. Il a demandé à voir tout ce que nous avions pu trouver car apparemment les fédéraux ont repris l'enquête. Il nous a dit qu'il allait vous appeler pour vous prévenir.

Branch avait en effet cherché à joindre Colt mais celui-ci ne lui avait pas répondu.

— Est-ce que Sarah est ici ? demanda-t-il en soupirant.

— Elle vient d'arriver, répondit England en jetant un regard à son nouveau coéquipier, Jonathan Gates. Nous avons entendu Branch passer un coup de téléphone. D'après les fédéraux, il semblerait que Wesley soit une sorte de fugitif fédéral.

Bon sang… Ils ne partageaient donc pas toutes leurs informations. Colt sentit la colère monter en lui. Il parcourut le parking des yeux mais ne vit aucune trace de la voiture de Branch.

— Il est parti ?

— Après avoir répondu à cet appel, il nous a dit qu'il devait y aller mais qu'il serait vite de retour.

Colt avait donc un peu de temps devant lui. Il fit un signe du menton à ses hommes.

— OK, prévenez-moi dès que le labo vous communiquera les résultats.

— Oui, shérif.

Alors que la camionnette quittait le parking, Colt se dirigea vers la boulangerie. Le rideau de la porte d'entrée bougea derrière la vitre. C'était probablement Sarah. Colt espéra qu'elle serait plus coopérative que la fois précédente. Peut-être n'aurait-elle pas de nouvelle occasion de lui parler.

Quand il ouvrit la porte, la sonnette se mit à tinter pour annoncer son arrivée. Derrière le comptoir, Sarah leva les yeux vers lui et lui adressa un sourire comme si elle était surprise et heureuse de le voir arriver. Mais il n'y avait aucune trace de joie dans son regard. En même temps, elle n'avait aucune véritable raison de se réjouir : son mari et son père étaient en désaccord et maintenant son mari avait de sérieux ennuis. Sans parler du fait qu'à cause de la vie passée de celui-ci elle avait dû tuer un homme. Et un autre type avait été tué et retrouvé dans la réserve de sa boulangerie. Cela faisait beaucoup de soucis pour une seule personne.

— Bonjour Sarah, lui dit-il en regardant aux alentours si quelqu'un d'autre était présent mais la boutique était déserte.

— Bonjour shérif, lui répondit-elle en hochant la tête. Vous tombez à pic, je viens tout juste de sortir une nouvelle fournée de muffins du four.

— Sarah, commença-t-il en décidant d'aller droit au but pour gagner du temps, je sais que vous êtes inquiète et effrayée, vous avez toutes les raisons de l'être…

Il se rapprocha du comptoir, se planta en face d'elle et retira son chapeau.

— Shérif, le coupa-t-elle, je vous ai déjà dit à vous et au marshal Holloway tout ce que je sais. Wesley est parti de la maison pour aller assister à un enterrement et je ne l'ai pas revu depuis.

— Il était chez Ezra Zimmerman hier soir. J'imagine qu'il doit se cacher chez un autre membre de votre communauté aujourd'hui.

Elle détourna le regard et commença à disposer les muffins chauds dans la vitrine.

— Je ne sais pas quel genre de vie menait votre mari avant de venir ici et s'il est un homme bon ou…

— C'est un homme bon, lui dit-elle sèchement. Tout le monde sait ça. Wesley n'a jamais eu ni causé le moindre problème ici. Il a une excellente réputation et aide toujours son prochain du mieux qu'il peut. Vous le savez tout comme moi, shérif. Et comme tous les habitants de la ville.

— Je le sais, Sarah, et je n'accuse Wesley d'aucune faute grave mais les fédéraux ne vont pas voir les choses de la même façon que moi. Moi je sais que Wesley est un père, un mari, un fermier et surtout un véritable pilier dans votre communauté, et je sais que je ne me trompe pas. Mais je suis bien le seul représentant des forces de l'ordre à voir les choses sous cet angle, je peux vous le garantir. Les fédéraux vont reprendre l'enquête et Branch, lui, ne connaît pas Wesley. Il ne s'intéresse qu'aux faits et ne s'en tiendra qu'aux preuves. Alors, à moins que vous ne me disiez où je peux trouver Wesley, je ne pourrai bientôt plus l'aider.

— Vous me promettez que vous allez le protéger ? lui demanda Sarah les yeux soudain pleins de larmes.

— Je vous donne ma parole que je vais tout faire pour.

— C'est un homme bon, shérif. Il n'a plus rien à voir avec la personne qu'il était… celui que ces hommes horribles traquent. Il ignorait qu'ils venaient pour lui. Celui que vous avez découvert dans notre réserve l'a surpris. Il avait une arme, Wesley n'a donc pas eu d'autre choix que de lui tirer dessus pour se défendre. Au même moment, l'autre homme entrait chez nous par effraction. Il voulait se servir des enfants et de moi pour faire faire à Wesley ce qu'il désirait. Nous n'avons fait que nous défendre, shérif.

— Vous savez ce qu'ils lui reprochent ?

— Wesley dit que pour ma sécurité il vaut mieux que j'en sache le moins possible, lui répondit-elle en secouant la tête. Mais je ne l'ai pas revu depuis cette nuit-là, shérif, je vous le jure. Il se cache et je ne lui en veux pas. Ils veulent le tuer, vous savez. Il sait des choses compromettantes sur eux. C'est tout ce que je sais. Ils feront tout pour le trouver. Wesley m'a suppliée de prendre les enfants avec moi et d'aller me cacher loin d'ici mais je ne peux pas faire une chose pareille. Nous ne pouvons pas nous permettre de fermer la boulangerie si nous voulons nous en sortir. Et puis, je sais que nos enfants sont en sécurité avec mon frère.

— Je vais demander à un de mes hommes de veiller sur vous, Sarah. Mais dites-moi une chose, où pourrait se trouver votre mari à présent ?

Alors qu'il attendait que Sarah lui réponde, Colt entendit soudain le moteur d'un véhicule qui arrivait sur le parking. Il jeta un regard au-dessus de son épaule et vit que Branch était en train de se garer à côté de son pick-up.

— Dites-moi où le chercher. Quand je l'aurai trouvé, je pourrai essayer de le protéger.

— Essayez chez Ed Wenger. C'est un des amis de mon mari.

La sonnette de la porte d'entrée tinta, annonçant l'entrée de Branch dans la boutique.

— Je vais vous prendre quelques-uns de ces muffins, dit Colt. Et si vous avez encore du café, j'en prendrais bien une tasse également.

— Salut, Colt, lui dit Branch en le rejoignant devant la vitrine. Je t'ai laissé un message, je dois te parler.

— J'allais te rappeler, lui répondit Colt en hochant la tête. Mes hommes étaient encore ici quand je suis arrivé, j'ai cru comprendre que tu avais du nouveau à me communiquer.

— Allons plutôt dehors, tu veux bien ? proposa Branch en montrant la porte d'un mouvement de tête.

— Je reviens dans un instant, Sarah, lança Colt en tapant de la main sur le comptoir.

La sonnette retentit une nouvelle fois, et les deux hommes laissèrent entrer une jeune femme portant deux enfants sur ses hanches avant de sortir de la boulangerie.

Branch se dirigea vers son véhicule et ouvrit la portière du côté conducteur. Colt attendit, appuyé sur le capot. Il comprenait la juridiction et toutes les lois qui en résultaient mais ici, c'était son territoire. Il avait été nommé shérif pour servir et protéger les habitants et, bien qu'il apprécie l'aide du FBI et des fédéraux de temps à autre, il n'aimait pas qu'on lui retire la direction de ses enquêtes.

Branch vint déposer un dossier sur le capot et l'ouvrit.

— Voici Jason Bateman, dit-il en tapotant du doigt sur la photo d'un homme qui ressemblait à Wesley Sauder en plus jeune.

— D'accord, acquiesça Colt en se rapprochant pour observer les autres documents.

— Lui, continua Branch en lui montrant cette fois le portrait d'un vieil homme, c'est Louis Cicero. C'est le boss actuel de la famille Cicero. Son père l'était avant lui et son père avant lui, etc. Les Cicero sont une des plus grandes familles mafieuses de tout le pays. Plusieurs membres de ce clan ont été poursuivis pour diverses activités illégales tout au long des années mais jamais pour des fautes graves et surtout nous n'avons bien sûr jamais réussi à faire incriminer les gros bonnets.

Il retourna la photo de Bateman, alias Wesley Sauder, avant d'ajouter :

— Mais ce type peut faire tomber le boss. Louis Cicero a un fils, Louis Jr., que tout le monde appelle LJ, et lui et Bateman étaient les meilleurs amis du monde. Bateman travaillait avec le comptable des Cicero. Il devait prendre la relève mais il a disparu du jour au lendemain. La rumeur dit qu'il a emporté une sacrée preuve avec lui.

— Comment diable a-t-il pu finir mennonite ?

Colt pensa soudain qu'avec de tels hommes aux trousses, Wesley avait eu besoin d'une bonne couverture.

— Nous ne sommes pas sûrs de la façon dont tout cela s'est déroulé, lui répondit Branch en haussant les épaules, mais nous pensons qu'il est tombé sur Wesley Sauder et que, quand celui-ci est mort à peu près à la même époque, Bateman a pris son identité. Ce genre de choses arrive souvent. Et un comptable doit savoir comment gérer ce type de situation. Bateman a donc disparu comme ça.

Branch ponctua sa phrase en faisant claquer ses doigts.

— Il devait préparer son évasion depuis un moment, reprit-il, il se tenait près et quand il a eu assez d'argent, hop, il a sauté du bateau.

— Il faisait donc partie de cette famille mafieuse ?

Bon sang… Colt se sentit soudain triste pour Sarah. Elle allait être bouleversée.

— Enfin, du côté administratif uniquement, précisa Branch. Nous n'avons aucune raison de croire qu'il ait jamais tué qui que ce soit. Mais qu'il ait été impliqué dans des activités illégales, ça oui.

— Mais pourquoi ce changement de vie ? Il devait se douter qu'ils finiraient par le retrouver un jour.

— Il était amoureux de la fille de Louis Cicero,

Sophia. Mais son père voulait la marier à un membre d'une autre grande famille mafieuse, pour unir les deux clans. Comme son père était inflexible, Sophia s'est rendu compte que le seul moyen pour elle d'échapper à cette union était de témoigner contre son père auprès du FBI pour les aider à le faire tomber. Bateman était d'accord pour le faire avec elle. Mais quand elle a été retrouvée morte, il a disparu de la circulation.

— Tu crois qu'il pourrait avoir un lien avec sa mort ? demanda Colt qui sentit une nouvelle inquiétude naître en lui.

— La police de Chicago a mené son enquête et leur conclusion a été qu'elle avait été tuée par un toxicomane schizophrène. Elle s'est simplement trouvée au mauvais moment au mauvais endroit. Son assassin a été retrouvé mort lui aussi dans sa cellule, il s'était pendu avec son pantalon.

— Après la mort de Sophia, Bateman aurait donc décidé de s'enfuir..., dit Colt en réfléchissant.

Tout cela ne semblait quand même pas très cohérent pour un homme bien intégré au sein de la mafia. Pour arriver là où il était, Bateman était pourtant loin d'être un homme stupide. Certes, il avait perdu la femme qu'il aimait, mais pourquoi abandonner tout ce qu'il avait construit ? Même Colt savait qu'un homme ne quitte pas la mafia une fois qu'il l'a intégrée, surtout quand il a atteint une telle place dans la hiérarchie.

— Sophia était jeune et idéaliste, lui expliqua Branch. Ce que son père avait prévu pour elle lui avait donné des raisons de s'en prendre à lui. Elle voulait quitter les affaires de sa famille et était prête à vendre son père pour être libre. Mais malgré les circonstances de sa mort, le FBI pense que c'est peut-être son père qui a ordonné et organisé son assassinat.

— Tu veux dire que Louis Cicero aurait fait tuer sa propre fille ?

— C'est ce que je crois, en effet, acquiesça Branch. Comme tous les gens du FBI qui ont bossé sur cette affaire. Apparemment, Bateman et elle n'avaient pas encore donné d'informations sur Cicero, il est donc probable qu'en apprenant sa mort Bateman a décidé d'emporter la preuve qu'ils avaient avec lui, comme une sorte d'assurance pour se protéger.

— Est-ce que Sarah est au courant pour Sophia Cicero ?

Colt n'osait imaginer comment celle-ci allait réagir en découvrant que son mari avait vécu tant de choses avant de venir vivre ici. Et savoir qu'il avait tout quitté par amour pour une autre n'allait pas être quelque chose de facile à digérer. Le pire étant d'imaginer que Sarah et ses enfants n'étaient peut-être rien d'autre qu'une couverture pour permettre à Bateman de se cacher loin de sa vie antérieure. Pourtant, elle semblait vouloir le protéger. Elle continuait de l'aimer, malgré tout.

— Je ne sais pas mais si elle connaît son histoire, elle refuse d'en parler, lui répondit Branch en secouant la tête. Nous avons pourtant vraiment besoin de sa coopération.

— Bateman est donc un témoin potentiel dans une affaire fédérale de haute importance, fit soudain remarquer Colt en se frottant la mâchoire. Je comprends mieux pourquoi tu dois reprendre les rênes de l'enquête.

— Cela n'a rien de personnel, Colt, le rassura Branch. Nous avons une opportunité qui se présente et nous devons être très prudents. Cicero a tué une douzaine de gens, sans compter ses implications dans des trafics d'armes et de drogues qu'il prévoit d'ailleurs de développer à un rythme encore plus soutenu. Nous devons absolument les faire arrêter, lui et son organisation. Bateman peut être la clé de toute cette affaire.

— Je ferais tout ce qui est en mon pouvoir pour vous aider, approuva Colt.

— Merci, lui dit Branch en lui donnant une grande tape dans le dos. Tes troupes vont devoir être sur leurs gardes, Cicero va continuer à envoyer des hommes jusqu'à ce qu'ils mettent la main sur Bateman. Nous en sommes certains, et ils n'hésiteront pas à tuer tous ceux qui se mettront en travers de leur chemin.

Colt avait compris. Personne ne serait en sécurité tant que Bateman serait en fuite.

Il se retourna vers la boulangerie et vit que Sarah l'attendait sur le seuil avec un sac à la main. Son regard lui indiquait tout ce qu'il avait besoin de savoir. Elle comptait sur lui pour protéger son mari… pour garantir son avenir.

Sa tasse de café fumante dans le porte-gobelet et ses muffins posés sur le siège passager de sa voiture, Colt prit la direction du commissariat. La première chose qu'il allait devoir faire allait être de demander à tous ses hommes de se concentrer à cent pour cent sur la recherche de Sauder/Bateman. Puis, il irait parler à Audrey pour trouver un moyen de mettre en garde tous les habitants de la ville. Une conférence de presse serait probablement la meilleure des idées.

Après avoir briefé ses hommes et organisé une conférence de presse à 17 heures, Colt se rendit au siège de la rédaction du journal. Il voulait tenir Audrey au courant de ce qu'il avait appris. Il lui avait promis l'exclusivité et il comptait bien tenir sa promesse. Elle allait vouloir assister à la conférence, il s'en doutait, mais il voulait aussi lui faire part des choses en personne.

Il la repéra dès qu'il entra dans le hall. Il retira son chapeau et resta un moment à la regarder travailler à son bureau, derrière la grande baie vitrée. Elle semblait arranger quelque chose devant elle, peut-être la mise en page de l'édition du lendemain.

Il aimait la regarder. La façon dont elle bougeait, si pressée et pourtant si gracieuse, la manière dont ses cheveux blonds tombaient sur ses épaules. Mais ce qu'il aimait plus que tout, c'était l'écouter parler. Il adorait son rire. En fait, il aimait tout chez elle. Elle était la plus belle femme qu'il ait jamais connue. Peu importait qu'une grande blessure les sépare et que tant de temps soit passé, il la considérait toujours comme la femme de sa vie.

Arrête, Colt.

— Bonjour, shérif, que puis-je faire pour vous ?

— Bonjour Tanya, lui répondit Colt en se tournant vers la réceptionniste. Je viens juste voir Rey.

— Bien sûr, je vais la prévenir de votre arrivée.

Colt traversa l'entrée et grimpa les marches de l'escalier. Le père d'Audrey avait tenu à ce que tous les bureaux soient vitrés pour refléter la transparence et l'honnêteté du journal. Les murs de la salle de conférences et de l'imprimerie étaient eux aussi vitrés et les élèves de la ville aimaient venir visiter le bâtiment et regarder de quelle manière on fabriquait *la Gazette*. Les visiteurs et les clients pouvaient eux aussi voir les rouages de l'intérieur, rien qu'en entrant dans le hall. Peu importait que Rey ait eu une carrière aussi importante et qu'elle ait parcouru le monde entier, Colt avait toujours su que cet endroit était sa véritable maison.

— J'espère que tu es venu m'apporter du nouveau

sur l'enquête, lui dit-elle, en l'accueillant à la porte de son bureau. J'ai un gros trou à remplir pour mon édition de demain.

— Oh ! j'ai beaucoup de choses à te raconter, mais tu ne pourras rien publier pour le moment.

— Entre, lui dit-elle en hochant la tête. Dis-moi tout.

Colt passa la demi-heure suivante à lui expliquer tout ce que lui avait confié Branch. Rey l'écoutait avec la plus grande attention sans poser la moindre question. Il commençait à croire que Branch lui avait déjà tout révélé quand elle eut enfin une réaction.

— Et tu comptes dire à tout le monde de se méfier des inconnus qui pourraient débarquer en ville.

Ce n'était pas une question. Elle avait compris qu'en tant que shérif la protection des citoyens de Winchester était une de ses responsabilités.

— Le plus possible, oui. Je ne peux pas parler de la famille Cicero, je ne peux que leur demander de nous signaler toute activité suspecte ou tout étranger qui viendrait leur poser des questions sur des habitants.

— Waouh, dit-elle en se laissant aller en arrière dans son fauteuil. On croit qu'en vivant dans une petite ville on évite ce genre de choses mais ce n'est pas vrai.

— Quelqu'un finit toujours par apporter de gros problèmes dans sa valise.

Audrey acquiesça mais Colt remarqua qu'elle avait l'air préoccupé. Il s'était fait la réflexion pendant qu'il lui expliquait toute l'histoire de Bateman et des Cicero. Quelque chose ne tournait pas rond.

— Tout va bien, Rey ? Tu sembles particulièrement perturbée par cette histoire.

— Est-ce que tu te rappelles si ton père avait déjà parlé d'une histoire de ce genre quand nous étions petits ? S'il avait déjà mentionné la mafia dans une quelconque affaire de la région ?

Colt prit un moment pour réfléchir puis secoua la tête.

— Il y a eu quelques petites entreprises criminelles locales, un labo qui produisait de la drogue, des ateliers de contrefaçons, mais rien d'autre, non.

— Je viens de me souvenir de certaines choses que mon père disait, quand je devais avoir douze ans. J'ai fouillé dans les dossiers mais je n'ai rien trouvé de concluant sur la mafia à l'époque. Pourtant, il y a eu quelque chose. Je dois seulement trouver ce dont il s'agit. Un de mes contacts à Chicago dit qu'il est question de Winchester sur des enregistrements d'écoutes téléphoniques réalisés par les fédéraux à partir de communications entre les différentes familles mafieuses de Chicago.

Voilà qui était nouveau pour Colt.

— Branch ne m'a pas parlé de ça mais je lui en toucherai un mot.

— Je te remercie, lui répondit-elle. Donc, je vais rassembler tout ce que je trouve pour l'édition de demain matin et demander à tout le monde de rester aux aguets.

— Je vais te laisser, lui dit Colt en se levant. Juste une chose, ajouta-t-il en mettant son chapeau. J'ai bien aimé être avec toi hier soir.

Audrey rougit.

— D'après mes souvenirs, tu t'es incrusté dans ma soirée.

— C'est possible, en effet, acquiesça-t-il, le sourire aux lèvres.

Il marcha jusqu'à la porte puis trouva le courage de lui poser la question qu'il avait en tête.

— Peut-être que nous pourrions parler un peu plus

de toute cette affaire autour d'un bon dîner, un de ces soirs ?

Audrey afficha, elle aussi, un grand sourire.

— Peut-être.

Il lui fit un signe de menton puis quitta son bureau. Ce n'était pas un vrai oui mais sa réponse n'avait rien à voir avec ses habituels refus.

Il y avait du progrès.

11

Clinique vétérinaire du comté de Franklin.

Audrey fit un signe de la main à la secrétaire de Burt Johnson puis traversa le hall de la clinique. Burt lui avait dit de revenir vers 15 h 45. Les jappements des chiens retentissaient partout dans les locaux. C'était la plus grande clinique de la région. Burt s'occupait de tous les animaux, des oiseaux jusqu'aux chevaux. Il gérait aujourd'hui une équipe de quatre vétérinaires et de plusieurs assistants. La plupart du temps, il supervisait les opérations et se concentrait surtout sur son métier de médecin légiste.

Elle salua une des assistantes avec laquelle elle avait été au lycée et qui travaillait dans la salle en face du bureau de Burt, puis elle frappa à la porte de celui-ci. En attendant la réponse, elle regarda la jeune femme qui examinait un labrador noir. Audrey n'avait jamais eu de chien ou de chat, même enfant. Maintenant qu'elle était de retour à Winchester, elle se demanda soudain si ce ne serait pas une bonne idée de prendre un animal de compagnie.

Sa maison était bien plus grande et vide que dans son souvenir. En même temps, elle n'y avait jamais vécu seule avant aujourd'hui. Prendre un chien ne serait peut-être pas une mauvaise idée…

— Audrey, si c'est toi, entre. Sinon, qui que vous soyez, passez votre chemin.

— C'est moi, répondit-elle en ouvrant la porte, le sourire aux lèvres.

Burt retira ses pieds de son bureau et se releva d'un bond.

— Ferme bien la porte derrière toi, lui dit-il en refermant le roman qu'il était en train de lire avant de le ranger dans un des tiroirs de son bureau.

Audrey lui obéit puis déplaça un chat qui dormait sur une chaise et prit sa place. L'animal s'enroula autour de ses chevilles en ronronnant. Elle caressa sa fourrure et il s'étira de tout son long. De cette manière, Burt pouvait croire qu'elle n'avait pas vu le livre qu'il venait de ranger. La mère d'Audrey lui avait une fois confié que Burt aimait lire les mêmes romans d'amour qu'elle et qu'il lui avait fait promettre de ne pas le répéter.

— Veux-tu un chocolat ? lui proposa-t-il en reposant sa canette de Coca sur son bureau pour s'emparer d'un sachet de friandises.

— Non, merci.

Burt en fourra un dans sa bouche puis cacha le sachet dans un gros classeur qu'il rangea derrière son bureau.

— Depuis ma crise cardiaque, je suis obligé de faire tout ce que j'aime en douce.

— Mme Johnston veut prendre soin de vous.

Le chat continuait de passer entre les jambes d'Audrey, cherchant plus d'attention. D'une main, elle lui caressa affectueusement le dos.

— Il y a certaines choses dont un homme a besoin, et pour moi, ces petits plaisirs sont le chocolat, mes livres et de temps à autre un petit fond de bourbon, lui répondit-il en haussant les épaules. Alors je me dis que ce qu'elle ne voit pas ne peut pas l'inquiéter…

— Je suis sûre que les membres de votre équipe ne diraient rien pour le chocolat, s'ils étaient au courant, vous savez, le rassura Audrey.

— Tu parles, tous des espions, ronchonna-t-il, tous autant qu'ils sont.

— Ils pensent bien faire, dit-elle en se mordant les lèvres pour ne pas sourire.

Il leva les yeux au ciel et poussa un profond soupir avant de poser les coudes sur son bureau et de plonger son regard dans celui d'Audrey.

— Alors, que puis-je faire pour toi, Audrey ? Que veux-tu savoir sur ces deux corps ?

— En fait, je suis venue pour vous parler de mon père.

Burt fronça ses sourcils broussailleux et observa Audrey avec un air interrogateur.

— C'était il y a longtemps, Rey. Il a fait une crise cardiaque. Il n'y avait pas vraiment de raison de pratiquer une autopsie, son médecin personnel a confirmé qu'il souffrait d'une maladie coronarienne. C'est vrai qu'il est rare que ce type de maladie soit si avancé chez les gens de cet âge mais c'est la vie… Il prenait des médicaments mais parfois cela ne suffit pas. Ta maman a assisté à la crise donc il n'y a pas eu de mystère, la cause du décès a vite été établie. Quelles questions as-tu en tête ?

— As-tu examiné son corps ? De la même manière que lorsqu'on suspecte un acte criminel ? demanda Audrey qui se doutait de la réponse mais voulait en être certaine.

— Oui, à cette époque j'étais encore en train d'apprendre le métier. Même si prendre soin des animaux n'est pas si différent que de s'occuper des humains, il y a quand même des différences de taille. Chaque nouveau corps était pour moi une occasion de me familiariser avec la procédure. Pour te dire la vérité, chaque corps raconte sa propre histoire. Edward DuPont m'a appris beaucoup sur le sujet. Il disait qu'on peut lire dans un corps comme dans un livre ouvert. Sa fille pense la même chose, elle en parle dans le livre qu'elle a écrit et qui s'intitule « Le Langage de la mort ».

Rowan DuPont était plus âgée qu'elle mais Audrey s'en souvenait bien. Elle avait une sœur jumelle qui était morte en se noyant. Peu de temps après, leur mère s'était pendue. Les DuPont avaient toujours semblé être des gens étranges. Peut-être était-ce parce qu'ils travaillaient et vivaient dans une maison funéraire…

— Est-ce qu'il y avait des traces de lutte ? Des bleus, des égratignures ? demanda-t-elle à Burt.

Celui-ci ouvrit la bouche comme pour répondre puis se tut un instant.

— Tu as une minute pour que je cherche le dossier ?

— Absolument, lui répondit Audrey en acquiesçant.

Il lui tourna le dos et se mit à fouiller dans les tiroirs derrière son bureau.

— Les dossiers de la clinique sont rangés dans la salle des archives mais je garde ici ceux qui sont en lien avec mon activité de médecin légiste.

— Depuis combien de temps fais-tu ce métier ?

Audrey se souvenait qu'il était déjà médecin légiste quand son père était décédé et si elle avait peu de souvenirs de cette nuit-là, l'image rassurante de Burt en faisait partie.

— Voilà, dit-il enfin en posant un dossier devant lui sur son bureau.

Audrey essaya de garder son calme. Le dossier n'avait rien de particulier, il était comme les milliers d'autres classés ici, et ressemblait même à ceux qui étaient rangés dans les archives du journal. Pourtant à l'intérieur se trouvaient des informations liées aux dernières heures de son père.

— Tu peux jeter un coup d'œil si tu veux, lui proposa Burt en levant les yeux vers elle.

Elle secoua la tête, effrayée à l'idée de découvrir les photos qui pouvaient y être.

— Pourrais-tu m'en faire le résumé ?

— Bien sûr… Il avait une petite égratignure dans le cou, mais rien d'anormal, il aurait pu se la faire en se rasant le matin ou même en se griffant, commença Burt en parcourant des yeux les feuilles couvertes d'inscriptions.

Puis il continua sa lecture à voix basse en émettant un petit son qui semblait indiquer que quelque chose l'intriguait. Quand il releva enfin les yeux vers Audrey, celle-ci sentit le stress l'envahir.

— Il avait une ecchymose sur l'épaule droite. Une autre dans le bas du dos. Et une troisième au niveau du tibia gauche. D'après mes notes, ta mère nous aurait dit qu'il avait fait une chute dans l'escalier la nuit précédente.

— Oh ! acquiesça Audrey. Oui, ça me revient.

Ce n'était pas vrai mais elle soupçonnait que si sa mère avait dit cela à l'époque ce devait être pour une bonne raison.

Burt la regarda en restant silencieux pendant un long moment.

— Audrey, y a-t-il quelque chose qui t'inquiète concernant le décès de ton père ?

Les mots lui brûlaient les lèvres. Mais elle ne pouvait partager ses craintes avec personne.

— Non, non, c'est seulement qu'une de mes sources a dit quelque chose concernant les Sauder qui m'a mis la puce à l'oreille.

— Raconte-moi un peu, lui répondit Burt en penchant la tête sur le côté.

— Il semblerait qu'à l'époque où mon père est mort il se passait déjà quelque chose entre la mafia et les Sauder. Il n'a pas pu me dire quel était le lien mais ça s'est passé ici, à Winchester. Colt ne se souvient de rien de significatif mais il m'a dit qu'il allait fouiller dans ses archives.

— Je crois qu'il se passait quelque chose au journal, ajouta Burt en se caressant le menton, l'air pensif. Demande à ta mère, elle doit s'en rappeler. D'après mes souvenirs, Porter m'avait dit que des gens du Nord voulaient racheter tout un tas de journaux dans la région, en Alabama et en Géorgie. Et ils mettaient une sacrée pression sur les petites rédactions du Sud. Je ne me souviens plus du motif mais Phil avait dit que Porter était très excité à ce sujet. Ce devait être un mois avant qu'il meure.

En entendant les mots de Burt, Audrey sentit les battements de son cœur s'accélérer.

— Mon père avait-il parlé d'une éventuelle rencontre avec ces personnes pour cette tentative de rachat ?

— Non, enfin pas à moi en tout cas. Mais tu devrais demander à Phil. Il doit être au courant, lui et ton père étaient associés quand même.

Cependant Phillip avait dit à Audrey qu'il ne savait rien – que son père ne savait rien – sur d'éventuelles connexions avec le crime organisé. Avait-il été laissé en dehors de tout ça ou lui avait-il menti ? Audrey savait que son oncle n'était pas un menteur… Mais elle avait besoin d'une preuve.

— Merci d'avoir accepté de fouiller dans le passé pour moi, lui dit-elle en se levant et en tendant la main à Burt.

Celui-ci se leva également et lui serra la main.

— Préviens-moi si je peux t'aider pour quoi que ce soit. Je suis toujours partant pour essayer de résoudre les mystères…

Tous ces éléments donnaient en effet un air mystérieux à la situation, pensa Audrey en quittant la clinique. Suite à son échange avec Burt, quelque chose l'obsédait : son oncle lui avait-il menti ? Quant à sa mère, son histoire concernant la chute de son père dans l'escalier était la seule explication qu'elle avait pu donner pour justifier les marques que celui-ci avait sur le corps. Sinon qu'aurait-elle pu dire sans confesser son meurtre ?

Si on devait vivre séquestré quelque part, alors Pine Haven était un endroit on ne peut plus charmant. Car, sans se voiler la face, cet endroit avait tout d'une prison. Ou peut-être étaient-ce les esprits des résidents qui étaient des prisons… La mère d'Audrey était en pleine forme physiquement mais son esprit semblait avoir lâché prise. Elle n'avait donc plus d'autre choix que de vivre *ainsi*.

Audrey regretta instantanément cette pensée. Un endroit comme Pine Haven était une véritable aubaine dans ce genre de situation. Mais malgré cela, elle ne pouvait s'empêcher de se sentir mal à l'aise à l'idée de laisser sa mère résider ici. Elle qui avait tant aimé vivre en famille dans leur vieille maison farfelue. Elle y serait certainement restée jusqu'à sa mort sans son incapacité à se souvenir de ce qu'elle faisait deux minutes plus tôt. Comme sortir de chez elle en laissant le feu allumé sous une bouilloire vide, ou en laissant l'eau couler dans la baignoire. Ou en laissant la porte d'entrée grande ouverte, le moteur de la voiture en marche dans le garage… Tout cela s'était bel et bien produit et Audrey n'avait donc pas eu vraiment le choix.

Elle trouva sa mère en train de contempler, depuis sa terrasse, les jardins superbement aménagés.

— C'est une belle journée, dit Audrey à sa mère en s'asseyant sur une chaise à côté d'elle.

— Absolument, lui répondit Mary Jo sans quitter des yeux les arbres qui semblaient l'enchanter.

Les bourgeons étaient sur le point d'éclore, et bientôt les branches seraient couvertes de feuilles. La pelouse avait besoin d'être tondue. Tulipes, jonquilles, crocus et jacinthes décoraient le tour des arbres, stratégiquement disposés autour de la terrasse. Sa mère avait toujours adoré les fleurs. Et la beauté du parc de Pine Haven avait joué dans le choix qu'Audrey avait fait entre plusieurs établissements. Les jardins et la proximité de leur maison.

— Je suis allée voir Burt Johnston aujourd'hui.

— Comment va-t-il ? lui répondit Mary Jo en se retournant.

— Il va bien, il est toujours aussi jovial et profite de la vie en lisant des romans d'amour et en grignotant du chocolat en cachette.

— Il a toujours raffolé de ces histoires à l'eau de rose, confirma Mary Jo en riant. Et Iris ? Surveille-t-elle son taux de glucose ? Burt lui donne du fil à retordre avec le régime si strict qu'on lui a imposé. Cette pauvre femme doit avoir autant de patience que Job.

Audrey ne prit pas la peine d'expliquer à sa mère qu'Iris ne pouvait pas le surveiller en permanence puisque de toute manière elle oublierait leur conversation quelques minutes plus tard.

— Burt m'a dit que, lorsqu'il avait examiné le corps

de papa après sa mort, il avait remarqué qu'il avait des ecchymoses à plusieurs endroits sur le corps.

— Je lui avais dit que Burt était tombé dans l'escalier, approuva Mary Jo en reportant son regard vers les arbres, mais ce n'était pas vrai. Je ne me souviens même pas du nombre de mensonges que j'ai pu raconter lorsque ton père est décédé. Je me souviens seulement que j'étais prête à tout pour garantir ta sécurité. Et pour m'assurer que jamais personne ne découvrirait ce qu'il s'était réellement passé.

— Il s'était battu avec cet homme ? demanda Audrey en sentant son cœur se serrer.

Mary Jo se tourna vers sa fille, l'air soudain totalement confus.

— Quel homme ?

— Celui qui a essayé de blesser papa. Il s'est battu avec lui ?

— Oh là là, je ne sais pas du tout, dit-elle en hochant la tête. Tu sais qu'il vaut mieux ne pas parler de cet homme.

— Maman, est-ce que mon oncle Phillip est au courant de cette histoire ?

— Quoi ? lui répondit-elle, le regard horrifié. Oh non, certainement pas… Enfin, je l'espère. Il n'était pas avec nous ce soir-là. Tu sais, il n'était jamais dans les parages quand ton père avait besoin de lui. Il devait probablement être sorti avec une fille. C'était un sacré coureur de jupons, à cette époque, ton oncle Phillip.

— Tu es sûre que papa ne lui avait pas parlé des problèmes qu'il avait avec cet homme ?

— Non, non, ton père est mort, Audrey. Il n'a pu en parler avec personne.

Audrey soupira.

— Je veux dire, avant sa mort. Tu ne crois pas qu'il

aurait pu parler avec son frère des soucis qu'il avait à cause de cet homme ?

May Jo regarda un long moment sa fille avant de lui répondre :

— Quel homme ?

Audrey resta assise à côté de sa mère pendant un long moment, en silence. Puis elle se leva, et l'embrassa pour lui dire au revoir. Elle se doutait que les secrets que sa mère gardait de cette époque ne pourraient jamais être exhumés. Peut-être avait-elle raison, peut-être Phillip ne savait-il rien de ce type et des raisons de sa visite…

Mais Audrey, elle, savait quelque chose. Elle savait que l'homme qui avait envoyé ces deux hommes pour tuer Wesley Sauder avait aussi envoyé celui qui avait tenté de tuer son père.

Elle roula à travers la ville, se gara sur le parking du journal et resta assise un moment dans sa voiture pour regarder le bâtiment. Il lui restait quelques minutes avant que commence la conférence de presse organisée par Colt.

De cette nuit si particulière, elle n'avait pas gardé beaucoup de souvenirs. Son esprit semblait avoir gommé la plupart des détails ; probablement les plus douloureux. Elle se souvenait de sa mère qui hurlait. Elle-même se trouvait dans le bureau de Phillip. Qui était absent. Elle se souvenait qu'elle était assise dans le fauteuil de son oncle et qu'elle le faisait tourner, encore et encore. Il y avait eu ce bruit étrange, puis sa mère avait crié.

Audrey se rappelait avoir vu cet homme, étendu sur le sol… dans une mare de sang.

Des voix avaient résonné dans sa tête. Celle de sa mère. Celle de son père. L'homme ne parlait pas. Il était étendu… sur le sol.

Jack… Son père l'avait appelé Jack.

Audrey fouilla dans son sac pour trouver son téléphone. Avec hâte, elle composa le numéro de Judd Seymour.

— Salut Judd, dis-moi, tu aurais une minute ?

— Oui mais une seule, je suis en chemin pour une réunion.

Audrey pouvait entendre les bruits de la ville dans le fond. Les klaxons, les cris des conducteurs de taxi, le brouhaha de la foule qui se pressait sur les trottoirs. Ces sons étaient ceux qui l'avaient bercée le soir et réveillée chaque matin de sa vie passée. Cependant, la grande ville ne lui manquait pas.

Ce constat la surprit. C'était la première fois qu'elle ressentait ce sentiment… La vie ici semblait lui convenir. Mais ce retour dans sa ville natale n'était-il pas censé être temporaire ?

— Pendant cette période que nous avons évoquée la dernière fois, demanda-t-elle à Judd, il y a vingt-quatre ans, est-ce que tu te rappelles avoir entendu parler d'un type lié à la mafia qui se serait appelé Jack ?

— Jack Torrino ? Tu veux parler de Jack Torrino ?

Ce nom ne disait rien à Audrey.

— Je ne sais pas, lui répondit-elle en fronçant les sourcils. Je n'ai que ce prénom, Jack.

— Torrino est le seul Jack qui me dise quelque chose. Et le seul qui ait eu un lien avec la famille mafieuse qui apparaît sur les écoutes. Pourquoi me poses-tu cette question ?

— Je pense qu'il est peut-être venu à Winchester en mars de cette année-là.

— Eh bien, si c'est le cas, tu viens peut-être de résoudre un mystère vieux d'un quart de siècle car Jack Torrino a justement disparu de la surface de la terre, il y a vingt-quatre ans. Et personne n'a jamais su ce qui avait pu lui arriver ni où il se trouvait.

— Je te remercie, Judd.

Après avoir raccroché, Audrey resta immobile un instant. Elle savait parfaitement où se trouvait Jack Torrino.

12

Colt remonta dans son pick-up et y resta assis un long moment. La conférence de presse s'était déroulée sans accroc. Branch et le chef de la police Billy Brannigan l'avaient soutenu et étaient restés tous les deux à ses côtés. Colt avait demandé aux habitants de la région de se tenir sur leurs gardes et de signaler toute activité ou personne suspecte en appelant la permanence téléphonique que son département avait mise en place. Suite à la conférence, il avait interrogé plusieurs des amis proches de Sauder mais aucun d'entre eux ne l'avait vu. Sarah l'avait prévenu qu'aucun mennonite ne dirait quelque chose contre son mari. Ils savaient tous ce que Colt voulait : trouver Sauder au plus vite. Et tous se débrouillaient pour ne lui divulguer aucune information sans lui mentir. Même Wenger avait fait de même. À ce rythme, Colt ne risquait pas d'avancer dans l'enquête.

Colt mit le moteur en marche puis se rendit au seul endroit où il pensait pouvoir apprendre quelque chose. Cela risquait fort d'être un coup dans l'eau mais il n'avait pas d'autre piste. Et s'il ne se dépêchait pas, Wesley Sauder ou Jason Bateman ne tarderait pas à se faire tuer.

Le Cow Palace n'ouvrait ses portes qu'à 21 heures mais Colt savait que la plupart du personnel serait déjà sur place pour préparer la nuit. Comme la plupart de ses amis pendant sa dernière année au lycée, Colt avait fréquenté cet endroit grâce à de faux papiers d'identité. Le comportement qu'il avait eu cette année-là était la source de ses inquiétudes concernant son fils. Colt savait dans quel genre de problème on pouvait se fourrer et redoutait que Key ne vive les mêmes choses. Colt avait toujours été un bon garçon mais il avait eu des passages difficiles. Et si la situation avait dégénéré ne serait-ce qu'une fois, il aurait pu y laisser la vie.

C'est à cause de ça qu'il avait perdu Audrey…

Son fils ne lui parlait plus à présent, ce qui n'avait finalement rien de très étonnant. Le silence était sa réaction chaque fois qu'il était en colère, et ce depuis que ses parents avaient divorcé. Mais Colt ne pouvait pas lui en vouloir. Il reproduisait les attitudes de sa mère. Colt était loin d'être parfait et il avait fait bon nombre d'erreurs avec son fils, mais à la différence de Karen, il ne se servait pas de lui. Il faisait tout pour empêcher son fils de suivre la même voie. Un homme devait être aussi sincère et fiable que sa parole. La trahir, ne serait-ce qu'une seule fois, pouvait amener à commettre la plus grosse erreur de toute une vie.

Colt pensa à Rey. S'il n'avait pas brisé sa confiance… Mais il était trop tard pour ressasser tout cela. Il avait brisé sa confiance et rompu le lien qui les unissait. Heureusement quelque chose de positif avait résulté de ce gâchis : son fils. Et à présent, il devait s'assurer de ne pas tout rater dans le rôle le plus important de toute sa vie : celui de père. D'une manière ou d'une autre, il trouverait un moyen de regagner la confiance d'Audrey. Il ne voulait pas passer les prochaines dix-huit années de sa vie sans elle.

***

Le Cow Palace se trouvait entre Winchester et Decherd. Le bâtiment servait autrefois de marché au bétail et on y vendait chevaux et bovins.

Le père de Colt l'avait emmené quelques fois quand il était enfant à ces ventes aux enchères. Quand il avait eu quinze ans, le marché avait déménagé dans un plus grand entrepôt, quelque part entre Winchester et Fayetteville. À présent, le vieux bâtiment, qui ressemblait toujours à une immense grange, était resté désaffecté pendant quelques années. Puis quelques entrepreneurs avaient eu l'idée d'en faire un saloon. Et le Cow Palace était né.

Des gens venaient de toute la région pour assister aux événements de l'endroit, maintenant célèbre. Le lieu avait été agrandi déjà trois fois. Après son divorce, Colt avait un peu fréquenté le saloon avant de comprendre qu'il ne trouverait jamais ce qu'il cherchait dans ce genre d'endroit. D'ailleurs, cela faisait maintenant près de huit ans qu'il s'était séparé de Karen mais il n'avait toujours pas trouvé la femme de sa vie.

Peut-être était-ce parce qu'il l'avait déjà rencontrée ? Mais que, trop jeune et stupide pour se rendre compte de l'ampleur de son erreur, il l'avait laissée partir ?

Il se gara et traversa le parking. On ne pouvait pas changer le passé. Mais peut-être pouvait-il encore faire quelque chose pour le mari de Sarah Sauder. Parce que, s'il ne le trouvait pas très vite, leurs enfants allaient bientôt devoir grandir sans père. Branch Holloway avait vécu trop longtemps loin d'ici. Les gens ne le connaissaient pas aussi bien que Colt. Si Colt ne trouvait pas de réponse, Branch ne risquait pas d'en trouver lui non plus.

La porte d'entrée était verrouillée, Colt fit donc le

tour du bâtiment. Devant la porte de derrière, trois hommes, manutentionnaires, barmen ou aide-cuisiniers, fumaient des cigarettes. En le voyant arriver, ils levèrent les yeux et le saluèrent.

— Salut, leur répondit Colt. Vous savez si Beth est déjà là ?

Il leur posa la question mais il connaissait déjà la réponse. En effet, il était passé à la caravane qu'elle occupait mais elle ne s'y trouvait pas. Son voisin lui avait alors dit qu'elle était partie au travail.

— Elle dresse les tables, lui répondit un des hommes en lui montrant l'intérieur du saloon d'un mouvement de tête. Vous pouvez entrer, shérif, Ray Stokes, le manager est là, lui aussi.

Colt hocha la tête en signe de remerciement. On ne pouvait pas dire que Stokes et lui étaient bons amis. C'était d'ailleurs probablement pour cette raison que l'homme tenait à le prévenir de sa présence.

Au début de sa carrière de shérif, Colt avait dû arrêter plusieurs fois Stokes pour ébriété et troubles de l'ordre public. Stokes avait fini par se ranger et avait entrepris de prendre la gestion du Cow Palace après le changement de propriétaire. Le propriétaire actuel vivait à Nashville et ne savait probablement pas que Stokes était un crétin et un emmerdeur de première.

Colt traversa la réserve, puis la cuisine, et trouva Stokes qui l'attendait de l'autre côté du bar. Apparemment, l'un des hommes devait l'avoir prévenu que Colt était en chemin.

— Bonsoir, shérif, lui dit-il en se levant, les jambes écartées et les bras le long du corps, comme s'il était prêt pour un duel.

— Vous avez quelque chose à vous reprocher, Ace ? lui répondit Colt en posant les mains sur ses hanches.

Depuis toujours, tout le monde donnait ce surnom à Stokes car, peu importaient les situations dans lesquelles il avait bien pu se fourrer, il semblait toujours avoir tiré de sa poche un atout qui lui permettait de s'en tirer.

— Quand j'apprends que les forces de l'ordre viennent traîner par ici avant l'ouverture de l'établissement, je ne suis pas tranquille, en effet. Que se passe-t-il, shérif ? Il y a un problème ?

— Pas à ma connaissance. Je suis simplement venu parler à Beth, lui répondit Colt en lui montrant du doigt la jeune femme qui disposait les tabourets autour des tables.

Stokes regarda Beth puis reporta son attention vers Colt.

— Tant que vous ne l'empêchez pas de faire son travail, cela ne me pose aucun problème. Mais j'ai vraiment besoin d'elle ce soir, donc si vous avez l'intention de l'embarquer, je vous demanderai de bien vouloir revenir après minuit.

— Je ne reproche rien à Beth, j'ai seulement quelques questions à lui poser.

— Laisse-le tranquille, Ray, intervint Beth. Colt, venez par ici, nous pourrons discuter pendant que je travaille.

Stokes lança un dernier regard noir à Colt avant de retourner derrière le bar qui serpentait de part et d'autre de l'immense espace. Le plafond de la pièce était très haut et ce qui était autrefois l'arène où on exposait le bétail était maintenant une grande piste de danse avec une scène au centre. Tout autour étaient disposées des tables qui occupaient l'espace jusqu'aux murs. Il y avait deux sorties de secours : la porte d'entrée principale et celle par laquelle était entré Colt. Au-dessus d'eux, d'immenses barres de spots et de haut-parleurs étaient suspendues.

— Laissez-moi deviner, shérif, commença Beth en voyant approcher Colt. Vous êtes ici pour me parler du mari de Sarah.

Colt attrapa un tabouret qui était encore sur une table et vint le poser devant celle-ci.

— Vous vous tenez informée à ce que je vois.

— Ma grande sœur ne tue pas des gens tous les quatre matins, lui répondit Beth en avançant vers une nouvelle table.

— J'imagine qu'elle a fait ce qu'elle devait faire, lui répondit Colt en la suivant. Que pouvez-vous me dire sur son mari ?

— On dirait que vous avez oublié que j'ai été bannie de cette famille il y a bien longtemps ! Avant même que Sarah épouse Wesley, lui répondit Beth en éclatant de rire.

— Non, je n'ai pas oublié, mais je sais que les sœurs ont souvent un lien particulier, vous voyez ce que je veux dire ? Peut-être que vous vous donnez quand même des nouvelles toutes les deux, avec ou sans l'approbation de votre père…

La plupart des enfants finissaient toujours par enfreindre les règles, surtout une fois devenus grands. Les conseils et souhaits des parents ne pouvaient pas toujours être suivis à la lettre… Dieu seul savait que lui-même n'avait pas toujours fait ce que son père lui disait ou il serait toujours resté dans le droit chemin. Comme il aurait aimé pouvoir faire comprendre à son fils que, même s'il refusait les conseils de son père, l'âge et l'expérience l'avaient rendu plus sage.

Mais la sagesse ne se transmettait pas. Il y avait des choses qu'on devait apprendre soi-même.

— En effet, nous nous parlons, reconnut Beth.

Elle continuait à arranger les tabourets autour des tables et Colt l'aidait dans sa tâche. Sans dire un mot, il attendit qu'elle lui en dise plus. Les secondes passaient, lentement, résonnant dans sa tête comme le tic-tac d'une bombe sur le point d'exploser.

— Quand elle a rencontré Wesley, je vivais encore à Nashville. Elle était terriblement excitée. Il était bien plus âgé qu'elle et apparemment très charmant, continua Beth sur un ton hésitant, comme si elle exhumait de vieux souvenirs de sa mémoire. Elle m'a dit qu'il avait habité la plupart de sa vie dans une grande ville et qu'il était l'homme le plus attentionné qu'elle ait jamais rencontré.

— A-t-elle changé d'avis à son sujet par la suite ?

Colt ne pouvait s'empêcher de se demander comment cet homme avait réussi à oublier son passé criminel. En même temps, il n'était que comptable.

— Non. Elle ne lui a jamais rien reproché, pas même une fois. Visiblement, il était un mari et un père parfait. Gentil, généreux, affectueux et fidèle.

Colt baissa les yeux. Même dix-huit ans après, il se sentait toujours terriblement honteux de ne pas avoir eu cette qualité.

— Papa aussi était sous son charme, continua Beth. Il voyait Wesley comme l'homme fort et solide dont la communauté aurait besoin quelques années plus tard.

— Mais rien ne s'est passé comme prévu, poursuivit Colt en la suivant jusqu'à la table voisine. M. Yoder a découvert le secret de Wesley, n'est-ce pas ?

— Une famille de Markham – la ville natale de Wesley – est venue assister à l'enterrement d'un parent éloigné à Winchester. Wesley n'aurait jamais pu se douter que quelqu'un de Markham pourrait un jour venir à

Winchester. En découvrant que le Wesley Sauder qu'ils avaient enterré une décennie plus tôt était toujours en vie, la famille a été plutôt choquée.

Branch lui avait déjà raconté la plupart des faits mais Colt ignorait les détails.

— Le mari de Sarah avait donc pris l'identité d'un homme mort.

Ce genre de choses arrivait fréquemment. La plupart du temps pour des histoires de crédits impayés ou d'impôts. Mais comme le disait Branch, cet homme-là avait besoin d'une nouvelle vie. Et en tant que comptable, il savait ce que représenterait pour lui un changement d'identité.

— Pour quelles raisons M. Yoder a-t-il choisi de garder sa découverte pour lui ? Cela faisait quelques mois qu'il le savait et apparemment la rumeur dit que Wesley et lui se sont disputés juste après Noël…

— Mon père est un homme sérieux. Il voulait vérifier que ce que cette famille prétendait était bien vrai, il a donc envoyé mon frère aîné, Ben, à Markham pour élucider le mystère. C'était le mois dernier. Quand Ben est revenu avec la confirmation de toute cette histoire, mon père a commencé à organiser une grande réunion pour révéler la vérité à tout le monde mais quelque chose l'en a empêché.

Beth avança jusqu'à une nouvelle table et Colt attendit un instant pour être certain qu'elle avait terminé avant de lui demander des précisions.

— Qu'est-ce qui l'en a empêché selon vous ?

Beth releva les yeux vers Colt.

— Ça, je ne peux pas vous le dire, shérif.

Colt avait le sentiment que ce qu'elle ne voulait pas lui révéler impliquait son frère.

— Beth, je ne veux qu'une chose : protéger votre

communauté. Deux hommes sont morts. Ils semblaient mériter leur sort mais nous n'aurons peut-être pas autant de chance la prochaine fois. Un innocent pourrait y laisser la vie. Sarah ou l'un de ses enfants… Je ne sais pas ce qui vous retient mais je vous fais la promesse que si vous me dites tout je ferai tout ce qui est en mon pouvoir pour vous préserver, vous et celui ou celle que vous protégez.

— Benjamin n'a pas fait que prendre une photo de la tombe et rendre visite à la congrégation pour voir la photo du véritable Wesley Sauder. Il a aussi parcouru la ville avec une photo du Wesley de Sarah et a demandé aux gens qu'ils croisaient s'ils le connaissaient. Évidemment, il n'a trouvé personne qui ait admis l'avoir connu. Mais Sarah et moi pensons que c'est cette initiative qui a tout déclenché.

Malheureusement, pensa Colt, Sarah et Beth avaient probablement raison. Ben avait manifestement croisé la mauvaise personne et l'information était remontée jusqu'à la famille Cicero qui avait dû être ravie de retrouver enfin la trace de son ancien comptable.

— Des gens ont-ils essayé d'entrer en contact avec votre père ou avec Ben ?

Les mennonites n'avaient pas de téléphone chez eux mais Colt savait qu'il y en avait un à la boulangerie.

— Sarah m'a dit qu'elle avait plusieurs fois reçu des appels bizarres. Quelqu'un qui appelait et qui demandait à parler à un certain Bateman. Elle leur a dit qu'ils avaient dû faire un mauvais numéro, mais quand elle en a parlé à Wesley, apparemment il est devenu fou. Il lui a dit qu'ils devaient quitter la ville au plus vite, lui a demandé de toujours garder son arme avec elle quand elle était chez elle et à la boulangerie. C'était la semaine dernière. Après cela, il a disparu.

Il s'est volatilisé après avoir dit à Sarah qu'il devait rendre visite à la famille d'un de ses amis qui venait de mourir. Sarah était bouleversée.

— Quand est-il rentré ?

Beth poussa un profond soupir avant de répondre.

— Hier seulement.

Ce qui signifiait que Wesley n'était pas à Winchester, lundi soir. Wesley Sauder, alias Jason Bateman, ne pouvait donc pas avoir tué l'homme qu'on avait retrouvé dans la réserve de la boulangerie.

— Beth, que s'est-il passé à la boulangerie ?

— Sarah m'a appelée, lui répondit-elle en le regardant droit dans les yeux. Elle était seule dans la boutique. Ils sont fermés le dimanche, comme vous le savez. Elle était en train de nettoyer et de faire l'inventaire. Les enfants étaient avec elle. Elle voulait me parler. Elle avait peur. Elle pensait que quelqu'un l'avait suivie.

Bon sang…

— Et elle avait raison, quelqu'un l'avait bien suivie. Il a fait le tour de l'immeuble et quand elle l'a vu par la fenêtre, elle a caché les enfants derrière des cartons dans la chambre froide. Une seconde après, l'homme était à l'intérieur. Elle avait oublié de fermer la porte de derrière. Il lui a demandé si elle savait où se trouvait Wesley mais elle avait beau lui répéter qu'elle n'en savait rien, il ne l'écoutait pas. Il l'a enfermée dans la réserve…

Des larmes coulaient sur le visage de Beth et elle marqua une courte pause avant d'ajouter :

— Il allait la tuer, shérif.

— Mais vous êtes arrivée à temps.

— J'avais emporté mon arme avec moi, acquiesça-t-elle en se mordant la lèvre inférieure. Au cas où. Jamais je n'aurais pensé que j'allais devoir m'en servir.

Quand je lui ai ordonné de s'arrêter, il s'est retourné et je peux vous garantir que si je suis encore en vie, c'est parce que j'ai tiré la première.

Les mots restèrent un instant, comme suspendus dans l'air.

— C'était de la légitime défense, Beth. Si vous ne l'aviez pas tué, c'est vous, Beth et les enfants qui y seraient passés.

Elle acquiesça en silence et essuya les larmes qui coulaient sur ses joues.

— Je suppose que vous allez m'arrêter maintenant.

— Non, Beth, je ne vais pas vous arrêter parce que vous vous êtes défendue. Mais je vais devoir prendre votre déclaration, ainsi que celle de Sarah.

— D'accord, mais puis-je d'abord finir mon travail ici ?

— Bien sûr, je vais vous aider, lui répondit Colt en la suivant vers une nouvelle table. Je vais aussi devoir examiner l'arme dont vous vous êtes servie.

— Elle est enterrée dans le parterre de fleurs devant ma caravane.

— Quand nous partirons, je passerai un coup de fil à un des techniciens pour lui dire de passer la chercher si vous n'y voyez pas d'objection.

— Faites ce que vous devez faire, lui dit-elle. Je vous fais confiance, Colt. J'ai déjà gâché ma vie, mais je sais que cette fois j'ai fait le bon choix. Ne me punissez pas pour avoir fait ce qu'il fallait faire.

Dans sa voix, Colt sentait toute sa peur et sa résignation, conséquences de son instinct protecteur. Il ne pouvait qu'imaginer combien elle avait dû être terrifiée en le voyant entrer ici, quelques instants plus tôt.

— Je vais veiller à ce que personne ne vous punisse pour tout ça, Beth, en attendant je vous demande seulement de m'accompagner au poste pour faire votre déclaration.

— Je sais. Essayer de cacher ce que j'avais fait n'était pas une bonne idée. Peut-être qu'après avoir toujours tout raté, j'ai eu peur que ma famille pense que j'étais une meurtrière.

— Vous n'avez rien d'une meurtrière, Beth, lui dit Colt en posant une main sur son bras. Vous êtes une héroïne. Vous avez sauvé la vie de votre sœur ainsi que celle de ses enfants. Votre père sera fier quand il va découvrir ce qu'il s'est passé.

— Peut-être..., laissa échapper Beth tandis qu'un nouveau flot de larmes inondait son visage.

— Maintenant, Beth, aidez-moi à trouver Wesley avant ses anciens amis. Je sais qu'il n'est pas loin, qu'il se cache chez un membre de la communauté mennonite, mais personne ne veut me dire quoi que ce soit.

— Ils le protègent, confirma Beth. Ils le connaissent tous comme Wesley Sauder, le brave homme qui a sauvé la vie de mon père. Il a fait beaucoup pour notre communauté, vous savez. Cela ne va pas être simple pour eux d'accepter qu'il ne soit pas celui qu'il prétend être depuis tout ce temps.

— Donc ils ne risquent pas de me dire quoi que ce soit...

— Je ne pense pas, non, approuva-t-elle en souriant. Mais une de leurs femmes peut-être. Allez voir Jenny Hoover, dites-lui que vous venez de ma part.

Elle s'interrompit un instant et fronça les sourcils.

— Cependant vous allez devoir emmener une femme. Je vous proposerais bien de vous accompagner mais si quelqu'un me voit là-bas, je risque d'avoir de sérieux ennuis...

Son visage s'éclaira soudain.

— Vous n'avez qu'à demander à Audrey Anderson, tout le monde la connaît ! Jenny lui parlera, j'en suis certaine.

Cela devrait être possible, pensa Colt en se frottant le menton.

À présent, la seule chose qu'il lui restait à faire, c'était de réussir à faire sortir Beth d'ici sans avoir à botter les fesses de Ray Stockes.

13

Une fois l'édition du lendemain bouclée, Audrey quitta le bureau. Elle devait retourner voir sa mère. Cela n'allait probablement pas bien se passer mais elle devait essayer. Elle avait un nom à présent… Tout l'après-midi, elle avait essayé de rassembler ses souvenirs comme s'il s'agissait d'un puzzle. Mais il lui manquait encore trop de pièces.

Elle n'était encore qu'une enfant lors de cette terrible nuit. Le temps avait fait son boulot et l'avait éloignée de son traumatisme. Son esprit avait enfoui ses souvenirs si profondément que ses réminiscences n'étaient pas plus fiables que celles de sa mère. Mais elle devait essayer de se rappeler ce qu'il s'était passé, quand elle avait douze ans, car cela avait eu une incidence, même infime, sur ce qu'il se passait actuellement. Elle en était certaine.

Tout était lié.

Et si Wesley Sauder ou Jason Bateman n'était pas venu à Winchester par hasard ? Savait-il pourquoi Jack Torrino était venu voir son père toutes ces années plus tôt ?

Sauder était-il passé pendant dix ans devant le journal en connaissant le secret des Anderson ? Audrey devait lui parler avant qu'il ne se fasse arrêter par Branch ou tué par un de ces hommes lancés à ses trousses par la mafia.

Elle devait découvrir la vérité.

Et si cette vérité n'avait rien à voir avec ce qu'elle imaginait ? Et si elle apprenait que son père était impliqué dans des activités criminelles ?

Impossible. Jamais elle ne pourrait croire une telle chose. Si cela avait été le cas, sa mère ou son oncle Phil auraient forcément eu la puce à l'oreille.

À moins que sa mère ne se soit empressée de l'aider à oublier cette nuit terrible car elle était l'arbre qui cachait la forêt ?

Audrey serra les mains sur le volant. Wesley Sauder se cachait quelque part et elle avait bien l'intention de le retrouver. Elle voulait des réponses. Tous ces mystères allaient finir par lui faire perdre la tête. La pluie semblait s'être arrêtée pour le moment, mais la météo annonçait sa reprise dans la soirée.

Soudain, des lumières bleues apparurent dans son rétroviseur. Elle fronça les sourcils. C'était le véhicule de Colt. Pourquoi avait-il mis en marche son gyrophare ? Elle n'avait pourtant pas dépassé la limitation de vitesse…

Maudissant sa malchance, elle se gara sur le bas-côté, éteignit le moteur et attendit. Qu'il lui demande seulement son permis de conduire et elle n'hésiterait pas à lui mettre son poing dans la figure.

En regardant dans son rétroviseur latéral, elle vit Colt avancer vers sa voiture et son cœur s'emballa. Pourquoi cet homme continuait-il à lui faire autant d'effet ? Ressentir toujours ce puissant désir pour lui la rendait folle. Elle ne voulait pas reproduire la même erreur. Elle avait déjà perdu tellement à cause de lui.

Quand il posa les mains sur le toit de sa voiture et qu'il se pencha vers elle, elle baissa sa vitre.

— J'allais trop vite, shérif ?

— Non, madame, lui dit-il en esquissant un sourire. Mais peux-tu me dire pourquoi tu ne réponds pas à ton téléphone ?

Son téléphone avait sonné ? Audrey fouilla dans son sac à main et sortit l'appareil. Sur l'écran étaient affichés trois appels manqués.

— Je ne l'ai pas entendu, lui répondit-elle en vérifiant que le mode sonore était bien enclenché. Ah, je l'avais mis en vibreur pour une réunion et j'ai oublié de remettre la sonnerie.

La vérité était surtout qu'elle était si distraite par les événements qu'elle n'avait pas pensé une seule fois à son téléphone portable depuis qu'elle avait quitté le journal.

— J'ai besoin que tu m'accompagnes quelque part, si tu veux bien.

Audrey sentit à nouveau son rythme cardiaque s'accélérer. Était-il déjà au courant pour Torrino ? Comment était-ce possible ? Elle savait que jamais Judd ne parlerait à personne de ce qu'elle lui avait demandé et même s'il l'avait fait, il n'y avait aucun moyen de relier ses questions à ses parents, au journal et encore moins à ce satané sous-sol.

— Pourquoi ? lui demanda-t-elle en essayant de garder un ton détaché.

— Je voudrais interroger Jenny Hoover. La sœur cadette de Sarah, Beth, pense que le mari de Jenny sait peut-être où se trouve Wesley. Il ne me le dira pas mais Beth dit qu'elle pourrait te parler. À toi, seulement.

Audrey se souvenait vaguement de Jenny Hoover qui s'appelait Jenny Kauffman quand elles étaient enfants. Si lui parler pouvait aider à retrouver Sauder, elle n'y voyait aucun inconvénient, bien au contraire. Mais Colt et elle allaient devoir régler une petite chose avant…

— À une seule condition, lui dit-elle en fronçant les sourcils.

— Je te laisse l'exclusivité, lui dit-il en haussant les épaules. Pas de problème, tu le sais, je te laisse toujours l'exclusivité.

Elle secoua la tête.

— J'ai quelques questions à poser à Sauder avant que tu le livres à Branch.

Colt fronça les sourcils et prit un air étonné.

— En privé ?

— Oui, confirma-t-elle en se mordant la lèvre.

— Ça, je ne sais pas, Rey, la loi est stricte en ce qui concerne les interrogatoires des témoins et…

— Deux minutes, c'est tout ce que je te demande.

Colt laissa échapper un profond soupir.

— D'accord. Je te laisserai deux minutes… Est-ce qu'on peut aller déposer mon pick-up chez toi ? Je ne veux pas risquer d'effrayer Jenny en arrivant chez elle avec une voiture de police, surtout à cette heure-ci.

— Bien sûr, approuva Audrey en constatant qu'il était 20 heures passées.

— Super, lui dit-il en souriant. Je savais que je pouvais compter sur toi, Rey.

Peut-être ne ressentirait-il pas le même genre de choses quand il découvrirait le secret qu'Audrey et sa mère cachaient depuis bientôt deux décennies. En se concentrant sur sa respiration, Audrey conduisit jusqu'à sa maison. Colt gara sa voiture puis vint s'installer sur le siège passager de son propre véhicule, à côté d'elle.

— Et si le mari de Jenny est chez lui ?

— Beth m'a dit qu'il se rendait à une réunion entre

hommes tous les mercredis soir. Ils restent à l'église jusqu'à plus de 22 heures.

— Je suppose que Sauder n'est quand même pas assez bête pour assister à ce rassemblement…

— Je l'espère sinon je ne sais pas comment il a pu être comptable pour une famille mafieuse pendant tant d'années.

— Tu n'as pas tort ! approuva Audrey en laissant échapper un petit rire.

Tandis qu'ils se rendaient chez les Hoover, ils passèrent devant l'église mennonite et remarquèrent en effet que de nombreuses voitures étaient garées sur le parking.

La résidence des Hoover se trouvait sur Walnut Grove Road. Tout comme la maison des Yoder, celle-ci appartenait à la famille depuis plusieurs générations. Probablement depuis que la communauté mennonite s'était installée dans la région.

Colt suivit Audrey et monta les marches du porche. Il se posta à ses côtés tandis qu'elle ouvrait la porte moustiquaire et frappait à la porte. Les rideaux de dentelle à la fenêtre avaient bougé plusieurs fois. Jenny ou un de ses enfants savaient déjà qu'ils allaient avoir de la visite. Mais à l'intérieur, tout semblait calme. Audrey frappa à nouveau. Une nouvelle journée venait de passer et ils n'avaient toujours pas retrouvé Sauder. Il semblait difficile à croire qu'un fugitif puisse se cacher aussi longtemps dans une si petite ville alors que tous les policiers des différents départements étaient à sa recherche.

La porte s'ouvrit enfin et Jenny apparut derrière la moustiquaire.

— Vous êtes Audrey Anderson, n'est-ce pas ?

— En plein dans le mille, lui répondit Audrey en souriant.

Jenny déplaça son regard vers Colt et changea d'expression.

— Bonjour, shérif.

— Je sais qu'il est tard, commença Audrey en espérant que la présence de Colt n'allait pas tout gâcher, mais si vous avez le temps, j'aimerais vous parler quelques minutes. C'est Beth Yoder qui m'envoie.

Jenny reporta son attention sur Audrey et afficha à nouveau la même expression d'admiration qu'elle avait eue en découvrant la journaliste sur le pas de sa porte.

— Oui, d'accord, lui répondit-elle en faisant un pas en arrière pour la laisser entrer. Voulez-vous une tasse de thé ?

— Ce serait adorable, approuva Audrey en lui adressant son plus beau sourire.

— La cuisine est par là, dit Jenny en lui faisant signe de la suivre.

Audrey la suivit, Colt sur ses talons.

— Comment vont vos filles ? demanda Audrey à Jenny pendant que celle-ci posait la bouilloire sur le feu.

— Elles vont bien, répondit Jenny en souriant. Ana va se marier cet été et Ruth va passer l'été avec sa grand-mère. Ça va être une période excitante pour elles, mais ça risque d'être long pour moi, tout ce temps passé loin d'elles.

Audrey ne pouvait s'empêcher de penser que deux jeunes filles aussi douées feraient probablement mieux de poursuivre leurs études à l'université mais elle garda son opinion pour elle. Elle n'avait aucun droit de les juger et certainement pas de conseils à donner sur la façon dont on devait éduquer les enfants.

— J'aimerais écrire un article sur son mariage, si vous et votre mari êtes d'accord.

Les yeux de Jenny se mirent à briller.

— Je vais lui demander, il devrait être de retour d'ici une heure ou deux.

— Je pense que ça serait une belle illustration de la vie locale.

La bouilloire se mit à siffler et Jenny prépara le thé. Quand ils furent tous les trois installés autour de la table de la cuisine, une tasse fumante à la main, Jenny prit la parole.

— Je suppose que vous êtes venus me voir pour me parler du mari de Sarah.

— Nous sommes vraiment inquiets à son sujet, acquiesça Audrey. De nouveaux tueurs peuvent surgir à tout moment, ils sont peut-être d'ailleurs déjà là, et nous aimerions le retrouver avant eux. Si vous nous aidez, vous rendrez un grand service à Sarah et à ses enfants. Car ils sont en grand danger, eux aussi. Je ne peux que vous répéter combien il est important que le shérif Tanner le retrouve rapidement. Je crois qu'il est le seul à pouvoir faire quelque chose pour Wesley.

— J'ai dit à Allan que nous devions parler au shérif, répondit Jenny en tournant la tête vers Colt, comme si elle ne remarquait sa présence que maintenant. Mais il ne m'a pas écoutée.

— Les hommes pensent toujours savoir mieux que nous ce qu'il faut ou ne faut pas faire, approuva Audrey. Je ne comprendrai jamais cet état d'esprit.

— C'est parfois très pénible, soupira Jenny.

— Savez-vous où Wesley se cache ? lui demanda Audrey. Ce que vous nous direz restera entre ces quatre murs.

— Vous avez également ma parole, ajouta Colt. M'assurer de la sécurité de Wesley est mon devoir mais je ne peux pas faire mon travail sans savoir où il se trouve.

— La dernière fois qu'Allan en a parlé, il a dit que Wesley était chez les Zimmerman, leur confia Audrey en les regardant l'un après l'autre. Mais apparemment, il a changé d'endroit et personne ne semble savoir où il se trouve à présent. Honnêtement, je ne sais pas où il peut être.

Malgré sa déception, Audrey croyait Jenny.

— Si vous deviez le trouver rapidement, par où commenceriez-vous vos recherches ?

— J'irais chez lui, répondit Jenny en regardant Audrey droit dans les yeux.

Audrey fut surprise de cette réponse puis l'évidence lui sauta aux yeux ; personne ne surveillait la maison des Sauder. Et ils étaient tous si occupés à retourner ciel et terre qu'ils avaient oublié d'aller chercher là-bas.

— Merci Jenny, vous nous avez été d'une grande aide.

Colt et elle finirent leur tasse de thé en un temps record, puis Jenny les raccompagna jusqu'à la porte et salua chaleureusement Audrey.

— J'adore votre journal, madame Anderson. Beaucoup de membres de la communauté aiment lire votre tribune car grâce à vous nous vivons par procuration les voyages et les expériences que vous partagez.

Quel beau compliment, pensa Audrey. Elle n'avait accepté de publier cette rubrique que parce que Brian avait insisté. Apparemment, il avait bien fait de l'encourager dans cette direction.

— Merci, Jenny, c'était chouette de vous revoir.

Une fois arrivé devant la voiture d'Audrey, Colt lui ouvrit la portière et la referma lorsqu'elle fut assise au volant. Il fit ensuite le tour du véhicule puis vint s'asseoir sur le siège passager.

— Il n'y a qu'un problème avec sa théorie…, dit-il en attachant sa ceinture de sécurité.

— Qui est ? lui demanda-t-elle en démarrant.

— J'ai demandé à un de mes hommes de ne pas quitter des yeux la maison des Sauder depuis que Sarah y est retournée.

Audrey sortit du parking et avança sur la route plongée dans l'obscurité.

— Et s'il était retourné chez lui avant que tu places leur maison sous surveillance ? Et si…, commença-t-elle avant de se tourner vers lui. Et s'il n'était jamais parti de chez lui ?

— Je l'ai vu s'enfuir en courant de chez les Zimmerman…

— Comment peux-tu être certain qu'il s'agissait bien de lui ?

— Bon sang, mais tu as peut-être raison, approuva Colt en hochant la tête. Depuis le début de cette histoire, je ne cesse de me demander comment un homme peut laisser sa femme et ses enfants seuls pour sauver sa peau…

Audrey conduisit aussi vite que possible sur les routes sinueuses et arriva devant la maison des Sauder.

La maison était plongée dans l'obscurité et quand Colt alla frapper à la porte d'entrée, personne ne répondit. Sans mandat de perquisition, ils ne pouvaient pas entrer, le lieu n'étant plus considéré comme une scène de crime.

Il fit malgré tout le tour du bâtiment et alla inspecter la grange et le fumoir qui étaient tous les deux ouverts. Audrey le suivit car elle n'avait pas la moindre envie de rester assise seule dans sa voiture dans la nuit noire.

Quand Colt traversa la route pour aller parler à l'homme qu'il avait chargé de surveiller la résidence des Sauder, Audrey observa les vitres de la maison. Elle ne pouvait s'empêcher de penser que Wesley

Sauder savait peut-être quelque chose sur cet homme qui avait causé tant de problèmes à sa famille, quelques années auparavant.

— Sarah et les enfants ne sont pas encore rentrés, lui annonça Colt en la rejoignant près de la voiture. Si ça ne t'embête pas, peux-tu me ramener chez toi ? Je vais récupérer ma voiture et aller rendre une petite visite aux Yoder pour voir s'ils sont là-bas.

— Je peux t'y emmener.

Audrey n'était pas pressée de rentrer dans sa grande maison vide. Cette réalité était si triste. Depuis six mois qu'elle vivait seule dans cette vieille baraque, elle ne s'était encore jamais sentie seule. Mais à présent, elle n'avait plus que ça à l'esprit.

— Tu es sûre que ça ne t'embête pas ?

— Pas du tout, vraiment. Et puis, il est déjà tard donc il vaut mieux ne pas perdre de temps.

— Bien vu.

Ils firent le trajet en silence. Audrey ne pouvait cesser de penser à Jack Torrino. Et si Sauder était incapable d'expliquer les raisons de sa venue à Winchester ? Qui pourrait répondre à toutes ses questions ?

Elle pourrait essayer de faire des séances d'hypnose pour découvrir ce qui était peut-être caché dans les limbes de son cerveau. Mais voulait-elle vraiment prendre le risque d'avouer à quelqu'un, même s'il était tenu au secret médical, ce qu'il s'était passé cette nuit-là ? Ne ferait-elle pas mieux de laisser le passé en paix ?

Elle ne savait plus quoi penser.

La visite aux Yoder fut également peu constructive. Les enfants étaient bien là, installés pour passer la nuit chez leurs grands-parents mais Sarah Sauder, elle, était absente. Aaron insista sur le fait qu'il ne l'avait pas vue depuis qu'elle était rentrée chez elle.

— Et maintenant ? demanda Audrey à Colt lorsqu'ils furent de retour dans la voiture.

— Eh bien, disons que c'est la fin de notre journée ! J'ai besoin de réfléchir à tout ça, j'y verrai plus clair demain matin.

— C'est toi le patron.

— Je suis désolé de t'avoir embarquée dans tout ça, j'aurais mieux fait de t'emmener dîner…

— Aucun problème, lui répondit Audrey en lui souriant. Nous pourrons y aller une autre fois.

Il resta silencieux. Audrey regardait droit devant elle mais elle pouvait sentir qu'il la fixait et elle se demanda si elle devait se tourner vers lui.

— Quoi ? lui demanda-t-elle enfin.

— Tu penses vraiment ce que tu viens de dire ?

— Bien sûr, je ne vois pas pourquoi deux amis ne pourraient pas dîner ensemble.

— OK.

Ce petit mot, de deux lettres à peine, résonna dans les ténèbres aussi légèrement qu'une caresse. Comment pouvait-elle ressentir ce flot d'émotions déroutantes dans un moment pareil ? Peut-être que son esprit essayait justement d'échapper à la réalité. Mais c'était peine perdue. L'affaire était sur le point d'exploser et le grand secret que sa mère et elle gardaient pour elles depuis tant d'années allait être visible de tous, au grand jour, au milieu de ce marasme.

Audrey roula dans l'obscurité, en pensant à tout à ce qui risquait d'arriver… Elle avait vécu avec ce secret pendant vingt-trois ans, onze mois et presque deux semaines, pourquoi ne pouvait-elle le laisser lui échapper ? Espérer et prier pour que cette enquête se déroule de manière équitable et juste pour sa famille et pour le journal ?

Mais elle avait peur de ne pas être aussi chanceuse…

— Rey ?

— Oui ?

Elle se tourna vers Colt et écarquilla les yeux.

— Ça va faire deux ou trois minutes que nous sommes arrêtés à ce stop.

— Oh ! dit-elle en secouant la tête avant de regarder à droite et à gauche. Excuse-moi, j'étais dans mes pensées.

— J'ai vu ça.

Ils finirent le trajet en silence et quand Audrey se gara à côté du pick-up de Colt, celui-ci se tourna vers elle avant d'ouvrir sa portière.

— Merci d'avoir été mon chauffeur toute la soirée et merci aussi pour ton coup de main avec Jenny Hoover.

— J'aurais tellement aimé qu'on le retrouve, lui répondit-elle en sortant elle aussi de la voiture. Peut-être demain.

La lumière du porche de sa maison s'alluma mais le faisceau ne parvenait pas jusque-là. Elle marcha aux côtés de Colt jusqu'à sa voiture. La lune était assez brillante pour qu'elle puisse voir son visage et la fatigue qui s'y affichait. Il était shérif et Audrey pouvait comprendre qu'il soit inquiet pour la sécurité des habitants dont il était responsable. Elle avait beau être morte d'inquiétude à cause de ses propres problèmes, elle comprenait le poids de son fardeau.

— Peut-être demain, répéta-t-il.

— Bonne nuit, Colt.

Alors qu'elle était sur le point de faire demi-tour pour rentrer chez elle, il lui attrapa le bras.

— Je suis content que nous ayons passé un peu de temps ensemble ces derniers jours, malgré les circonstances, c'était bien.

Malgré sa furieuse envie de lui répondre quelque

chose de cinglant et de le laisser planté là pour rentrer chez elle, elle se retint. Ce n'était pas le moment. Il avait besoin de son soutien et puis, elle devait le reconnaître, il avait raison.

— C'est vrai. D'ailleurs je n'ai pas envie qu'on recommence à s'éviter toi et moi. J'aimerais qu'on soit amis.

Voilà, elle l'avait dit. Et en plus, elle le pensait.

Colt lui sourit et elle sentit son cœur se gonfler au point qu'elle en eut le souffle coupé.

— Je suis d'accord pour qu'on devienne amis, Rey, mais je dois être sincère avec toi. Je rêverai toujours de plus…

Peut-être que s'il lui avait dit qu'il *voulait* plus ou qu'il avait *besoin* de plus, elle serait rentrée chez elle mais il avait dit qu'il *rêvait* de plus… Rêver ne faisait de mal à personne.

Alors elle se hissa sur la pointe des pieds et déposa un petit baiser sur sa joue.

— Bonne nuit.

Mais avant qu'elle n'ait le temps de reposer les talons sur le sol, il l'enlaça. Ses lèvres se posèrent sur les siennes et il l'embrassa si doucement, si tendrement qu'elle eut soudain envie de pleurer. Mais à la place, elle se serra plus fort contre lui et il l'embrassa plus vigoureusement.

Quand elle se rendit compte que s'ils continuaient ainsi elle allait bientôt avoir envie qu'il la suive chez elle et même jusque dans son lit, elle fit un pas en arrière.

— Fais attention sur la route.

— Compte sur moi, bonne nuit.

Elle fit demi-tour et marcha jusque chez elle. Colt ne démarra sa voiture que lorsqu'elle fut entrée et qu'elle eut refermé la porte derrière elle. Audrey regarda le pick-up s'éloigner par la fenêtre jusqu'à ce que ses phares disparaissent totalement dans la nuit.

Alors elle comprit qu'elle ne pourrait plus jamais prétendre qu'il n'y avait rien entre eux deux. Il y aurait toujours quelque chose de beau, quelque chose d'unique. Tout ce qu'il leur restait à faire était de trouver un moyen pour que leur relation évolue et s'adapte aux adultes qu'ils étaient devenus tous les deux.

Son téléphone se mit à sonner, la ramenant brusquement à la réalité. Après avoir fouillé dans son sac, elle décrocha sans même prendre la peine de regarder qui l'appelait.

— Allô ?

— Rey, il faut que tu viennes tout de suite au bureau.

C'était Brian. Il avait l'air stressé, contrarié… inquiet.

— Que se passe-t-il ?

— Le sous-sol est inondé. J'ai de l'eau jusqu'aux genoux et le niveau ne cesse de monter. J'ai appelé un plombier et il essaie de régler la situation mais il va devoir creuser…

Audrey ne lui laissa pas le temps de finir sa phrase. Elle raccrocha, sortit en trombe de chez elle et courut jusqu'à sa voiture. Elle devait se rendre le plus vite possible au journal. Elle devait empêcher cet homme de creuser.

Avant qu'il ne soit trop tard.

14

À peine Colt eut-il quitté Rey que son téléphone portable se mit à vibrer. Le numéro affiché sur l'écran lui était inconnu.

— Colt Tanner.

— Shérif, c'est Wesley Sauder à l'appareil.

Colt ralentit son allure pour tourner dans sa rue.

— Monsieur Sauder, je suis content de vous entendre, lui dit Colt en prenant soin de bien choisir chacun de ses mots et de garder un ton calme. Je veux vous aider mais pour cela nous devons nous parler le plus vite possible.

— Je n'ai pas le temps de vous parler maintenant, shérif. Ils ont enlevé Sarah.

Colt sentit son inquiétude monter d'un cran.

— Dites-moi où vous vous trouvez et je vous rejoins.

— Je suis chez nous. Mais dépêchez-vous, shérif. Je ne peux en parler qu'à vous. Je ne fais confiance à personne. Surtout pas aux fédéraux. Il n'y a que vous, s'il vous plaît.

— Je suis en route, Sauder.

Colt fit un demi-tour rapide et, le pied pressé sur la pédale d'accélérateur, prit la direction de Buncombe Road.

— Êtes-vous en sécurité à l'intérieur de la maison ?

— Je suis caché dans une pièce sécurisée, je ne sortirai pas de là avant votre arrivée.

Tout ceci expliquait pourquoi personne n'avait trouvé la planque de Wesley Sauder… Colt s'en voulut de ne pas y avoir pensé plus tôt. Un homme avec une vie pareille, et qui ne pouvait savoir quand son passé allait le rattraper, avait forcément pris des précautions. La pièce devait se trouver dissimulée quelque part. Rey avait vu juste. Sauder n'avait jamais quitté sa maison. Mais cette nouvelle donnée changeait la donne : était-ce Wesley qui avait tué Marcello ou Sarah ?

— Bon sang, Sauder…, murmura-t-il pour lui-même.

Les enfants étaient en sécurité chez les Yoder mais c'est Sarah maintenant qui était en danger.

Colt accéléra encore. Plus tôt il serait sur place, plus vite il pourrait essayer de limiter les dégâts. Son instinct lui soufflait de prévenir Branch, mais il hésitait à passer le coup de téléphone. Sauder lui avait demandé de venir seul. Il pouvait s'agir d'un piège mais quel en serait l'intérêt ? Si la mafia avait mis la main sur lui, celui-ci serait déjà en route pour Chicago ou pire encore… Ces gens-là n'avaient aucune raison de perdre leur temps avec un homme comme Colt – le shérif d'une petite ville qui ne savait rien sur eux ne pouvait représenter une quelconque menace.

La promesse qu'il avait faite à Rey allait devoir attendre. Quoi qu'il se passe avec Sauder, il était trop dangereux de l'impliquer. Il y avait déjà eu bien trop de victimes dans toute cette affaire. Autant ne pas mettre de nouvelles personnes en situation délicate.

Il repensa à la manière dont Rey l'avait embrassé et avec quelle fougue il lui avait rendu son baiser. Même s'il en brûlait d'envie, il ne pouvait analyser la situation maintenant. Et même s'il brûlait d'envie de faire bien plus que de l'embrasser, il savait qu'il allait devoir être patient. Il lui avait fait tant de mal. Il allait devoir regagner sa confiance. Et il refusait de laisser quoi que ce soit, et surtout pas une situation aussi dangereuse que celle qu'ils vivaient en ce moment, se mettre en travers de leur route.

Quand toute cette histoire se terminerait, Rey et lui auraient tout le temps de voir sur quoi ce baiser pourrait déboucher.

Malgré ses efforts pour aller le plus vite possible, le trajet jusqu'à la résidence des Sauder prit dix minutes à Colt. Il se gara en vitesse, sortit de sa voiture et fonça droit sur Avans, l'homme qu'il avait chargé de surveiller la maison et qui était toujours en poste.

— Tu peux prendre ta pause, si tu veux, je prends la relève pendant une demi-heure environ.

— Vous êtes sûr, shérif ? lui demanda l'homme en regardant tour à tour la maison et son patron.

— Certain, confirma Colt en tapant de sa main sur le toit de la voiture. Allez, file, et reviens dans une demi-heure.

— OK, chef.

Avans semblait inquiet. Il ne semblait pas vouloir partir mais il se plia aux ordres de son supérieur. Quand il fut enfin hors de sa vue, Colt traversa la route et marcha jusqu'à la porte d'entrée de la maison. Quand il eut grimpé les marches, la porte s'ouvrit et Sauder apparut dans la pénombre. Dès que Colt eut franchi le seuil, Sauder referma immédiatement la porte derrière lui, laissant la maison plongée dans le noir.

— Suivez-moi, shérif.

Colt plissa les yeux pour s'habituer à l'obscurité. Il avança dans le couloir principal, loin des pièces qui avaient des fenêtres. Sur une petite table, une bougie brûlait. Quand Sauder se retourna enfin vers Colt, celui-ci vit que son visage était défiguré par la peur.

— Ils m'ont dit que si je me rendais ils relâcheraient Sarah. Je ferai tout ce que je peux, je le jure, mais je ne leur fais pas confiance.

— Est-ce que les enfants sont réellement en sécurité là où ils se trouvent ?

— Oui. Benjamin et Aaron sont sur leurs gardes. Je les ai prévenus et ils savent qu'ils ne doivent laisser personne s'approcher de la maison. J'ai aussi alerté plusieurs voisins qui surveillent la ferme des Yoder.

— Vous savez, je sais presque tout, lui confia Colt en gardant un ton aimable, comme s'il discutait de la pluie et du beau temps avec un voisin. Vous étiez amis avec le fils de Louis Cicero. Vous êtes allés à l'université ensemble et plus tard, son père vous a embauché. Mais c'est la sœur de votre ami qui a tout fait basculer…

Sauder hocha la tête.

— J'étais amoureux de Sofia. Nous voulions nous marier mais son père avait décidé qu'elle épouserait le fils d'un homme avec qui il voulait conclure des affaires juteuses. C'est comme ça que les choses marchent dans ce monde-là. Les alliances se font par les mariages. Sophia a décidé, dans son dos et dans le mien aussi d'ailleurs, de parler au FBI. Elle m'avait dit qu'elle trouverait une porte de sortie pour nous deux. Je n'avais pas la moindre idée de ce qu'elle avait en tête, sinon je l'en aurais empêchée. Pas pour protéger son père, certainement pas, mais je savais que faire une telle chose était du suicide. Quand elle m'a enfin révélé ce qu'elle avait fait, il était trop tard. Je pouvais la rejoindre ou rester du mauvais côté de la loi. Bien sûr, je l'ai suivie.

— Vous pensez que c'est Louis Cicero qui l'a tué.

— Je *sais* qu'il l'a tué. Le frère de Sofia me l'a dit. Il était dévasté. Mais que pouvait-il faire ? Le tueur était son propre père et son avenir dépendait des choix qu'il allait devoir faire. Il a choisi le côté de son père. La famille est tout pour ces gens-là et Sofia les avait trahis. J'ai fait semblant d'être d'accord avec eux. Personne ne savait que Sofia et moi étions amoureux ni que nous étions allés voir le FBI. Mais à la première occasion, j'ai pris un peu d'argent et je me suis volatilisé.

— Vous avez usurpé l'identité de quelqu'un d'autre et vous êtes venu vous cacher dans une communauté où vous saviez que vous seriez protégé et accepté.

Cette partie de l'histoire de Sauder dérangeait Colt. Il se rappelait l'accident de Melvin Yoder. Il y avait de fortes probabilités pour que Sauder ait organisé tout cela.

— Vous avez profité de cette situation relativement idéale pour vous tirer de ce mauvais pas, n'est-ce pas ?

Sauder fronça les sourcils.

— Vous voulez parler de ce qui est arrivé à Melvil, il y a quelques années ?

— Vous avouerez que c'était une sacrée coïncidence.

— Parlez-en avec Ezra, proposa Sauder. Il était censé être avec Melvin ce jour-là, mais il avait oublié leur rendez-vous. Quand Melvin s'est retrouvé en difficulté avec ce taureau, il n'a pas pu compter sur l'aide qu'il devait avoir. C'est une sacrée chance que je sois passé par là.

Il hocha la tête avant de reprendre :

— Melvin et moi n'avons jamais dit à personne que Ezra l'avait laissé tomber ce jour-là. Il avait fait une erreur. Ça peut arriver à tout le monde.

Colt était content d'entendre ces précisions. Il avait eu du mal à croire que Sauder avait pu tromper tout le monde avec autant de désinvolture.

— Je suis un criminel, c'est vrai, reprit Sauder. J'ai travaillé pour le boss d'une des plus importantes familles mafieuses de tout le pays. J'ai fait tout ce qu'il m'a demandé de faire. Mais uniquement sur le papier. Mes outils étaient la calculatrice et un ordinateur. Je ne suis pas un tueur, shérif. Juste un homme qui a manqué de jugeote quand il était jeune et qui a passé les dix dernières années de sa vie à essayer de rattraper ses erreurs de jeunesse.

Le père de Colt parlait souvent de tout ce que Wesley Sauder avait fait pour la communauté et pas seulement pour les mennonites.

— Pourquoi n'avez-vous pas apporté des preuves aux fédéraux et ainsi signer la fin de Cicero ? lui demanda Colt. Il avait assassiné la femme que vous aimiez. Comment avez-vous pu disparaître et recommencer votre vie sans vous venger de son assassinat ?

Colt ne pouvait faire autrement, il devait lui poser la question. Sauder était peut-être quelqu'un de bien mais cela ne l'empêchait pas d'être un lâche.

Sauder baissa les yeux un instant avant de croiser le regard de Colt.

— Comment pensez-vous qu'il a découvert ce que sa fille avait fait ?

La question tourna un instant dans l'esprit de Colt.

— Suggérez-vous que quelqu'un du FBI de Chicago lui en a parlé ?

— Je ne suggère rien du tout, rétorqua Sauder. Je vous dis ce qu'il s'est passé.

— Vous savez de qui il peut s'agir ?

— Oui. Il occupe maintenant un poste important au bureau de Washington.

— Pouvez-vous prouver ce que vous avancez ?

— Je le peux et je le ferai. Aidez-moi seulement à retrouver ma femme.

Colt acquiesça.

— Savez-vous combien ils sont ?

— Cela n'a pas d'importance, je suis prêt à me rendre et à affronter ce qu'ils me réservent. Si je les croyais, je l'aurais d'ailleurs déjà fait mais je veux m'assurer d'abord que Sarah est en sécurité. Rien d'autre n'a d'importance.

— Vous savez qu'ils vont vous tuer.

— Je suis sûr qu'ils vont me torturer d'abord. Ils vont vouloir faire un exemple. Mais tant que Sarah et les enfants sont en sécurité, ils peuvent me faire subir ce qu'ils veulent, je m'en moque.

Ou il disait la vérité ou Wesley Sauder était le meilleur menteur que Colt ait jamais rencontré.

— Très bien, alors il ne nous reste qu'un problème à régler. Même si j'adore jouer les héros, je connais mes limites et je crois que vous aussi… Et sur ce coup-là, il me semble que nous allons avoir besoin d'un peu de renfort.

— Je suis d'accord, acquiesça Wesley avant de se prendre le visage entre les mains. Je ne veux qu'une chose : qu'ils ne lui fassent pas de mal.

— Nous allons tout mettre en œuvre pour que ça n'arrive pas.

Colt appela son adjoint Avans et lui demanda de venir les rejoindre dans la maison. Il prétexta que la serrure de la porte arrière était cassée et le retrouva dans le salon pour qu'il ne voie pas Sauder. Cela ne faisait pas longtemps qu'Avans avait intégré le département et Colt n'était pas certain qu'il saurait garder son sang-froid.

— Je suis inquiet à l'idée que des gens aient pu entrer dans la maison à notre insu, confia-t-il au jeune homme.

Je voudrais que tu ailles trouver Branch Holloway et que tu lui dises de venir me retrouver ici. Dis-lui de se dépêcher, je dois lui parler au plus vite.

— OK, chef.

Une fois Avans parti, Colt referma à double tour la porte d'entrée et retourna dans le couloir où Sauder faisait les cent pas.

— Maintenant, récapitulons…, dit-il. Sarah n'était pas chez son père quand je m'y suis rendu plus tôt dans la soirée. Les enfants, oui, mais Aaron m'a dit ne pas avoir vu sa sœur depuis qu'elle était repartie chez elle après que nous avons arrêté d'inspecter sa maison.

— Comme nous ne voulions pas que les enfants soient mêlés à tout cela, nous avons décidé de les laisser chez son père avec ses frères, dit Sauder. Elle était censée aller les voir puis revenir ici. Je ne voulais pas qu'elle le fasse mais les enfants lui manquaient trop. Sauf qu'elle n'est jamais arrivée à la maison de Melvin.

— J'avais mis votre maison sous surveillance, nous savons donc que Sarah n'est pas revenue ici non plus.

— Un tunnel souterrain relie notre grange à la salle de sécurité qui se trouve entre les placards des deux chambres. Nous y sommes restés la plupart du temps sauf lorsque Sarah est allée à la boulangerie ou voir les enfants. Nous voulions faire croire à tout le monde que j'étais parti. Ce soir, nous avions pris la décision de leur remettre toutes les preuves que j'ai contre la famille Cicero et que j'ai cachées pendant toutes ces années… Pour qu'ils nous laissent tranquilles, ma famille et moi. Mais nous nous y sommes pris trop tard.

— Donc celui ou ceux qui ont enlevé Sarah savent que vous êtes dans les parages ?

— Oui, acquiesça Sauder. Il m'a proposé un marché que j'ai accepté. Je lui apporte les preuves, je l'accompagne à Chicago et il laissera Sarah partir. J'ai seulement besoin que vous vous assuriez qu'il tienne sa parole.

— Vous êtes certain qu'il est seul ?

— La première fois qu'ils se sont montrés, lundi soir, ils étaient trois. Lui s'appelle Saul la Scie, il est l'un des plus expérimentés et impitoyables hommes de main de la famille Cicero. Mais il ne se salit plus les mains depuis longtemps. Je suis sûr que le vieux Cicero l'a envoyé uniquement pour s'assurer que la mission serait bien remplie. Comme les deux autres ont été éliminés, Saul n'a pas d'autre choix que de faire le sale boulot lui-même. Et il ne rate jamais son coup, shérif, jamais. Il ne rentrera pas à Chicago sans moi. Il se laissera tuer plutôt que d'échouer.

Très bien, pensa Colt. Il serait enchanté que Saul la Scie finisse à la morgue du comté ou même qu'il finisse ses jours dans la prison fédérale de Nashville.

— Eh bien, Sauder, allons sauver votre femme.

15

Quand le policier arriva enfin à sa fenêtre pour lui donner sa contravention, Audrey était à bout de nerfs. Comment allait-elle pouvoir arriver à temps au journal pour mettre un terme à ce qui était en train de se passer au sous-sol alors qu'elle était là, garée sur le bas-côté à attendre que cet homme fasse son travail ?

Quand il se pencha vers elle, elle prit une profonde inspiration pour tenter de garder son calme.

— La date de comparution est inscrite en bas de la feuille, dit-il. Assurez-vous de bien payer votre amende avant cette date ou vous devrez venir au tribunal.

Audrey continua de retenir la fureur qu'elle sentait monter en elle. Elle se demandait si elle n'allait pas appeler le chef de la police, Billy Brannigan, pour l'informer du temps que ses hommes prenaient pour verbaliser un simple excès de vitesse. C'était si long qu'elle n'allait pas tarder à devenir folle de rage.

— Je n'y manquerai pas, officier.

— Et ralentissez un peu, mademoiselle Anderson. Estimez-vous chanceuse que je sois de bonne humeur et que je ne vous adresse qu'une contravention, car vous ne pouvez pas rouler à cette vitesse dans cette zone.

— Je suis vraiment désolée. Comme je vous l'ai dit, j'ai une urgence au journal.

De là où elle était, elle pouvait presque voir l'immeuble.

Cela s'était joué à quelques minutes… Elle hocha la tête avec un sourire forcé en priant pour que l'homme finisse son discours et retourne à ses occupations avant qu'elle n'implose.

— Passez une bonne soirée, madame, lui dit-il enfin, avant de faire demi-tour et de s'éloigner vers son véhicule.

— Vous aussi.

Tous ceux qu'il arrêtait pour excès de vitesse avaient probablement de bonnes excuses… Mais la sienne était vraie. Le cœur battant, elle démarra et reprit la route. Même si elle mourait d'envie de foncer, elle savait que l'officier la surveillait. Elle respecta donc la limitation de vitesse et se rendit lentement mais sûrement jusqu'au parking devant le journal où elle se gara.

En apercevant le camion du plombier, elle retint sa respiration. Elle sortit en tremblant de sa voiture et marcha rapidement jusqu'à l'entrée située à l'arrière du bâtiment qui était déjà ouverte. La porte avait été bloquée par une cale en caoutchouc pour l'empêcher de se refermer.

Mon Dieu… Et si elle arrivait trop tard ? Elle préférait ne pas y penser.

Elle marcha jusqu'à la porte du sous-sol et celle-ci s'ouvrit avant même qu'elle n'ait le temps de poser sa main sur la poignée.

— Oh ! bon sang ! lui dit Brian en sursautant. Tu m'as fait une peur bleue.

— Que se passe-t-il en bas ?

Soudain, Audrey n'avait plus du tout envie de descendre l'escalier. Des souvenirs de cette nuit lui revenaient comme des flashs, aussi rapides et violents que des éclairs. Sa mère en larmes. Son père, raide mort, sur le sol de son bureau et… l'autre homme. Bon sang, l'autre homme était mort lui aussi. Tué d'une balle en pleine poitrine. Partout du sang. Il fallait frotter le parquet pour le faire disparaître.

Elle posa une main sur son ventre pour tenter de calmer sa soudaine sensation de nausée. Oh ! grand Dieu.

— L'eau ne cesse de monter, lui dit Brian en frissonnant. J'ai tout posé en hauteur sur les étagères pendant que le plombier essayait de comprendre comment couper l'eau. Apparemment, le robinet principal est cassé et il a dû demander de l'aide pour trouver l'arrivée d'eau du quartier. Tu n'as pas idée de combien ça a été compliqué… Cet immeuble est si vieux que personne ne savait où chercher. Les plans du quartier ont été modifiés si souvent qu'ils sont devenus presque incompréhensibles.

— Dis-moi qu'ils ont réussi à couper l'eau ?

— Oui, acquiesça Brian. Les pompiers devraient être là d'une minute à l'autre. Ils vont devoir pomper toute cette eau au sous-sol pour que le plombier puisse faire son travail.

Audrey sentit les battements de son cœur reprendre un rythme normal.

— J'ai cru que tu m'avais dit que vous alliez creuser…

— Pas tout de suite, dit Brian. Il faut d'abord retirer l'eau. Après ça, le plombier a appelé des ouvriers qui, avec des marteaux-piqueurs, casseront la dalle de béton.

La porte arrière s'ouvrit brusquement et deux pompiers en tenue entrèrent dans le bâtiment, de longs tuyaux à la main.

— Par ici ! leur cria Brian.

Avant même qu'Audrey puisse dire ou faire quelque chose, son ami de toujours montra aux pompiers la direction du sous-sol et ils descendirent avec les tuyaux, reliés à un camion qui stationnait sur le parking devant la porte.

C'était une catastrophe, pensa Audrey. Cela ne pouvait pas arriver. Personne ne devait creuser dans cette cave. Pomper l'eau, soit, c'était nécessaire, mais le reste était impossible.

Elle prit une nouvelle inspiration pour essayer de retrouver son sang-froid. Mais en vain.

Elle devait tout mettre en œuvre pour que ce qui était prévu après le travail des pompiers ne se produise pas. Peut-être devait-elle faire fermer le journal ? Avec un soulagement profond, elle se rendit soudain compte que c'était l'unique chose à faire. Elle aurait même dû le faire dès qu'elle était revenue ici, à Winchester. Mais l'idée de perdre l'héritage de son père l'avait arrêtée. En outre, elle s'était servie de cette excuse pour mettre un terme au contrat que Philip avait passé avec l'entrepreneur.

Maintenant, elle était dans une impasse et ne voyait aucun moyen de s'en sortir.

Bon sang. Elle n'osait même pas penser à ce qui se passerait si sa mère apprenait tout ça.

Brian réapparut et Audrey eut soudain envie de le secouer, de lui ordonner de tout arrêter avant de rentrer chez elle pour prendre le temps de réfléchir. Elle devait trouver comment régler la situation avant qu'elle ne dégénère. Mais que pouvait-elle faire ?

Elle déglutit avec peine et fit un effort pour garder son sang-froid.

— Quand toute l'eau aura été pompée, je propose que tout le monde rentre chez soi pour la nuit, nous finirons tout ça demain. Le sous-sol aura le temps de sécher.

Voilà, pensa Audrey, cela semblait une idée tout à fait raisonnable et sensée.

— Tu plaisantes ? s'exclama Brian en la regardant comme si elle avait perdu la tête.

— Pas du tout, rétorqua-t-elle en fronçant les sourcils. Je suis bien trop stressée pour faire face à tout ça maintenant, Brian. Je dois… J'ai besoin de réfléchir. Pour trouver la meilleure solution.

Semblant soudain comprendre combien elle était contrariée, Brian la regarda avec compassion et posa une main sur son bras.

— Audrey, je sais que tu as un problème avec ce sous-sol mais nous devons nous en occuper maintenant. Nous n'avons plus le choix.

— Pourquoi ? lui demanda-t-elle d'un ton irrité.

Après tout, pensa-t-elle, elle était la propriétaire des lieux, si elle voulait tout interrompre, elle n'avait qu'à l'ordonner. Certes, son attitude était un peu infantile mais à cet instant, elle ne voyait pas comment faire autrement.

— L'eau a été coupée dans tout le quartier, Audrey. La ville a accepté de le faire afin que ton sous-sol ne se transforme pas en piscine olympique mais nous ne pouvons pas priver les gens d'eau pendant plus de temps que nécessaire. Les travaux doivent être faits le plus vite possible.

La réalité frappa Audrey avec violence et leva les dernières brumes de confusion et de panique qui recouvraient son esprit. Il n'y avait pas d'issue. La seule chose qu'elle pouvait faire était d'espérer que les ouvriers ne creuseraient pas au bon endroit.

Sauf qu'elle n'était pas idiote. La dernière fois qu'on avait creusé dans ce sous-sol, c'était pour refaire la plomberie, il y avait donc de très fortes chances que ce soit à ce même endroit qu'ils cherchent la fuite aujourd'hui. Audrey sentit l'angoisse l'envahir. Il n'y avait plus rien à faire. Les dés étaient jetés.

La pompe du camion garé sur le parking se mit à fonctionner. Audrey passa les bras autour de ses épaules, incapable de bouger. Elle pensa qu'elle ferait mieux d'aller dans son bureau pour appeler Colt. Et son oncle Phillip. Elle devait le prévenir de ce qui allait se passer. Devait-elle lui faire signer l'acte de propriété ce soir ? Il n'y avait aucun moyen de prévoir combien de temps cette affaire allait prendre au niveau judicaire… La police allait-elle les inculper sa mère et elle ? Mary Jo n'était plus en état de comparaître au tribunal aujourd'hui mais cela faisait-il réellement une différence ? Et puis à l'époque, elle avait toute sa tête.

Audrey n'avait pas la moindre idée de la tournure qu'allaient prendre les événements. Tiendrait-on compte du fait qu'elle n'était qu'une enfant à l'époque ? Elle doutait que cela puisse l'aider en quoi que ce soit. Tout procureur digne de ce nom ne manquerait pas de lui demander pourquoi elle avait choisi de ne rien dire, une fois devenue adulte. Non, vraiment, sa mère et elle n'avaient aucune excuse.

Quand toute l'eau fut pompée, les pompiers remontèrent, enroulant le tuyau derrière eux. Brian les remercia pour leur aide. Audrey sentit qu'elle devrait leur dire un mot, mais elle en était incapable. Ce que ces gens étaient en train de faire allait tout changer. Ils allaient révéler un secret vieux de vingt ans et changer sa vie pour toujours.

D'autres hommes en tenues de travail entrèrent dans l'immeuble, portant de lourds outils et des nouveaux tuyaux et ils se précipitèrent dans l'escalier. Dehors, un compresseur se mit en marche, lui rappelant soudain ce qui était réellement en train de se produire.

Sa gorge était sèche. Le son des marteaux-piqueurs la fit tressaillir. Elle essaya d'apaiser les battements de son cœur mais cela semblait impossible… Elle allait devoir descendre pour assister à la scène et voir ce qu'ils allaient trouver. Qui sait ? Avec un peu de chance, les restes de Jack Torrino se seraient peut-être volatilisés…

— Je vais aller faire du café, proposa Brian. Tu as une mine affreuse, on dirait que tu vas t'évanouir.

— Non, ça va…, mentit-elle.

— Audrey, tu ne vas pas me faire croire à moi que tu vas bien, lui répondit-il. Que se passe-t-il ? Pourquoi tout ce qui touche de près ou de loin à ce fichu sous-sol te met dans cet état ?

— Je te jure que ça va, insista-t-elle en hochant la tête. D'ailleurs, nous devrions descendre pour voir un peu ce qu'il se passe.

— Tu t'en sens capable ?

— Ma place est en bas.

Une fois en haut de l'escalier, la main posée sur la rampe en fer, elle se prépara à ce qui était sur le point d'arriver. Lentement, elle descendit dans l'immense sous-sol qui couvrait presque toute la surface du bâtiment. Comme il l'avait dit, Brian avait mis en hauteur tous les cartons. Elle savait qu'elle aurait dû le remercier de s'être chargé de tout cela pendant qu'elle était à la recherche de Sauder.

Comment avait-elle pu laisser la situation dégénérer à ce point ? Quand elle avait racheté le journal, elle aurait dû tout raconter à Colt. Mais elle avait préféré garder pour elle ce terrible secret et à présent, le monde entier allait découvrir la vérité.

En bas, le bruit était assourdissant. Les marteaux-piqueurs semblaient agir comme des mitraillettes en mode automatique. Audrey sentit son estomac se serrer en voyant que les ouvriers creusaient à l'endroit qu'elle redoutait.

— Rey, tu trembles de la tête aux pieds, lui dit Brian en posant une main sur son bras.

— Brian, lui répondit-elle en se tournant vers lui. Je dois te dire quelque chose.

— Qu'est-ce que tu dis ? lui demanda-t-il en se rapprochant d'elle.

— Remontons là-haut, nous pourrons parler, lui chuchota-t-elle à l'oreille.

Elle sentit le froid l'envahir et elle passa les bras autour d'elle en essayant de trouver le meilleur moyen de révéler à son meilleur ami un secret qu'elle gardait depuis près de la moitié de sa vie. Il avait le droit d'être au courant. Il travaillait pour ce journal depuis qu'il avait fini ses études. Il était injuste qu'il découvre la vérité de cette façon.

— Que se passe-t-il, Audrey ? lui dit-il en plongeant son regard inquiet dans le sien. Je ne t'ai jamais vue aussi bouleversée, en tout cas pas depuis que tu as appris que ta mère était malade.

— Brian, tu te souviens du jour où mon père est mort ? Comme cela avait été un choc ? Lui qui semblait en si bonne santé ?

— Oui, je me souviens, soupira-t-il. Cette période a été terrible pour ta mère et toi.

— Oui mais tu étais là pour moi, lui dit-elle en souriant pour la première fois de la soirée. Brian, tu es le meilleur ami qu'on puisse imaginer.

— Colt a été très présent, lui aussi, ajouta-t-il.

— C'est vrai, lui répondit-elle en repensant au baiser qu'ils avaient échangé un peu plus tôt dans la soirée.

À quoi pensait-elle donc ? Certes, la solitude lui pesait et elle était fatiguée de toute cette rancœur. Fatiguée de faire comme s'il ne signifiait plus rien pour elle. Mais où tout cela allait-il les mener ?

— Je ne crois pas que j'aurais pu m'en sortir sans vous deux, ajouta-t-elle.

— C'est à ça que servent les amis, confirma Brian avant de la regarder en fronçant les sourcils. Je crois que je devrais vraiment aller faire du café, j'ai l'impression que nous allons devoir rester ici un bon moment et tu n'as pas l'air dans ton assiette.

Il n'avait pas tort… Et puis, elle n'était plus à cinq minutes près.

— Bonne idée, oui.

Au bout du couloir, derrière la porte qui menait au sous-sol se trouvait la salle de pause. Tandis que Brian remplissait la cafetière d'eau, Audrey l'observa en gardant le silence. Après avoir déposé quelques cuillerées de café dans le filtre, il appuya sur le bouton et presque instantanément une délicieuse odeur de café emplit l'air.

Quand il leur eut servi deux tasses et ajouté un morceau de sucre dans la sienne, il vint les déposer sur la table basse et fit signe à Audrey de prendre place à côté de lui.

— Assieds-toi. Et dis-moi tout.

Audrey prit une gorgée de café et lui fut reconnaissante d'avoir eu cette idée. Puis elle prit une profonde inspiration et se lança.

— La nuit où ma mère a retrouvé mon père, il s'est passé autre chose.

Elle s'interrompit un instant. Elle devait trouver les mots justes pour décrire ce qu'il s'était passé. Mais comment pouvait-on justifier un meurtre ?

— Continue, Rey…

— Ma mère et moi étions inquiètes pour mon père. L'heure du dîner était passée depuis longtemps et il n'était toujours pas rentré à la maison. Il ne répondait pas au téléphone de son bureau et mon oncle Phillip était sorti ce soir-là. Nous avons donc décidé de nous rendre au journal. Le bâtiment était plongé dans l'obscurité, enfin c'est l'impression qu'il donnait vu de l'extérieur.

Elle prit une nouvelle gorgée de café avant de poursuivre :

— Après que ma mère s'est garée, nous sommes entrées dans les bureaux par la porte de service qui était ouverte, ce qui était tout à fait inhabituel. Une fois dans le hall, nous avons remarqué que la lumière était allumée dans son bureau. Et par la grande baie vitrée, nous avons vu qu'il était en train de se disputer avec un autre homme.

Brian posa sa tasse de café sur la table comme si elle était soudain devenue brûlante.

— Qui était-ce ?

— Aucune idée, répondit Audrey en haussant les épaules. Nous ne le connaissions pas.

— Ta mère les a rejoints ? lui demanda-t-il en semblant soudain comprendre sur quoi cette histoire allait déboucher.

— Nous avons vite monté l'escalier, acquiesça Audrey, et ma mère m'a dit d'aller l'attendre dans le bureau de mon oncle. Plus tard, elle m'a raconté que lorsqu'elle était entrée dans le bureau de mon père, mon père et l'homme en étaient venus aux mains. Il y avait une arme au sol. Maman m'a dit leur avoir crié de cesser. Les avoir suppliés, mais en vain. Manifestement, l'inconnu n'avait pas prévu de s'arrêter. Alors…

— Peterson !

En entendant son nom résonner dans le couloir, Brian sursauta.

— Ne bouge pas, je reviens tout de suite, dit-il à Audrey en posant une main sur sa poitrine et en secouant la tête.

Quand il sortit de la pièce, Audrey eut l'impression qu'elle allait s'évanouir. Elle ferma les yeux et essaya de calmer sa violente sensation de vertige.

Son téléphone se mit à vibrer dans sa poche et elle ouvrit les yeux pour le sortir de sa poche et regarder sur l'écran qui cherchait à la joindre. Elle pria pour que sa mère n'ait pas de problème. Peut-être était-ce Colt… En regardant le numéro qu'elle n'avait encore jamais vu, elle fronça les sourcils. Elle se sentit flancher en reconnaissant l'indicatif régional. L'appel venait de Chicago. Était-ce Judd ?

— Audrey Anderson, dit-elle en décrochant.

— Pouvez-vous répéter votre nom ?

Audrey éloigna le téléphone de son oreille pour regarder une nouvelle fois l'écran puis répéta :

— Audrey Anderson.

— Mademoiselle Anderson, je me présente, je suis l'inspecteur Robert Dickson de la police de Chicago.

Audrey sortit dans le couloir et avança jusqu'à l'escalier qui menait au sous-sol. Le bruit des marteaux-piqueurs avait cessé. Les ouvriers devaient avoir fini de percer la dalle… Étaient-ils à présent en train de déplacer les débris ?

— Que puis-je faire pour vous, inspecteur Dickson ?

— Connaissez-vous un homme qui s'appelle Judd Seymour et qui vit à Chicago ?

— Oui, c'est un collègue et un ami, répondit-elle en sentant son pouls s'accélérer. Que se passe-t-il exactement, inspecteur ?

— Quand avez-vous vu M. Seymour pour la dernière fois, madame ?

Grand Dieu…, pensa Audrey. Il lui était arrivé quelque chose.

— Je ne l'ai pas vu depuis près d'un an, mais nous nous sommes parlé au téléphone ce matin.

— Pouvez-vous me dire de quoi vous avez parlé ?

Les nerfs à vif, Audrey tenta de garder son sang-froid.

— Je suis désolée mais je préférerais connaître la raison de votre appel avant de vous en dire plus, inspecteur.

— Madame, je suis désolé de vous apprendre que Judd Seymour est décédé. Il a été assassiné chez lui, dans son bureau. Apparemment il vous a téléphoné puis a passé une série de coups de fil que nous n'avons malheureusement pas pu identifier. Je vais donc devoir vous demander d'être extrêmement coopérative.

Judd avait été tué quelques heures seulement après lui avoir parlé de ce Torrino ? Avait-il été en contact avec une source qui avait prévenu la mafia que quelqu'un fouillait dans de vieilles histoires qu'il valait mieux ne pas déterrer ?

Audrey expliqua à l'inspecteur qu'elle avait parlé à Judd d'une vieille affaire qui pouvait avoir un lien avec une enquête en cours à Winchester. Elle savait qu'elle devait être prudente car elle ignorait ce que Colt voulait rendre public. Après qu'elle eut répondu à toutes ses questions, l'inspecteur lui dit qu'il devrait probablement la rappeler. Audrey lui assura qu'elle serait ravie de faire tout ce qu'elle pouvait pour aider à résoudre l'affaire.

Une fois qu'elle eut raccroché, elle se dépêcha d'appeler Colt mais elle tomba sur sa messagerie.

— Salut, c'est moi, je suis au journal, dit-elle en

commençant à descendre les marches qui menaient au sous-sol qui était étrangement silencieux. J'ai besoin de te parler au plus vite… Il y a quelque chose que je…

Une alarme de voiture se mit soudain à retentir à l'extérieur. Audrey s'immobilisa puis fit demi-tour et marcha vers la porte de service pour se rendre au parking. Dehors, les phares de sa voiture clignotaient au rythme de ce son insupportable.

— Bon sang, dit-elle sur le répondeur de Colt. Rappelle-moi dès que tu peux, j'ai besoin de toi.

Puis elle raccrocha et se précipita vers sa voiture.

Elle sortit ses clés de sa poche et fit taire l'alarme avant de remarquer que la vitre de la portière côté passager avait été brisée.

— Qu'est-ce que…

Audrey sentit soudain une main s'enrouler autour de son cou pour venir se poser sur sa bouche, puis elle fut tirée en arrière et immobilisée. Presque aussitôt, l'acier froid d'une lame vint caresser sa tempe.

— Un seul son et tu es morte.

16

Colt était dans le collimateur de Branch. Le marshal était hors de lui. Tout d'abord parce que le shérif ne l'avait pas appelé quand il avait eu Sauder au téléphone et surtout parce qu'il refusait de laisser Branch prendre les commandes de cette enquête. Mais aussi furieux qu'il puisse être, vu le caractère urgent de la situation, il semblait avoir décidé de mettre son agacement et sa frustration de côté pour le moment.

Sauver Sarah Sauder était la priorité.

Colt avait placé six de ses hommes, ceux en qui il avait la plus grande confiance, dans les bois derrière la propriété des Zimmerman, et demandé à deux autres de se cacher derrière des tracteurs, entre la ferme et la grange. Colt avait marché jusqu'au fumoir dans l'obscurité et se trouvait donc maintenant à quelques mètres seulement de la porte arrière de la maison. Branch, lui, était installé dans le grenier à foin avec un tireur d'élite, prêt à tirer avec sa lunette de vision nocturne si les choses tournaient mal.

Maintenant qu'ils étaient en place, c'était à Wesley Sauder de jouer. Branch avait absolument tenu à équiper Sauder d'un bracelet électronique mais Colt comprenait son attitude. Après tout, le FBI recherchait Jason Bateman depuis longtemps. Ils pensaient même qu'il était mort. Alors, maintenant qu'ils l'avaient retrouvé, il n'était pas question qu'ils le laissent filer.

Si l'opération en cours se déroulait bien et que tout le monde s'en sorte sain et sauf, l'idée était que Bateman alias Sauder témoigne contre Louis Cicero en échange de l'immunité. Sa famille et lui bénéficieraient alors de la protection de témoins pour le restant de leurs jours.

La seule chose que devait faire Sauder c'était entrer chez les Zimmerman pour dire à ce type, ce fameux Saul la Scie, que s'il voulait récupérer les preuves qu'il avait en sa possession, il allait d'abord devoir libérer Sarah.

C'était plutôt risqué mais ils n'avaient eu que peu de temps pour s'organiser et de plus, les rideaux étaient tirés et ils n'avaient aucun moyen de savoir comment était agencée la maison. Ils allaient donc devoir fonctionner à l'aveugle. De plus, Sauder avait refusé de porter un micro mais, en toute honnêteté, Colt pensait lui aussi que ce n'était pas une bonne idée. Fouiller Sauder serait à coup sûr la première chose que ferait l'homme quand il le verrait. Et concernant une éventuelle infiltration de minuscules caméras vidéo ou de micros, le temps leur avait cruellement manqué. Quant à lancer une grenade dans la maison, le risque était trop élevé pour Sarah qui ne saurait probablement pas quoi faire pour se protéger… Il y avait trop de variables dans cette situation pour pouvoir procéder autrement.

Sauder sortit de son véhicule et se dirigea vers le porche. Dès qu'il fut entré dans la maison, Colt se déplaça le plus discrètement possible vers la voiture. Heureusement, le ciel était couvert. Il n'avait pas eu le temps de rentrer chez lui pour se changer et enfiler des vêtements sombres et portait encore sa chemise bleu ciel et son jean.

Pendant quelques instants, rien ne vint troubler le

silence de la nuit. Colt pouvait sentir dans l'air que la pluie approchait. Avec un peu de chance, tout serait réglé avant l'averse.

Des cris éclatèrent à l'intérieur de la maison. Manifestement Saul la Scie n'était pas satisfait.

La porte de derrière s'ouvrit bientôt avec fracas et des voix résonnèrent dans l'obscurité. La voix suppliante de Sauder et celle plus rageuse de Saul semblaient de moins en moins fortes, indiquant que les deux hommes sortaient du bâtiment.

Colt n'avait pas repéré de voiture pouvant appartenir à Saul, si celui-ci était motorisé, il ne s'était pas garé ici.

Colt se prépara tandis que les deux hommes approchaient de la voiture de Sauder. Il s'accroupit derrière le hayon. Tant qu'ils ne venaient pas à l'arrière du véhicule, tout allait bien.

— C'est toi qui conduis, ordonna Saul à Sauder.

Un cri aigu retentit et vint transpercer le cœur de Colt comme la lame d'un couteau. Sarah n'était pas restée à l'intérieur de la maison. Elle était avec eux.

Colt n'était pas surpris, il était logique que Saul la Scie, qui ne semblait pas être né de la dernière pluie, ait envisagé que Sauder puisse lui tendre un piège.

La porte du conducteur s'ouvrit. Le véhicule bougea et la porte se referma. Sauder était monté à l'intérieur.

— Ouvre la porte et monte, ordonna Saul.

Sarah gémit et Colt entendit la portière côté passager grincer. Une seconde plus tard, elle était également à l'intérieur.

Alors, Colt se releva et se précipita du côté passager. Il attrapa l'homme par les cheveux et le poussa vers l'arrière. L'homme tira un coup en l'air. Colt dégaina son revolver et en posa le canon contre la tempe de Saul la Scie.

— Lâche ton arme ou tu es un homme mort.

Le revolver tomba au sol.

Sauder et sa femme sortirent du pick-up, sains et saufs.

Tout était terminé.

Quand Branch passa les menottes à Saul la Scie, Colt laissa échapper un profond soupir de soulagement. Il sortit son téléphone de sa poche pour appeler Audrey et vit que celle-ci avait cherché à le joindre. Il fit quelques pas pour être au calme et écouta le message qu'elle lui avait laissé. Elle murmurait et semblait inquiète. Quand il entendit le son d'une alarme de voiture retentir derrière elle, il sursauta.

« Bon sang, conclut-elle d'une voix terrifiée. Rappelle-moi dès que tu peux, j'ai besoin de toi. »

Il se précipita vers le premier de ses hommes qu'il trouva et le chargea de prendre la relève : il devait aller voir Rey le plus vite possible. Quelque chose ne tournait pas rond.

Il était minuit quand Colt se gara sur le parking de *la Gazette*. Il n'était pas seul, partout se trouvaient des véhicules de police. Il y avait là deux voitures banalisées, le pick-up du chef de la police, Billy Brannigan, et même le camion du médecin légiste. Colt sentit son cœur s'emballer. Bon sang, mais que s'était-il passé ici ? Il avait essayé de rappeler Rey une bonne dizaine de fois, mais chaque fois il était tombé sur sa messagerie. Sentant l'inquiétude le submerger, il sortit de sa voiture et marcha avec hâte jusqu'à l'entrée principale du bâtiment.

À la porte, un policier en uniforme montait la garde. Il laissa passer Colt sans que celui-ci ait besoin de dire un mot. Ce qui était une bonne nouvelle car il ne se sentait pas d'humeur à se disputer ce soir avec la police locale pour des histoires de territoire. À l'intérieur, deux autres hommes en uniforme déambulaient dans le hall. La porte qui menait au sous-sol était ouverte, et l'assistant du médecin légiste, Lucky Ledbetter, passait un coup de téléphone.

Quand Colt s'approcha de lui, Ledbetter raccrocha et rangea son téléphone dans sa poche.

— Bonsoir, shérif, j'imagine que vous avez été mis au courant ?

Colt secoua la tête.

— J'étais sur une opération délicate, que se passe-t-il ?

— L'arrivée d'eau de cet immeuble a lâché et les services de la ville ont dû couper les conduits du quartier. Quelques pompiers sont venus pomper l'eau puis Smith Grider a commencé à creuser dans le sol pour trouver les canalisations endommagées et les réparer, lui expliqua Ledbetter en se frottant les tempes. Mais là, il s'est passé quelque chose d'assez inattendu : en creusant, Grider et son équipe ont découvert des os, des os humains.

Colt sentit la peur grandir en lui.

— Bon, je crois que je ferais mieux d'aller jeter un coup d'œil, dit-il à l'assistant en essayant de garder un ton détaché.

— C'est plutôt effrayant, vous allez voir, shérif.

Il descendit quelques marches et découvrit la scène. Grider avait brisé la dalle de béton et creusé le sol en terre jusqu'à découvrir les canalisations. Le trou entier devait faire près de trois mètres de large. Burt Jonhson se trouvait au milieu de tout ce désordre boueux, en cuissardes avec un crâne humain entre les mains. Autour de lui, des os flottaient partout dans l'eau.

La vision était cauchemardesque. Quelqu'un avait

été enterré dans ce sous-sol… Instinctivement, Colt passa en revue toutes les personnes qui avaient disparu ces dernières années. Mais chaque personne qui s'était volatilisée avait toujours fini par être retrouvée.

— Colt, as-tu une idée d'où pourrait se trouver Audrey ? lui demanda le chef de la police, Billy Brannigan.

— Elle n'est pas ici ?

Colt se souvint que Rey lui avait dit se trouver au journal sur le message qu'elle lui avait laissé. À nouveau, il sentit une vague panique l'envahir.

— Non, elle n'était pas là quand je suis arrivé. Comme elle ne répond pas à son téléphone, Brian est parti voir si elle était rentrée chez elle. Il m'a aussi dit qu'il allait passer à la maison de retraite pour vérifier qu'il n'est rien arrivé à sa mère.

— Qu'est-ce que c'est que ça ? demanda Colt en montrant les os qui flottaient dans l'eau autour de Burt.

— Aucune idée, lui répondit le chef de la police. Grider m'a appelé quand il a trouvé le crâne. Je crois que Burt essaie de reconstituer le squelette. Toi qui connais Audrey et sa famille depuis longtemps, tu as une idée de ce qui a pu se passer ?

Colt secoua la tête.

— Non… Et personne ne manque à l'appel à Winchester, en tout cas pas au cours de ces trente dernières années…, lui répondit Colt avant de se tourner vers le médecin légiste. Burt, vous avez déjà une idée du temps qu'a passé ce squelette ici ?

Burt plaça le crâne sur un drap qui avait été étalé près du trou. D'autres os y étaient déjà disposés, une cage thoracique, un humérus, un fémur.

Nom de Dieu, pensa Colt.

— Eh bien, lui répondit Burt en mettant ses mains

gantées sur les hanches, je me souviens du jour où Porter Anderson a fait changer son système de canalisations, il a ensuite fait couler une dalle de béton par-dessus.

Il fit un grand geste pour montrer les décombres qui jonchaient le sol avant d'ajouter :

— À l'origine, ce sol était fait de briques et de pierres, quand la plomberie a été refaite, on a décidé de couler une dalle de béton pour remettre le sol à niveau… C'était à peu près au moment où Porter est mort. Mais ce n'est pas son squelette, il a été enterré au cimetière de Franklin avec sa famille.

— Donc, intervint Brannigan, vous voulez dire que ce corps a été enterré ici il y a plus de vingt ans ?

— Ces os étaient trop proches des tuyaux, ils n'étaient pas là avant les derniers travaux, confirma Burt avant de se tourner vers Grider. Smith dit que c'est son père qui avait fait le boulot à l'époque et qu'il était venu l'aider. Cela fera exactement vingt-quatre ans le mois prochain.

Grider acquiesça et ajouta :

— Nous avions creusé dans toute la surface, si les os avaient été là, nous les aurions trouvés. Quelqu'un a dû les placer ici juste avant que nous coulions la dalle. Probablement la veille. Il n'y a pas d'autres possibilités, il me semble…

— La dalle a-t-elle été cassée depuis que votre père et vous êtes venus la couler ? lui demanda Colt qui ne comprenait toujours pas le sens de tout ça.

— Non, shérif, lui répondit Grider en secouant la tête. Le sol était dans le même état ce soir quand nous sommes arrivés que lorsque nous l'avons posé et fini à truelle, il y a toutes ces années. Et puis, si quelqu'un avait dû faire des travaux de plomberie ici, je pense que c'est moi qui aurais été contacté.

Colt et Brannigan échangèrent un regard.

— Votre père travaillait-il avec quelqu'un qui pourrait être susceptible d'avoir été mêlé à ce genre d'affaires ? lui demanda Brannigan.

— Nous sommes quatre à travailler pour mon père et ce depuis trente-cinq ans, dit-il en secouant la tête. La personne qui a fait ça a dû le faire quand nous n'étions plus sur les lieux. Comme je vous l'ai dit, probablement la veille de notre intervention avec le béton.

— Avez-vous encore des traces de ces travaux pour que nous puissions trouver la date exacte ? demanda Colt.

— Je vais appeler ma femme et lui demander de regarder dans les dossiers archivés, lui répondit Grider en sortant son téléphone portable de sa poche.

— Merci, lui dit Colt avant de se retourner vers Brannigan. Nous devrions envoyer quelqu'un chercher Phillip Anderson, vous ne croyez pas ?

— C'est déjà fait, lui répondit le chef de la police.

Des pas pressés se firent entendre dans l'escalier et Colt espéra qu'il s'agissait de Rey. Mais Brian apparut, l'air inquiet.

— Audrey n'est pas chez elle et personne ne l'a vue à la maison de retraite, lança-t-il en regardant les deux hommes tour à tour. J'étais si pressé que je ne l'avais pas remarqué tout à l'heure mais une des vitres de sa voiture a été brisée.

Cette fois, Colt ne put masquer sa peur. Le souvenir de l'alarme derrière la voix d'Audrey dans le message qu'elle lui avait laissé lui revint en mémoire.

— Elle m'a appelé sur le parking.

Ils remontèrent à la hâte l'escalier et se précipitèrent à l'extérieur. Colt courut vers la voiture de Rey et constata que celle-ci était vide. Il poussa un soupir de soulagement.

— Il se passe quelque chose, dit Brian en fronçant les sourcils. Jamais elle ne serait partie au beau milieu de tout ce bazar. Tout ça l'inquiétait beaucoup trop.

Colt sentit son téléphone vibrer à sa ceinture, il l'attrapa et regarda l'écran.

Dieu merci, c'était Rey.

— Rey, où es-tu ?

— Bonsoir, shérif Tanner.

Colt regarda Brian puis Brannigan avec un air surpris.

— Qui est à l'appareil ? demanda-t-il.

— Ça n'a aucune importance, shérif. Ce qui en a, par contre, c'est que vous avez quelque chose qui m'appartient et que j'ai quelque chose qui vous appartient.

— Où est-elle ?

La peur et l'inquiétude s'étaient transformées en quelque chose de plus menaçant. S'il arrivait quoi que ce soit à Rey…

— Vous m'apportez Bateman et les preuves qu'il a gardées avec lui pendant tout ce temps et je libérerai la femme. Est-ce que ce marché vous convient ?

— Donnez-moi l'heure et le lieu du rendez-vous.

Colt ne prendrait aucun risque, c'était la vie de Rey qui était en jeu. Sauder était maintenant en garde à vue pendant que Branch interrogeait Saul la Scie. Il pouvait tout à fait aller le chercher sans que Branch s'en aperçoive. Mais il savait qu'il ne pourrait pas gérer la situation tout seul…

L'émotion le submergeait déjà.

Il avait besoin d'aide. Et s'il était honnête avec lui-même, Branch était le seul homme de loi en qui il avait vraiment confiance.

— Je vous rappelle dans une heure, lui dit l'homme, tenez-vous prêt, shérif, où elle mourra.

Et il raccrocha.

Alors que Brian et Brannigan exigeaient tous les deux que Colt leur raconte le contenu de sa conversation, celui-ci composa le numéro de téléphone de Branch.

— Je dois te parler, lui dit-il quand celui-ci décrocha.

17

Quand l'homme demanda enfin à Audrey de se garer, ils étaient arrivés devant une ancienne station-service qui se trouvait à la sortie de Winchester, dans le quartier historique de Belvidere et qui avait été fermée à l'époque où elle était partie pour l'université. Pendant le trajet, elle avait observé l'homme et en avait conclu qu'il devait être le fils de Louis Cicero, LJ. Il semblait avoir à peu près le même âge que Sauder et était plus courtois que les deux autres hommes venus chercher ce dernier. De plus, elle savait reconnaître le genre de veste en cuir qui coûtait l'équivalent de plusieurs mois d'un salaire moyen. Ses chaussures étaient tout aussi luxueuses, quant à son jean et sa chemise, ils ne provenaient pas d'un magasin de grande surface.

— Sors de la voiture, lui ordonna-t-il. Un seul mouvement brusque et je te mets une balle dans la tête, c'est compris ?

— Compris, lui répondit-elle en ouvrant sa portière doucement avant de descendre du véhicule.

Il sortit également et fit le tour pour venir la rejoindre.

— Par ici, lui dit-il en la poussant vers la station.

À l'entrée, une porte vitrée avait été barricadée comme le reste des vitrines. L'homme retira le panneau de bois et ouvrit. L'intérieur était plongé dans l'obscurité. Après avoir remis la planche, il alluma la torche de son smartphone et la guida jusque dans une pièce qui avait dû être un bureau, car il restait une vieille table en métal au centre de la pièce. Dessus était posée une lampe portative, un modèle qui ressemblait à celui que l'on emporte en camping et qui fonctionne avec des piles.

L'homme l'alluma puis lui montra un bidon dans un coin de la pièce.

— Assieds-toi là.

Audrey lui obéit sans broncher. De toute façon, l'homme avait déjà appelé Colt. La vraie question était maintenant de savoir comment il pensait pouvoir s'en sortir. Il semblait seul et n'avait qu'une arme en main. Elle n'était pas certaine mais il lui semblait qu'il s'agissait d'un automatique, un 9 mm peut-être. Quoi qu'il en soit, il n'avait que quelques balles pour se défendre, il n'avait aucune chance.

Enfin, peut-être aurait-elle dû avoir peur ? Mais qu'est-ce que cela pourrait changer ? Elle avait de plus graves problèmes… Les ouvriers avaient dû découvrir le squelette. Tout allait être révélé au grand jour. Et sa mère qui ne se souvenait pas de ce qu'il s'était passé… Ni Audrey ni elle ne connaissait l'identité de cet homme mort, enfin de ce qu'il en restait. Peut-être s'agissait-il de Jack Torrino ?

Elle regarda son ravisseur qui, assis sur le bord du bureau, regardait sa Rolex.

— Je suppose que vous et vos amis étiez censés régler cette histoire pour votre père, dit-elle. Leur échec n'a pas dû vous réjouir…

L'homme resta silencieux un instant avant de lever les yeux vers elle pour lui répondre.

— Dans mon travail, commença-t-il, on apprend à garder une petite marge d'assurance pour faire toujours pencher la balance en sa faveur. Et figurez-vous que vous êtes ma petite marge d'assurance, Audrey. Il m'a fallu quelques jours pour trouver quelle serait la meilleure option puis j'ai décidé de tout miser sur vous. Je sais que le gentil shérif de votre petite ville a un faible pour vous. Il va donc m'obéir au doigt et à l'œil.

Audrey décida d'ignorer sa tentative d'intimidation. D'autres avant lui avaient essayé mais elle n'était pas facilement impressionnable. Elle ne prit pas la peine de lui expliquer que ce qu'elle avait partagé avec Colt était fini depuis bien longtemps.

Au lieu de ça, elle décida de se changer un peu les idées.

— C'est votre père qui avait décidé d'envoyer Jack Torrino à Winchester, il y a vingt-quatre ans ?

L'homme éclata de rire.

— Je n'avais pas entendu ce nom depuis une éternité ! lui répondit-il en lui jetant un regard suspicieux. Comment connaissez-vous Jack Torrino ?

— Vous me dites ce qu'il venait faire à Winchester et je vous dis où vous pourrez le trouver, lui dit-elle en se félicitant d'avoir trouvé une offre aussi équitable.

Mais l'homme ne semblait pas du même avis. Quand il la regarda en fronçant les sourcils, Audrey se dit qu'il n'était pas vilain garçon. Il était même plutôt beau, dans un style prétentieux.

— Pourquoi est-ce que je voudrais savoir où est Jack Torrino ? S'il n'est pas mort, je lui réglerai vite son compte, vous pouvez me croire.

— Comme je viens de vous le dire, lui répondit Audrey en haussant les épaules, je peux vous dire où le trouver. Mais en échange je veux savoir pour quelle raison il était venu à Winchester.

— Mon paternel s'était mis en tête d'acheter un

journal. Il était intéressé par les petites publications régionales et il en a acheté tout un tas dans le pays. Je ne sais même pas s'il savait pourquoi il faisait ça. Peut-être pour paraître plus respectable, qui sait ? Il a toujours eu un petit côté excentrique. Quoi qu'il en soit, Torrino était son homme à tout faire de l'époque et c'est lui que mon père envoyait pour négocier avec ceux qui refusaient de vendre leurs rédactions.

Audrey sentit les battements de son cœur s'accélérer et repensa à son père.

— Il est donc venu ici pour essayer de faire pression et négocier le rachat de *la Gazette* ?

— S'il est venu ici, il y a des chances que ce soit pour ça en effet.

— Eh bien, ça explique beaucoup de choses.

Depuis toutes ces années, Audrey n'avait eu de cesse de se questionner sur ce qui avait bien pu se passer cette nuit-là et qui était l'homme caché sous la dalle de béton, au sous-sol – cet homme qu'elle et sa mère avaient porté dans l'escalier puis enterré dans la terre autour des canalisations pendant que son père gisait sur le sol de son bureau, raide mort.

— Et où serait-il donc ? demanda l'homme.

— Les forces de l'ordre viennent tout juste de sortir ses os d'un trou boueux creusé dans le sous-sol de mon journal. Celui qu'il avait probablement essayé de forcer mon père à vendre.

L'autre laissa échapper un petit rire étonné.

— C'est votre vieux qui l'a tué ?

— On peut dire ça, oui.

— Ça ne peut pas être vous, vous n'étiez qu'une gamine à l'époque.

— Non, répliqua-t-elle en secouant la tête. Je ne l'ai pas tué, mais par contre, j'ai aidé à l'enterrer.

— Peut-être que je n'ai finalement pas choisi la bonne fille à kidnapper, grogna-t-il. Le shérif n'aura peut-être pas envie de te récupérer.

— Peut-être, répéta-t-elle en haussant les épaules.

— Dans ce cas, dit-il en pointant le canon de son arme vers elle, tu n'as plus aucune valeur pour moi.

Audrey eut soudain l'impression de suffoquer mais elle ne flancha pas. Elle resta immobile, sans ciller. Il était hors de question qu'elle laisse cet abruti voir combien elle avait peur.

— Sauf, reprit-il en baissant son arme, que j'ai vu comment vous vous êtes embrassés devant votre maison. Quand un homme embrasse une femme comme ça, c'est qu'il tient à elle. Il va venir vous chercher et il va m'apporter ce que je lui ai demandé pour vous libérer.

— Si j'ai de la chance, répondit-elle en s'appuyant contre le mur et en croisant les bras sur la poitrine. Mais vous savez, il ne va pas vous faciliter les choses. Si j'étais vous, je lâcherais tout et je rentrerais le plus vite possible à Chicago. Deux de vos hommes y ont déjà laissé leur peau. Un troisième est probablement en détention, s'il n'est pas mort, lui aussi. Je suis certaine que votre père serait très contrarié si vous terminiez comme ces types.

— Si je rentre les mains vides, il me tuera.

Audrey repensa à ce qu'on lui avait raconté à propos de la fille de Cicero.

— Comme votre sœur, Sophia ?

— Ne me cherchez pas, siffla-t-il en lui jetant un regard furieux. Contrairement à mon père, je n'éprouve aucun plaisir à voir souffrir un être humain. Mais je n'hésiterai pas à faire ce que je dois faire. Ma sœur avait fait ses propres choix et elle en a payé le prix. Je ne suis pas responsable de ce qui lui est arrivé.

Audrey pensa à tout ça pendant un instant puis ajouta :

— Et votre ami, Bateman ? Vous avez prévu de le torturer, non ? Cette fois, vous serez responsable.

— Jason a lui aussi fait un choix il y a bien longtemps. Je ne suis ici que pour nettoyer le bazar qu'il a foutu dans nos vies. Ce qui lui arrivera ensuite ne dépend pas de moi.

— Mais vous savez que votre père va le tuer, probablement après l'avoir torturé. Jason a des enfants. Ils ont besoin de lui.

— Il savait ce qu'il faisait quand il est allé voir les fédéraux pour leur parler de ma famille.

— Donc vous aimez regarder les gens souffrir.

L'homme se leva et se rapprocha d'Audrey, l'obligeant à relever la tête vers lui.

— Vous essayez de me faire perdre mon sang-froid ?

— Non, je rappelle juste les faits. Je suis journaliste, c'est mon métier.

Il fit un pas en arrière et s'installa à nouveau sur le bureau.

— Oui, je me suis un peu renseigné sur vous sur Internet. Vous étiez une sacrée journaliste avant que cet abruti mente sur ce qu'il avait vu dans cette cabane perdue au fond des bois…

Et voilà ! songea Audrey. Ce mafieux avait trouvé son point faible… Un homme avait assassiné toute sa famille avant de retourner l'arme contre lui. La source d'Audrey avait prétendu être le meilleur ami du forcené. Il lui avait également confié avoir été dans la pièce au moment des meurtres. Puis, terrorisé, il avait pris la fuite et n'avait pas trouvé le courage de dire à la police qu'il avait été témoin de la scène. Sauf qu'en réalité, tout cela n'était qu'un tissu de mensonges. Il n'avait rien vu.

C'était ce qu'on pouvait appeler une erreur de débutant.

— Tout le monde peut se tromper, ça arrive même aux plus grands, lui répondit-elle en soutenant son regard. Mais vous, LJ, vous ne vous en sortirez pas de la même manière, votre erreur est bien plus grave que la mienne.

D'un bond, il avança vers elle, lui saisit le bras et la tira vers le bureau.

— Laissez-moi vous montrer quelque chose, lui dit-il. Regardez sous ce bureau.

Audrey se pencha mais il faisait trop sombre pour qu'elle puisse voir quoi que ce soit. Cependant, son instinct lui souffla qu'il s'agissait d'un explosif.

— Je ne vois rien du tout.

Il se baissa et éclaira avec la lampe torche de son téléphone.

— Et là ?

Audrey sentit son cœur trébucher dans sa poitrine et elle tomba à genoux.

— Oui.

Il la ramena de force vers le bidon et la força à se rasseoir.

Puis il vérifia une nouvelle fois sa montre.

— Dans dix minutes, je rappellerai votre shérif pour lui dire où amener Sauder et les preuves. Quand ils seront entrés, tout partira en fumée. J'attendrai patiemment de l'autre côté de la route, sur la colline, pour pouvoir bien profiter du feu d'artifice. Il me suffira d'appuyer sur ce petit bouton et boum ! Les preuves et Bateman ne seront plus que de l'histoire ancienne.

— Vous ne devriez pas rapporter la preuve à votre père pour lui prouver qu'il peut avoir confiance en vous et qu'il pourra peut-être un jour vous confier les rênes de son empire ?

— Vous commencez vraiment à m'agacer, mademoiselle Anderson. Et si vous la fermiez à présent ?

Audrey se mordit les lèvres et l'observa tandis qu'il regardait une nouvelle fois sa Rolex. Il semblait anxieux, pensa-t-elle. Peut-être même un peu nerveux. Une douzaine d'idées pour le déstabiliser lui vinrent soudain à l'esprit. Elle pourrait se moquer de lui quand il regarderait l'heure une nouvelle fois. Elle pourrait aussi attendre qu'il appelle Colt pour tenter quelque chose puisqu'il serait distrait par son coup de téléphone. Il semblait si préoccupé et sûr de lui qu'il n'avait même pas pensé à l'attacher. Elle pourrait en profiter. La seule chose qu'elle devait faire était de rester en alerte. Afin de réagir rapidement dès que l'occasion se présenterait.

— Nous y voilà, dit-il enfin en se levant.

Audrey sentit les battements de son cœur s'accélérer.

— C'était un plaisir de vous rencontrer, Audrey Anderson. Dommage que cela ait été si court. J'espère que vous avez été sage sinon je pense que nous nous recroiserons en enfer.

Il brandit son arme vers elle et elle sentit l'air lui manquer. Mais il recula, et quand il fut arrivé à la porte, il ouvrit un loquet métallique. Une fois la porte fermée, il suffirait d'un cadenas pour la bloquer.

Il allait l'enfermer.

Avant même d'en avoir conscience, Audrey bondit.

— Rasseyez-vous et restez calme, lui ordonna-t-il en secouant la tête et brandissant le revolver vers elle. Vous avez encore à peu près vingt minutes pour réfléchir à tout ce que vous auriez dû dire et faire avant de mourir.

Puis il plongea la main dans sa poche et en sortit un cadenas. Il sortit et ferma la porte derrière lui. Audrey entendit qu'il le glissait dans la boucle et puis elle reconnut le cliquetis de la fermeture.

Alors seulement, il se mit à parler.

Elle avança et se colla contre la porte pour écouter ce qu'il disait.

Il était en train de donner l'heure et le lieu de rendez-vous à Colt. Vingt minutes. Colt allait devoir faire vite ou elle mourrait. Il devait apporter Bateman et les preuves, ici à l'ancienne station essence, les emmener à l'intérieur et alors il pourrait repartir avec Audrey. Tant qu'il faisait ce qui lui était demandé, tout se passerait sans encombre.

Sauf que Colt et elle ne ressortiraient pas du bâtiment, pas plus que Bateman. Tous finiraient réduits en cendres.

Audrey se mit à hurler le nom de Colt. Aussi fort qu'elle put, elle lui cria de rester éloigné. Quand elle n'entendit plus Cicero parler, elle comprit qu'il avait quitté les lieux. Il devait déjà être en route pour son poste d'observation, probablement dans cette église qui se trouvait au sommet de la colline. Quand Colt arriverait…

Non, elle ne laisserait pas les choses se dérouler ainsi.

LJ avait dit qu'il lui restait vingt minutes.

Elle devait faire quelque chose pour s'assurer que Colt ne mettrait jamais les pieds ici.

Elle devait s'échapper.

Poussant de toutes ses forces, elle essaya d'ouvrir la porte. Mais en vain. Il n'y avait aucune fenêtre dans la pièce et les murs ressemblaient à des panneaux de bois donc il était inutile d'y donner des coups de pied.

Elle leva la tête vers le plafond.

Celui-ci était constitué de vieilles dalles soutenues par une grille. Elle pourrait sans mal les soulever et trouverait sans doute une issue par le grenier. Mais elle devait trouver un moyen de grimper là-haut. Elle s'empara du bidon et le posa sur le bureau. Elle se hissa dessus et en tendant les mains se rendit compte qu'elle pouvait toucher les dalles du bout des doigts. Elle s'étira de toutes forces et réussit à en déplacer une. La grille n'était pas très solide et semblait ancrée dans les murs. Elle descendit du bidon puis sauta du bureau.

Retenant son souffle et priant pour que les explosifs ne s'enflamment pas, elle poussa le bureau jusqu'au mur. Elle remonta dessus, plaça la caisse et grimpa à nouveau. Lorsqu'elle déplaça une nouvelle dalle, elle repéra l'endroit où le cadre de la grille était fixé au mur. Elle tendit la main et lentement mais sûrement essaya de se hisser dans le grenier. À la troisième tentative, elle parvint à monter.

Immédiatement, elle regretta de ne pas avoir pensé à allumer la lumière électrique. Mais un regard à l'interrupteur tout en bas suffit à lui faire abandonner l'idée d'y retourner. Elle n'était pas certaine de réussir une nouvelle fois à grimper ici et de plus le temps était compté. Elle allait devoir se débrouiller dans l'obscurité. Au loin, devant elle, elle pouvait apercevoir une faible source de lumière qui passait dans le grenier. Elle n'avait pas vu la lune ce soir, cela devait être un lampadaire… Elle partit dans cette direction. Elle savait qu'elle se dirigeait dans la direction opposée à l'église, Cicero ne pourrait donc pas la repérer. Elle ne pouvait être sûre et certaine qu'il s'y était bien rendu mais c'était, de toute la région, le meilleur point de vue sur la vallée, elle décida donc de se fier à cette hypothèse.

Elle sentit soudain une douleur traverser sa main. Elle s'était coupée. Sur quelque chose de métallique. Elle grimaça en essayant de se souvenir de la date de son dernier vaccin contre le tétanos. En même temps, ses vaccins semblaient bien dérisoires face à la menace qui planait au-dessus d'elle.

Enfin, elle arriva au fond du bâtiment. Elle s'assit un instant pour reprendre son souffle et calmer son rythme cardiaque. Puis, elle prit quelques minutes supplémentaires pour tenter de se repérer dans l'espace. Cicero n'avait aucune raison de surveiller cette partie du bâtiment. Il devait garder les yeux sur la route qui venait de Winchester et le parking de la station-service.

Après avoir pris une profonde inspiration, elle commença à pousser le conduit d'aération, en espérant que les clous, ou les vis ou tout ce qui pouvait le retenir au bardage de bois soit rouillé ou abîmé. Elle avait seulement besoin que cela cède pour pouvoir passer.

Le conduit bougeait vers l'avant. Audrey s'agrippa aux parois et poussa si fort avec ses pieds qu'elle réussit à le faire tomber.

Elle se stabilisa puis essaya de calculer la distance qui la séparait du sol. Si elle se laissait pendre dans le trou, ses pieds ne seraient qu'à environ deux mètres de la terre ferme. Elle pouvait essayer de se laisser tomber, en espérant arriver entière au sol.

Elle prit une profonde inspiration et laissa glisser le bas de son corps dans l'orifice. Puis elle se suspendit en se retenant par les mains. Elle espéra qu'il n'y avait rien de dangereux par terre.

— Allez, Audrey ! se dit-elle pour se donner du courage.

Puis, retenant son souffle, elle lâcha prise et se laissa tomber.

Elle atterrit d'abord sur ses pieds puis sur le dos. L'impact fit vibrer ses os et claquer ses dents. En se relevant, elle constata qu'elle était indemne et n'avait mal nulle part. Elle se sentait seulement un peu secouée. Elle commença à se déplacer à quatre pattes. Elle redoutait que Cicero la repère si elle se levait. Lentement, elle fit le tour du bâtiment en rampant. Elle n'avait pas son téléphone, elle ne pouvait pas appeler Colt.

— Réfléchis, Audrey, se murmura-t-elle.

Si elle réussissait à atteindre la maison la plus proche avant que Colt n'arrive, elle pourrait l'appeler. Mais peut-être ne restait-il plus suffisamment de temps… Il allait probablement arriver d'ici quelques minutes, elle ne pouvait pas prendre un tel risque.

Elle n'avait qu'une option : elle devait trouver un endroit pour se cacher en attendant son arrivée. Alors elle se montrerait et lui ferait signe de ne surtout pas s'arrêter.

Cela pouvait fonctionner… S'il l'écoutait.

Mais Colt Tanner était aussi têtu qu'elle. Le persuader de quitter les lieux en la laissant sur place serait totalement impossible.

Elle allait devoir trouver un meilleur plan.

Colt allait venir de Winchester. Il n'y avait qu'un moyen d'arriver dans ce vieux quartier de Belvidere. Il allait devoir passer devant l'église avant d'arriver à la station-service. Si elle se dépêchait, elle pouvait traverser les bois, faire le tour de l'église et l'intercepter avant qu'il ne franchisse la colline.

Mais alors qu'elle allait s'élancer, elle aperçut des phares apparaître derrière la colline, au-delà de l'église.

Trop tard…

Elle rampa jusque vers l'entrée de la station et se cacha au coin du bâtiment. Il s'agissait bien du pick-up de Colt. Elle le vit ralentir puis faire le tour du parking.

Le cœur battant, elle resta immobile tandis qu'il descendait de la voiture et faisait le tour pour aller ouvrir la portière côté passager. Elle attendit que Bateman sorte, menotté, pour se manifester.

— Ne te retourne pas, Colt, dit-elle doucement.

Elle pria pour qu'il l'entende et comprenne le sens de ses mots. Elle était persuadée que Cicero l'observait depuis l'église avec une paire de jumelles.

Colt s'immobilisa.

— Cicero nous observe. Je ne sais pas combien d'armes il a en sa possession mais il a caché une bombe à l'intérieur de la station. J'y étais enfermée mais j'ai réussi à m'échapper. Il a prévu d'appuyer sur le détonateur quand vous entrerez, Bateman et toi.

Pendant quelques secondes, le temps parut comme suspendu. Personne ne dit un mot ou ne fit un seul geste.

— Tu peux courir ? lui demanda enfin Colt.

— Oui.

— Je vais compter jusqu'à trois et alors, je veux que Bateman et toi partiez le plus loin possible. Courez droit devant vous, dans l'obscurité. Courez le plus vite possible. Si je vous crie de vous arrêter, ne m'écoutez pas et continuez à courir.

— Mais… Et toi ?

— Je serai juste derrière vous.

Audrey allait protester mais Colt l'en empêcha en commençant à compter.

— Un… Deux…

Audrey se remit debout.

— Trois !

Bateman partit en courant vers la vieille épicerie qui se trouvait plus bas sur la route.

Audrey, elle, fonça droit dans les bois, entre la station et le magasin.

Quand elle se fut enfoncée suffisamment entre les

arbres, elle osa jeter un œil derrière elle pour voir si Colt la suivait, comme il l'avait promis.

Mais il n'y avait rien, que les ténèbres.

Elle ouvrit la bouche pour crier son nom quand le souffle d'une violente explosion la fit tomber en arrière.

Le son vibra dans l'air. Le sol trembla.

Pendant un instant, elle n'entendit plus rien… L'air lui manqua.

Finalement, elle réussit tant bien que mal à se remettre sur ses pieds et alla s'appuyer contre le tronc d'un arbre. Elle avait l'impression d'avoir du coton dans les oreilles. Elle reconnut cette sensation ; elle souffrait d'un traumatisme acoustique.

Où était Colt ?

Pop, pop, pop… Des sons de tirs résonnaient au loin. Elle reprit sa course mais en sens inverse. L'ancienne station-service n'était plus qu'une ruine. Seule une partie du mur derrière lequel elle s'était cachée était encore debout.

Elle accéléra et se dirigea vers l'église. Alors qu'elle était presque arrivée à la colline, Bateman la rattrapa. Il n'avait plus ses menottes. Quand ils arrivèrent sur le parking de la petite église, une douzaine de véhicules débarquèrent au même moment. Les lumières bleues des gyrophares illuminaient l'obscurité. Où était Colt ?

— Colt ?

Il y avait des policiers partout. Audrey repéra Branch. Et le chef de la police Brannigan.

Mais où était Colt ? Elle sentit la peur grandir en elle tandis que le bruit des coups de feu lui revenait en mémoire. Et s'il avait été tué ? Elle redescendit la colline en regardant la poussière des décombres qui s'élevait dans l'air sous le halo lumineux du seul lampadaire.

— Rey !

Le son de sa voix fit sauter tous les remparts qu'elle avait construits autour de son cœur, ces dix-huit dernières années. Elle courut vers lui, se jeta dans ses bras et le serra contre elle.

— Ça va ? lui demanda-t-il en l'enlaçant fermement.

— Maintenant, oui, lui répondit-elle en reculant pour le regarder dans les lumières clignotantes. Tu es blessé ?

— Non, madame, mais on ne peut pas en dire autant de ce type, lui répondit-il en lui montrant le corps de Cicero.

Audrey sentit une vague de soulagement la submerger. Elle serra Colt plus fort contre elle. Ils étaient sains et saufs. Tous les deux.

Mais elle se figea soudain.

Il restait toujours le problème du sous-sol.

18

Deux semaines plus tard

Le mois de mars arriva à toute vitesse. Audrey avait l'impression que sa vie était ballottée par les vents violents caractéristiques du début du printemps. Le procureur général, Marion Steele, avait conclu que Mary Jo Anderson n'avait pas eu d'autre choix pour se défendre que de tirer sur Jack Torrino. Le fait de cacher le corps, par contre, avait été un peu plus problématique. Mais en considérant sa maladie, il avait finalement décidé de clore l'affaire, estimant que celle-ci représenterait une importante perte de temps pour le tribunal et que cela ne servirait aucun objectif raisonnable. En fin de compte, aucun chef d'accusation n'avait donc été retenu contre la mère d'Audrey. Il avait en outre décidé que comme Audrey était une enfant à l'époque des faits, elle était victime des circonstances et n'avait aucune part de responsabilité dans les événements tragiques qui s'étaient déroulés cette nuit-là. Son oncle Phillip avait lui aussi été écarté ; il ignorait totalement la présence de cet homme enterré au sous-sol du journal.

Les restes de Jack Torrino avaient été identifiés et remis à ses proches. L'avocat d'Audrey avait parlé à la famille et apparemment, ceux-ci ne comptaient pas lancer de poursuites judiciaires. Heureusement, l'homme disparu il y avait si longtemps n'avait pas de femme ni d'enfants qui auraient pu le chercher pendant tout ce temps. À qui il aurait pu manquer, cruellement. La sœur de Torrino avait fini de dissiper les inquiétudes d'Audrey quand elle avait déclaré à l'avocat que Jack avait abandonné leur famille le jour où il avait rejoint le clan mafieux des Cicero.

Sur le palier au deuxième étage, Audrey observait les élèves de l'école élémentaire qui écoutaient Brian leur raconter l'histoire de *la Gazette de Winchester*. Elle sourit. Elle avait enfin trouvé sa place. Elle avait eu besoin de temps pour se retrouver et se réconcilier avec son passé. Mais les dernières semaines avaient été enrichissantes et lui avaient permis de clarifier ses pensées et ses émotions. Elle sourit à nouveau, réellement heureuse pour la première fois depuis très longtemps.

L'Interphone sonna et Audrey retourna dans son bureau.

— Mademoiselle Anderson, quelqu'un pour vous sur la ligne une.

— Merci, Tanya.

— Allô ?

Un nouveau sourire vint s'afficher sur son visage tandis qu'elle s'asseyait derrière le bureau qui avait appartenu à son père.

— Audrey ! Waouh, tu as le vent en poupe, chérie !

C'était Ronald Wisner, son ancien patron au *Post*.

— Salut, Ron, merci d'avoir publié mon article sur Jack Torrino et la famille Cicero.

Elle avait choisi d'être tout à fait honnête sur le rôle qu'elle et sa mère avaient joué dans l'affaire car il était grand temps que ce secret soit enfin révélé au grand jour.

— Comment faire autrement ? Louis Junior passe

aux aveux et c'est toi qui as l'exclusivité, je n'allais quand même pas passer à côté !

— Oh ! tu sais, j'étais juste au bon endroit au bon moment…, lui répondit Audrey en regardant autour d'elle.

Les mots lui semblèrent encore plus vrais en les disant à voix haute. Elle se trouvait au bon endroit. Et le timing était parfait. Elle se sentait plus intelligente, plus forte. Explorer le monde et découvrir d'incroyables histoires avait été extrêmement épanouissant. Mais les événements l'avaient ramenée chez elle. Pour mettre en ordre son passé… et être proche de sa mère.

À présent, elle pouvait se détendre et savourer sa vie.

— Eh bien, je voulais te féliciter et te rappeler que tu as toujours un poste ici si par hasard tu décidais de revenir vivre à Washington.

Audrey apprécia la proposition. Elle en avait déjà eu une douzaine depuis le début de la semaine. Les choses se déroulaient toujours ainsi : un gros scoop pouvait faire rebondir une carrière.

— Merci, Ron, je garde ton offre en tête. Mais pour le moment, je suis très heureuse ici, chez moi.

Chez elle. Elle aimait le son de ces deux mots.

— J'ai entendu dire que toutes les maisons d'édition de New York cherchent à acquérir les droits de ton histoire. Comment l'appellent-ils, déjà ? Ah oui, *Vieux Os*.

— Si je décide de vendre les droits, tu seras le premier au courant, ne t'en fais pas.

— Une interview serait plus appropriée.

Après avoir rassuré Ron une nouvelle fois sur le fait qu'il serait le premier à être au courant, elle raccrocha.

Puis elle regarda la multitude de bouquets et de compositions florales qui avaient été livrés au journal pour elle de la part d'anciens collègues et d'une personne un peu plus spéciale. Elle effleura du bout des doigts les pétales d'une tulipe rose parmi l'énorme bouquet qui trônait dans un grand vase en verre au milieu de son bureau. Celui-là lui avait été offert de la part de Colt. Et le mot sur la petite carte lui rappelait qu'il lui devait toujours un dîner.

Elle avait pensé l'appeler pour le remercier lorsque le bouquet avait été livré la veille mais elle était alors sur le pas de la porte, en chemin pour aller voir sa mère. Elle l'avait emmenée contempler les arbres qui bourgeonnaient et fleurissaient. Elles avaient partagé de merveilleux instants. Mary Jo n'avait pas eu de moments d'égarement de toute la journée. Elles avaient parlé de Torrino et de l'issue de l'affaire. Audrey lui avait expliqué que la justice avait conclu à un cas de légitime défense et sa mère semblait avoir été soulagée que ce cauchemar soit enfin terminé.

Audrey retourna sur le palier pour regarder les enfants dans le hall. Elle sentit une pointe de nostalgie naître en elle.

Puis, comme si le destin voulait encore lui rappeler qu'avoir un enfant changeait la vie pour toujours, elle vit Key Tanner apparaître. Accroupi à côté d'un des enfants, il semblait lui expliquer ce qui se trouvait de l'autre côté des murs en verre. Quelque chose sur les presses et la façon d'imprimer. Une semaine plus tôt, un des amis de Key avait été sérieusement blessé dans un accident de voiture alors qu'il conduisait sous l'emprise de l'alcool. Tout le monde avait survécu mais cet événement semblait avoir déclenché une réelle prise de conscience chez le fils de Colt. Après avoir présenté ses excuses à son père, celui-ci avait commencé à faire du bénévolat auprès des écoles pendant son temps libre.

Audrey était impressionnée par le changement de cap que l'adolescent avait pris. Et reconnaissante. Colt voulait que son fils soit heureux et en sécurité. Quel parent ne le voudrait pas ?

En se relevant, Key leva les yeux et croisa le regard d'Audrey. Il la salua d'un geste de la main. Il avait le même sourire que son père. Il était même son portrait craché. Audrey lui répondit.

Même si Colt s'était excusé à maintes reprises de ce qui s'était passé toutes ces années auparavant, elle comprenait qu'il ne pourrait jamais regretter d'être le père de ce beau jeune homme. Et elle ne voulait pas qu'il ressente une chose pareille. Quel pouvait être l'intérêt de se lamenter sur des décisions prises à l'époque du lycée ?

Ils étaient des adultes à présent. Il était temps pour eux de laisser le passé en paix pour se concentrer sur le présent. On ne pouvait pas savoir ce qui allait se passer. Sarah Sauder aurait-elle pu imaginer qu'un jour elle devrait partir vivre ailleurs sous une autre identité et ne jamais revoir son père et ses frères ? Enfin, même si sa vie ne pourrait jamais redevenir comme elle l'était, au moins ils étaient tous en vie.

Le cœur du père d'Audrey avait lâché pendant cette fameuse nuit si tragique, vingt-quatre ans auparavant. Et aujourd'hui, sa mère vivait dans une résidence de soins car son cerveau lui jouait des tours… Audrey ne voulait plus gâcher une seule minute de sa vie.

La porte principale du bâtiment s'ouvrit et Colt fit son apparition dans le hall. Il s'immobilisa un instant puis ôta son chapeau, comme un vrai gentleman. Audrey se mit à sourire en sentant les battements de son cœur s'accélérer. Quand il leva les yeux, leurs regards se croisèrent et il sourit lui aussi.

Audrey se sentit fondre. Elle s'accrocha à la balustrade pour se retenir de lui courir dans les bras. En essayant de garder une respiration calme, elle le regarda traverser l'entrée et saluer son fils d'un signe de tête avant de monter l'escalier. Chaque marche qu'il gravissait semblait lui couper davantage le souffle. C'était stupide, elle le savait. Elle avait trente-six ans. Colt était son premier amour mais certainement pas le seul. Pourtant, elle se sentait à l'instant aussi fébrile qu'une jeune fille avant son premier baiser.

— Bonjour, Rey.

Son rythme cardiaque s'intensifia à nouveau en entendant sa voix grave et douce à la fois.

— Bonjour, Colt, lui répondit-elle en baissant les yeux vers les enfants au rez-de-chaussée. Ton fils fait du super boulot avec les petits.

— J'aimerais me dire que j'y suis pour quelque chose mais j'ai entendu dire que quelqu'un était allé faire de la prévention à son école, et avait parlé des conséquences tragiques que pouvaient entraîner de mauvais choix chez les adolescents…

— J'y ai peut-être été un peu fort, je n'aurais pas dû donner autant de détails macabres.

— Tu as bien fait, je pourrais lui parler des statistiques effrayantes toute la sainte journée, il continuerait à ne pas m'écouter… Mais venant de toi, ça a un tout autre impact. Tout le monde a été attentif, la classe entière a été impressionnée.

Audrey leva les yeux au ciel.

— C'est seulement parce que je suis passé à la télé la veille.

— C'est possible, en effet, lui répondit-il en souriant.

L'émission matinale la plus regardée du pays lui avait demandé de participer à un sujet sur l'affaire Cicero.

Elle avait donc pris un avion pour New York et était rentrée à Winchester dans la foulée. L'aller-retour avait été épuisant mais elle s'était levée avec joie le lendemain pour participer à la discussion sur l'avenir et les carrières professionnelles des élèves de terminale du lycée de Winchester.

— Je suppose que tu es au courant pour M. DuPont ? lui demanda Colt en fronçant les sourcils.

— Oui… Quel drame pour Rowan. Et quelle perte pour toute la communauté. Brian a essayé de rassembler le maximum de souvenirs pour lui rendre hommage.

Edward DuPont, le propriétaire des pompes funèbres, avait été assassiné dans la maison de sa fille à Nashville, à quatre-vingt-dix kilomètres au nord de Winchester. C'était une terrible tragédie.

— Billy m'a dit que Rowan allait revenir vivre ici. Elle va reprendre les rênes de la maison funéraire.

— Ah oui ? Je n'étais pas au courant de ça.

La famille DuPont gérait cette entreprise depuis près de sept générations, comme les Anderson avec le journal. Ces deux entreprises avaient été créées par les fondateurs de Winchester. Et même si Rowan et elles n'avaient jamais été proches, elles avaient manifestement un but en commun. Winchester était une petite ville où tout le monde se connaissait. Rowan avait quitté l'université pour aller vivre sa vie à Nashville alors qu'Audrey entrait au lycée. Elle était devenue une auteure célèbre et avait travaillé depuis des années avec la police de Nashville comme conseillère. Tout comme Audrey, elle s'y connaissait en scènes de crime.

— Mon père dit que Rowan et sa sœur ont appris à préparer les corps pour les veillées funèbres avant même d'avoir su conduire, fit remarquer Colt. Cela doit être important pour elle de prendre la suite de son père.

— Oui, je peux comprendre son envie, ajouta Audrey qui avait pris une décision plus ou moins semblable.

Les DuPont, eux aussi, avaient vécu de vraies tragédies. Raven, la sœur jumelle de Rowan, s'était noyée alors qu'elle n'avait que douze ans et leur mère s'était suicidée quelques mois après le drame. Sasha Lenoir, une autre amie d'Audrey, avait, elle aussi, vécu une histoire mouvementée. Son père avait tué sa mère avant de retourner l'arme contre lui quand Sasha était encore toute petite. Quelle coïncidence que ces trois jeunes femmes qui avaient grandi ensemble dans la même petite ville aient vécu des enfances aussi macabres…

La vie était vraiment étrange.

— J'espérais que tu pourrais partir un peu plus tôt, je voudrais t'emmener déjeuner, lui dit Colt, la tirant de ses sombres pensées.

— Comment sais-tu que je n'ai pas déjà mangé ? lui demanda-t-elle en lui jetant un regard suspicieux.

— Qui sait ? J'ai peut-être un informateur au journal…

Audrey éclata de rire en regardant Brian.

— Il t'a dit que j'avais trop de travail, c'est ça ?

— C'est possible, oui.

— C'est une bonne idée, lui dit-elle en lui souriant, laisse-moi juste prendre mon sac et mon téléphone.

— Je pensais à une chose, lui dit-il en la suivant dans son bureau, le mois prochain, les élèves de terminale vont partir en voyage de classe et j'ai encore une semaine entière de congés à poser, alors… peut-être que nous pourrions partir quelque part tous les deux ?

Colt semblait plus nerveux qu'il ne l'avait jamais été, même ce jour où, alors qu'il n'avait que quinze ans, il était venu demander la main d'Audrey à sa mère.

— Voilà une proposition tout à fait alléchante, shérif,

lui répondit-elle en faisant le tour de son bureau pour venir plonger ses yeux dans les siens. Mais es-tu bien certain que c'est ce dont tu as envie ?

À cet instant, elle se rendit compte qu'elle venait de se souvenir d'eux, amoureux alors qu'ils n'avaient que quinze ans, sans penser à ce qui s'était passé ensuite et qui avait tout gâché… Peut-être qu'elle s'était bel et bien réconciliée avec son passé.

L'avenir, lui, s'annonçait plein de promesses.

— Je n'ai encore jamais été aussi sûr de quelque chose de toute ma vie, lui répondit Colt en posant son chapeau sur son bureau pour prendre son visage entre ses mains. Je t'aime depuis que j'ai cinq ans, Rey, et je veux passer le restant de mes jours à te prouver la force de cet amour.

Audrey sentit ses lèvres trembler et s'en voulut d'être si sensible alors qu'une larme commençait à couler sur sa joue. Puis elle décida de s'en moquer…

— Je suis heureuse de te l'entendre dire parce que je n'aimerais pas l'idée d'être la seule amoureuse ici.

Colt l'embrassa et s'interrompit trop vite. Mais la douceur et la sincérité de ce baiser confirmaient la réciprocité de leurs sentiments.

Des applaudissements retentirent dans le hall.

Colt et Audrey se séparèrent, se rappelant soudain qu'ils avaient du public. En bas, le fils de Colt recommença à frapper dans ses mains et Brian vint se joindre à lui. Puis les élèves et leurs professeurs firent de même.

Quand elle vit Key lever son pouce en l'air en direction de son père, Audrey sentit le soulagement l'envahir. S'ils avaient sa bénédiction, ils n'avaient plus aucune raison de s'inquiéter pour quoi que ce soit.

— Allons déjeuner, lui dit Colt en attrapant son

chapeau. Nous reprendrons ça dans ma voiture, quelque part où nous ne risquerons pas d'être dérangés.

Il lui tendit une main et Audrey lui donna la sienne, prête à le suivre jusqu'à la fin de leurs jours.

Retrouvez en janvier 2020,
dans votre collection

BLACK ROSE

Unis dans l'adversité, d' Amanda Stevens - N°569

SÉRIE LES MYSTÈRES DE CHARLESTON 1/3

« Que fais-tu là, Ethan ? » Abasourdie, Addie fixe l'agent du FBI qui vient d'entrer dans la maison où elle enquête sur une série de meurtres. Comment Ethan Barrow ose-t-il se présenter ainsi devant elle ? Cherche-t-il toujours à innocenter son père, emprisonné pour avoir tué la mère d'Addie, vingt-cinq ans plus tôt ? A-t-il oublié qu'ils ont déjà tenté ensemble de rouvrir ce dossier et que cette quête stérile a brisé leur amour naissant ?

Protéger Chelsea, d'Alice Sharpe

En découvrant Chelsea vivante après l'accident d'hélicoptère dont elle vient d'être victime, Adam est envahi par un intense soulagement. Une joie de courte de durée car il se rend compte bientôt que Chelsea – *sa* Chelsea, venue se recueillir dans les montagnes où il était censé avoir disparu – a perdu la mémoire et ne le reconnaît pas. Comment lui révéler désormais qu'il a feint d'être mort pour échapper à une bande de trafiquants ? Et comment les protéger, elle et l'enfant qu'elle attend de lui ?

Garde du corps d'une héritière, de Carol Ericson - N°570

Trop riche, trop belle, trop bien élevée… Pour Joe McVie, spécialiste des missions à haut risque, l'engagement humanitaire de Hailey Duvall, héritière d'une grande famille de San Francisco, a quelque chose de suspect. Et les menaces dont elle prétend faire l'objet semblent injustifiées. Un sentiment sur lequel il est bien obligé de revenir le jour où une bombe détruit une partie de la somptueuse demeure de Hailey…

Quand l'orage gronde, de Lena Diaz

Caché derrière un arbre, Adam observe la scène : la femme est d'une pâleur inquiétante, l'homme qui se tient en face d'elle la menace de son arme… De toute évidence, il ne s'agit pas d'une dispute conjugale. Mais que font ces deux inconnus dans cette partie du parc des Smoky Mountains interdite au public ? Et comment Adam, malgré son expérience de ranger, va-t-il pouvoir secourir cette femme, alors qu'il est loin de tout et que l'orage gronde ?

Retrouvez en janvier 2020, dans votre collection

BLACK ROSE

Cachée au bout du monde, de Michele Hauf - N°571

Qui est réellement Yvette, la jeune Française de passage dans la région ? E par quel étrange hasard une Canadienne portant le même prénom vient-elle d'être assassinée ? C'est la double question que se pose Jason Cash, chef de la police de Frost Falls… Persuadé que le tueur s'est trompé de cible, intrigué par cette touriste discrète et séduisante, il mène l'enquête et découvre qu'elle s'appelle en réalité Amélie Desauliniers. Informaticienne pour Interpol, elle est détentrice d'un terrible secret qui l'a poussée à se réfugier au bout du monde…

La marque du soupçon, de Nico Rosso

Pour Stephanie, justicière courageuse et déterminée, la mission semble simple : infiltrer une bande de trafiquants d'êtres humains et déjouer leurs sinistres agissements avant de les dénoncer à la police… Seule ombre au tableau : Arash, le coéquipier avec lequel ses « employeurs » l'ont associée dès son arrivée. Secret, troublant, il semble se méfier de Stephanie et ne ressemble en rien aux criminels qu'elle est venue traquer…

Un dangereux secret, de B.J. Daniels - N°572

Son sourire magnifique, ses yeux clairs, sa silhouette de rêve... Sans que Shane Cor bett puisse l'expliquer, le charme de Maddie Cavannaugh le désarme. Commen peut-il être attiré à ce point par une femme qu'il connaît depuis quelques semaines à peine ? Mais à ce trouble s'ajoute une extrême inquiétude quand la jeune femme lui confie qu'elle détient un dangereux secret...

Sous le charme de mon ennemi, de Rita Herron

Lora Leigh Whittaker savoure sa victoire : elle vient d'être engagée au ranch de Flint McKade. Elle va enfin pouvoir se venger de cet homme, responsable du suicide de son père… Pourtant, dès leur première rencontre, elle est déstabilisée. Car Flint n'est pas le monstre cynique qu'elle s'attendait à trouver et se montre même très attentionné. Est-ce bien lui qui a causé la perte de son père ? Lora Leigh décide d'enquêter – jusqu'au jour où Flint la surprend en train de fouiller dans son bureau…

Retrouvez en janvier 2020,
dans votre collection

BLACK ROSE

Une nuit de mystère, de Cassie Miles - N°573

Shayne n'est pas morte, Emma le sait. Et même si la voiture de sa cousine a été retrouvée au bord d'une route avec pour seul passager Jack, son bébé de deux mois, Emma est intuitivement certaine que Shayne attend quelque part qu'on vienne la secourir. Alors qu'importe que Miguel Acevedo, l'enquêteur chargé de l'affaire, refuse de croire à son don de double vue. Elle est prête à tout pour le convaincre de l'aider à rechercher Shayne. Même à le séduire...

Collaboration sous tension, de Delores Fossen

Qui a assassiné Marcie James ? Olivia Hutton, dépêchée à Comanche Creek pour mener l'enquête, s'est juré de le découvrir. Car, bien qu'un suspect ait déjà été arrêté, son instinct lui souffle qu'il ne s'agit pas du coupable... Voilà pourquoi elle a décidé de reprendre l'affaire à zéro, n'en déplaise à Reed Harding, le shérif de la ville. Un homme aussi austère que séduisant qui a vu son arrivée d'un très mauvais œil et s'échine depuis à la faire passer pour une citadine superficielle...

Composé et édité par HarperCollins France.

Achevé d'imprimer en novembre 2019.

CPI BLACK PRINT

Barcelone

Dépôt légal : décembre 2019.

MIXTE
Papier issu de sources responsables
FSC® C108412
FSC www.fsc.org

Pour limiter l'empreinte environnementale de ses livres, HarperCollins France s'engage à n'utiliser que du papier fabriqué à partir de bois provenant de forêts gérées durablement et de manière responsable.

Imprimé en Espagne.